春潮NOV+

回到分歧的路口

上辑

《浪漫的越界：夏目漱石》
《阴翳、女性与风流：谷崎润一郎》
《无力承担的自我：芥川龙之介》
《银河坠入身体：川端康成》
《厌倦做人的日子：太宰治》

日本文学名家十讲
我与世界挣扎久

银河坠入身体
川端康成

杨照 著

中信出版集团 | 北京

图书在版编目（CIP）数据

银河坠入身体：川端康成/杨照著.--北京：中信出版社，2023.9
（日本文学名家十讲：我与世界挣扎久）
ISBN 978-7-5217-5639-5

Ⅰ.①银… Ⅱ.①杨… Ⅲ.①川端康成(1899-1972)-文学研究 Ⅳ.①I313.065

中国国家版本馆CIP数据核字(2023)第068717号

本书由杨照正式授权，经由CA-LINK International LLC代理，由中信出版集团股份有限公司出版中文简体字版本，非经书面同意，不得以任何形式任意复制、转载。
中文简体字版©2023年，由中信出版集团股份有限公司出版。

银河坠入身体：川端康成
（日本文学名家十讲04：我与世界挣扎久）

著　　者：杨照
出版发行：中信出版集团股份有限公司
　　　　　（北京市朝阳区东三环北路27号嘉铭中心　邮编 100020）
承　印　者：河北鹏润印刷有限公司

开　　本：880mm×1230mm　1/32　印　张：14.5　字　数：286千字
版　　次：2023年9月第1版　　　　　印　次：2023年9月第1次印刷
书　　号：ISBN 978-7-5217-5639-5
定　　价：59.00元

版权所有·侵权必究
如有印刷、装订问题，本公司负责调换。
服务热线：400-600-8099
投稿邮箱：author@citicpub.com

总序

看待世界与时间

京都是一座重要的"记忆之城",保留了极为丰富的文明记忆。罗马也是一座"记忆之城",但罗马和京都很不一样。

罗马极其古老,到处可以感觉其古老,但也因此和现代的因素常常出现冲突。例如观光必访的特雷维喷泉"许愿池",大家去的时候不会有强烈的违和感吗?古老而宏伟的雕刻水池被封闭在逼仄的现代街区里,再加上那么多拿着手机、相机拥挤拍照的人群,那份古老简直被淹没了。

或者是比较空旷的罗马古城,那里所见的是一大片显现时间严重侵蚀的废墟,让人漫步在荒烟蔓草之间,生出"眼看他起高楼,眼看他楼塌了"的无穷唏嘘。在这里,只有古老,没有现代,没有现实。

罗马、佛罗伦萨、威尼斯这些城市里,基本上记忆归记忆,现实归现实,在古迹或博物馆、美术馆里,我们沉浸在历史文明记忆中,走出来,则是很不一样的当前现实生活环境。相对地,在京都或巴黎能够得到的体验,却是现实与历史的融混,不会有明确的界限,现代生活与古老记忆彼此穿透。

我的知识专业是历史,我平常读得最多的是各种历史书籍,因而我会觉得在一个记忆元素层层叠叠、蓦然难以确切分辨自己身处什么时空的环境中,能产生一份迷离恍惚,是最美好、最令人享受的。

二十多年来,我一再重访京都,甚至到后来觉得自己是重返京都。我可以列出许多我想去、应该去,却迟迟还没有去的旅游目的地,其中几个甚至早有机会去但都放弃了。内蒙大草原、青藏高原、瑞士少女峰、北欧冰河与极光区,这几个地方都是大山大水、名山胜景,但也都没有人文历史的丰富背景。好几次动念要启程去看这些自然奇观,后来却总是被强大的冲动阻碍了,往往还是将时间与旅费留下来,又再回到巴黎或京都。

我当然知道在那些地方会得到自然的震撼洗礼,然而我的偏执就表现在,一想到平安神宫的神苑,或是从杜乐丽花园走向卢浮宫的那段路,我的心思就又向京都、巴黎倾斜了。我还是宁可回到有记忆的地方,有那座城市的记忆,然后又加上了我自己在那座城市里多次旅游的记忆,集体与个体记忆交错,组构了在意识中深不可测的立体内容。

*

京都有特殊的保存记忆的方式,源自一份矛盾。京都基本上是木造的,去到任何建筑景点,请大家稍微花几分钟驻足在解说牌前,不懂日文也没关系,光看牌上的汉字就好了。你一定会看到上面记载着这个地方哪一年遭到火烧,哪一年重建,哪一年又遭到火烧然后又重建……

木造建筑难以防火,火灾反复破坏、摧毁了京都的建筑、街道。照道理说，木造的城市最不可能抵挡时间，烧毁一次会换上一次不同的新风貌。看看美国的芝加哥，一八七一年经历了一场大火，将城市的原有样貌完全摧毁了，在火灾废墟上建造起新的现代建筑，才有了我们今天所认识的这个芝加哥。

京都大量运用木材，一方面受到自然环境影响，旁边的山区适合生长可以运用在建筑上的杉木；不过另一方面更重要的，是文化上模仿了中国的先例。中国传统建筑以木材而非石材构成，很难长久保存，使得留下来的古迹，时代之久远远不能和埃及、希腊、罗马相提并论。中国存留的古建筑，最远只能推到中唐，距今一千两百年，而且那还是在山西五台山的唯一孤例。

伴随着木造建筑，京都发展出一种不曾在中国出现的应对策略，那就是有意识地重建老房子。不只是烧掉或毁损了的房子尽量按照原样重建，甚至刻意将一些重要建筑有计划地每隔十年、二十年部分或全部予以再造。

再造不是"更新"，而是为了"存旧"。不只是再造后的模样沿袭再造前的，而且固定再造能够保证既有的工法不会在时间中流失。上一代参与过前面一次建造过程的工匠老去前，就带着下一代进行重造，让下一代也知道确切、详密的技术与工序。

这不是由朝廷或政府主导的做法，而是彻底渗入京都居民的生活习惯。京都最珍贵的历史收藏不在博物馆里，而在一间间的寺庙中。每一座寺庙都有自己的宝库，大部分宝库都是"限定拜观"，一年只开放几天，或是有些藏品一年只展示几天。最夸张的，像是大觉寺（侯孝贤电影《刺客聂隐娘》的拍摄取景地）有一座"敕封心经殿"，里面收藏了嵯峨天皇为了避疫祈福所写的《心经》，每逢戊戌年才会开放拜观——是的，每六十年一次！

我在二〇一八年看到了这份天皇手抄的《心经》。步入小小藏经殿堂时，无可避免心中算着，上一次公开是一九五八年，我还没出生，下一次公开是二〇七八年，我必定不在这个世界上了。这是我毕生唯一一次逢遇的机会，幸而来了。如此产生了奇特的时间感，一种更大尺度的历史性扑面而来的感觉。

*

就像爱德华·吉本（Edward Gibbon）在罗马古迹废墟间，黄昏时刻听到附近修道院传来的晚祷声，而起心动念要写《罗马帝国衰亡史》，我也是在一个清楚记得的时刻，有了写这样一套解读日本现代经典小说作家作品的想法。

时间是二〇一七年的春天，地点是京都清凉寺雨声淅沥的庭园里。不过会坐在庭园廊下百感交集，前面有一段稍微曲折的过程。

那是在我长期主持节目的台中"古典音乐台"邀约下，我带了一群台中的朋友去京都赏樱。按照我排的行程，这一天去岚山和嵯峨野，从龙安寺开始，然后一路到竹林道、大河内山庄、野宫神社、常寂光寺、二尊院，最后走到清凉寺。然而从出门我就心情紧绷，因为天公不作美，下起雨来，气温陡降，而且有几个团员前一天晚上逛街时走了很多路，明显脚力不济。我平常习惯自己在京都游逛，合理的做法应该是改变行程，例如改去有很多塔头的妙心寺或东福寺，可以不必一直撑伞走路，密集拜访多个不同院落，中午还可以在寺里吃精进料理，舒舒服服坐着看雨、听雨。但配合我、协助我的领队林桑[1]告诉我，带团没有这种随机调整的空间。我们给团员的行程表等于是合约，没有照行程走就是违约，即使当场所有的团员都同意更改，也无法确保回台湾后不会有人去"观光局"投诉，那么林桑他们的旅行社可就要吃不完兜着走了。

好吧，只好在天气条件最差的情况下走这一天大部分都在户外的行程。下午到常寂光寺时，我知道有一两位团员其实体力接近极限，只是尽量优雅地保持正常的外表。这不是我心目中应该要提供心灵丰富美好经验的旅游，使我心情沮丧。更糟的是再往下走，到了二尊院门口才知道因为有重要法事，这一天临时不对游客开放。在当时的情况下，这意味着本来可以稍微躲雨休息的机会也被取消了，大家别无办法，只好拖着又冷又疲累的身子继续走向清凉寺。

清凉寺不是观光重点，我们到达时更是完全没有其他访客。

---

[1] 桑：日语音译，"先生"。（本书注释如无特别说明，均为编者注。）

也许是惊讶于这种天气还有人来到寺里参观吧,连住持都出来招呼我们。我们脱下了鞋走上木头阶梯,几乎每个人都留下了湿答答的脚印,因为连鞋里的袜子也不可能是干的。住持赶紧要人找来了好多毛巾,让我们在入寺之前可以先踩踏将脚弄干。过程中,住持知道我们远从台湾来,明显地更意外且感动了。

入寺在蒲团上坐下来,住持原本要为我们介绍,但我担心在没有暖气、仍然极度阴寒的空间里,住持说一句领队还要翻译一句,不管住持讲多久都必须耗费近乎加倍的时间,对大家反而是折磨。我只好很失礼地请领队跟住持说,由我用中文来对团员介绍即可。住持很宽容地接受了,但接着他就很好奇我这位领队口中的"せんせい"(老师)会对他的寺庙做出什么样的"修学说明"。

我对团员简介清凉寺时,住持就在旁边,央求领队将我说的内容大致翻译给他听,说老实话,压力很大啊!我尽量保持一贯的方式,先说文殊菩萨仁慈赐予"清凉石"的故事,解释"清凉寺"寺名的由来,接着提及五台山清凉寺相传是清朝顺治皇帝出家的地方,是金庸小说《鹿鼎记》中的重要场景,再联系到《源氏物语》中光源氏的"嵯峨野御堂"就在今天京都清凉寺之处。然后告诉大家这是一座净土宗寺院,所以本堂的布置明显和临济禅宗寺院很不一样,而这座寺庙最难能可贵的是有着中空躯体里塞放了绢丝象征内脏的木雕佛像,相传是从中国漂洋过海而来的。最后我顺口说了,寺院只有本堂开放参观,很遗憾我多次到此造访,从来不曾看过里面的庭园。

说完了,我让团员自行参观,住持前来向我再三道谢,惊讶于我竟然对清凉寺了解得如此准确,接着又向我再三致歉。我一时不知道他如此恳切道歉的原因,靠领队居中协助,才弄清楚了,住持的意思是抱歉让我抱持了多年的遗憾,他今天一定要予以补偿,所以找了人要为我们打开往庭园的内门,并且准备拖鞋,破例让我们参观庭园。

于是,我看着原本未预期看到的素雅庭园,知道了如此细密修整的地方从来没打算对外客开放,那样的景致突然透出了一份神秘的精神特质。这美不是为了让人观赏的,不是提供人享受的手段,其自身就是目的,寺里的人多少年来,几十年甚至几百年间,日复一日毫不懈怠地打扫、修剪、维护,他们服务的不是前来观赏庭园的人,而是庭园之美自身,以及人和美之间的一种恭谨的关系,那一丝不苟的敬意既是修行,同时又构成了另一种心灵之美。

坐在被水汽笼罩的廊下,心里有一种不真实感。为什么我这样一个深具中国文化背景的台湾人,能在日本受到尊重,能够取得特权进入、凝视、感受这座庭园?为什么我真的可以感觉到庭园里的形与色,动中之静、静中之动,直接触动我,对我说话?我如何走到这一步,成为这个奇特经验的感受主体?

在那当下,我想起了最早教我认识日语、阅读日文,自己却一辈子没有到过日本的父亲。我想起了三十年前在美国遇到的岩崎教授，仿佛又看到了她那经常闪现不信任、怀疑的眼神，在我身上扫出复杂的反应。

*

我在哈佛大学上岩崎老师的高级日文阅读课，是她遇到的第一个中国台湾研究生。我跟她的互动既亲近又紧张。亲近是因她很早就对我另眼看待，课堂上她最早给我们的教材立即被我看出来处：一段来自村上春树的《且听风吟》，另一段来自日文版的海明威小说集《我们的时代》。她要我们将教材翻译成英文，我带点恶作剧意味地将海明威的原文抄了上去。她有点恼怒地在课堂上点名问我，刚发下来的几段教材还有我能辨别出处的吗。不巧，一段是川端康成的掌中小说[1]，另一段是吉行淳之介的极短篇，又被我认出来了。

从此之后岩崎老师当然就认得我了，不时会和我在教室走廊或大楼的咖啡厅说说聊聊。她很意外一个从台湾来的学生读过那么多日文小说，但另一方面，她又总不免表现出一种不可置信的态度，认为以我一个非日本人的身份，就算读了，也不可能真正理解这些日本小说。

每次和岩崎老师谈话我都会不自主地紧绷着。没办法，对于必须在她面前费力证明自己，我就是备感压力。她明知道我来修这门课，是不想耗费时间在低年级日语的听说练习上，因

---

[1] 掌中小说：又译"掌小说"，日本文学概念，指极为短小的小说。

为我的日语会话能力和日文阅读能力有很大的落差，但她还是不时会嘲笑我的日语，特别喜欢说："你讲的是闽南语而不是日语吧！"因此我会尽量避免在她面前说太多日语，坚持用英语与她讨论许多日本现代的作家与作品。

她不是故意的，但是一个中国学生在她面前侃侃而谈日本文学，常常还是让她无法接受。愈是感觉到她的这种态度，我就愈是觉得自己不能放松、不能输。这不是我自己的事了，对她来说，我就代表中国台湾，我必须争一口气，改变她对于中国人不可能进入幽微深邃的日本文学心灵世界的看法。

那一年间，我们谈了很多。每次谈话都像是变相的考试或竞赛。她会刻意提及一位知名作家，我会提及我读过的这位作家的相应作品，然后她像是教学般地解说这部作品，而我刻意地钻洞找缝隙，非得说出和她不同，同时能说服她接受的意见。

这么多年后回想起来，都还觉得好累，在寒风里从记忆中引发了汗意。不过我明白了，是那一年的经验，让我得以在历史的曲折延长线上培养了这样接近日本文化的能力。我不想浪费殖民历史在我父亲身上留下，又传给了我的日文能力，更重要的是，我拒绝自己因为中国人的身份，而被认为在对日本文化的吸收体会上，必然是次等的、肤浅的。

于是那一刻，我有了这样的念头，要通过小说家及作品，来探究日本——这个如此之美，却又蕴含如此暴烈力量，同时还曾发动侵略战争的复杂国度。这不是一个单纯的"外国"，而是盘旋在中国台湾历史上空超过百年、幽灵般的存在。

在清凉寺中,我仿佛听到自己内心如此召唤:"来吧,来将那一行行的文字、一个个角色、一幕幕情节、一段段灵光闪耀的体认整理出意义吧。不见得能回答'日本是什么',但至少能整理出叩问'我们该如何了解日本'的途径吧。"我知道,毋宁说是我相信,我曾经付出的工夫,让我有这么一点能力可以承担这样的任务。

*

写作这套书时,我有意识地采取了一种思想史的方式来讲述这些作家与作品。简而言之,我将每一本经典小说都看作是这位多思多感的作家,在自己所处的时代中遭遇了问题或困惑后因而提出的答案。我一方面将小说放回他一生前后的处境中进行比对,另一方面提供当时日本社会的背景及时代脉络,以进一步探询那原始的问题或困惑。如此我们不只看到、知道作者写了什么、表现了什么,还可以从他为什么写以及如何表现的人生、社会、文学抉择中,受到更深刻的刺激与启发。

另外,我极度看重小说写作上的原创性,必定要找出一位经典作家独特的声音与风格。要纵观作家的大部分主要作品,整理排列其变化轨迹,才能找出那种贯穿其中的主体关怀,将各部小说视为对这主体关怀或终极关怀的某种探测、某种注解。

在解读中,我还尽量维持了作品的中心地位,意思是小心避免喧宾夺主,以堆积许多外围材料、高深说法为满足。解读必须始终依附于作品存在,作品是第一位的、首要的,我的目的是借由解读,让读者对更多作品产生好奇,并取得阅读吸收的信心,从而在小说里得到更广远或更深湛的收获。

抱持着为中文读者深入介绍日本文学与文化的心情,重读许多作家作品,又有了一番过去只是自我享受、体会时没有的收获——可以称之为"移位抚情"的作用。正因为二十世纪的现代日本走了和中国几乎对立、相反的道路,日本人民在那样的社会中所受到的心灵考验,反映在文学上的,看似必定与我们不同,然而内在却又有着惊人的共通性。

他们看待世界的方式,尤其是他们看待时间在建设与毁坏中的辩证,和我们如此不同。然而,被庞大外在时代力量拖着走,努力维持个人一己生命的独立与尊严性质,这种既深刻又幽微的情感,却又与我们如此相似。阅读日本文学,因而有了对应反照的特殊作用,值得每一位当代中文读者探入尝试。

在这套书中,我企图呈现从日本近代小说成形到当今的变化发展,考虑自己在进行思想史式探究中可能面临的障碍,最后选择了十位生平、创作能够涵盖这段时期,而且我有把握进入他们感官、心灵世界的重要作家,组织起相对完整的日本现代小说系列课程。

这十位小说家,依照时代先后分别是:夏目漱石、谷崎润一郎、芥川龙之介、川端康成、太宰治、三岛由纪夫、远藤周作、大江健三郎、宫本辉和村上春树。每位作者我有把握解读的作品多寡不一，因而成书的篇幅也相应会有颇大的差距。川端康成和村上春树两本篇幅最长，其次是三岛由纪夫，当然这也清楚反映了我自己文学品味上的偏倚所在。

虽然每本书有一位主题作家，但论及时代与社会背景，乃至作家间的互动关系，难免有些内容在各书间必须重复出现，还请通读全套解读书目的朋友包涵。从十五岁因阅读川端康成的小说《山之音》而有了认真学习日文、深入日本文学的动机开始，超过四十年时间浸淫其间，得此十册套书，借以作为中国与日本之间复杂情仇纠结的一段历史见证。

目录

总序　看待世界与时间　　　　　　　　　　/ I
前言　解开文字之结
　　　——川端小说里层层开展的丰美风景　　1

第一章　余生意识
　　　——川端康成的时代背景　　　　　　/ 7

翻译川端康成　　　　　　　　　　　　　　/ 9
世代的革命　　　　　　　　　　　　　　　/ 10
扭曲的麦卡锡主义　　　　　　　　　　　　/ 13
寻找生命意义的"六八革命"　　　　　　　/ 16
唯一不变的是变化本身　　　　　　　　　　/ 18
东京奥运会与诺贝尔文学奖　　　　　　　　/ 19
战败与失去挚友　　　　　　　　　　　　　/ 23
战后川端康成创作的转向　　　　　　　　　/ 26
被践踏的民族自尊　　　　　　　　　　　　/ 29
童年生涯与《源氏物语》　　　　　　　　　/ 33
川端美学的核心——物之哀　　　　　　　　/ 36

XV

第二章 瞬间的切片
——川端康成的掌中小说　/39

《燕子》中季节的联想　/41

《茱萸盗贼》浓缩时间的艺术　/43

女孩与女人交会　/45

极短篇的掌中小说　/49

散文诗与俳句　/50

小林一茶的俳句　/53

所谓的"新感觉派"　/56

捕捉刹那的"新感觉"　/58

化为风景的人——《蟋蟀与铃虫》　/61

《蟋蟀与铃虫》带来的"新感觉"　/63

《金丝雀》的殉葬　/65

被裁剪的《相片》　/68

《灵柩车》的一瞥　/70

《阿信地藏菩萨》的菩萨传说　/73

《阿信地藏菩萨》中的少女出现　/77

《阿信地藏菩萨》结尾的体悟　/78

"白桦派"和"新感觉派"的抗衡　/81

回应时代的川端康成　/84

《万岁》两姐妹　/86

《万岁》对未来的想望	/89
《谢谢》高浓度小说的展现	/91
《谢谢》中母亲的提议	/93
《谢谢》独特的社会关怀	/97
《玻璃》工厂光景	/98
《玻璃》给读者的提问	/102
《夜市的微笑》对底层生活的描写	/104
《夜市的微笑》旁观男女互动	/107
《夜市的微笑》真诚的同情心	/110
灾难中的人——《钱道》	/112
钱币落下铺成道路	/115
《钱道》末段的新生	/118
《滑岩》上的信仰	/123

第三章 新感觉派的崛起
——读《伊豆的舞娘》　/127

川端康成与"孤儿感"	/129
《伊豆的舞娘》开场的三种翻译	/132
"新感觉派"的主观描绘	/134
舞娘的对话	/137
社会底层的舞蹈队	/139

"圣"与"俗"的翻转	/141
探寻终极的美	/143
"新感觉派"的情欲书写	/146

第四章　徒劳之美
——读《雪国》　　　　/149

女孩与站长的对话	/151
车窗上女孩的反影	/153
叶子和驹子	/156
意义的经验片段	/159
日本旅情小说的始祖	/161
顿悟的片刻感受性	/163
纯真的驹子	/166
徒劳之美	/170
不成比例的回报	/172
岛村的眼泪	/174
纯净无瑕的艺伎	/176
驹子的挣扎	/179
演奏的原音	/181
译本的问题	/184
徒劳无功的爱情	/187

醉后的驹子	/190
岛村的爽约	/193
绉纱的明喻	/195
永恒银河出现了	/198
无法忘记的陌生人	/201
川端康成的长篇美学	/204
海明威的"冰山理论"	/206
脆弱的叶子	/209
清澈得接近悲哀之声	/212
关于叶子之死	/215

第五章　佛界与魔界
——读《舞姬》　　　/219

少女的执念	/221
创作的分水岭——《舞姬》	/224
余生使命之完结	/228
《舞姬》的开场	/230
胸针、项链与耳环	/234
抛锚的地狱之车	/237
情人的质疑	/239
波子的担忧	/242

哀求的晚霞	/246
波子态度的改变	/248
芭蕾舞热	/250
有岁月的情人	/253
失败的重逢	/255
避而不谈的婚姻	/258
护城河边散步	/261
孤零零的鲤鱼	/264
天差地别的美学信仰	/267
一个日本家庭的瓦解	/270
恶魔的艺术	/273
佛像与女性	/276
虚有其表的丈夫	/279
爱情与自由	/281
青春将逝与幻灭	/283
魔界与感伤主义	/285
重新解读"魔界"	/288
森鸥外的《舞姬》	/291

第六章　战后的群像
　　——读《东京人》　　　　　　　　/ 295

从《舞姬》到《东京人》　　　　　　/ 297
败战后的重生契机　　　　　　　　　/ 300
《东京人》的背景　　　　　　　　　/ 301
战争、战后与女性处境　　　　　　　/ 303
岛木的托付　　　　　　　　　　　　/ 306
敬子的三个男人　　　　　　　　　　/ 308
组合之家的重重考验　　　　　　　　/ 310
被解放的家庭幸福　　　　　　　　　/ 313
战后身份失序　　　　　　　　　　　/ 316
多重的三角关系　　　　　　　　　　/ 319
难以定义的关系　　　　　　　　　　/ 322
向新时代投降的小山　　　　　　　　/ 324
隐晦中的感染力　　　　　　　　　　/ 327
所谓的"长篇小说"　　　　　　　　/ 330

第七章　面对老去
　　——读《山之音》　　　　　　　/ 335

波德莱尔的散文诗　　　　　　　　　/ 337

如连篇诗歌集的《山之音》　　　/ 339

《山之音》的开场　　　/ 342

听见"山之音"的人　　　/ 345

"意识流"的书写　　　/ 347

被处理过的海螺　　　/ 350

菊子的贴心　　　/ 353

替代品婚姻　　　/ 356

对媳妇的心疼　　　/ 359

修一的外遇　　　/ 361

银杏树的比喻　　　/ 365

弹飞的栗子　　　/ 368

早晨的玉露茶　　　/ 371

海岛的梦　　　/ 373

第八章　爱恨交织
　　——读《美丽与哀愁》　　　/ 379

旧情人　　　/ 381

少女复仇记　　　/ 384

异常状态下的创作　　　/ 386

《美丽与哀愁》中的角色自觉　　　/ 389

直截了当的爱恋　　　/ 392

第九章　京都之美
　　——读《古都》　　　　　　　/ 395

　毫发无伤的京都　　　　　　　/ 397

　川端康成的作品脉络　　　　　/ 400

　力不从心的川端康成　　　　　/ 402

　古都的观光指南？　　　　　　/ 405

　千重子与三个男人　　　　　　/ 408

　二十岁的少女　　　　　　　　/ 411

　京都的变与不变　　　　　　　/ 413

　太吉郎的困境　　　　　　　　/ 416

　腰带的特殊意义　　　　　　　/ 418

　川端康成何以代表日本文学　　/ 422

川端康成年表　　　　　　　　/ 427

前言

解开文字之结
——川端小说里层层开展的丰美风景

举世滔滔几乎一致认为电影能够吸引观众最重要的是视觉元素，因而大家纷纷强调动画技术效果时，日本导演滨口龙介却在《偶然与想象》中为我们示范了语言的作用，让观众体会那几乎消失、被遗忘的语言力量。

电影的第一个故事中有一长段视觉画面是几乎完全无用武之地的车上对话。从头到尾只有三个最理所当然的机位——后座两人全景，加上继美和芽衣子个别的特写镜头，如此而已。不可能有任何视觉特效的这一段，却让许多观众留下了最深刻的印象。这是电影创造的第一个"魔法"：由语言构成的魔法。

继美用语言对芽衣子转述了与和明之间原本长达十五小时的神奇初遇，我们看电影时深深被她的话语吸引了，虽然画面简单到贫乏的地步，却足以让我们感到那份奇特经验的撞击。一个平常在男女关系上"慢热"的女人，突然坠入了觉得立即和这个男人上床也可以的状态中，但最后两个人交换了最缠绵的心思，却完全没有身体接触，只在分开前轻轻握了握手。

为什么能有这样的效果？因为语言，而且是双重的语言效果。和明与继美的缠绵都在语言的交换上，对继美产生了比最贴近的肉体欲望更强烈的诱感；更不能忽略的，是继美将这原本花了十五小时才形成的奇幻魔法般的体验，化为语言，在出租车上说给芽衣子，也就是说给观众听。

那是只有语言才能达到的效果。十五小时的高光时刻，如何在电影里表现？如果要通过视觉将那十五小时呈现出来、演出来，要如何写剧本、如何拍摄？同一个场景，两个人情绪流荡以至遗忘了时间，从原本的陌生到后来将自己从不跟别人讲的话都向对方和盘托出，这样的过程要如何呈现？

坦白说，不可能。唯有靠语言，将十五小时浓缩为十分钟的描述、形容。十分钟的描述、形容不只是取代了十五小时的经验，更是存取和表达十五小时经验的唯一方式。只有通过继美的语言转述我们才能进入她所经历的神奇的一见钟情状态，那是就算将他们两人十五小时的互动全部拍摄重现，我们都不可能得到的一种深刻理解。

如果真的目睹耳闻他们两人的十五小时对话，我们必然只会感到无聊吧！这就是语言无可取代的作用——将现实经验予以精炼，并且赋予意义。这也是为什么语言表达的能力如此重要，缺乏这种能力的人，甚至无法掌握自己的生活，经历经验的都是一团混乱，无从为自己整理出头绪来，也无从和别人沟通。

这是现在台湾大部分的人失去了的能力，而且甚至连自己失去了这样的能力都不自知。因为不重视语言，尤其是对精炼语言、对如何有效整理形成与经验关系最密切的文学作品彻底无感，于是不只是遇到那样的动心时刻时，无法像继美那样脸上闪着迷人幸福的光彩转述给密友听，甚至在随时都是一团混乱的生活中，根本不会有机会得到一见钟情的感动，也不会有将关系握在自己手中、不被权力或利益压垮的基本能力。

在这点上，川端康成的小说是最惊人、无可取代的示范与教导。他的小说极度重视文字，但并不是那种多样变化动词、堆砌形容词、扭折句法的重视，而是持续追求用文字创造出离开了文字就无法表达的主观形影、表情、互动与内在的情绪变化。他的文字从来不会是单层面的，阅读其文字的经验因而必然是递进的。乍然接触时形成一个模糊印象，但印象中必定有一个主观在进行感知的人，然后我们累积了对这个人的认识，回过头来原本的内容似乎重新被涂染上特殊的人格色彩，接着在对照这个人与他的体会间，我们又抵达第三层——意识到叙述中有着令人好奇的缺口、漏洞，甚至像是刻意的掩藏、隐瞒，于是我们自然地动用了想象力去追踪、解释，那没有被表现出来的是什么，缺口中或许透显出什么样的人世灵光。

川端康成精于"以短为长"，他的小说基本上都是由小小的片段组构而成的，但那样的"小"不是真正的"小"，而是一个个灵光召唤，类似陶渊明《桃花源记》中所描述的"山有小口，仿佛若有光"。"小口"如此之小，以至于连那光都迷蒙模糊、若有若无，让人不能停留在外面旁观接受信息，必须靠近并走进去，从而辨认出表面平顺的文字其实是由多重的结密密连打而成的。耐心细心地解开一个一个的结，文字就承载了愈来愈多的内容，还要投入我们自身的情绪感知，因而开展出"初极狭，才通人，复行数十步，豁然开朗"的一片由人情、艺术、时间、传统交织的广大丰美风景。

这本书主要的篇幅就是花在为大家解开川端康成文字中打得密密实实的结上。全书总字数超过二十万,几乎是前面解读夏目漱石、谷崎润一郎、芥川龙之介三本书的总和。这一方面源自这种解结读法的特性,另一方面反映了我对于川端康成能够在作品中持续翻新开创运用这种手法的由衷佩服之感。尽管维持、贯串了一致的风格,但从掌中小说到《伊豆的舞娘》[1]《雪国》《舞姬》《东京人》《山之音》,再到《美丽与哀愁》《古都》,每一部都被放入了不同的巧思,值得一再反复咀嚼玩味。

希望耐心读完全书的朋友能够从我这里接到另外一份邀请,愿意欣然将川端康成的小说当作是自己终生的情感教育与美学教育指引,不时重读川端康成的各部小说,维持自我和世界之间的一份特殊美学关系,并永远不要失去了细腻看待人情的可贵生命态度。

---

[1] 《伊豆的舞娘》:大陆版本多译为《伊豆的舞女》,在本书中,作者更倾向于李永炽的"舞娘"译法。

第一章

余生意识
——川端康成的时代背景

翻译川端康成

川端康成是我的恩人，我今天在阅读日文上可以有一点能力，那是川端康成赐给我的。

我很小就接触日语，但从来没有打算要好好学。一直到我读了李永炽老师翻译的《山之音》——信吾和菊子的故事。李永炽译过《伊豆的舞娘》《雪国》《千只鹤》等多部川端康成的小说作品，他的译本之所以好，是因为他清楚了解古日语和现代日语间的异同关系，所以翻译川端康成时，他会很不放心地加入很多别的译者不见得会重视的补充注解。

我读《山之音》愈读愈觉得不对劲。因为大概平均每两页就会有一条译者补注，告诉读者他自己的中文译法不够好，无法精确传达川端康成日文中的复杂讯息。从媳妇菊子对信吾的称呼与相应的敬语用法，到信吾内心独白时的句型，到描写景物时句子的顺序是否倒装，到使用双重否定甚至三重否定时的不同意涵。

阅读时，我不得不感到困惑又饥渴：那我究竟从中文里读到了什么呢？这样的文章显然和川端康成原本写出来的，有很大的差距，那么我将整本《山之音》译文读完了，仍然不等于我读过了这本小说？

现在回头想，自己都不知道一个十几岁的中学生，怎么会迷上《山之音》这样的小说。但事实是，我极度喜爱《山之音》，因而刺激我冲动地立志要能够读到原汁原味、不用转成中文的小说完整内容。那就只有一种方法可以达成这个愿望，我必须认真学习日文，一心一意为了能读川端康成而学习日文。

我手上留着一本自从立志要好好阅读川端康成之后，就一直在手边的书，用上下两栏字印得密密麻麻的《川端康成文集》。那是当年在旧书摊找到的，应该是台湾盗版，上面没有版权页，后来我在日本找到过这个版本，原版最早是一九五七年出版的，而台湾盗版没有显示年份，只有贩卖的书店盖了一个印章在上面，印章上有一个五码的电话号码，回推那应该是六十年代中期之前，也就是差不多我出生那几年在台湾印行的。

川端康成的日文很难读。难处不在于川端康成使用少见、复杂的词语，而在于他创造了一种介于古典日语和现代日语之间的特殊风格。他在一九六八年获得了诺贝尔文学奖，成为日本第一位得到这个国际殊荣的作家。

世代的革命

有兴趣了解二十世纪历史的人，一定要记得一九六八这一年。一九六八年是二十世纪后半期最令人兴奋的一年。用英国历史学家霍布斯鲍姆的标准，将二十世纪视为从一九一八年，即第一次世界大战结束后才真正开始的话,那一九六八年出现了二十世纪的一场革命——"六八革命"。

"六八革命"很复杂,最像十九世纪的"四八革命"。"六八革命"和一八四八年的"四八革命"有什么共通点?从政治政权的转移来看,"六八革命"和"四八革命"一样毫无成就,没有催生任何新的政权;可是看人在社会生活中的基本价值概念改变的话,这两次革命的作用非常巨大,到了惊人的地步。

一九六八年的"六八革命"以法国为核心。法国的"五月学潮",后来演变成学运与工运的混合,但这绝对不是另一次的"法国大革命",而是快速感染掀动整个西方世界,冲击远远超越政治领域的大骚动。

以西欧作为舞台的"六八革命",首先带有强烈的世代性质,这是一场青年革命,也就是年轻人起来反抗、推翻年长者的权威,从而在西方刺激出连绵许久、无法得到平息解决的高度尖锐的世代对抗。

那时流传的革命名言,喜欢以三十岁作为残酷的分界点,后来就连我在台湾长大时,都曾有过自己过了三十岁还活着要干吗的疑惑。世代的尖锐对抗,强调的是年轻人有年轻人的世界观,面对之前的世代所构筑的体制,他们要起而夺权,起而推翻。

另外一项使得这场革命如此具有感染力的特性,是在世代尖锐的对立中,年轻人宣扬的革命解放力量一部分来自情欲——不只是要用年长者禁闭、禁锢的情欲力量来松脱制约、解放社会，而且主张情欲的解放和社会的解放是同一回事。

那个年代的革命青年必读"圣经"之一，是马尔库塞的《爱欲与文明》。马尔库塞的书，从复杂的弗洛伊德精神分析概念开始，然后提出反弗洛伊德的论点，最后从马克思主义的角度切入，再讲回爱欲。

骚动不安寻找世代立场的年轻人在这本书中读到一个毋宁说是高度简化的结论：过去整个文明建立在对情欲的压抑上，而现代的压抑又联系上了资本主义的不平等发展，要将欲望导往物质性的、对少数资产阶级有利的方向。如果继续遵守这样一套旧式道德律，就成了资本主义不公不义的共犯。因而今天要想象一个新的社会，追求一种新的公平与正义，就要从打破这种很多人认为绝对不可打破的道德律开始。

在现代环境中为资本主义当走狗的道德律，最核心的内容便是对于人类，尤其是对于中下阶层的欲望压抑。没有社会地位，就没权利拥有欲望、没有权利去开发并满足欲望，这是最大的不公平与最可怕的约束。所以我们要建构新的文明，从解放爱欲开始。得到这个结论让年轻人乐翻了，他们从未想到我只要谈恋爱、做爱，就可以创建文明，没有比这个更迷人、更简单的公式了。有了这个公式，之前酝酿已久的世代对抗，得到了新鲜、庞大的支持力量。

扭曲的麦卡锡主义

二〇一五年美国有一部电影，中文翻译为《特朗勃》。另外更早一点，二〇〇五年有一部乔治·克鲁尼自编自导的电影《晚安，好运》。这两部电影设定的是同样的背景，即美国五十年代盛行"麦卡锡主义"时的恐怖气氛。

一九四五年第二次世界大战结束后，才第二年，丘吉尔就在访问美国时，特别选择了在当时美国总统杜鲁门的家乡密苏里州发表重要演说，提到了"铁幕正在欧洲缓缓落下"，强调苏联共产主义政权对于欧洲的威胁，如此揭示了热战才了、冷战又起的世局变化。

美国和苏联随后的长期敌对，是到了会引发战争冲突的强烈程度的，之所以维持"冷战"对峙，没有形成"热战"，那是因为双方都握有最新的核武器，先是足以彼此毁灭，后来甚至足以毁灭整个世界。在"大灭绝"的两败俱伤威胁下，仗不能打，勉强没有打起来，却也因此长期维持紧绷状态。

长期对立的理由，不单纯是利益冲突，还有意识形态差异，一边强调"自由民主"，另一边强调"社会主义平等"，不只互相批评互相攻击，而且激烈抢夺其他国家的认同，扩张自身的阵营。在那样的情况下，制造出了奇特、高度扭曲的国际局势与美国社会。

一方面，"二战"时期美国高度发展的重工业在此时转向民生工业，释放出惊人的生产力，加上美国本土未曾遭受战争破坏，经济繁荣增长，产生了空前富裕；但另一方面，这个富裕的社会却时时恐慌，担心害怕动用核武器的第三次世界大战会带来世界末日。

物质上新增许多享受、释放更多欲望，精神上却极度紧绷，感到朝不保夕的巨大威胁，如此背景下而有了扭曲畸形的"麦卡锡主义"。"麦卡锡主义"本质上是一种集体恐慌，受美苏强烈敌对的影响，感觉自己所处的社会中似乎处处潜伏着不怀好意要进行渗透、破坏的间谍或内奸，所以在约瑟夫·麦卡锡那样的野心政客操弄下，到处看见鬼影幢幢，四处去纠举所谓的"共产党同路人"，美国文化、艺术、影视圈中那些社会能见度甚高的公众人物尤其饱受调查骚扰，才会在那么多年后，仍然出现《特朗勃》和《晚安，好运》这样痛切反省的呈现。

"麦卡锡主义"是反共的白色恐怖。任何被怀疑可能和苏联或共产党有关系，或可能倾向相信马克思主义的人，都会被传唤到听证会上，接受关于是否有"非美国"思想与行为的审问，许多美国顶尖的科学家、音乐家、艺人等精英分子，就这样被麦卡锡羞辱、迫害。

于五十年代成长的美国小孩，生活中印象最深刻的事之一是应对核武器攻击的防空演习。所有的学校和小区都必须参与，严加训练，因为当时人们普遍相信：美苏终极核战一旦爆发，两边分别还能剩下多少人，可能就决定了战争的胜负。那样的演习气氛因而带着非常强烈的末世之感。

不过十几年后，长期的恐惧没有变成现实，原本的惊悚片就成了荒谬闹剧。"麦卡锡主义"一倒台，大家才发现，只要利用这么简单的恐惧心理，就可以将整个美国化为如此非理性的国家。核大战并没有爆发，人们回头去看，更觉得这之间的许多作为都是荒谬的。

是什么因素使得生活如此荒谬？因为冷战。冷战双方各自坚持不同的意识形态，因而造成了无法和平共存的紧张局面，于是不断累积已经足可以毁灭世界、毁灭所有文明成就的核武器，却停不下来，找不到解决的办法。

"六八革命"的大背景是反对如此荒谬的冷战结构，另外还有一个比较聚焦的小背景则是反对越战。前前后后有五十万美军进入越南去打一场看起来绝对不会输，却在现实上迟迟赢不了的战争。越南原本是法国的属地，现在南方建立了南越政权，北方有共产主义政权，这样的局势却引来美国人的军事介入，怎么看都有点奇怪。

更奇怪的是美国在越南遇到的敌人。仗打得愈久，美国军队愈没有把握弄清楚到底敌人在哪里，无法明确区分哪些人是"越共"，哪些人只是越南人。"越共"混在越南人之间，甚至"越共"根本就只是其中的一部分越南人，这些越南人可能因为美国人的介入反而变成了与美国敌对的"越共"。

你的敌人和你要保护的人混杂在一起无法分辨，这样的仗要怎么打？更别说要怎么打赢！有的时候你将一些越南人误认为是"越共"杀了，结果激起了仇恨，让活下来的其他越南人真的变成了"越共"；有的时候你误以为"越共"是普通越南人，结果就遭遇埋伏付出惨痛的伤亡代价。

美国人没有打过这种仗，恐怕世界上也没有多少人打过这种仗。越战产生的影响不只是战场上的胜负，更进一步触动了美国清教传统中的道德神经，在一部分人心中激起宗教式的使命感，在另一部分人心中激起强烈的罪恶感，彼此对抗。

一九六八年西方世界的价值信念陷入高度危机中。人们被迫去重新摸索生命是什么，活着有什么样的意义，从根本上寻找答案。在意识危机中，既有的体制被质疑、被推翻，也就空出了地方来容纳、接受外来的思想与价值观。

寻找生命意义的"六八革命"

"六八革命"是一场寻找生命意义的思想运动。

最早开端于一群家境良好、念名校，但也同时深受集体恐慌情绪伤害的犹太青年集结发表的《休伦港宣言》，那是一份很正式的行动号召，其主要作用在于引领了之后的大学校园行动意识，开展了各种串联活动。

但很快，青年运动的方向转变了，转为摸索、实验不同生活形态，主张从生活上彻底反对既有社会规范的新革命，于是这一代的青年格外积极地到处去寻找不一样的价值观与信念，来充实、建构自己的"反文化"。

他们找到了、抓住了法国萨特、加缪的"存在主义"，他们找到了、创造了摇滚乐。摇滚乐从来都不是一般的、另一种不同风格的歌曲而已。摇滚乐产生的动机就是挑衅的，要用音乐让大人不安、让大人感到无法忍受，如此来凸显青年世代，在演出的舞台上下团结青年世代。

对于摇滚乐早期崛起有着绝对影响的，是英国的披头士乐队。而他们开始于单纯唱歌、表演，到后来成了青年反文化的象征代表。他们后期的音乐凸显了两项新的因素，一是迷幻药的作用，另一是从拉维·香卡那里学来的印度西塔琴音乐的启发。

这鲜明地显现了"披头士"和当时潮流密切结合的程度。以迷幻药诱发潜意识，摆脱原来的"超我"控制，是那个时候年轻人的冒险；而东方文化，则指涉了另外一条摆脱西方理性与科学主义态度的道路。

摇滚乐与迷幻药的结合，诞生了一九六九年经典的"伍德斯托克音乐节"。在那片象征离开城市、重返自然的大草地上，它吸引了四十万美国青年前往，不只是去听音乐，而是在那里体验不受拘束的野性生活，男男女女躺在那里，只披着一条毛毯便公然亲吻、爱抚，并且反复诵唱"要爱，不要战争"（make love, don't make war）的口号。

音乐节中的一个高潮，是吉米·亨德里克斯以电吉他演奏美国国歌，刚开始有清楚的旋律，有熟悉的庄严，但很快地，琴音就转为凄厉，最后听来简直是一连串恐怖的机枪扫射声音，以音乐对美国在越南的战争提出了严厉批判，让听过的人都难以忘怀。而那样的演奏，也远离所有的音乐道理，像是从黑暗的暴力潜意识中释放出来的一种发泄。

唯一不变的是变化本身

马尔库塞的《爱欲与文明》被阅读与推崇的现象，既反映了这个潮流，同时又助长了这个潮流。这本书不能算是马尔库塞最杰出的作品，他写的另外一本《单向度的人》有更坚实的哲学论证和独特思想地位。

《爱欲与文明》书中主要的观念来自弗洛伊德。弗洛伊德主张：人必须将强大的"原欲"，也就是动物性的生殖欲望予以限缩、压抑，才能创造出文明来，因而文明相应的一项特性、功能，就是进一步创造各种集体仪式与借口来取消原欲、压抑原欲。人类的精力不再耗费在满足原欲上，才能够转而用在文明的不断精进改造上。

从弗洛伊德那里取来这个概念，马尔库塞将之进一步结合马克思主义的阶级理论。统治阶级创造、控制"上层结构"，包括意识形态、思想文化、社会组织和政治制度等等，用来支撑、加强、保护自身的阶级利益，于是现代社会压抑原欲的道德观，必然是符合统治阶级利益的。马尔库塞从而提出了一套社会分析，并且又将社会分析联系上革命行动的号召。

六十年代的青年在马尔库塞的书中读到了简化却具有高度诱惑性的讯息：这个社会充满了虚伪与扭曲，而要反抗这个社会，包括反抗其阶级不公，最根本也最有效的方法，是解放自己的原欲，一方面得到个人的自由，另一方面摧毁资产阶级用来压迫、剥削劳动者与其他人的上层结构。

于是欲望的解放和革命、社会改造结合在一起，才会有"伍德斯托克音乐节"的历史性现象。在那里的男男女女，他们自认为不只是要做社会不允许的"放荡行为"，更要去实践他们认定的一种社会革命。

东京奥运会与诺贝尔文学奖

一九六八年还是奥运年，那年的奥运会在墨西哥城举行。一九六八年的墨西哥城奥运会，很奇特地符合了人类要打破自己命运、文明的气氛。一直到八十年代之前，世界运动的主流还是田径，因为希腊的奥林匹克是从田径开始的，追求跑得更快、跳得更高、掷得更远的田径项目是最简单、最原始的人类体能竞赛。人类史上许多田径纪录，频频在一九六八年的墨西哥城奥运会上被刷新。例如一九六八年奥运会出现的一项纪录，当时看到的人都以为是写错了：一位叫比蒙的跳远选手，在墨西哥城跳出了八米九。这个纪录后来被称作"比蒙障碍"，因为很多人相信，这个纪录从此不可能被突破了。

"比蒙障碍"就是墨西哥城奥运会的精神象征，人好像突然之间长大了、变能干了、变厉害了，可以不用再去守很多旧规则了。其实墨西哥城奥运会的惊人成绩，很容易用科学来解释——这是有史以来比赛场地海拔最高的一次奥运会。墨西哥城的高海拔，使得地心引力的作用变小了。

一九六八年的奥运会，不禁让我们再往前看到，另一次意义非凡的奥运会——一九六四年东京奥运会。它之所以意义非凡，因为象征、代表了一九四五年战败时几乎失去生存资格，缩在一角当小媳妇、小苦力的日本重返国际舞台。一九六四年是日本史上重大的突破和转折点。有能力办东京奥运会标示着日本经济确确实实从战后的废墟中重新昂然站起。日本兴起，重新回到国际舞台，再加上六十年代热闹的学生运动背后，有铃木大拙、禅学与打坐冥想的风潮，于是那个被忽略已久的东方国家，突然之间回到了西方视野中。

从一九四五年之后，过了将近二十年，日本竟然能争取到担任夏季奥运会的主办国，这对日本人意义深远，表示国际社会愿意重新接纳他们，认为他们部分洗刷了第二次世界大战的罪行责任。而日本能够脱胎换骨，当然不可能再靠军事或外交的力量，而是来自这十几年的经济复苏。在经济领域的勤劳努力为日本赢回一部分地位。

对日本来说，这也和其再度争取二〇二〇年奥运会在东京举行，具有历史性对比意义。安倍政府原先兴奋地要以这次奥运会来象征日本终结了九十年代泡沫经济之后所陷入的困境，就像一九六四年的奥运会终结了日本战后的挣扎，代表日本进入新发展阶段一样，二〇二〇年的奥运会也将代表日本离开了泡沫经济的阴影，迎向新的未来。

因为疫情关系，东京奥运无法顺利举行，从这样的历史对比角度看，是个糟糕的预兆。更糟的是后来延期一年，以没有现场观众的方式举办，日本非但无法得到奥运会带来的经济刺激增长效果，还付出了极高的公共财政代价，无从复制一九六四年的成功经验了。

一九六四年东京奥运会及其象征意义，是川端康成得到诺贝尔文学奖的重要背景。

决定诺贝尔文学奖的瑞典皇家学会院士中，有一位精通中文的马悦然先生，他曾经在接受台湾作家向阳访问时，透露了当年选出川端康成为得奖人的过程。马悦然在访问中提到这件事，是为了显示诺贝尔文学奖在考虑得主方面，尤其是在院士们大都陌生的语言中，是很谨慎的。然而他也因此回忆、揭示了那几年间诺贝尔文学奖其实已经先确认了要颁给一位日本作家，才进而去征询意见看看哪位作家最适合成为得奖人。

他们向三位专家征询意见。第一位是在美国哈佛大学教授日本文学的希贝特；第二位是唐纳德·基恩，曾经在日本待过很长时间，后来到美国哥伦比亚大学教书，是非常广博的"日本通"，还能用日文在日本刊物上写关于日本文学的专栏；第三位是伊藤整，具备优异英文能力的日本文学研究专家。

他们请这三位推荐心目中最优秀、最适合得诺贝尔奖的日本作家。希贝特推荐了谷崎润一郎和川端康成；基恩推荐了三岛由纪夫和川端康成；伊藤整被征询的时间比较晚，那时候谷崎润一郎已经去世了，所以他的回答是："既然谷崎润一郎失去了资格，那我的名单上就只有一个名字——川端康成。"

就这样，意见非常集中，三位专家一共只提出了三个人选，而其中川端康成是交集所在。

马悦然的回忆清楚显示了，至少在那个时候，诺贝尔文学奖的评选方式与考虑因素。他们并不是每年从一群提名作家中去选出"最好"的一个，诺贝尔奖之所以长期那么有影响力，正因为评选过程中考虑了许多其他外在的因素，包括国际局势的因素。当日本逐渐崛起时，他们就决定要选出日本作家来得奖，以便反映这样的变化以及所引发的关切，然后才进行征询，选定是哪一位日本作家应该得奖。

诺贝尔文学奖当然是一个在政治上高度敏感的奖项，意味着他们一直在观察这个时代，看国家间的势力变化，从中衡量当年最适合由哪一个国家的哪一位作家得奖。

让我们再回到伊藤整回复征询时所给的意见。他完整的说法是:"如果你们要我推荐日本作家给西方读者或学界,我心中有很多不同人选,然而如果讲到诺贝尔文学奖,也就是要代表日本的话,既然谷崎润一郎失去了资格,那我的名单上就只有一个名字——川端康成。"

伊藤整很清楚地点出了诺贝尔文学奖的意义,第一位受奖的日本作家,必然让人家觉得他就是代表日本的,他不可能以单纯的文学家身份去领奖,所有的人都会以其人其作来认识日本、理解日本,甚至评价日本。

战败与失去挚友

我们可以从两个方面来理解川端康成如何能够代表日本。第一,他是一位在战后有意识地重建"日本美"的作家。

川端康成出生于一八九九年,十九世纪的最后一年,距离一九〇四年日俄战争爆发还有五年。那是日本明治维新带来最乐观气氛的时代。一八九五年,日本在中日甲午战争中取得大胜,证明了维新神奇的富国强兵效果,加强了社会上对于"脱亚入欧"能够跻身列强,和欧洲国家平起平坐的信心。

然而在川端康成长大的过程中,这样的气氛逐渐改变了。

接下来日俄战争的结果就不再那么一面倒了，日本虽然战胜，却只能算是"惨胜"，不只是战争投入的代价很高，而且战争结束后并没有从俄罗斯那里得到什么实质的补偿。战争的负债进而使得长期快速发展所累积的种种社会问题，逐渐在明治后期爆发出来，动荡的情势使得人们无法再天真地保持乐观。

到了第一次世界大战后，日本被敲响了另一次警钟，必须从原来的迷梦中醒来。那就是虽然兴致勃勃地参与了世界大战，然而在重整战后秩序的巴黎和会上，却发现这场由美国、法国、英国主导的会议，日本不仅被边缘化，甚至连要取得德国原先在中国的权利，而遭到中国的抗拒挑战时，也没有得到欧洲国家的重视、声援。

另外，第一次世界大战之后的欧洲，弥漫着悲观的情绪，欧洲人自己对于西方文明的前途都极不看好，彻底失去了十九世纪时的进步冲动。再加上民族主义高涨，"民族自决"成为最响亮的口号。多重因素作用下，日本逆转了原先要亲近西方、加入欧洲的国家目标，转而回归自身的民族主义立场，强调日本文化的优越性，追求将日本建立为领导亚洲的新势力。

从"大正"进入"昭和"，日本有了新的国家目标，那就是打造后来称之为"大东亚共荣圈"的统治区域。于是军国主义兴起，一九三一年侵占中国东北地区，一九三二年建立傀儡的"满洲国"，一九三七年发动对中国的全面战争，一九四一年又扩大为太平洋战争。

这一番大肆扩张，最后以一九四五年的无条件投降收场。到投降之前，日本军部都还在宣传"一亿玉碎"，表现出极为坚决的意志，却因此逼得美国动用刚试爆成功的原子弹，连续毁灭了日本广岛、长崎两座城市，日本的意志一夕瓦解。

原本最骄傲、最霸气的一个民族，却在战后成为最屈辱、最怯懦的。日本这样戏剧性的集体心理转折，至今仍然是一个令人好奇的历史研究题目，更是川端康成的亲身经历，成了主导他创作动机激烈转向的特殊背景。

川端康成有一个创作上的好友，差不多同年龄的横光利一。一九二一年年底，两个人在前辈菊池宽家中认识，从此成为莫逆之交。无论在个性还是作品风格上，横光利一和川端康成都形成了强烈的对照互补。最普遍的看法，就是两个人一阳一阴，自然地深深吸引彼此。

在两人的友谊和文学创作关系上，很明显地，横光是"阳"而川端是"阴"。川端参与的许多活动，其实都是由横光带领的。有人将他们这两人一组的文学搭档，和芥川龙之介与菊池宽相提并论，也就是其中一个以光彩耀目的创作出现在世人眼前，另外一个则扮演了称职的陪伴与支持的角色。在这样的对照中，一般是将横光比为芥川、川端比为菊池，也就是说，横光的创作成就要高于川端。

然而这样一个光耀的创作者横光利一，却没有活过五十岁，在一九四七年年底去世了。哀痛的川端康成发表了一篇悼文，在文章里明白宣告:"从此就是余生……"

余生,意味着已经失去了原本活着的理由,勉强苟存下去。让川端产生如此强烈"余生"感受的,除了好友横光突然去世之外,更普遍、更无可逃躲的因素,必然还有战争以及日本战败的事实。

战后川端康成创作的转向

川端在"大正民主"时代成长,经历了从"大正"到"昭和"日本社会气氛的剧变,西方式的自由风气让渡给法西斯的军国主义,然后又见证了从战争爆发时的群情激昂到终战带来的极度耻辱的变化。他不可能不受时代变化影响,一九四六年时他还特地前往东京旁听战犯审判,更不可能不思考战争。

他反省战争,表现受到战争冲击的幽微方式,就在这份"余生意识"中。"余生"意味着本来应该死去了,却还苟活着,所以必须找到一份勉强活下去的理由。川端康成的"余生意识",不是单纯个人的感受、个人的选择,而是牵涉日本战败的集体命运。被全世界视为侵略战犯,且以如此屈辱方式战败的日本,在这个世界上还有什么资格继续存在下去呢?

不得不面对横光利一去世的事实之后,以川端自己的话说,那就"要凝视故国的残山剩水"。经历了战争,尤其是经历了耻辱的败战，日本已经不再是川端出生成长的那个日本了。最大的差异，在于这样的一个日本，在世人眼光中失去了继续存在下去的合法性。作为一个国家、作为一个社会，日本人自己都无法辩护日本的存在，就算要日本从地球上消失，都让人提不出什么理由来反对吧？

应该消失却还继续存在，应该死去却还苟活余生，凭的是什么？川端找寻并确定了他自己的答案，那就是要从近乎绝望的"残山剩水"中找出让日本可以、应该继续存在的理由，抵抗败战所带来的终极耻辱。

对应战争那么鲜明的破坏与悲剧，承担东京大审判所彰显的战争责任，还能找到什么理由为日本辩护？还是至少呈现战争之外，战败与责任之外，另外的日本面貌？

在这点上，川端有着特殊的经验与长处。相较于横光利一的"阳"，川端的"阴"一般被认定为是接近日本传统之美的，无论在美的品味标准或表达上，川端的美都和日本传统有着密切的联结。

这不是川端年轻时创作的本意。刚开始在文坛闯荡时，川端和其他年轻人一样，不会一开始就要背负老气横秋的传统重担。和其他年轻人一样，川端的创作养分与灵感启发，许多都来自西方，他快速、饥渴地吸收西方流行的文学风潮，或引介或仿习。无论是"新感觉派"的美学意念，还是"掌中小说"的特殊形式，都表现为来自欧洲的外来刺激产物。也和其他年轻人一样，他对于自己的文学风格，会强调独特性与开创性，而掩蔽和传统之间的联系接续。

然而在战后的"余生思考"中，川端逆转了年轻时的态度。他反过来收藏起自己身上所有外来文化的影响，不再突出个体个性，改写了自己的文学创作故事，将自己的文学重新解释为日本传统之美的代表。

如此逆转的立场，在诺贝尔文学奖受奖演说中，有了极致展现。演说词《日本之美与我》要诉说的，是一个谦虚无我的故事。援引各种日本诗歌、宗教、美术，乃至于山水典故，川端的潜文本是："你们在我的小说中读到的所有、任何美好事物或感官领悟，其实都来自日本传统，我只是这美好传统的一个承载者与转述者，如此而已。"

换句话说，川端自我选择的"余生"使命，是要以"美"来重建日本的形象，借由"美"来让人遗忘日本的战争与战败的可耻事实。川端要说、要为他的日本主张的，是日本的美具备独特、永恒的价值，放在人类历史文明的图谱上，有着无可取代的意义。因此，即使背负着战争与战败的耻辱，是的，日本仍然应该继续存在，日本人仍然可以作为传统之美的承载者而继续活下去。

这样的"余生意识"，毋宁是高贵而令人动容的。换另一个角度看，这样的"余生意识"也是一份艰难到近乎执迷梦想的自我折磨。或许就是川端康成觉得必须承担足够的折磨，才对得起文学成就与前途都胜过自己,却在战争之后早早谢世的好友横光利一吧。

被践踏的民族自尊

战争结束那一年,川端康成四十六岁,是步入中年的日本人,应该是国家的骨干,应该承担国家各方面的主要责任,属于站在第一线上的一代人。这代人背负了最深刻的战争罪孽。这一代追随前代人发动战争,制造出恐怖的灾难,最终反噬了日本。这一代应该为赎罪而死吧,不是个人的选择,而是国家命运将个人吞没了。

横光利一在两年后去世,到这个时候,川端康成又已经看到了战后美军占领的情况。比川端康成小一个世代,一九三五年出生的大江健三郎曾经回忆,战争结束时他十岁,很快就产生了无论如何也不愿意去学校上学的强烈心理。因为学校的师长们,之前还咬牙切齿地教他们该如何仇视美国人,训诫他们要信奉天皇,保有坚持"一亿玉碎"的"国民精神",突然之间转而要大家和美军亲善,并且在遇到美国人,甚至只是讲起美国时,露出敬畏、谄媚的态度。大江健三郎的天真少年心灵无法接受如此彻底的自我矛盾、自我否定,油然生出了对于师长的鄙视。

确实，美国之所以决定动用原子弹，也是预估日本坚决抵抗的决心将使登陆战争伤亡代价太高。回顾一九四五年六月结束的冲绳岛战役，日本人硬是抵抗了八十天，造成美军多达两万余人阵亡。那么登陆日本本土可能的伤亡代价，就更是高到难以想象了。

美国凭借着新发明的"末日武器"，终于使得日本投降，然而仍然战战兢兢任命了领导、执行太平洋战争的麦克阿瑟将军带领军队前往建立占领指挥部，预计会有一段艰辛平复日本社会的过程。出乎所有人的预料，麦克阿瑟将军靠着保留天皇的主张，很快得到了日本人的崇敬，美军则因为将丰富的资源提供给饥饿的日本百姓，也立即受到英雄般的欢迎。连美国人自己都大感意外。

对于川端康成这一代人来说，尤其是对于从来没有认同过军国主义的人，这是加倍的耻辱。整个昭和时代建立起来的国家价值彻底瓦解，而且这些喊口号喊得最大声的右翼分子与一般大众，竟然瞬间就放弃了自己原先信誓旦旦坚守的立场，一下子转去崇拜麦帅、谄媚美军了。不只是情何以堪，更是尴尬到自我怀疑：日本还有根本的立国尊严吗？

以人类学家鲁思·本尼迪克特在经典名著《菊与刀》中揭示的研究洞见来说，相较于西方的罪感的文化，日本是耻感的文化。罪感是自己内心有一种警诫，如果做了不对的事那警报就会响起而让你无法安心正常过日子；耻感则是来自别人看见你做出了不应该做的事,你在别人面前丢脸了。前者的根本是"人在做,天在看"的普遍压力,后者却是"人在做,人在看"——最在意、最受不了的是被别人发现、指摘犯错。

如此重视耻感的日本,却在战败后陷入了最深的耻辱,全世界都看到了日本发动侵略又彻底失败的过程,又都看到了战败后日本对美国谄媚卑屈的一百八十度态度转变。用鲁迅发明的语言来说,那是"应该被从地球上开除球籍了"。还有什么能够在这个现实世界继续存在下去的理由?依照耻感文化的制约反应,那不是应该集体切腹自杀了吗?

川端康成以写作者、艺术家的身份,面对这个问题,而做了这样的决定——他要用"余生"去存留、去证明日本文化的一些根本价值。在美学的领域中,他要做一个纯粹的日本人,将自己从一九二七年在《伊豆的舞娘》中就已经创造出的一种特殊语言再加淬炼,成为足以传达"日本之美"并让人信服的工具,证明日本不只是发动战争、必须接受审判的罪犯,不只是战败了就完全没有骨气全盘向美国屈膝的乞丐,而有其文化上,特别是美学上足以让世界肯定的资产。

川端康成的诺贝尔文学奖演说词是用日文写成的,再由翻译家赛登施蒂克译为英文。赛登施蒂克是川端康成能够得到诺贝尔奖的另外一位关键功臣,川端康成的重要作品几乎都是由他担任英译。除了翻译川端康成之外,赛登施蒂克也曾经翻译过《源氏物语》,证明了他在日文上,包括在古日文上的深厚功力。他的译文掌握了川端康成作品中独特的纤细敏锐，保留了日语的复杂绵延特性，没有将作品译成流畅、现代的英语，适度传递古老的异国情调，才能够让其在英语世界里吸引那么多专业读者与评论家的注意、重视。

川端康成的演说词是在前往瑞典的旅途上写的，这些内容他已经娴熟于心，甚至不需要书房里的参考数据，但也给了译者很大的压力，只剩下很短的时间将其译成英文。因而赛登施蒂克在匆忙译成交给典礼主办单位的初稿之后，对成果很不满意，决定再进行修改。这一修改，即使以他的功力，竟然也要花三个月的时间才得以完成。这番演讲词比川端康成平常写的小说更日本、更传统，他从虚玄、道元开始讲起，接下来讲明惠上人、西行、良宽、一休宗纯、芥川龙之介、太宰治，然后引用《古今和歌集》《伊势物语》《源氏物语》以及《枕草子》。每一个名字对于在斯德哥尔摩现场听他演讲的来宾，应该都是陌生的吧！

他为什么要用这种方式写演讲词？整篇演讲虽然语气温柔，但他实际上表达了一个坚决、强硬的态度。他要对这个世界说，谢谢你们如此肯定我，但我希望你们能够了解——在我身上、在我的文学中所有美好的性质全都来自日本，来自日本的传统，除此别无其他。你们欣赏我的作品，就应该同时了解我的来历。

二十九年后在同一个场合中演讲的另一位日本作家，大江健三郎，显然最清楚川端康成的这份宣言、这个立场。大江健三郎获奖演说的标题是《暧昧的日本与我》，非常明显是对应

《日本之美与我》而来的。而且大江健三郎也不掩饰他对于川端康成的不满、批判之意。

借由在川端康成之后获奖，大江健三郎要修正川端康成给人的印象。他要告诉世人，不要被川端康成迷惑了，日本不是单一的文化，更不存在着一种纯粹、单一的"日本之美"让大家可以欣赏、可以拥抱。大江健三郎要强调的，是日本的复杂性、暧昧性，日本有其美好的一面，却也有其平庸、邪恶、自我怀疑乃至自我矛盾的更多面。这些加在一起才是日本，而文学作品——对大江健三郎来说，正是要去面对、去揭露如此多样暧昧的人间面貌。

童年生涯与《源氏物语》

川端康成特别凸显了自己和日本传统之间的关系，尤其是平安时代文学、美学对他的影响。他和平安时代文学确实结缘甚早，《源氏物语》以一种奇特的方式进入他的生命，在他的青春成长中占据了奇特的重要位置。

川端康成曾写过一篇文章描写他的幼年经验。文章有个悲哀的标题，叫作《参加葬礼的名人》。他说有一段时间左邻右舍看到他，都叫他"参加葬礼的名人"，因为他小小年纪已经参加过太多葬礼了。

两岁的时候他父亲去世，两岁半的时候母亲又死了。在川端康成早期写的掌中小说中，有一篇《母亲》，那是取材自家人长辈告诉他的父亲与母亲的故事而改写的。

小说中有一段，妻子用酒精替生病的丈夫擦拭身体，丈夫清瘦的肋骨间浮现了一层汗垢。丈夫跟妻子说："我得的是胸部的毛病（肺结核），心脏附近已经快被病虫蚀光了。"妻子哀怨地回应："现在病菌比我更接近你的心了。你自从生病之后，就不让人亲近，恶意关闭了那扇和人沟通的门，把我都挡在外面了。我也知道，如果你现在还有力气，你大概会抛弃我离家出走，让我找不到你吧。"

丈夫无奈地说："那我们就三位一体，我、你和病菌一起殉情吧！"妻子的反应是："能够一起死了倒好，你既然病得不想活了，我也不愿意自己偷生。"

在真实的人生中，川端康成的母亲因为照顾得了肺结核的丈夫被感染了，以至于丈夫病逝后没多久她也同样死于肺结核，这使得儿子年纪很小就成了孤儿。在小说中，川端康成想象，母亲其实是抱持着殉情般的意念，明知道会被感染而刻意不避开的，如此使得父母的故事增添了一份悲怀。

小说中丈夫还是劝妻子，毕竟生了小孩，必须考虑还需要照顾的孩子。他以自己的童年为例，说："我自幼生母便去世了，很了解这种感觉，你不要让我们的小孩未来也承受这样的痛苦。"然而妻子听到这里却激动起来，一面叫着一面扑向丈夫的嘴唇,丈夫必须紧紧抓住妻子的衣领阻止她。妻子边挣扎边叫着:"让我吃吧,让我吃吧!"丈夫虽然已经很瘦了,却还是使尽力气制止了妻子。

接着出现了诡丽奇艳的画面。因为衣领被拉住,妻子丰满的乳房从敞开的衣襟间露了出来,丈夫太用力了吧,以至于吐出一口鲜血,艳红色的血正巧染在雪白的圆乳上。丈夫惊慌地提醒:"那个乳房可不能再让孩子吃了!"

川端康成用这种方式,赋予父母之死、自己成为孤儿的缘由一份强烈的传奇性,作为一种对于孤儿痛苦经验的慰藉与救赎。

父母过世之后,留下了两个小孩——川端康成和姐姐。姐姐住到阿姨家里,但到川端康成七岁时,祖母死了,三年后,姐姐也死了。川端十三四岁时,祖父生了重病,经常卧床;到他十五岁,祖父也去世了。才到青少年阶段,他已经参加那么多次亲人的葬礼了。

二十六岁时,川端康成发表了自己十六岁守着即将过世的祖父时写下来的日记。他是由祖父母带大的,老人家不放心,总是将他关在家里不让他随便出门,如此养成了他内向而脆弱的性格。祖父重病时,他没有事做,也没有什么朋友,于是就守在祖父的病床边读《源氏物语》。

《源氏物语》是用古日语写成的,现代日本人无法直接读懂,然而少年川端康成就这样半懂不懂地一直读下去,仿佛是要靠着那样的阅读,让自己离开现实,穿越时空去到一个既陌生又美丽的平安时代世界里。

川端美学的核心——物之哀

那个世界有一种特别的精神，记录、保留在《源氏物语》中，进而贯串了日本传统文学，并深深感染了川端康成，成为他文学美学的核心。那就是"物之哀"。

日本的历史与文化中，"物之哀"无所不在，但这个观念很难明确地说清楚，可感而不可说。勉强要用理性语言解释的话，"物之哀"大致可以分成三个层次。第一个层次是"万物皆有其哀"，因为万物都在时间之中，时间带来变化，时间更带来必然的毁坏，没有任何事物能够抵抗时间保持不变，人能想象永恒，然而围绕着人生的一切却都不可能永恒，因而显露其"哀"。万物难道没有其乐吗？对于平安时代的人来说，万物在不断地老化、衰颓，所以乐是短暂的，哀是必然的，哀是长远的。

第二层意义是，人类所有的情感之中，以"哀"——哀伤、哀愁为最深刻、最宝贵。川端康成有一本名著，中文译名为《美丽与哀愁》，日文原文是"美しさと哀しみと"，中文译不出来的是两个"と"，语法上，这是"同位格"，不只表示"美丽与哀愁"，而且有着"美丽即哀愁""哀愁即美丽"的意思。美丽与哀愁永远在一起，哀愁最美，美中必有哀愁。

关于这层意义，基恩曾经引用希腊悲剧理论来说明。亚里士多德解释戏剧时说，喜剧来自现实，喜剧之所以令人发笑，因为在剧中反映了现实的混乱、无序。相对地，悲剧的位阶高于喜剧，因为悲剧比较纯粹，在哀伤痛苦中，现实里的种种琐碎、混乱无法入心，被排除出去了，使得生命纯净，得到了升华的效果。那种升华之美，只能存在于"哀"里。

什么时候我们可以感受到美？什么时候我们可以超越有限的、凡俗的生命，而进入美的境界？那就是当我们沉浸在哀愁里的时候。哀愁使我们认知到自我的限制，哀愁也使我们理解到我们和外界一种深刻的关系。所以最纯粹的感情，来自哀愁。唯有描写哀愁、捕捉哀愁，我们才能了解人间之美。

"物之哀"的第三层意义，扣回第一层意义，但凸显了人的特殊性。万物皆有其哀，然而人却不只能感受到自身被时间不断冲刷改变之哀，还能感受到其他事物的变化衰败，因而有所哀。甚至因为人的这种共感体会，万物之哀才能被表达出来，存留在人所创作的文学、艺术作品中。

人和物之间，没有决然的分别，人会产生与物同一之感。人什么时候会觉得和万事万物、和周遭的自然最为接近？西方浪漫主义传统选择的情境可能是孤寂、宁静，而日本平安时代所认定的却是：人感到悲哀时——悲哀使人特别意识到时间的无情，于是为自己悲哀，也同时怜悯那些河川里被冲刷的石头，在那个时候人和石头有了一种因为"哀"而产生的联结关系。

第二章

瞬间的切片
——川端康成的掌中小说

《燕子》中季节的联想

川端康成写过一篇介于散文与小说间的作品,文章从叙述者"我"和一位乡村里年轻教师的对话开始。年轻教师说他带学生去外面写生,随便孩子想画什么就画什么,结果交来的三十四幅画中,有二十二幅画了富士山。有意思的是,另外十二个小孩都画了燕子。

"燕子?"

"是啊,出乎我意料,我根本没有注意到燕子来了。"乡村教师说,"去画画时是四月底,孩子们看到了燕子来,感受到季节的艺术。"

"咦……我有一个关于温泉燕子的故事。"

于是叙述者"我"开始讲这个故事:

有一个朋友,学生时代就有了情人,过了几年,那个女生变成了电影明星。女孩愈来愈有名之后,难免受到环境影响,有了想要离开这个男友的念头。就在感情生变不稳定的时候,两个人一起去看了女孩主演的电影首映。电影中女孩打扮得像山上的小女生般清纯天真,独自走下山坡。此时在镜头中有燕子从银幕的一角飞过。"啊!燕子!"电影院里女孩不由得叫了出来，然后和身边的男友彼此对望。

拍电影的时候，导演、摄影可能也都没有注意到有燕子飞入镜头中吧！电影演完了，女孩重复对男生说："燕子，燕子。"那只燕子飞入女孩的心灵里了，说完"燕子"之后，女孩软弱地投入男生的怀中，静静地哭了。

文章的结尾是叙述者"我"说："后来我的朋友告诉我，镜头里拍的地方，就是这温泉的山坡。"

那么短，却那么精巧，更重要的是捕捉、反映了复杂、幽微的"物之哀"。日本传统文学的俳句规定必须有"季语"，也就是关于季节的表达、提示，这里"燕子"显然就发挥了"季语"的功能，一方面确定前后两件事都发生在春天，另一方面给予了人时间感，一年过去又一年新来了。

燕子来了，燕子飞过去，一部分的小孩注意到了，大人却和其他小孩一样只看到永远不变的富士山，从这些小孩涂画的画面上才被提醒了，就像那个沉浸在自己人生新景中的女孩，原先也没有特别意识到拍电影的场景和季节、时间的关系。不预期地在银幕上看到燕子飞过去，惊讶的不只是有燕子，还进而被提醒了时间飞逝，时间会改变一切，会使得自己不再是那个天真的小女孩了，原先和男朋友比较单纯的关系也不一样了。她痛心自己被改变了，却又顿时觉得如此无奈，无从挽回过去的情感。

这是对作品勉强的解释，因为作品本身实在是可感而不可说的，因为那么短的作品里并没有严密、结实的象征和比喻手法，似乎信手拈来，由燕子的联想将两件完全不相干的事放在一起，简单地比记。然而读者却能够感受到一种不寻常（不见得说得清楚）的心情悸动。

《茱萸盗贼》浓缩时间的艺术

川端康成善于在小说中将时间浓缩、集中在一个瞬间，创造爆发的感官效果。他用这种方式提醒我们：有多少现象与刺激，其实都在我们没有注意的情况下，转瞬即逝，消失无踪了。那是人生的现实，很多人甚至连自己究竟错失了多少这种灵光的瞬间都不知道，直到透过小说而产生了一份对于周遭时空更警觉的敏锐，能够体认、掌握瞬间的感动、瞬间的迷离、瞬间的美。

人生实难，面对时间我们无可奈何，但是用这种方式写小说记录瞬间，川端康成得以将许多原本在现实中必然消逝无踪的瞬间拉住，保留在文字里。而那既是瞬间，又是被凝结固定住的恒常，两者之间产生了巨大的冲突张力，本身就有一种难以言喻的美。

川端康成写过一篇掌中小说，短短的篇幅，标题叫《茱萸盗贼》。应该每个人都读过"遍插茱萸少一人"这句诗，也知道这是描写重阳节的。茱萸是日本山间乡下常见的植物，秋天时会结鲜红色的果实，熟了可以吃，但并不是很好吃，酸酸涩涩的。

小说的开头是"清风婆娑，吹红深秋"，然后展开第一个画面，那是一群小学女生边唱着歌边走在回家的山路上。

接着快速跳到第二个画面，有一间老旧的小食堂，楼上的门敞开着。为什么不怕秋风还让门开着呢？原来是有一群工人在那里赌博，他们或许是来施工的，或许是齐聚到食堂吃过饭了的。

还有第三个画面，出现了一名在走廊上等人的邮差。他正在等刚刚收下包裹的女人再度走出来。那显示了邮差和女人的特殊交情，包裹已经送到了邮差还不肯走。两人交情不浅到邮差甚至可以猜到包裹里是什么东西，对走出来的女人问："是那件衣服吧？"因为季节变化，邮差想到了应该是妈妈替女人寄衣服来了。女人对邮差表现得格外亲近的态度有点不满，就说："少来了，好像我的一切事情你都了如指掌似的。"但邮差特意等着就是要把握机会和她说几句调情的话，故意说："因为你这里所有的信，包括你寄出去的，都经过我，我都看过了。"女人不甘示弱地回应说："我是做生意的人，我写的话你还都当真啊？"邮差说："喔，我和你不一样，当然以为那些都是真话啊，我可不会拿谎话来做生意。"

两人各有心机。女人的意思是：我阻止不了你经手，甚至偷看我来往的信，你尽管看啊，但别以为这样你就知道了我的隐私。邮差则反驳她：你竟然自己承认，原来做生意都不老实啊！

再下来，女人还有更狠的一招。她突然问："今天有我的信吗?"其实如果有,邮差应该早就和包裹一起给了吧,答案当然是没有。她就刺他:"连没贴邮票的也没有吗?"怎么会有没贴邮票的信呢?邮差此时有些尴尬地回复:"没有啦。"女人说:"我欠你很多人情啊,等你有一天当了大官要定一条法律,规定情书不用贴邮票。"

从女人的话中,我们知道了,原来邮差会假公济私,自己送来写给女人的情书,所以女人开玩笑威胁要去告发他违反规定,除非他将送情书应付的邮资交给她。邮差赶紧叫她别那么大声嚷嚷,后来还真的从口袋里拿出一块硬币,丢在走廊上,才提起邮袋离开了。

这时候接回了第二个画面。楼上的一个工人故意假装衬衫掉了下来,对女人说:"你的钱在那里啊,借我五毛吧!"女人赶紧将硬币捡起来,收进腰带里。

此时又呼应了第一个画面——孩子们推着铁环[1]唱着秋天的歌。小说的第一段就结束了。

女孩与女人交会

小说的第二段出现了一个小女孩,家里是烧木炭的,她背了一篓木炭走着。重点是她走路有一份特殊的神气,像是要出

---

1 推铁环:旧时传统儿童游戏。

发去攻打鬼岛的桃太郎。为什么会这样呢？因为除了木炭之外，她还在肩上扛着好大的一支茱萸树枝，乍看像是长着绿叶的珊瑚。

我们眼中还看着神气模样的小女孩，小说却交代了她其实是要去村里的医生家。在此之前，她在家里和生病卧床的爸爸说话，因为曾麻烦过村里的医生过来看病，所以现在要去送谢礼。女孩对爸爸说："只有木炭不太好吧？"表示他们家里很穷，除了木炭没有别的可以送。心思细密的小女孩还多顾虑了：爸爸生病了也不能烧炭，现在能送去的都还是她自己烧的、质量比较差的木炭，那岂不是更失礼了吗？

她很懂事地跟爸爸说："那就还是送这一篓木炭去，但要跟医生说明是我烧的，等医生把爸爸的病治好了，爸爸会另外烧比较好的炭送过来。"爸爸意识到送小孩烧的炭的确不太像话，就多吩咐了一声："那你随便到山上找一些柿子带过去吧。"小女孩听了觉得有道理，就答应说："那也好，那也好。"

小说用很平淡的语气写，但其实内在有深沉的悲哀。女孩后来并没有去摘柿子，因为爸爸的意思是要她去偷一些人家种的、深秋在枝头正成熟的柿子去当礼物。她虽然答应了爸爸，但应该心里会觉得不好意思，也就没有真的去做。没有柿子，那该怎么办呢？走过一片稻田时，她看到田边道路上有茱萸的鲜红果实，她的心情放松了。

路边大树上结的果子不需要偷。她要摘茱萸果实去送给医生，用手攀住树枝，树枝弯曲下来了，她继续用力往下拉，用了全身的重量，没想到竟然拉断了好大一根枝子，她自己也砰地在路上摔了个四脚朝天。

但小孩很开心、很得意，本来只是要摘一些茱萸的果实，没想到变成了扛着一大条长满果实的树枝一边走一边吃。吃到涩味让舌头似乎都变得不灵活了，此时小女孩遇见了小说开头描述的那些小学生，她们兴奋地围着看那把了不起的茱萸，小女孩微笑着将自己的战利品伸到她们面前，将果子分给大家。

在山上乡间，仍然有着阶级差异，能去上学的女生，家境一定比较好，这次却换成是最穷的穷小孩慷慨地送果实给她们，她得到了一份不一样的、难得的满足。

小女孩进到村中，遇到了前面和邮差说话的那个女人。女人当然也注意到了那么漂亮的茱萸树枝，所以主动跟小女孩攀谈。知道小女孩要去医生那里，女人马上想到了："前两天用山轿子（类似滑竿那样的简陋交通工具）来接医生的，就是你们家吧？"显然小村里没有秘密，女人知道了小女孩是烧木炭家的。接着她又对小女孩说："茱萸果实看起来比红软糖还漂亮，可以给我一颗吗？"

小女孩突然就将一整枝茱萸都递到女人面前，女人开玩笑："整枝都要给我吗？"小女孩就说："好。"将整枝茱萸交给女人。小女孩还是很慷慨，完全不会拒绝别人。接着小女孩被女人身上穿的新外套，邮差刚刚送来的锦衣吸引了，她突然红着脸离开了。

川端康成没有多做解释，但我们能心疼地体会小女孩的感受。她看到女人身上值得羡慕的新衣，意识到自己和人家的差距，因而觉得那样好像很气派地将茱萸枝送过去，其实人家根本不需要，她就不好意思、尴尬地匆忙离开了。

女人看着放在自己身上，比她的双膝都还要宽两倍半的茱萸树枝，有点惊讶，摘了一颗果实放进嘴里，那样酸酸凉凉的味道，让她想起了故乡。她一定是为了什么理由大老远跑到这山村里来的，所以每到深秋母亲都要寄新的外套来让她御寒过冬。但她接着又想：现在连寄冬衣来的母亲都不在故乡了。

小说的最后，又传来了小孩们推铁环嬉戏唱歌的声音，女人突然从"珊瑚枝"——其实是那茱萸枝，但川端康成在这里特别从女人的主观称之为"珊瑚枝"——底下，腰带之中掏出了那枚硬币，等待烧炭家的小女孩等一下走回来。

仍然没有明说，但我们知道女人做了决定，等一下要将这枚从邮差那里要来的硬币送给小女孩。那份心情很复杂。她想起了母亲，想起了自己被迫远离家乡，离开相依为命的母亲，连带投射同情小女孩的家庭背景，而且又感受到这么穷的小女孩却那么慷慨，将一整枝华丽的茱萸毫不犹豫地就送给她，她应该要有所回报。

开头的第一段回来了，"清风婆婆，吹红深秋"，结束了这短短的一篇小说。

极短篇的掌中小说

掌中小说的极短篇幅在川端康成笔下取得了特殊的形式内涵。因为超短,所以小说不可能循线性发展,不可能交代来龙去脉;也因为超短,所以没有空间让作者多解释什么,必须由读者自己去体会。《茱萸盗贼》先分头快速素描女人和小女孩,然后让她们相遇互动,两人一起说话只有几分钟,却刺激出特殊的真情。

小说叙述的时间开始于邮差在等着,省略了前面邮差将包裹送来交给女人,女人进去开包裹拿出新衣又将新衣穿上的过程。这是打破线性不要从头说起的减省示范,而且像电影画面一样,让时间分隔开来,看完了女人捡起硬币放进腰带里,没有交代什么,直接转换镜头去看小女孩那边。顺着小女孩的脚步,然后才回到村中,让小女孩的时间对上邮差走后还坐在门口的女人的时间。

用这种方式省掉了很多说明文字,更重要的,让读者自己去体会,因而得到更深的感动。读者不再是旁观者,旁观小说中角色的行为,得到作者传送过来的情感,而是发自内心地理解女人为何要将从邮差那里讹诈来的、多的一枚硬币转送给小女孩,发自内心地喜欢那个带有豪气却又心思细腻的穷人家小女孩。

扛着一根茱萸树枝的小女孩,原本完全不在女人预期中,但她出现时,女人刚好从邮差那里收到了母亲关心她而寄来的外套,因此感受到每年一度和母亲最亲近的时刻,那样的茱萸果子又让她想起故乡,刺激了她自己都没有想到的强烈情感。

遇到女人也不在小女孩的预期中。她不好意思去偷柿子,看到路边的茱萸树松了一口气,抱着那样的心情豪迈地扛着树枝走来,却遇到了被红果实吸引的小学女生,在家境比较好的女学生面前她当然要更大方、更慷慨。抱持着这样的心情,她几乎忘掉了本来要将茱萸果子当礼物送去医生家,女人开玩笑向她索取,她就慷慨地送出整枝了。

在生命中彻底偶然、绝对不可能安排的瞬间,这个女人产生了对于小女孩的感情,一种自己都不知道会有的深刻感情。工人逗弄她时,女人赶紧捡起硬币,表示她在意钱,或许也是为了赚钱才来到这小山村,但此刻她被刺激出了慷慨,她要帮助小女孩,这件事再重要不过,而这样一份突如其来的感情、实时的决定,我们能够体会,也能感受到其中的纯真诚挚。

散文诗与俳句

"掌中小说"是来自法文的名称,二十世纪二十年代传入日本,一度非常流行。在第一次世界大战之前,欧洲国家中和日本关系最密切的是德国,在作为后进国家努力迎头赶上这一性质上，日本高度认同德国，并积极向七十年代才统一的德国学习。然而第一次世界大战带来转变，日本选择了站在德国的对立面，参加了英国、法国的这一边，而能够以战胜国的姿态去参加一九一九年的巴黎和会。

于是在二十世纪二十年代掀起了法国热。这时候日本人已经不需要积极学习法律或政治制度了，他们从法国人那里吸收的是文化，是文学和艺术，尤其是那样一种特殊的美学敏感性。

在这波潮流中连带引进了"掌中小说"。在法国，"掌中小说"是从贝尔特朗、波德莱尔发展出的"散文诗"所延展的，追求以短小的篇幅呈现瞬间意象与感受，等于是将小说的虚构叙事成分加入散文诗中，让文本更紧密更浓稠。

川端康成选择的"新感觉派"风格与意念，也是来自法国，因而他会在很年轻时就投入创作掌中小说，一点也不意外。他写过的掌中小说一共有一百多篇，一九七一年新潮文库本书名叫《掌中小说百篇》，实际上收录了一百一十一篇，后来改版、增订，维持原来的书名，但增加到一百二十二篇作品。这应该是收录得最完整的版本。

川端康成自己如何看待掌中小说，留下了一些记录。一九三八年，他已经借着《雪国》在文坛上得到了相当肯定，改造社推出一套《川端康成选集》，第一卷主要内容是掌中小说，他在"后记"中说：

> 这一卷的作品都是掌中小说,大半是二十年代所写的。许多文学家在年轻的时候喜欢写诗,而我则是以写掌中小说代替写诗,其中有一些是勉强写的,但是自然写成的作品也不少,把这一卷当作我的标本,也就是那个时代的代表作,有一些不满意,但可以表达年轻人写诗的精神吧。

这样的说明一方面联系上掌中小说的法国渊源,另一方面点出了这批小说和传统和歌之间的相似性。

和歌中,甚至是全世界所有诗歌形式中最为短小的,是俳句。平安时代流行俳谐的演出与写作,后来将俳谐中第一句抽离独立出来,在松尾芭蕉的手中形成了俳句这样的特殊文体。

俳句很短却又很严格,从头到尾只有十七个音,必须按照"五—七—五"的三句排列,而且其中一定要有表现季节的"季语",于是使得俳句的内容通常和季节有关,也就和时间的流逝或追怀有关。

《茱萸盗贼》充分反映了俳句的影响。开头和结尾都是"清风婆娑,吹红深秋",那就是不折不扣的"季语",而且故事中的两项关键物品——长满了鲜红果实的茱萸树枝和初初披上的新外套——都和深秋季节密切相关,规范了这个故事只可能发生在特定的季节里。

川端康成以传统俳句精神来写掌中小说,并不完全因为他是日本人,他和平安时代的历史、文化另有密切关联。他小时候在邻居间得到了"参加葬礼的名人"的称号，因为小小年纪就遭遇了亲人接二连三的死亡，常常在葬礼上出现。

到十四五岁，他生命中仅存的亲人，他的祖父也生病了，很长一段时间他都必须照顾祖父，那时候他养成了在祖父病榻旁阅读《源氏物语》的习惯。祖父缠绵病榻多久，他就读了多久的《源氏物语》，这是他文学养成中的第一个段落，当然留下了无法磨灭的记忆与影响。

小林一茶的俳句

在他生命的第一段时光，正值一般人的成长期，川端康成在亲人接连去世中内化了深刻、难以排解的"孤儿意识"。带着这样的内心伤痕，他去了东京，开始参与文学活动，清楚地受到西方现代文学影响，并且和横光利一成了好朋友。在这第二阶段中，他从"新感觉派"的美学观念找到了自己的文学归属，从而部分缓解了"孤儿意识"，迎来创作上的高峰，包括完成了大部分的掌中小说，让这个原本舶来的形式脱胎换骨，变成了他风格独特的表现手法。

掌中小说是他连接第一阶段与第二阶段生命历程的产物。他将平安时代的纤细敏锐和法国散文诗的浓缩文本精神有效地混合在一起，写出了极其独特、几乎没有其他人能模仿的小说作品。

川端康成的掌中小说对于短小篇幅的运用，又不完全是俳句式的。在一个意义上，法国散文诗的浓缩，比较接近中国的绝句。虽然同样都是短诗，但日本的俳句和中国的绝句在表现原则上有很大的差异。最通俗、大家都会背的五言绝句"床前明月光，疑是地上霜，举头望明月，低头思故乡"，因为太熟悉了，以至于很少有人认真理解这首诗的写法。前面的"床前明月光，疑是地上霜"暗藏了时间上的错杂。"床前明月光"并不是真正叙述时间的开端，最先其实是看到了床前一片白亮亮，因为意识到季节，以为是降霜了、凝霜了才在夜里突然显现一片奇异的白色。或许是半夜睡醒的迷糊状态，必须再等一下，更清醒些了，才明白那不是霜，而是月光投射进来产生的景象。

从错觉到发现答案，于是刺激了顺着月光去看光源的动作。于是原本低头看地上，转而换成抬头看月亮，并且在动作变化之际，更惊觉天上有怎样的"明月"。但立刻，举头的视线又转回低头，因为在那个时代，当人远离家乡时，唯一能和远方家人明确有共感的，就是大家在夜里能够看见同一个月亮。这是中国韵文中已经固定下来的情感，所以乍然地被月光挑起了离乡之人对于家乡、家人的想念，又黯然地低下头了。

进而诗结尾提供的解释，又扣回诗的开头，提供了我们刚开始读这首诗时不会意识到更前面所发生的事。为什么会将月光误认为是霜呢？应该就是因为离乡在外夜里睡不好，迷蒙张眼，又在不熟悉的环境里，产生了这样的错觉吧！

那么短，却在时间意识上有了多层流转，甚至正因为只用那么短的字句，一定要浓缩制造出这种流转挪移，才能让诗有层次、有内在空间，又有余韵。这是中国绝句的美学表现方式，特别是不遵从单一、线性时间先后，结尾往往扣回开头的写法，也经常出现在川端康成的掌中小说里。

至于日本的俳句，典型的写法是选择一个刹那，提供一个小小的切片，那是线索、暗示，让读者自己再去想象追踪，自己将后面的情节或意义补上。例如最有名的一首俳句，小林一茶的作品"已知世上如露水"，就这样，不过我们立即能体会，这句诗的后面应该要加上省略号，成为"已知世上如露水……"[1]

是的，那么多现实的经验让人充分理解，甚至被迫认知，人世在时间中，时间过得好快，活着就像偶尔凝结的露水，在清晨的特殊条件下形成，然而太阳必然要出来，白天气温必然要升高，接着露水也就消失了。

我们谁不知道呢？但是即使知道，却还是会做出许许多多和这项常识矛盾、相反的事。至于那是什么样的事，就让读者自己去挖掘自己的人生，自行观察归纳，自行填充回答吧！

正因为点出了普遍的现象，打中了每个人的心，却又留着

---

[1] 此句由周作人翻译的版本为："我知道这世界，如露水般短暂，然而，然而。"

后面的空白让每个人填上不同的内容,所以如此短小简单的诗可以成为俳句的典范。

这种切片方式也会出现在川端康成的小说中,他善于混用不同的技法,使得他的掌中小说如此耐人寻味,值得认真端详。

所谓的"新感觉派"

要如何理解"新感觉派"?首先要确定将这个称号读对了,这四个字正确的读法是"新感觉——派",而不是"新——感觉派"。不是先有了一个"感觉派"在前面,才有了对应于那个派别强调自己比较"新"的"新——感觉派"。

"新感觉派"的核心观念来自区分理性与感性,并且坚决主张感性比理性更重要。从写实主义到自然主义,文学上的价值观重视客观,要求文学向科学理性靠拢,去呈现经得起理性归纳、分析的事实。在那样的价值判断中,为了呈现客观,就必须尽量排除主观,或者至少要让不同的主观彼此补足、彼此更正,如此形成接近客观的相对主观。

但从浪漫主义再到现代主义,有了很不一样的态度——愈来愈不相信客观,愈来愈重视主观。如果客观指的是排除了所有人的主观,不属于任何个人,是所有人共有的经验或感受,那岂不是很肤浅很无聊?排除了个别性,只剩下共性,那能有什么深度，又如何反映作者的主体性，如何感动读者或观者？

我们要知道、要得到如此平淡乏味的描述与体会做什么？从这样的反向批判出发，联系到更广泛的"人之所以为人"的根本认识。新的潮流中凸显了：人之所以为人的基础，是人有主观，人借由个别主观和世界发生关系，创造出对于世界不同的认识。我们每个人从主观上所看到、所体认、所感受的世界都不一样，而且都对自我来说最真实。这才是人活着的方式。

一张桌子，一张椅子，一个人拿着一本书坐在桌前的椅子上，这是客观的景象，然而这样的景象通过不同人的主观，却可以产生不一样的感受、不一样的意义。只有动用主观，我们才会和这个景象真正发生关系。有人会感觉在吵闹的环境中这个人竟然还能安静地读书；有人会注意到他的眼睛很靠近书页，好像是书具有强烈的磁性，快要把他吸进去了。甚至进而那个画面变成是书有着主动的魔力，读书的人反而是被动地要陷进去，如同掉入一个不可知的坑洞或隧道里。

这种情境并不存在于客观的景象，只存在于某个人的主观感受里，换句话说，借由他的主观，将原本固定、平庸的画面创造出新鲜的感觉来。不只是感觉必定比客观现象来得精彩、有趣，而且是感觉才得以化腐朽为神奇般创造出新鲜来。

主观可以创造出客观事实并不具备的感受与意义。"新感觉派"这个名字指向有意识的努力探寻，去建立我们和外在世界间不同的、"新的"关系，而这种关系只能通过"感觉"来形成。即使是最平凡的一支笔、一只手表放在你眼前，你都可以，甚至都应该保持感官的敏锐，去建立不同的意义关系。

排除了客观的认知，也就是旧的、一般的感觉，手表提醒了你时间如何从抽象变得具象，手表戴在你手上形成了如同手铐般的存在，虽然是你所拥有的，却反过来限制了你的行动，于是手表在这"新感觉"中变成了另一种东西。

这就是"新感觉"的重要性，"新感觉"应该在文学、艺术中具有核心地位，文学、艺术创造、提供"新感觉"，等于随时在打造新的世界。客观的世界是不变的、无聊的，主观中的"新感觉"世界才能是常新的、充满变化的。

虽然后来川端康成不再以"新感觉派"指称自己的作品，不再认为自己属于"新感觉派"，甚至讲过否定自己早期"新感觉派"作品价值的话，然而贯串他小说的，不只是掌中小说，而是所有的小说，这样一份根本的信念，描述主观、从主观中得到新鲜内容，从来没有真正失去作用。

捕捉刹那的"新感觉"

在运用"新感觉"创造新意义上，尤其是要以极小篇幅、掌握瞬间片刻来显现特殊感受上，川端康成明显受益于传统日本文学，特别是和歌与俳句。

举几个有名的俳句或许可以帮助大家建立领会川端康成掌中小说所需要的感性。有一句诗是:"牵牛花,一片深渊的颜色。"这可以说是最精简也最典型的"新感觉"作用。客观上牵牛花开出了紫色的花,我们每个人都看得到。在日文中,牵牛花写成"朝颜",是早晨开花的,很容易就能从名字产生和早晨的种种联结。然而诗人却带我们离开了那样通俗的"旧感觉",从紫色联想到临视最深的深渊的感觉,从高处颤抖地、近乎晕眩地看那仿佛无底的水潭,在光线作用下,突然显示出一种神秘的紫色。那么原本平常的一朵朵小花,就吸引我们近距离凝视,从里面看到了一座象征性的深渊,象征了在日常生活中,藏在表面无害的活动、现象中,人世的种种折磨、灾难。

相关联的,有一首俳句是:"在这世上,一边看繁花,一边朝着地狱走。"地狱在人生命终结的那一端,然而时间的作用,必然让我们每分每秒都愈来愈靠近那死亡的情境。这个铁的事实不会因为任何的遭遇、任何的努力而改变。当春光明媚繁花盛开,也就意味着一年又开始了,必然是前面一年结束,我们的人生少了一年。"旧感觉"让我们欣喜于繁花带来的视觉之美,然而通过俳句突兀的"新感觉",春天不再是原来的春天了。

还有一首说:"故乡,故乡,遇到的都是带刺的花。"人会对故乡有特殊的情感,会思念故乡,因为那里有我们的成长记忆,对我们来说是最熟悉的。我们抱持着这样的心情回到故乡,必然期待重温那样的熟悉记忆。然而普遍的时间作用,尤其是现代环境的快速变动，真正回到故乡的感觉不是那么熟悉熨帖。那是什么样的感觉呢？就像在春天看到花开了，心里高兴，忍不住想靠近这些花去嗅闻花香，或想采摘下一两朵，但一靠近却发现，每一朵花上面竟然都带着刺，不能闻也不能摘。远看是自己熟悉的花，但不能再靠近了，靠得太近那花就变质了，显露出陌生，甚至敌意来。

多么短小却又精确的描述！心里的那个故乡只能以记忆的近似印象存留着，不再能在现实中找到，如果你不信邪，硬要在现在的景况中去寻找过去，能够得到的往往只是刺痛或惊吓吧！

这几首俳句也显示了：要在如此短小的篇幅中制造出感觉与意义来，必须有效地利用既有的习惯，也就是凭借着逆反、挑战一般人惰性抱持的"旧感觉"，往往能够最有效地产生"新感觉"。

对于自然最常有的假定认为那是恒常的、循环的，于是俳句反其道而行，去捕捉刹那。明明每天早上都会在院子里看到攀藤在墙上的朝颜开花，看过了几千次花的紫色，不会再有任何感觉，然而俳句在那一瞬间让你联想起深渊，创造了"新感觉"，之前看过的几千次瞬间都没有意义了，或说都被改变了，牵牛花和深渊并合在一起的新感觉才值得此刻被体会、被记取。

化为风景的人——《蟋蟀与铃虫》

现代环境提供了另一种创造"新感觉"的可能性与必要性。以往传统社会中，人与人之间最重要的是固定的关系，我们借由各种关系来处理人与人的互动。母子关系、同学关系、雇佣关系等等。然而在现代都会中，我们会遇到愈来愈多的人，多到一定程度，这些人大部分都和我们没有固定关系了。从数量上看，他们成了多数，无法以原先的方式进入我们的意识中安放，却又不可能单纯被忽略不理会。

于是产生了一种新的范畴、新的意识，用柄谷行人在《日本近代文学的起源》书中创造的说法是"将人化为风景"，改以对待风景的方式来感知这些人，无法找到一种关系将这种人安放进我们的生命，却又不可能不让他们进来，于是形成了对他们的特殊印象，他们在我们生命中成了没有道理要记得却又无法忘怀的人。

我们可以从这样的角度来读川端康成另一篇掌中小说《蟋蟀与铃虫》：一群小孩形成了风景，因而触动了一个人深刻的反应。

蟋蟀和铃虫都是鸣虫，日本小孩喜欢抓这两种虫来听它们的叫声，不过大家都认为铃虫的声音比蟋蟀的好听多了。小说开始于一个日常的画面，夜里沿着大学的一面红砖墙，通过了一所高中的门口，在樱花树底下的草丛里传来一阵一阵虫鸣，叙述者"我"听到声音不由得停下了脚步，在校园中转了转，眼前出现一个土堤，土堤下亮着各式各样可爱的灯笼，像是在举行什么仪式般。

远一点只看到灯笼的亮光，走近一点才看到了拿着灯笼要在草丛里抓虫的小孩。这些小孩手上有大约二十盏灯笼，红的、橘的、蓝的、紫的……各种颜色。夏末会有鸣虫，小孩在夜里举着灯笼去抓虫，是日常景象，但眼前很不一样的，是灯笼上五花八门的彩绘。

原来是街上有一个小孩买了一个红灯笼来这里寻找虫声来源，过了一天，另一个孩子来了，但他没有钱去买灯笼，就找了一个小纸箱将上下两面剪掉，再另外用纸贴成底座，插上蜡烛，并在箱子上绑绳子，成了一只自制的灯笼。

聚集过来抓虫的小孩愈来愈多了，发现自己做灯笼很有趣。为了让光能够透出多一点，照亮一点，又有小孩在纸箱上换贴各种比较薄的纸，而且在上面画了图案。于是大家在图案上变换花样，有圆形的、三角形的、菱形的、树叶形的……再添加更多色彩。到后来原先去店里买灯笼的小孩也觉得自己的红灯笼太无趣了，反而丢了买来的灯笼，自己另外手工做一个。

小孩们进入了一种热切竞争的状态，白天用箱子、纸、画笔、剪刀、小刀、糨糊创造出比前一天更漂亮、更特别的新灯笼，晚上炫耀地提着灯笼说："我的灯笼！我的灯笼！"

所以产生了这样一个看似日常却不寻常的画面，吸引了"我"走过去，进而吸引了"我"仔细观察小孩之间的互动。

《蟋蟀与铃虫》带来的"新感觉"

在这里,小说提供了一个特别的细节——有小孩在灯笼上写了自己的名字,而且是镂空的,让光可以透出去,于是灯笼照到哪里,哪里就会出现亮亮的自己的名字,这真是巧思啊!

此时,有小孩找到虫了,高喊:"有谁要?有谁要?"其他小孩当然马上围过来说:"我要!我要!"一个小女孩在抓到虫的男孩后面说:"给我啦!"男孩将灯笼换到左手,用右手去草丛里抓,说:"这里有一只蟋蟀。"然后他站起来,将拳头伸向小女孩,小女孩赶紧将灯笼的绳子挂在手腕上,用两只手小心翼翼地包住男孩的拳头。男孩静静地将拳头打开,虫从他的拇指和食指间进入了小女孩的手掌中。

小女孩专心看着,眼睛发亮,说:"不是蟋蟀,不是蟋蟀,是铃虫啊!"听她这么一喊,其他孩子都羡慕地呼应:"铃虫!铃虫!"小女孩太开心了,感动地看着给她铃虫的那个男孩。

她将铃虫放进腰上的虫笼,忍不住又说了一次:"是铃虫啊!"那个男孩也说:"没错,是铃虫。"然后男孩将自己的灯笼举高,光映照出来,刚刚好让灯笼上他的名字"不二夫"照在女孩的胸前,而小女孩的灯笼垂着,所以她的名字"清子"则照在男孩的腰间,形成了一幅有趣的画面。

这是细腻的感情瞬间,在日常间突然迸发,不可能有任何的安排,在即兴互动中产生了特殊的情境。在这篇早期的作品中，年轻的川端康成还担心读者没有完全领会所发生的事，借由叙事者"我"的一番议论进行了解说。

"我"看到的、感受到的，是男孩的心机。他明明知道抓到的是铃虫，但因为要送给他喜欢的小女孩，故意先说是蟋蟀。预期可以有蟋蟀已经很开心的小女孩发现手掌里是更难得的铃虫，当然惊喜万分，也引来了其他小孩的羡慕反应。于是男孩得意地将灯笼举起来，将自己的名字用光印在小女孩的胸口，像是标记着："你是属于不二夫的。"

本来只是一连串的动作与景象，如此理解了就产生特殊的"新感觉"，一种杂混着天真纯情与世故心机的感觉。我们不可能在其他地方会有的感觉，在小说中浮现出来，让读者无法用惯常的方式反应，不知该欣羡、赞叹，还是感慨男孩的想法与做法。

叙述者"我"的反应是："你这个不二夫啊！等你长大以后，又故意将铃虫当作蟋蟀去骗取女人惊喜的表情，我知道你有本事，能找到别人找不到的铃虫，但世事不像你以为的，可以永远在你掌控中，我替你担心，如此下去你会弄不清楚什么是真的珍贵、什么是没有价值的，到底铃虫和蟋蟀间有什么根本差别。"

"我"看到了男孩能够让小女孩如何欢欣，但倒过来如果将蟋蟀假装为铃虫也就能让女生失望的操控狡狯，加上比别人更早能找到铃虫的本事，将这样的条件朝未来投射，"我"看到的是：这个孩子长大后，习惯了用这种方式骗女生的感情，那么原本爱情中最珍贵的——真实的、直接的悲欢感动——他就不可能体会了。

他会变成一个自我中心的人，在意的只是自己能够如何得到一个女人，将自己的名字印记在人家的身上、生命上，如此而让"我"感到痛心。

因为是早期作品，所以川端康成动用了一个"我"来进行描述，并且刻意在结尾处表达了和一般读者不一样的感怀。后来的作品中，他会采取更精简的、更放手让读者自己去寻找意义的叙述方式。不过这篇小说已经具备了川端康成掌中小说的基本要素：一个日常场景，其中一个瞬间即逝的非常情境，只存在于那个瞬间，由复杂的偶然因素凑泊才得以形成，因而一旦逝去了再也不会重现，其间产生了一种带有特殊感情力量的深刻之美。

《金丝雀》的殉葬

《金丝雀》这篇比《蟋蟀与铃虫》更短，川端康成对于叙述的精简掌握更纯熟了，全篇就是一封信。

川端康成的小说不会采用"从头说起"的叙事时间。他喜欢，甚至是必定要，创造出时间的迂回效果，从中间开始，往前发生了什么事，从这事回溯过去的缘由，再回到时间的前进方向，然而事情的进展又可能影响了我们对于过去回忆的认知，如此盘旋回绕，既复杂又迷人。

如果"从头说起"，那么《金丝雀》的故事是一个男人有过一段外遇，和有夫之妇发生了不伦之恋，外遇无法维持下去，女方要分手，并送给他一对金丝雀作为纪念品。

这不是什么太特别的事，很容易激发"旧感觉"，以成双成对的金丝雀表达两人无法厮守的遗憾，同时让鸟来提醒对方毋忘曾有过的感情。然而川端康成不会只要传达这种"旧感觉"。首先有一份增加的"新感觉"是，女方告诉男人，这对金丝雀是在鸟店里临时抓的，将公鸟和母鸟放入笼子里凑成一对的。或许是象征着人究竟会和谁成为一对，能够和谁一起关入婚姻的明确架构中，其实没那么有道理啊！也可能是象征你我两人在人世间偶然遭遇成为一对，中间没有必然，也没有保障啊！

再来就牵涉到男人写这封信的特殊时间与特殊理由了。男人将金丝雀带回家，鸟成了家中固定的一部分，喂鸟也理所当然成了家务的一部分，而家务当然不是男人负责的。喂鸟的工作都是由他太太做的，也就是外遇事件中被背叛的那个女人，却吊诡地每天辛勤打理丈夫外遇的纪念品。再接下来，他太太死了，男人没有能力照顾如此娇贵的鸟，他知道鸟儿大概也活不下去了。

他一度想将金丝雀放掉，但看着笼中的鸟自从他太太死后愈来愈衰弱，他有了不同的决定，也才需要写这封信。信中他请求对方同意让这对金丝雀陪着他太太殉葬。同样的一对金丝雀，经过了时间，又具有了完全不同的意义。这已经不是外遇对象的金丝雀，也不是他的金丝雀，不是为了纪念外遇的金丝雀，而成了他太太的金丝雀了。是靠着他太太的照顾，金丝雀才能活着。更进一步，金丝雀也代表了他自己，他又何尝不是靠着太太在家里的操持，才得以活着，也才得以和这个女人发展出那样的外遇关系？

所以这时候，他的信非但不是因为妻子死了，要来和外遇对象再续前缘，反而是必须用这种方式，痛心、哀伤地在妻子死后，发泄出对妻子最强烈的感激。那段外遇其实是以妻子的存在为必要条件的。

"妻子让我忘却了生活上的艰苦面，让我能够不去面对人生的另一面，因此我在夫人你这样的女人面前，才不会躲避不前或失去分寸啊！"这是纠结的"新感觉"。"旧感觉"中理所当然将妻子与外遇对象视为竞争敌手，但这个男人最真切的悲剧性领悟却是：三角关系中，妻子和外遇是彼此依存的，如果没有妻子替他照顾好生活，他不可能闲适优雅、深富魅力地去勾引人家的有夫之妇啊！如果他陷入生活的琐碎麻烦中，这种有夫之妇又怎么可能看得上他？

所以他要将金丝雀放进妻子的坟墓里，也就是要将外遇的记忆彻底埋葬。金丝雀此时纪念的，不再是那段外遇了，而是他和妻子刚刚结束的婚姻。于是这封信又是对这位"夫人"以及曾经有过的感情的终极告别。

被裁剪的《相片》

然后再读篇幅又比《金丝雀》更短一点的《相片》。

小说的叙事者是一个自认长得很丑的诗人。显然他一直对自己的长相有着自卑感，甚至他之所以专注于写作，并以此得到成就，一部分是来自这种自卑感的刺激。

他当然不喜欢拍照，很少留下相片。极少数会拍照的一个场合，是四五年前订婚时，非得和订婚对象拍的合照。他说："我没有自信在我一生当中还能再碰到一个像这样的女人，直到现在，那照片仍然是我的美好回忆。"

然而小说精简到这种地步，只告诉我们他订婚了，却没有结婚，这个女人现在不在他身边。他应该是不愿意多说这段失去生命中重要对象的经历吧！

有一家杂志社刊登他的作品时，跟他要照片。他找到的一张是和订婚对象以及她的姐姐合拍的。他只好将其他两个人剪下来，将只留着他自己的那部分寄过去。过了一阵子，又遇到报社也要照片，他再也没有别的照片了，只剩下那张订婚照。所以他用同样的方式，将未婚妻剪下来，把自己那部分寄过去，然后特别交代，照片使用完毕一定要还他。但后来人家没有把照片送回来。

如此他失去了那张合照。突然之间，他看着那剩下来的一半，只有未婚妻的影像，心里有了更深的遗憾与痛苦。这就是小说中最重要的"新感觉"——剩下来的这一半彻底变质了。过去看着两个人的合影，会记得当时才十七岁、正坠入情网的女孩多么耀眼、多么出色。现在她身边那个长得很丑的男人不见了，单独看女孩的面貌形体，变得毫不起眼。

一方面是情人眼里出西施的主观作用，另一方面是男人的丑发挥了对比、衬托作用吧？相片中那个明明原来那么好看的女孩，竟然就随着相片另一半被剪掉而消失了！

他体会到，贵重的不是客观的相片显影，而是相片存留在我们主观中的记忆。进而他痛悔了自己的错误，不只是不应该将相片剪开寄给报社，而且竟然没有想到、没有选择另外一个可能的做法。

那就是直接将整张相片寄给报社刊登，那样很可能现在已经变成女人的那个女孩，会惊讶地在报纸上看到自己从前的模样，进而想到"虽然只和这个男人有过短短的一段恋情，他竟然一直都还记得啊"。如果不去剪照片，那么不只是心目中女孩的美丽影像不会被破坏，甚至还可能将不知去了哪里的情人找回来，重回他的怀抱。

在心里想象女孩从报上看到那张相片会有的反应："这个人

怎么会这样？怎么连我的相片都登上去了呢？他难道不知道旁边还有我吗？"如此反应时，女人感动了。

这是掌中小说处理"瞬间"的另一次精彩示范。关键瞬间的一念之差，然而是做决定时自己没有意识到可能产生多大差异的这一念与那一念。剪开相片时无从意识到自己主观里看到的照片会就此被改变了。那女孩客观的长相当然不会变，但自己眼中看到的从来不是客观的，是透过和自卑丑陋形象对比产生的主观印象，将自己剪掉，那个对比下显得美丽的女孩也一并消失了。

如果改变那一念，将能找到的这张相片寄过去，那么小的一个决定，就很可能会引发彻底改变自己人生的连环反应啊！女人在报上看到了自己，感到既害羞又骄傲，在冲击中体会到——男人成为能够在报纸发表作品的作家后也没有忘掉自己，心飞回到了相片所显现的两人曾经的关系中……

人生其实是由这样的片片段段产生的关键改变而组成的，瞬间往往比整体或大块大块的阶段更为重要。

《灵柩车》的一瞥

还有一篇也牵涉到相片的掌中小说，标题是《灵柩车》，同样是短短只有两页，像前面介绍的《金丝雀》一样，从头到尾是一封信。在角色关系上，这篇是《金丝雀》的某种逆转，是一个丈夫在妻子死后写给妻子曾有过的外遇对象。

最特别之处，丈夫以"义妹"称呼刚死去的妻子，名分上是妻子，实质关系却更像是妹妹，没有详细的解释，但就让我们知道他以一种对待妹妹的方式来对待身边的这个女人。所以纵容她去爱别的男人。

书信中他为"义妹"愤愤不平，因为她过世前还拖着病躯要去见深爱的情人，但男方竟然不见她。这是多么无情的举动，这是一个多么无情的人！因为对方如此无情，必定也不关心她的丧事，所以丈夫才刻意写这封信要让对方知道发生了什么事。

和《相片》里遇上一样的麻烦，妻子死后却找不到适合放在灵堂上的照片。她很久没有拍照了，找来找去只找到一张和这个男人的合照。该怎么办呢？应该将相片中的男人裁剪掉吧！但那样处理会使得照片看起来不完整，于是这个丈夫有了另外的想法。他将整张照片挂上去，再用黑绒布将妻子的情人遮盖起来。

在这封信里，他要明确地告诉那个男人：那张灵堂的照片就象征了过去几年你们的情况，我让你们依旧在阴暗之处、别人看不到的地方在一起。除此之外，还有更重要的，要让来祭拜妻子的人，同时也祭拜你。你不在乎她死去，不在乎她的丧礼，我就故意把你拉入这场丧礼中，你已经被当作死人，被当作和她一起死去般，反复接受别人的祭拜。

这是丈夫的复仇，为自己也为死去的妻子。多么聪明的安排，一方面满足了妻子一直到死前都还想见到这个男人、和他在一起的心愿，另一方面又象征性地惩罚了男人让妻子失望的无情，象征性地强迫他殉死。

还不只如此，信中又描述了一段不是他安排的巧合事件。那是出殡时灵柩车必须通过一座陆桥，但加了装饰的车顶太高了，以至于被挡在陆桥下。就在这个时候，陆桥上有一列火车通过，写信的丈夫坐在后面的车里，抬头看，列车车窗上出现了一副熟悉的面孔，就是妻子的情人啊！丈夫在信里告诉对方：你在不知情的状况下，也参与了这场丧礼，冥冥之间安排好了，让你目睹爱你却被你抛弃的这个女人的丧礼。

他具体地写下："三月十四日，从W车站，四点十三分发出的班车，你就在那班列车上吧？"

信的最后说：

> 我告诉你这些，你不要以为是为了要让你不高兴，我把你的照片供在佛坛上，并非我有意把你跟义妹的爱情一起葬送掉，或者认为你应该要随着义妹一起埋入墓穴。不过，当看着所有的人在遗像前流泪、合掌、烧香、念经的时候，我忍不住觉得有点滑稽，没有人知道在黑色的绒布下还盖着一个活生生的你，而人们在对于死者的礼拜当中，

无可避免，也在礼拜着生者，这正如同你在火车上向窗外不经意的一瞥，所看到的竟然是爱人的送殡行列一样。

这是人生的偶然。坐在火车上向外看见一辆灵柩车的瞬间，自己以为毫无意义，却在读到这样一封信后，回想起而感到毛骨悚然吧？再加上知道了自己的相片曾经在黑布后面全程参与了这个女人的丧礼，很可能彻底改变了原先所认知、理解的自己和这个女人的关系吧？

发生在女人都已经死了之后的几个瞬间的事，不只可以改变未来的人生，甚至还能回溯改变已经发生的、照理说应该已经固定了的事情。

《阿信地藏菩萨》的菩萨传说

再来读一篇叫作《阿信地藏菩萨》的掌中小说。

这篇小说的背景是山里的温泉旅馆，是让川端康成特别有感受的一个场景，他的名著《伊豆的舞娘》和《雪国》也都选择将故事放在这样的场景中。

小说开头先描写了温泉旅馆背后一棵高大的栗子树，树下有一座小神龛，是祭拜"阿信地藏菩萨"的。那不是我们会在其他庙里看到的菩萨，源自当地的民间传奇，依照《名胜观光指南》上记载，阿信是这个地方的一个女人，一八七二年六十三岁时去世的。当然是去世后才被奉为"菩萨"，不是什么古老的信仰。

那么大家当然还知道、还记得这个女人做了什么事而在死后被奉为菩萨。二十四岁那年，阿信的丈夫死了，她成为寡妇，没有再嫁，却从此和村子里的每一个年轻男人都亲近过，对山村里的每个年轻男人都一视同仁地接受。年轻男人建立起彼此间的秩序，共同分享阿信。

用通俗的语言说，也就是村子里有了一个和很多男人上床的寡妇。这样的人怎么会是菩萨呢？关键在于山村的环境极其偏僻，要走七里的山路才能到达最近的一个市街，在村里长大的男人必须花那么大的工夫才找得到外面的女人，所以当有需要的时候很可能就在村子里想办法解决。因为有了寡妇阿信，这些男人能够明确地得到肉体欲望上的发泄，他们围绕着阿信，建立了一套规矩。未婚的男人都可以去找阿信，一旦结婚了就必须离开。

是这套规矩长期维持、保障了村中家庭的安宁。结婚前的男子都和阿信发生过关系，也只会和阿信发生关系，结婚之后又必然不会再和阿信有什么纠葛，那么女性不必担心自己嫁的人之前有什么乱七八糟的关系，也可以放心他婚后不会去找别的女人。

这是发挥很大善良作用的"菩萨行"啊！在那段时间中，

山村里的少女都很纯洁，山村里的妻子也都守妇道。山谷中所有的男人都会走过溪谷的吊桥去找阿信，又在结婚后全都不再走上吊桥，那是他们的成年礼，借此让村里的人们能够稳固地团结在一起。阿信还活着时，就已经有这样的比喻：每个男子都是踏过阿信的身体而长大成人的。

阿信是"圣与罪"的奇异结合，甚至不是在妓院中当妓女，是最底层地将自己的身体出卖给村中男人来生活，却在死后被供奉为菩萨，而且不能否认她真的于村中的所有家庭大有贡献，大家有理由感激她、朝拜她。这种底层的生活，尤其是底层的女性，格外吸引川端康成，他特别将她们写入小说中，彰显她们独特的生命意义与力量。

掌中小说篇幅那么短，最理所当然的写法是集中写一个短暂时光内的现象或突发事件，让小说叙事在几分钟内，顶多几十分钟内闪过完成。但川端康成偏不采取这种理所当然的写法，他甚至常常反其道而行，不要一气呵成。那么短的篇幅中他还要分段，让各段有不同的时空背景。不过段与段之间省略了因果解释，并列呈现，让读者自己去思考、想象段与段间可能有、应该有的关系。

解释"阿信地藏菩萨"来历是这篇小说的第一段。第二段出现了第三人称的男性观点，这个人觉得阿信菩萨的故事很美，却也因此对那尊佛像很有意见。那只是用石头大略刻出的人形，模模糊糊的，绝对无从让人联想曾经活过的那个阿信。

石头上连眼睛、鼻子都不太分得清楚，顶上光光的，应该不是特别为了阿信地藏菩萨去找人刻的，说不定是捡来的。

在他心中，佛像和故事有相当大的落差，正因为这样，住在温泉旅馆时，每经过那块石头，他就忍不住想象真实的阿信，那个曾经和这么多年轻男人在一起的身体与形貌，究竟长什么样子。

他会来到山村，是因为村子被改造成了温泉区，街道上栗树的那一边，距离温泉旅馆不远的地方有了服务旅馆住客的妓院。他常常看到偷偷摸摸来往于旅馆和妓院的浴客，每次经过栗子树下都会顺手在石头佛阿信的光头上摸一下。有一次，三四个客人要冰水喝，一个客人喝了一口却吐了出来，旅社女佣好奇地问："有什么不对吗？"客人指着妓院说："是从那边弄来的吧？"女佣点头。客人说："是那窑子里的女人装的吧？难道不觉得脏吗？"女佣辩解："怎么会呢！况且是那边的老板娘装给我的，我看着她装的呢。"客人坚持嫌弃道："可是茶杯跟勺子不也是那里面的女人洗的？"随后将茶杯丢弃在一旁，还跟着吐了一口口水。

妓院在他们眼中是纯粹罪恶肮脏的存在，和阿信菩萨所代表的完全不同。这是第二段。

《阿信地藏菩萨》中的少女出现

在第三段中描述他去看了瀑布，因为路程较远，去了就不想再走回来，于是搭上了一辆往返于温泉区和瀑布的公共马车。但一坐进马车，身体不由得僵直了，原来是马车上另外坐了一位美丽的少女。

少女对他产生了强烈的吸引力，受到环境的影响，他很自然地对少女有了欲望。在有着浓厚色情意味的温泉区，加之阿信地藏菩萨的故事，以至于他觉得这里的女孩好像三岁就了解人事，她们不像一般的少女带着远离肉体诱惑的清纯。

少女浑圆的身子看起来柔弱无力，似乎就连脚底都应该同样柔滑，不会长出厚皮来。联想到了脚底，他在心里刺激出一种近乎变态的冲动——要用自己的赤脚踩过那么娇嫩躯体的原始渴望。少女像是一张让人没有良心负担的床垫，应该是为了让男人们忘却世俗良心而生的吧！

他将视线固定在少女的膝盖上，然后转向远方浮现在山谷间的富士山，那样一座带着男性阳刚象征却又线条柔美的圣山。接着来回看着少女和富士山，感受到了久违的"情色"奇妙之感。

这是从阿信菩萨故事延伸出来的，他在这个地方的第二次情色觉醒。偶然和他坐在同一辆马车上的少女形成情色的化身，去除了原本情色必定会带来的罪恶感，激发了过去不知道自己会有的一种接近神圣的情色欲望。少女像富士山般地美，而且那美正是因为被当作欲望对象，而非排除了肉体欲望而透显出来的。

然而少女和一个看起来像乡下老太婆的人下了马车，走过吊桥往山谷下走，竟然走进了栗树那边的房屋里。他吓了一跳，原先不是觉得那屋里的女人都是肮脏的吗？但真实的妓女竟然有着如此纯粹的情欲力量。他被启悟回答了原先的困惑——活着的阿信菩萨长什么样子呢？石头无法显示的阿信本质应该就是这样吧！一种单纯的情色化身，所以她能够满足所有村中的年轻人，并且拥有菩萨的神圣性。

这样的女人无论和多少男人在一起都不会疲惫憔悴老去吧！她们具备永恒的情色之身，她们的脖子、她们的胸部、她们的腰身永远不会变化。

他将少女的形象和阿信菩萨叠合在一起，神化了在马车上的那具身体，那当然不是客观的身体，而是从主观中创造出来的，比客观更神秘、更迷人的"新感觉"。

《阿信地藏菩萨》结尾的体悟

小说还有结尾的第四段。时序进入了秋天，那是狩猎的季节，他又回到了山中的温泉区，住回了那间旅馆。秋天最有代表性的现象是栗子成熟了,一个厨师用木头朝栗子树上丢,敲击栗子树的树枝,让栗子掉下来。

因为要来打猎,他带着猎枪,于是就拿出猎枪来,对着空中开枪,强烈的声波在山谷中回荡,有效地将树上的栗子震了下来。于是在旁边聚集了好多女人,有旅馆的侍女,也有妓院的妓女,都好奇地跑来看这难得的奇观。另外,猎犬听见了枪声也本能地跑了过来,好热闹又好有趣的一幅山中景象。

他看向栗子树的另一边,妓院的那边,刚好看到了那个少女——马车上遇到的,被他主观中视为情色化身、阿信菩萨化身的那个少女。少女细致而美丽的肌肤显得苍白,他转过头去看认识的侍女,对方会意了就对他解释:"她因为生病而长年卧床呢。"

突如其来地,他经历了一阵难以言喻的失落幻灭感。他心目中的阿信菩萨化身非但不是恒常的,而且还年纪轻轻就衰败卧病了。这是"物之哀"的侵扰,时间无所不在,没有什么能真正抵抗时间的改变。

原来情色必须依附于肉体,而肉体更容易被时间侵蚀。想象中阿信那样不坏的菩萨肉体,无论和多少年轻男子在一起都不会疲劳、不会憔悴,是不会真正存在的。于是带着一点赌气的性质,他不顾应该将子弹留着打猎,持续开枪,枪声划破了山中的秋日,从树上掉落了好多好多栗子,好像下起了一场栗子雨。

这时候猎犬又是依照本能，听到枪声又看到有东西掉下来，以为是被打到的鸟儿，赶了过去要将猎物叼回来，却一咬就狂叫，头抵在地上，伸着前肢一直去拨弄果实。

　　生病而苍白的少女此时说话了："连狗都会被栗子刺痛了。"栗子外面有一层长了刺的壳，狗一咬被刺弄痛了，所以生气地一直用脚去拨，一边拨一边叫。看到狗那副样子，大家都笑了。

　　他感觉到秋天的天空真的好高，像是被那么高的天空诱惑了似的，他又开了一枪，"褐色的一滴秋雨"，不是真正的雨滴，而是又一颗落下的栗子，准准地落在阿信菩萨的光头上，撞击的力量使得栗子外壳爆裂开来，连剥都不用剥了。于是众人都笑闹叫好。

　　小说如此结束了。很短的小说又分成更短的四段，每一段都是意外、偶然。偶然知道了阿信地藏菩萨的故事，偶然遇到了对于底层女人的不屑鄙视表现，偶然遇到了美丽的少女，最后偶然看到了少女的病容。这些偶然如此并列起来，彼此间产生了微妙的联结，创造了这个人原本不具备、不知道自己可能具备的情感。

　　那样"人尽可夫"的女人身体竟然会有一种神圣性，并不是因为她清纯，不是因为她可能被我占有成为我的情人，所以让我觉得美，而是明知道她是妓女，却因为她能承担那么多人的欲望，她的身体超越了一般女人在岁月中流转变化，会被时光、婚姻、生活消耗老化的状况。

他将一份情色的永恒投射到这个少女身上,以至于后来理解到少女会苍白、会生病而感到失望,那份永恒的错觉,主观意欲一直保存的错觉,在秋日场景中被戳破了,虽然明知不该期待任何具体的肉体真的能不坏不变,却就是无法阻挡、解消怅惘的心绪。

小说最后回到阿信菩萨,留下了余韵袅袅。有刺的栗子掉到阿信菩萨头上,菩萨忍住了连狗都受不了的刺,还替人将栗子剥开了,仍然是菩萨行,化身为那么简陋不堪的石头,还在做功德。扣回开场的故事,寡妇阿信献出了她的身体,而且必然是充满情色诱惑力的身体,忍住屈辱与痛苦,服务了全村的家庭。

"白桦派"和"新感觉派"的抗衡

川端康成大部分的掌中小说写成于年轻时期,那个时代,在他所属的"新感觉派"之外,日本文坛还有颇具气势的"白桦派"。"白桦派"名称来自《白桦》这本杂志。来自此派的经典作品,大概只有志贺直哉的《暗夜行路》相对为人所知。

日本在明治维新时期引进了西方的写实主义小说风格,很快便进一步流行起"自然主义"来。"白桦派"可以说是从写实主义到自然主义中蜕化而出的,和写实主义、自然主义一样,

"白桦派"有着强烈的社会意识,主张文学应该为社会变动中的弱势者、受害者发言,凝视、表现他们的现实苦痛。

"白桦派"在写实主义、自然主义的基础上,将那样一份社会关怀赋予了一股浪漫的精神。写实主义强调客观,自然主义更进一步主张要朝科学靠近,然而"白桦派"却是追求带着同情的眼光,有情地、抒情地来接近、来呈现社会底层人物的生活。

写实主义、自然主义带着冷静的分析态度,但到了"白桦派"却要用具备高度感染性而非解剖式的文字来抒发贫穷、困苦、卑屈所带来的种种痛苦与考验。在为麦田出版策划的"幡书系"中,我选入了一位"白桦派"作家高村光太郎的诗集《智惠子抄》,他以自己的生活为题材、为代表,表现了一个人沦落到社会底层近乎走投无路时的挣扎感受。那是主观的感情,动用了许多浪漫手法,充满了内在的冲动。

"白桦派"的代表性作家还有有岛武郎及武者小路实笃,他们抱持着另外一种浪漫的观念,主张文学家必须身体力行去关切社会,参与社会改造。武者小路实笃崇拜托尔斯泰,开创了"新村运动",那是一个没有贫富、阶级差异的理想共同体,在战前他积极地试图将这样的想象付诸实现。有岛武郎也曾将自己贵族家庭的积蓄加上写作赚得的财富都捐出来进行社会救助。

在文学派别上,和自然主义分庭抗礼共聚主流的是"私小说"。"私小说"的"私"兼具"我"和"私密"双重意义,写的是"我的私密、不可告人的故事"。不可告人,所以会专注于探索行为与思想上的黑暗面，平常绝对不愿暴露在别人面前的私密悲哀、挣扎与痛苦，带着一份近乎暴露狂的自我弃绝发泄。这样的写法带有高度主观内在性，因而评论界一般将川端康成所属的"新感觉派"视为是从"私小说"中蜕化发展出来的。

所以也就是在那样的时代气氛下，"白桦派"和"新感觉派"各自承袭了自然主义与"私小说"，形成了新的对立抗衡态势。不过这两派当然不可能只是单纯的对立关系，更有着复杂的彼此影响。"白桦派"以浪漫的情感压倒了冷静的客观描述，显然添加了许多主观的成分；另一方面，受到以苏联革命成功为核心事件的左翼社会主义、共产主义运动大环境的影响，"新感觉派"不可能完全自外于其浩大波澜的冲击。

这样的背景使得解读川端康成作品时，通常会特别突出强调其所呈现的细腻唯美主观感受，相对地，导致了大家不太会去注意川端康成小说中的社会意识与社会性。

延续日本平安时代以后的传统文学追求，再加上"私小说"与强调主观"新感觉"的因素，抱持如此态度写作的川端康成如何可能去描述社会底层人物？社会意识的起点是彰显贫穷低贱带来的物质与精神折磨，那几乎必然是丑恶的，怎么可能和川端康成作品中的唯美特质相容？中国的六朝和日本的平安时代都是唯美主义最发达的时代，也都是最发达的贵族社会。要在生活中讲究，在讲究中创造美，当然必须有钱有闲，另外还要有一种强调与平民区隔开来的阶级意识。

但如果用这种刻板印象来看川端康成的小说，那我们将会错失许多精彩的内容，忽略他如何响应时代议题从而获致的成就。

回应时代的川端康成

希望大家知道、注意到：川端康成写了许多底层人的生活与感情。他最爱写、最擅长写的对象，像是《伊豆的舞娘》里的舞踊[1]队，或《雪国》里的山村艺伎，那是他熟悉而且高度感兴趣的背景环境。在那样的条件下卖艺兼卖身的女子，她们能有多高的社会地位、多好的生活享受？从社会主义的角度看，这些不都是应该被同情的底层角色？

然而川端康成最不一样的地方，在于不是用理所当然的同情态度看待她们、描述她们。社会派作家认为她们很可怜，试图写出她们值得被同情的生活状况；川端康成却看出了、显现出了她们特殊之美。她们不是京都的艺伎太夫[2]，只有江湖卖艺的表演本事，然而川端康成仍然能从那样的演出中、在别人认为的粗俗里，找到特殊之美。不是外貌或动作之美，毋宁是结合了内在人情，而在某些特定瞬间迸发出来，既自然又令人讶异的美。

---
1 舞踊是日本民间文化。一般而言，日本舞踊指歌舞伎舞踊、上方舞和新舞踊。
2 在江户时代，最高级的花魁叫作太夫（たゆう）。

川端康成借由他的小说让读者暂时放下了先入为主的态度，创造了刻板印象还来不及笼罩我们意识的情境，脱离了世俗眼光，看见了、体会了她们身上的美。而这种表现方式，尤其和掌中小说的极短篇幅高度协调——美的瞬间无法展开，因为如果展开了，现实种种底层生活的恶行恶状就被包纳进来了，她们会像是过了午夜后公主变回了灰姑娘般，被送回污秽不堪的环境里。

左派要的社会写实小说，要么带着同情，要么带着轻蔑看待这些人，毕竟总是一种由上往下关切的姿态。川端康成不是，他选择了一些特定的瞬间，叙述者的眼光方向甚至是由下朝上的，被那份不预期的美或深挚惊讶、感动了。

川端康成精妙地选择了她们生命中一纵即逝的、少见的几分钟，几十分钟，呈现出清洁明亮，甚至是华丽光彩的一面。当然她们生命的绝大部分时刻是黑暗、污秽，沉陷在劳动的疲惫中的，但川端康成借由他的小说提醒我们：不论一个人在社会上沦落到什么地步，我们都不能、不应该否定他具备至少在瞬间迸发出美好性质的可能。因而文学的责任之一，便是去捕捉那短暂的灵光，保存在小小的、精品般的作品里。

从这个角度，川端康成写了许多关于社会底层人物的感人篇章。例如标题为《万岁》，或可以译作"欢呼"的掌中小说。日语中大家齐声高喊"ばんざい"，虽然汉字写成"万岁"，但和中文里那种对权威者的崇拜口号性质很不一样，比较接近兴奋时集体起哄欢呼的普遍状况。

小说的重点，真的就是描述了一群人在奇特的情境刺激下齐声欢呼，让我们看见、体会她们在那一瞬间非比寻常的集体精神亢奋。她们从平凡、阴暗的社会底层生活现实中，霎时被拉拔出来，得到了难以言喻却如此真实的鼓舞振奋。

《万岁》两姐妹

很短的小说还是分成了三段。第一段登场的是一对姐妹，姐姐二十岁，妹妹十七岁，同在一个温泉区里工作，都在旅馆帮佣。两姐妹在不同的旅馆里服务，所以虽然明明离得很近，却不常见面，只会偶尔在温泉村中的小戏院碰头。大概每隔两个月左右，遇到节日会有戏班来演出，大家都赶热闹去看戏。但两姐妹在戏院遇到了，也不会一起坐，而是站着讲几句话，然后分头回到自己的座位上。认识她们的人都觉得挺奇怪的：两姐妹怎么如此生疏？

只有不是看戏而是看电影时，才会看到她们相约一起去，而且坐在一起。等影片演完了灯光亮起，看见长得很像也都很漂亮的两姐妹红着脸、低着头。

如此结束了第一段。

第二段转换视角去看，有一个住在姐姐工作的旅馆中的男客人，认识了住在妹妹工作的旅馆中的女客人。两人见面说话，男人问女人："你从哪里来？"女人说："我没有故乡。"男人又问："那要在这里待多久？""喔，我待了大概一个月。"男人再问："之后要去哪里呢？"

女人有了比较奇怪的回答："我也不知道。就日本来说，从这里以西的温泉我都知道了，不过我想没有其他地方像这里那么无聊，或许再过一个月我都走不了吧！"接着她对着男人一口气说了二十来个她知道的温泉。

这段话进一步透露了女人的背景与遭遇。她的父亲是一个巡回艺人，应该就是参加了像《伊豆的舞娘》中描述的那种舞踊队、到处找温泉旅馆表演讨生活的人吧，所以她很小就跟着父亲到处走，和各地温泉有特殊的渊源。她说："我是这样长大的一个孩子。"不过当然她现在已经不是女孩而是女人了。然后她欲言又止留了半句话："如果成功的话……"开了头却就笑而不语了。

到和男人见过五六次面之后，女人才终于完整表达了她的心思与愿望。她问男人："你能不能带我到任何一个另外的温泉地去？只要把我送到下一个温泉区就好，你开始讨厌我时，就离开我回家。"

以最精简的方式，川端康成让我们自己拼凑了解：这是一个流浪在温泉区卖身的女人，但她有自己非常明确的计划、近乎执念的追求。她是在南国温泉地流浪的巡回艺人的女儿，长大后成了既卖艺又卖身的女人,她憧憬着要有一趟明知艰难的温泉旅程。从南到北,也是从西到东,她想要一路探访温泉,一直到最北方、最东方的北海道尽头。但那不是一般的旅程,而是必须和她的工作结合在一起,每到一处温泉,她就寻觅着、等待着,找到一个愿意带着她、陪着她去下一处温泉的男人。如果找不到,她就继续待在原来的温泉地接客。

她有她的梦想,有她的人生追求,所以才会说这个温泉地格外无聊,她耗了一个多月时间都还没遇到对的客人,愿意带她到下一个温泉去。和这个男人见了五六次之后,她对他有了好感,觉得他可能是对的人选,所以将这个梦想计划说了出来。

她说的时候,内心带着一点凄凉:"我真的很想一路这样子走,走到北海道最北的温泉,如果没有去到,没有完成我这样一个计划的梦想,我不会甘心,我也不知道从这里去,还要有多少的温泉。可是我一定要趁年轻……"因为只有年轻时才能卖身,才能一路找一个个男人这样流浪走下去。

她找这个男人带她到下一个温泉,却没想到男人潇洒地回应:"让我买下你的幻梦吧!"意思是他不只愿意带她去下一个温泉,他还愿意花钱陪着她一个接一个温泉地往北海道去,看看两个人可以一起走多远。

这不能算是一般认知中的归宿,但在一个意义上比找到一个男人嫁了,是更浪漫更好的结果吧!至少维持梦想朝北海道的终点推进一大段,更有希望趁年轻时就实现这项追求。

《万岁》对未来的想望

然后进入第三段，是这对男女要出发的场景。那真是个有钱又有闲的男人，他开着一辆敞篷车，要带着女人去下一个更北、更东的温泉了。因为两个人住不同旅馆，两家旅馆的侍女们都来相送，于是平常难得见面的那一对姐妹在敞篷车边碰面了。

那个情景带有高度喜庆意味，那女人手上还戴着花束，极度开心，忍不住大叫："万岁！万岁！"也许是被她的叫声感染了吧，送行的侍女本来说着"再会"，不禁也跟着改口喊"万岁"。那是欢呼加油，表示"干得好、太棒了"的意思。

车子发动了，坐在车上的女人还回过头来喊"万岁"，笑得全身乱颤。此时第一段中描述的那两姐妹竟然不知不觉中手拉着手，互相交换了一个想要拥抱、跳跃的眼神之后，高高地伸出相握的手，虽然送行的对象已经走远了，这一对姐妹仍然对着彼此喊："万岁！万岁！"

短短的小说虽然在这里结束了，但我们却要回头思考一下，才能体会究竟读到了什么。两姐妹为什么在戏院见面有两种不同的情况？因为她们带着底层女子的青春心思，当然不愿意一直在温泉旅馆里当女侍，而要能离开这样的处境，最有可能的机会是遇到愿意带她们走的男人。

那不只是爱情的憧憬，更是期望改变命运的契机。去看电影时她们紧紧坐在一起，并且一起做着爱情的梦，所以散场时她们都入戏地红着脸、低着头。那为什么看戏时却不一样,非得彼此分开坐得远远的呢?因为现实里不可能姐妹两人分享、共有一份爱情,爱情只能自己去追求。在她们卑微的想望中,戏台上演戏的男人是她们的幻想对象,看到一张漂亮的脸,看到那张脸对着自己笑,心中因而七上八下:说不定这个人可以带自己离开旅馆和无望的工作环境?

姐妹两个人长得很像,如果又坐在一起,那男人从舞台看过来,对某人有了意思故而微笑作态,哪能分清楚是针对姐姐还是妹妹呢?所以最好的办法是两人分开,好去除混淆的可能。

那样来来去去的戏班子,里面的每一个男演员,都可能是改变她们命运仅有的机会,她们要确保自己可以牢牢把握住机会,姐姐不妨碍妹妹,妹妹也不妨碍姐姐。

怀抱着这样的愿望,她们多么开心看到那个女人竟然遇到了用豪华敞篷车堂皇又招摇地载着她离开的男人啊!这远远超过她们有过的最大胆梦想。尤其这个女人的出身与条件,跟她们没有那么大的差距,同属于寄生在温泉旅馆的底层女性,如此更鼓舞了她们。那女人给了自己特殊的梦想,要从最南边的温泉一路去到北海道最东边的温泉,依照社会现实,她哪有资格、条件做这种梦呢?但她不仅做了梦,竟然还有了可能成就美梦的机会。

这一对姐妹不会因位处社会底层就觉得自己不能做梦,那个女人对她们投来了如同庆典花火般的光亮,惹得她们兴奋止不住地一直喊"万岁！万岁"——加油啊，干得好啊，一定要成功啊！

不论将来她们在哪里，即使过着再糟的生活，一直到三五年后，都会记得这件事，在对别人诉说时，同时就燃起了温暖与希望——不要放弃你的追求，即使你是一个流连在温泉区卖艺卖身的人，在别人眼中如此卑微、不堪，都有梦想的权利，都有让人对着你高喊"万岁！万岁"的可能。

《谢谢》高浓度小说的展现

再来看一篇曾经被清水宏导演改编成电影的掌中小说。掌中小说那么短也能改编成电影吗？大家如果能够找到这部一九三六年的电影《多谢先生》，和小说原著《谢谢》对照，会对于我前面说的，川端康成小说的高浓度与多重暗示有更明确、更深刻的体会。清水宏拍摄的方式，基本上就是将川端康成的原著予以稀释、展开，形成了一部精彩感人的电影。

短短的小说还是分成了几个段落。第一段向我们呈现了美好的秋天，山中，柿子丰收。一个秋日，在伊豆半岛南边的港口，出现了一位身穿紫领黄色制服的司机，他从卖着廉价糖果的二楼候车室走下来，走向他要驾驶的红色大型公交车。他将和领子一样是紫色的旗子插在车上，代表要开车了，此时有一个妈妈抓紧装了廉价糖果的口袋,走向正在绑鞋带的司机。

带着女孩的妈妈问司机:"今天还是你当班吧?"显然她常常搭这位司机开的车,所以又说:"先谢谢啊,能够让你载一程。你载我们一程,这个孩子也许会交好运呢。"

司机看了看妈妈身边的少女,没有说话。因为他从女人的那句话中,就知道了那是什么情境、要发生什么事。这是川端康成的写法,让一句看似平常的对话,镶嵌在一个特定情境脉络间,带着丰富却又明确的意涵。

这妈妈搭过很多次车了,为什么这次要特别说女儿搭这趟车也许会交好运?女儿会需要什么样的好运?人家那么热情跟他打招呼,司机却默不作声,引发了这个妈妈自己后面说出了补充解释。

"老是拖着也不成了,而且快要冬天了,想到要在那么寒冷的时刻将孩子送到远方,更是可怜,反正都要送走,不如还是找个好天气吧!"

同样,这句话中也有好多讯息。司机之所以不说话,因为他已经知道这位妈妈的家境与生活情况。她养了女儿,但女儿长到一定年纪,就要将女儿送走卖掉。为了面子,也是社会风俗要求,必须带到较远的地方去卖,送去半岛山里的温泉区,最终毕竟是要在旅馆里卖身吧!

这当然也是社会底层的生活。做妈妈的最后仅能有的照顾,只剩下不要在冰天雪地的冬季将女儿送走,宁可早一点;还有，见到了认识的司机，期待这趟车能为即将离家的女儿带来些好运。

她对司机如此坦白，这也是底层人民的习惯，对于自己的窘境无从掩饰，也就不必掩饰了。司机听了也只能点点头，继续敬业地走向驾驶座，上车后将坐垫整理好，贴心地招呼母女两人坐到最前面的位子上。母女要从南方的港口往北，去有火车的城镇，然后再转乘火车。路程很远，又是这么一趟卖女儿的旅途，至少希望她们在公交车上能坐上经过山路时比较不会晃颠的座位吧。

《谢谢》中母亲的提议

小说第二段描述车开了，在山路上摇摇晃晃，切换成少女的视角，她刚好看见司机端正的肩膀。黄色的制服落入少女眼中，以至于和行车间逐渐展开的山峰相连，像是从司机肩膀上飞出去似的，那个世界是以司机的黄制服为中心的。

那是二十世纪初，汽车还很少，路上走的主要是马车，遇到汽车靠近时，速度较慢的马车会让到路边去，如此交错超车时，这位司机用清亮的声音向对方道谢，同时果决"如同啄木鸟般"地低头行礼。

所以一边开车他会一边不断地说"谢谢，谢谢"，这是小说篇名的由来。遇到了运货的马车，遇到了人力车，遇到了马，短短十分钟内，公交车就超越了其他三十辆车，司机也说了三十次"谢谢"，他如此认真，没有遗漏任何一次。车子如此往前走，司机频频对路上行礼，但他在方向盘前的坐姿维持端正，像一棵长在山上的大树，笔直、质朴、自然。

下午三点多，秋日的白天快要结束了，点亮了车灯。此时司机又多了一项体贴的动作，遇到马车时，为了避免惊吓到马，他会先将车灯熄掉，然后还是一样礼貌地说"谢谢"。到此我们再清楚不过了，在这条道路上，他是大家都喜欢、都有好评的司机。

进入第三段。暮色中，公共汽车开到终点了，在山里有火车经过的城镇停车场停下。下车时，因为车子在山路上行驶了很久，少女觉得自己的身体还在摇晃，双脚好像浮在空中，头也晕晕的，不由得去抓住了妈妈的手。或许是这个动作引发了妈妈的不舍吧，妈妈对女儿说："你等着，你等着……"然后去追上了司机，对司机说："这个孩子说她喜欢你……"

女儿其实没有说，但妈妈看出来了，她认为女儿抓她的手就是要告诉她："这个司机是好人。"所以妈妈动了一个念头，既然女儿要被卖掉，从明天开始成了陌生人的发泄物了，那么不如在被卖掉的前一晚，能够和自己喜欢的男人在一起，作为一点点的安慰。找到一个好人，将她的童贞取走，让她献身给这个男人。

这也是生活在底层的母亲，最后能为女儿做的事，所以她大胆向司机提出要求。让女儿的初夜可以和一个体贴、温柔、有礼貌的男人在一起，而不是在完全不理解也没有任何防备的情况下去面对一个彻底陌生、可能粗暴无礼的对象。

第三段非常短，这样就结束了。完全减省了司机的反应，也没有让我们知道他是如何看待这样突如其来的邀约的。第四段时间直接跳到翌日清晨，司机从旅馆的木造房子里走出来，仍然维持着正直如士兵般的姿态走向他的车，后面跟着妈妈和女儿，她们显然也是从旅馆里出来的。

看起来，司机同意了妈妈的提议，和少女共度了一夜。司机将代表要发车的紫色旗帜又插上车了，然后等待第一班火车到达后，搭载下了火车要换乘车的旅客。但有意思的是，接下来发生了不太对劲的事情，少女上了公共汽车，仍然坐在司机后面的位子上，用手轻抚着驾驶座的黑色皮套。

咦，这车子应该是要返回港口的吧？少女不是该去搭火车前往更远的北方被卖掉吗？她怎么会又上了车，而且以那样幽微却无疑是深清的动作抚摸司机的座椅呢？

然后妈妈也上车了，将双手拢在袖子里取暖。然后是妈妈对司机说话。川端康成保持着极度减省的写法，完全没有任何描述，纯粹借着妈妈说的话让我们知道，或说让我们自己想象从昨天黄昏下车后到现在发生了什么事。

妈妈说："一定要将这孩子带回去吗？一大清早，她又哭又闹,而且我还被你骂,唉,我这番心意有谁能够了解呢?我可以把她带回去,不过顶多也只能够待到春天为止。在这么冷的时候把她送走,也怪可怜的,所以可以忍耐一下。不过等到了天气变好的季节,这个孩子仍然不能够待在家里。"

我们需要自己想象,前面发生了什么事,才会让妈妈说出这样一番话,改变了原本秋天将女儿带去卖掉的决定。女儿和司机过了一夜,到早上,女儿大哭大闹,而且司机将妈妈训了一顿,让妈妈妥协了,不过她还是强调,即使现在将女儿带回去,虽会回家过冬,但到了春天女儿还是要被卖掉的。

晚上到底发生了什么事?我们当然会感到好奇,但小说中没有说。清水宏拍摄的电影最重要的就在于补上这一段,让早上的逆转剧情可信又感人,不过那就不是掌中小说的表现方式了。川端康成的写法是,接着火车到站了,有三个乘客上了公交车,要回到南方港口去,司机又将驾驶坐垫弄平整,少女的视线又盯着前面的黄色、温暖的肩膀,秋天的晨风吹过肩膀的两边,公交车赶上了前面的马车,马车靠向路边,"谢谢",赶上了载货车,"谢谢",遇到了马,"谢谢"……这司机满载着一路上的"谢谢",朝向半岛南端的港口驶回。

整篇小说的最后一句话是:"今年的柿子丰收,山里的秋天真美。"也正是小说开头的第一句话。

《谢谢》独特的社会关怀

从一个角度看,最后一段简直是不可原谅的累赘,总共只有那么一点篇幅的掌中小说,竟然将前面讲过的几乎原封不动抄过来再讲一次。不过换另一个角度,我们会知道那不是真正的重复。路上的情况看起来一样,但如同第二段换成少女的主观视角感觉到前方的风景是从那件黄制服的两肩上打开的,第四段时那一声声的"谢谢"表现的不再是司机的体贴礼貌,而是呼应着少女满怀感动感谢的心情。

这位司机真是好人,搭上他的车竟然真的如妈妈说的那样能交上好运,不只让少女暂时躲开了被卖掉的境遇,回家多待半年,更重要的,不管到春天之后会发生什么事,少女的生命中多了希望。所以她当然在心中反复地说着"谢谢",对帮助她的司机,更是对冥冥中改变命运的那股力量,说再多次都不为过。

这个男人自己也是社会底层的工作者,却明显有着他的正直与光亮,甚至不得不说,高贵。他真心诚意地以感激之情看待自己遇到的人,平常不过就在伊豆半岛的穷乡僻壤里开车,能怎么样呢?但他身上有着一份感人的素质,吸引了即将要被卖掉的少女,希望能从他那里得到比较好的回忆,然而这男人比她想象的还要好得多。

换作别的男人,应该是高兴地接受这样天上掉下来的好事,不用钱，或只付一点钱，就有少女陪过夜，还能取走她的童贞。但他不是，他维持着礼貌、体贴、感激、珍惜的态度来对待，以至于他愿意，他也说服了那个妈妈，替少女争得了多两个季节的正常人生。

当然两个季节之后，她们仍然要面对那样的窘迫，甚至我们也不知道这两个季节内还会发生什么事。所以小说只能聚焦在这个瞬间，川端康成没有要创造这样一个彻底改变了这对母女底层生活困境的神话，但他带着我们看到了底层人民在无力与无奈中，仍然具备的生命光亮，透显出一种奇特的唯美与浪漫气氛。

他的小说其实带有高度的社会性，但不是用左派式的关怀，更不是用某种教条去写的。这种态度是他有意识选择的，他自知和左派立场、态度上的差异，有时甚至自觉地和他们对话、隐隐地争辩。

《玻璃》工厂光景

另外一篇掌中小说《玻璃》，从一个男性的角度介绍了他十五岁的未婚妻蓉子，让我们看到她脸色苍白地回家，抱怨着头好痛。原来是她目睹了工厂的一件意外。做玻璃瓶的工厂里有一个少年工人突然吐血，导致手上的玻璃将他严重灼伤，差点当场死掉。十五岁的少女说:"我亲眼看到这一情景,吓了一跳,非常难过,所以头好痛啊。"

她的未婚夫也知道那家玻璃工厂。工厂整天开着窗子,路人常常三三两两停在窗边,好奇地看里面工人吹玻璃。路的对面有一条总是浮着油污发亮、水似乎静止不流的水沟。在阳光照不进去,又暗又阴又湿的工厂里,工人拿着长棒摇滚着火球,他们的上衣和他们的脸都沾满汗水,他们的脸也和他们的上衣一样肮脏。

工作时,火球在长棒的一端延伸成瓶子的形状,接着要浸到水里,急速冷却定形,再拿出来,"啪嗒"一声从中间折断,然后要有弯腰驼背像恶鬼般的童工用火钳把刚刚烧出来、浸了水的玻璃瓶夹住,快速地送到整修部门的火炉那里。因为还要一边烧,一边趁热修整。

在那些摇滚的火球和玻璃声的刺激下,站在那里观看工厂的人们,不用十分钟,脑袋就像玻璃碎片一般乱成一片,头昏脑涨。那是非常紧张的工作环境,也就是无产阶级文学会特别关心的劳动场所。这一段的描述其实很像无产阶级文学中会出现的。

蓉子和大家一样好奇地站在窗边看时,一个运送瓶子的少年童工显然生病了,刚好咳嗽吐血,他本能地用双手去遮掩嘴巴,并跌倒在地,然而他手上的瓶子和旁边被他干扰而飞出来的火球就烧在他身上,所以有了简直像地狱般的画面——那个孩子张大了染满血的嘴巴，又叫又跳，一下子不支倒地。周围出现了咒骂声，其他工人赶紧将水泼在他身上，但那水浸过了玻璃，其实也不是冷的，是温热的，这时受伤的少年童工已经晕厥过去了。

回到家的蓉子忘不了那少年的惨状，担心他没有钱可以住院。未婚夫赞同她送些东西去帮助那少年，不过提醒她："可怜的工人不只有那孩子一个啊！"

蓉子听到未婚夫同意去帮助那少年很开心。二十天后，少年前来拜访，特地向帮助他的小姐道谢。少年没有进门，蓉子走到玄关，站在院子里的少年一看到就跪下来向她磕头。蓉子赶紧问："你都好了吗？"这时少年苍白的脸上露出了惊恐的神色，他没有想到这么高贵的小姐会和他说话。蓉子更同情他了，少年不只有可怜的遭遇，而且还如此自卑。

于是蓉子又多问了一声："烧伤的地方都痊愈了吗？"少年慌乱中赶忙要打开上衣纽扣给小姐看他的伤口，蓉子连忙制止了他，并且吓得跑进门。未婚夫知道她的心意，交给她一笔钱，说："给他吧！"但蓉子不敢再出去了，说："让用人拿去就好了。"

接下来小说跳到十年后。原来的未婚夫妻现在结婚了，丈夫在一本文艺杂志上读到了一篇叫《玻璃》的小说，明显就是以家乡玻璃工厂的那件意外事件为题材的。油污发亮静止不动的水沟、有着摇滚火球的"地狱"、吐血灼伤的痛苦，都写在小说里。然后小说中出现了一项内容——"资产阶级少女的施恩"。

这是一篇具有强烈阶级意识的左翼作品。丈夫叫妻子赶紧过来看,小说显然写到她了。十年前妻子还在念女子中学一年级或二年级发生的事,当时帮助过的少年,现在成为一位小说家了。

丈夫站在妻子后面,两人一起读这篇小说,读着读着,丈夫后悔了,觉得不该叫妻子来。因为小说中写了少年后来换到花瓶工厂工作,在那里表现出对于色彩与造型的高度天分,升为高等工匠,不再需要虐待自己孱弱的身体。他做出了精美的杰作,特意去送给曾经帮助过他的那位"资产阶级少女"。

这显然也是真实发生过的事。接下来,他的小说中有了像是"白桦派"作品中会有的段落,从阶级意识中产生的反省告白:

> 我难道不是在这四五年当中,不断地以资产阶级少女为对象而制造这个花瓶吗?不是自觉于自身的阶级是悲惨劳动者的生活经验吗?是对那个富有少女的爱慕吗?自己在那个时候如果吐血而死,是不是才是最正确的呢?
>
> 敌人的施惠真像是诅咒啊!屈辱啊,古代的时候,城池被攻陷的武士的幼儿,由于敌人的一念之仁而侥幸存活的话,那个孩子的面前,就有一条成为杀死父亲的那个男人的侍臣的命运在等着他。
>
> 那个少女对我的第一个恩惠,就是救了我的生命。第

二个恩惠是让我有余力去找新的职业。可是在这份新职业上,我是为了哪一个阶级在制造花瓶的呢?我已经变成了敌人的妾。我明白那个少女为什么可怜我,我也清楚自己因何而蒙受了恩惠,但是我在阶级战线上所立足的,归根结底也只是一块玻璃板、一颗玻璃珠而已。现代对我等同志而言,就像一个背上没有驮负玻璃的人罢了,必须要等敌人把我们背上的玻璃弄破才行,没有办法使自己和玻璃一起消失。

《玻璃》给读者的提问

必须说,川端康成将那种左翼文学的口气学得很像。具备了阶级意识的作家反省:我为了要去感动这位和我属于不同阶级的资产阶级少女而努力制造花瓶,没有那个少女在心中,我不会发现自己在这方面的工匠潜力,然而在过程中,我也失去了自己的阶级立场,变成了为资产阶级服务的劳动者,竟然将资产阶级的同情看得那么重要。

但接下来小说聚焦在蓉子读了小说的反应上。丈夫原本很担心妻子知道了当年帮助过的少年竟是用这种角度看待这件事,以阶级立场进行批判,会很受伤;但妻子脸上却显现了丈夫从来未见的柔顺表情,充满怀想地说:"那只花瓶不晓得放到哪里去了……"然后又说:"唉,那时我也只是个小孩……"

川端康成重视的,毋宁是即便再深刻的阶级意识、再强烈的阶级划分批判语言,也无法取消那一刻真实的、天真直觉的柔情。蓉子冲动要去帮助少年时只是个孩子,少年一心一意希望造出花瓶来送她,又何尝不是出自极度天真无邪的心情?长大之后运用了新的观念与语汇来重述这件事,但写作与阅读的当事人,其实都在层层意识干扰下,仍然回到了那样的清纯状态中,清纯的同情,清纯的爱慕,那是不会被阶级意识与阶级语言改变的。

少年长成了左翼作家都不愿意去否定、推翻自己曾有过的情感,所以才会在文章中表现得那么迷离疑惑。而少女长成了资产阶级少女也还是接收到了那份心意,以至于有了让丈夫为之嫉妒的怀想。丈夫说:"即使要看别的阶级战斗,或者是站在别的阶级立场上,跟自己的阶级战斗,也必须先觉悟到一点,要先把个人的自己完全消灭了才行啊。"意思是你无法改变靠我们资助才渡过难关的事实,除非你抹去自己的经历,才能完全依照阶级性来形成态度与立场。

但这时候妻子根本完全不在乎什么阶级了。她被带回过去,重新化身小说中描写的那个十年前楚楚动人的少女,而且是从少年眼中看去的那个引发他倾慕爱恋的少女角色。

丈夫更是嫉妒了,甚至产生了痛苦的困惑:和这个女人相处那么久,作为她的情人、未婚夫、丈夫时,为什么我从来不曾让她变得如此柔顺，没有看过她那么动人的清新可爱模样？却是一个工人，当时弯腰驼背在工厂里吐血，在她面前时甚至吓得她不愿意拿钱出去，反而是这样的人能够刺激出妻子最漂亮、最美好的一面？

这是川端康成投向读者的问题。我们可以当作真正的问题，努力试着去找出答案来，在过程中，会因而整理出对于人生的重要体会。答案的线索在于：我们经常是因应别人对我们的认识与想象，美好的印象或投射，受到刺激而变得更好，显现出原本甚至不知道自己拥有的那种美好素质。

我们也可以当作这是修辞性疑问，即用问句来表达明确的意念。答案已经在小说中：再多的社会现实，再怎么无情残酷，统统加在一起，无法完全取消在某些瞬间不受现实条件限制而激发出来的超越性美好。再现实的人生状况也不可能完全压抑、否定这种美好。

而掌中小说就是记录这种美好的工具，那里藏着这种特殊形式的内在精神。

《夜市的微笑》对底层生活的描写

因为挂着"新感觉派"的名号，川端康成这一时期小说中创造出的对于底层生活的特殊呈现方式经常被忽略。他用不同的角度去看他们的生活，连带产生了不一样的同情感受。

再来读《夜市的微笑》。那看起来像是夜间市场的即景素描，画面上出现的，是摆摊的小贩，他们当然是在底层营生的人。小说以第一人称叙事，带我们去到东京上野公园旁广小路的市场，邻接的有两摊，一摊卖眼镜，另外一摊卖鞭炮烟火。两摊摆在展示馆的门前，此时展示馆关门了，这个地方就不再有人来来往往，安静了下来，人影稀落，以至于街道好像突然变宽了。难得的一个行人走过，使得地面更显漆黑，飘落的纸屑则相反在地面的衬托下十分明亮，对比中产生更强烈的夜的感觉。

街市里有些摊打烊了，烟火摊还在营业，前面插了几炷香，那是给客人点鞭炮烟火用的，另外排列了很多种不同鞭炮烟火的彩色包装纸袋。每个纸袋上写着烟火的名称：吾妻牡丹、花车、地雷火，还有雪月花、三色松烟等等。

从名字上很容易联想到点燃后在夜空中爆炸展现的热闹，不过此刻却是展示馆关门后两小时，街道冷清。旁边是摆放着近视眼镜、太阳眼镜、平光镜等的眼镜摊。摊上有各种镜框，镀金的、镀银的、镀铁的、玳瑁的。眼镜之外，还有望远镜、潜水镜、放大镜。

叙事者"我"在这里停下了脚步。但下文立即告诉我们，他可不是因为被货品吸引而驻足的。是因为注意到两个人的特异举动。烟火摊和眼镜摊间相隔三尺[1]，当下两摊前都没有客人，于是两摊的店家就一起蹲在中间的地方。但"我"立刻做了精确的修正：不是中间，而是离眼镜摊远一点，大约两尺，也就是离烟火摊一尺的地方。

那应该是眼镜摊的老板来到了烟火摊这边。这区别有道理，因为看顾烟火摊的是个女孩，眼镜摊老板则是男人。女孩将椅子移过来，男人也去自己的摊后拉来椅子，张开双腿坐下，用左肘压在膝盖上支撑全身重量，拿着一根短竹竿，从双腿中间专心地在地上写字，女孩坐在椅子上专心地看。

叙述者"我"描述：女孩的重心使得她脚上穿的木屐陷入土中，小腿直摆着，膝盖微微张开，围裙裙摆拉到双腿间垂着，膝盖被乳房压着，那是极度专心的模样，并且带着一点女性的诱惑。

她穿着陈旧的衣服，线条粗大的单衣，这显然是下层人民的穿着，而且没有大家闺秀的矜持，举止相当随意。这是主要吸引"我"驻足的视觉画面，"我"看不见男人在地上写的字，他写了一次并没有涂掉，直接在上面又写了一次，所以字迹是重重叠叠错综复杂的，但从女孩的表情可以知道她都看得懂，过一会儿应该是写到了两人都同意的部分，他们一起略微点了点头。

两人也不时对看微笑一下，然后继续写、继续看。"我"也

---

[1] 1尺约为0.3米。

继续观察，从画面上引发了想象，女孩应该来自穷人家，腰很细，手指也很细，感觉上吃得不好，有点营养不良，然而她的姿态和表情却和这样的外观不同，虽然穷，却绝不潦倒，反而洋溢着一份喜气，让人会联想到幸福，而非悲惨。

眼镜摊的男人又写了三四个字，女孩本来抱着膝的姿势突然改变了，挺直腰杆，伸出左手要去抢男人的竹竿，男人赶紧闪躲，两个人双目交接一句话都没说，脸上的表情也没有变。从这样的动作，我们大致可以猜到男人写了有调情意味的字句逗女孩，而女孩其实也没有讨厌，更没有生气，而是被逗得和他打闹。

又很突然地，女孩将手放回了原来位置，男人则在闪躲之际又张开双腿要再写字，女孩有备而来，她假装恢复原本的姿态，等男人要写，立即闪电般伸出左手再来抢竹竿，但男人速度更快，又躲掉了，女孩没办法，将手缩了回去。

就在这时候，小说出现了关键的转折，是短短篇幅中唯一的转折。

《夜市的微笑》旁观男女互动

我们透过旁观者"我"看到了一段底层生活切片，一个微妙的情景。男人过来找女孩，用在地上写出的字句逗女孩，和她调情，本来两个人很专注，但因为有了抢夺竹竿的动作，以至于女孩眼角余光注意到了有人在看他们，她很自然地笑了，"我"也不假思索地对着女孩回以微笑。

然后"我"说："卖烟火女孩的微笑直通到我心深处。"原本完全不认识、完全不相干的人，偶尔别人没有打算要让你看到的场景中，却带给了"我"真切、难得的幸福之感。一个穷人家女孩在这样的黄昏将夜时刻，因为和隔壁摊的男人有这种互动关系，身上带着喜气、愉悦，如此真实，感染了意外发现的旁观者。"我"心中产生了同情，穷人家的女孩也能得到如此深刻的乐趣，多美好啊！

"我"原本看到两人的调笑，心中已经蓄积了笑意，此刻被逗出了微笑。标题是《夜市的微笑》，有好几重意思，先是女孩不自觉地向"我"微笑，"我"随之回以微笑，在场的第三个人，眼镜摊的男人察觉到了，先是狡猾一笑，瞬间又变得很严肃，让"我"觉得尴尬，也让女孩脸红了。

这时女孩用左手整理了一下头发，然后将脸埋在袖子里，也是无心、自然的动作。此时"我"转而对眼镜摊的男人投以一个恶意的微笑，意思是：我看到了你在干吗喔！但立即自己觉得好像撞见、揭发了人家没有要给别人看到的调情乐趣，感到有点内疚，于是转身离开了。

从头到尾只有几分钟的事件到此结束了。但这是饱含讯息的几分钟。展开来看：女孩和男人借写字调情逗乐，不意被看到了，女孩还沉浸在玩笑的幸福中，很自然地对旁观者报以微笑。但之后男人的笑多了一点心机与顾虑，不只引发了"我"相应的心机，从而有了后面的一段议论。

"我"对自己解释了为什么眼镜摊男人狡猾地笑了一下又转为严肃？因为他不高兴竟然有一个旁观者在这欢乐的关键时刻，偷走了本来应该属于自己的少女微笑。女孩的微笑是两人之间逗乐出来的，但因为意识到旁观者的存在，女孩转了过去，将要表达当时调情开心的笑容，竟然给了另外的人。

所以男人不高兴：欸，这是属于我的微笑，怎么被你偷走了！"我"这时转而以对男人的想象诉说在心里承认了：是啊，那的确应该是属于你的，在抢夺竹竿的过程中，女孩故意装作恼怒所以板着脸，之后当然会笑出来，如果不是我盯着你们看，那个微笑一定是飞向你的，你也一定会回以一个微笑。

"我"重建了刚刚的场景，想象其前后状况，继续想象着对男人说：我大概知道这段时光对你们很重要，你特别利用这段时间，没有客人了，她的家人还没来帮忙收摊将她接回前，那么小小的空当，去逗女孩。我看穿你的把戏了，你真的没有必要摆出那样狡猾的表情。我知道这时刻很短暂，不过今晚过了有明晚，以后的夜晚你仍然可以在地上用这种方式写很多很多字，我也不过在此刻不意偷走了一个微笑，你不用那么小气，给我那样的表情嘛！

想着想着，"我"动了报复的念头，仍然在想象中对男人说:"为了你的生意我要跟你说,你这样不行啊,自己心底的眼睛已经模糊不清、歪斜不平了,你是卖眼镜的,结果你内心戴的眼镜却乱七八糟,这像话吗?"

这真是有点好笑的发泄。然后他转而注意到女孩去抢竹竿和拨头发时用的都是左手,原本是个左撇子啊。心中说话的对象跟着改成了这个女孩:我觉得你很不错,但也会替你担心,你一直看那男人写了那么多字,会掉入他的陷阱中,心会被他偷走的。不过,到底是掉进去还是不掉进去比较好呢?唉,我无从判断啊!

《夜市的微笑》真诚的同情心

小说中最大的特色,是真诚的同情心。特别针对的是这位"我"完全不认识,而且走过这个摊子、这个瞬间消失之后,很可能一辈子都不会与之有任何关系的一个女孩。在那瞬间浮起直觉的、没有任何其他算计的单纯关切,一方面同理地感受到女孩的快乐,另一方面同情地替她着想,而且一样是摆脱了其他算计,专从抽象的、绝对的"幸福"角度着想。所以才会依违反复,最后承认自己不知道女孩掉入这男人的陷阱、被男人吸引了是好事还是坏事。

如果为了不被这个男人勾引,女孩有了防心,不就失去了那份天真，无法和男人打打闹闹显露出那种超越现实条件的奇异幸福感，而且也不会直觉地对着在一旁凝视自己的陌生人，投以甜美的微笑。如果她会防着旁边眼镜摊的男人，她必然更会防着路过的陌生男人啊！

所以"我"只能说："哪样比较好？我也不得而知啊！"

小说还有漂亮的结尾，以一个华丽的幻景收场。只是瞬间的偶遇，不可能对这两个人有任何进一步的认识理解，唯一的联结来自他们的摊子。所以会想到那个男人有着要勾引女孩的坏心眼，像是在内心的眼睛上戴了歪斜的眼镜，那么他摊上卖的眼镜也会不可靠吧！

当"我"心中转而充满了女孩形象时，很自然地也将她和烟火摊联系起来，要让女孩立体化唯一的根据，只有她卖烟火这件事。于是"我"想象着：接下来，你爸爸或你哥哥会来接你，在回家的路上，夜已深沉的街道间，你在脑中回想那个男人挑逗写下的字，沉醉其间，在这样的心情中走回家。

然而突然另一个画面浮现在专心想着女孩的"我"心中：啊，还有一个可能，那是在你爸爸或哥哥还没到来之前，被那样的幸福情境弄得太开心了，你一时冲动，就将摊上的吾妻牡丹、花车、雪月花、三色松烟……统统都点起来，作为庆祝，庆祝有一个男人用这种方式对你表白。

原本寂静的街道上，突然喷出了美丽的焰火，变成了一个光亮华艳的国度。接着想那男人会有什么反应呢？"我"不无恶意戏谑地想象那男人会被吓得魂飞九霄云外,说不定在烟火爆放中落荒而逃。

在这篇经典作品中凝结了诸多元素,而最重要的是"我"在不预期会有任何体验收获的寂寥晚市上,却遭逢了底层人民在真诚互动瞬间的纯洁感情,用对的方式去认知,那样的感情可以带来如同烟火在天上华丽绽放的热闹。

灾难中的人——《钱道》

《钱道》,意思是"用钱铺成的道路"。小说中的主人公是比《夜市的微笑》中还要更底层、生活更困苦的人。而且他们的困苦源自无可奈何的巨大集体灾难。

开头第一句话告诉我们,这是大正十三年的九月一日,算一下,整整一年前,一九二三年九月一日,发生了关东大地震,几乎毁灭了整个东京。地震发生在正午时分,很多人家正在生火煮饭,日式木造房屋火势快速延烧无法收拾,烧了一整夜,将东京的天空都映照成鬼魅血腥的红色。

在这过程中,被房屋塌下来压住的,或是后来大火中走避不及的,死了很多人。

一年之后。小说带着我们听到声音,一个被称为"聪明的乞丐健太"的人在说话。这是一对在街上乞讨的男女,就社会阶层上来说，比在路边摆摊的又低了好几级，到了不能更低的地步了。

男乞丐健太叫着"老太婆"，一边从碎木屑中抽出了一双残破不堪的军鞋。现实背景是地震一年后，社会秩序还没有完全恢复，军鞋是乞丐捡来的仅有财产，必须小心翼翼藏在碎木屑里。

健太很聪明了，拿着军鞋对身边的乞丐婆说起外国有一种神，会在人们睡觉时将福气装进鞋子里，所以每年到了岁末，很多商店会特别卖那种装福气的鞋子。他还知道圣诞老人的故事呢，只不过将西方民俗里的袜子弄错成鞋子了。

他一边说一边将鞋子倒过来，为了要将里面的木屑倒掉。然后问老太婆："这样一只鞋子如果装满了银币会有多少钱呢？一百块，还是一千块呢？"乍看这好像是从外国的神将福气装进鞋子里而自然产生的联想，然而往下看会知道，其实川端康成在这里设下了重要的伏笔。

这时候乞丐婆没有注意在听，她靠在泥土没有干的破墙上，正拨弄着一支红梳子，突然感慨："唉，好年轻的女孩。"健太当然听不懂，问她是说谁呢？"我是讲掉了这把梳子的人。"原来梳子是捡来的。聪明的健太不同意老太婆的感慨：既然是捡来的，怎么会知道掉梳子的人多大年纪？

但乞丐婆却坚持，梳子的主人应该只有十六七岁，而且捡梳子的时候，健太说不定还有看到那个女孩。健太先是反应："得了吧！"老太婆解释年轻女孩才会用这种红色梳子吧！但接着健太明白了老太婆的心思，他就说："你又想起死去的女儿了。"老太婆没有否认，立即跟着说："今天是一周年忌日。"

显然女儿死在大地震中。健太接着问："那你要去成衣厂遗址祭拜吗？"于是我们又知道了，她女儿死在成衣厂，可能是被地震坍塌压死或由此引发的大火烧死的。老太婆回答："如果去，我要用这一把梳子去祭拜我女儿。"她看着红梳子，觉得女儿好可怜，自己现在是个乞丐，又能拿得出什么像样的东西来呢，手上只有捡来的红梳子，去送给在天上不知何方，同样是少女、同样爱漂亮的女儿的亡灵。

健太就逗老太婆："想女儿不是坏事，但你会不会有时不只想年轻的女儿，连带想起自己年轻时的样子呢？"

原来此刻健太心中正是春情荡漾啊！他描述了发生的事："昨天到二楼，在这碎木屑里竟然冒出一对男女，我摸了一下，那个地方还是温的，我就躺在那个温热的地方等你。"

地震经过了一年，乞丐能待在什么地方？应该就是地震后迟迟没有修建的破房子里吧，为了让自己过得舒服一点，去收集了碎木屑，但这样的地方却成了男女用来幽会之处。他们以为没有人，却被健太撞见了，男女躲在没有人的碎木屑堆里还能干些什么事呢？于是惹得健太进到有余温的碎木屑堆里，想着男女刚刚所做的事。

接着他坦白抱怨了："欸，我毕竟也是个男人，你也是一个女人，可是你现在已经彻底忘掉自己女人的身份，像捡到了这个红梳子,你就只会哭。"捡到红梳子就想念着死去的女儿,而不懂得用梳子将自己打扮一下,给自己增添些女人味。

钱币落下铺成道路

借着这话,小说替我们补述了这两个人的背景。

乞丐公健太说:"我跟你一起讨饭已经一年了,我只要有一次就够了,所以希望让你年轻一点。有了一次之后,我们两个不就变成了夫妻吗?只要一次结成了夫妻,死掉都没关系了。"只要一次可以像人家幽会的男女所做的事,那是健太的心愿。他又补上了一句:"我还没有满五十呢!"难怪他还会有强烈的性欲。

乞丐婆的回应是:"可是我已经五十六岁了,死去的丈夫还比我小两岁,我梦见他了。在成衣工厂死掉的人,成千上万地聚集在一起,度过长长的桥,要到很远很远的极乐世界去,好远啊。"她的丈夫和女儿一样,一年前在大地震中死于成衣工厂,她还无法忘掉丈夫,也就无法接受健太的提议。

健太觉得有点自讨没趣,就找台阶下说:"走吧走吧,今晚我们去喝甜酒,然后我再到你那边。"然后他将军鞋的左脚交给乞丐婆,说:"左脚鞋子借你,我只要穿右脚就好了。"他拖着松松大大的军鞋,帮老太婆将腰带上的碎木屑拍开。

去年九月一日地震中，老太婆的家人在成衣工厂的大火中被烧死了，她自己也受了伤，被救到浅草公园临时搭盖的木板房接受医治。健太地震前已经是乞丐了，不过他够聪明，遇到地震就装扮成难民鱼目混珠，也跑到浅草公园去领取市公所发放的衣服和食物配给。

怕被识破自己是乞丐而不是难民，健太就一直拉着在浅草公园遇到的这位老太婆说话，使得人家误以为他是老太婆的弟弟，他才能一直留下，取得难民的身份。不过多待两三个月之后，市公所没有理由一直养着好手好脚的男人，还是被赶出来了。这时反而是孤零零的老太婆习惯依赖健太了，换成她跟着健太出来，两个人一起讨饭。

东京大半地方烧掉了，他们每天走过一间又一间正在整修的房子，借住在那样的空房子里。

简短回溯之后，小说叙事回到一九二四年的九月一日，在死了很多人的成衣工厂将要举行地震一周年的盛大哀悼仪式。总理大臣、内务大臣、东京市长还有其他政府特派官员都出席了追悼式，在典礼中念悼词。另外还有外国大使送了花来。

仪式选择在一年前开始天摇地动的十一点五十八分举行。全东京市的交通工具停驶一分钟，所有市民默哀一分钟，连横滨附近都聚集了汽艇，从隅田川各地往返成衣工厂所在的岸边，汽车公司也争先出动车辆到成衣工厂前，各宗教团体、红十字医院、基督教女校纷纷重演一年前的情况，前往成立救护团。

在典礼场地附近有商人将地震的相片印制成明信片，找了流浪汉，让他们偷偷去兜售。还有电影公司的技术人员出动，扛着摄影机和高高的脚架到处走、到处拍摄。最特别的，是这里出现了钱币兑换商。那是因为祭拜仪式中会要撒钱，当然不会撒大面值的纸钞，最好是换成小额的硬币，不用太多的花费就能有撒钱的效果。

青年团团员身穿制服，在街道上警戒着。吾妻桥到两国桥之间有整排的木板房，都张挂着白色幕帘，招待参拜的群众，提供免费的水、牛奶、饼干、稀饭、蛋和冰块。曾经在这里受过灾、吃过苦的人，整整一年后至少能得到一点招待。

这时场地里挤了几万人，健太在人群中抓住老太婆的手腕高高举着，怕她被挤散了。两个人要走进白木头上卷着黑白木条的高门，过了就是仪式最核心的一条步道。这时健太做了一件奇怪的事，赶紧将左脚的鞋给老太婆穿上，然后吩咐："右脚的草鞋也丢掉。"两个人各穿一只鞋，另一边光脚丫，这样走进高门，缓缓地随着庞大人潮，沿着用木棒围起来的步道移向仪式的中心位置，也就是老太婆的家人骨灰所在的灵堂正门。

人们的头上开始下起黑色的雨，落下的不是水，而是钱币。那是一条不折不扣的"金道"，用钱铺起来的道路，旁边布满了花环和供花，以至于看起来像是一座用花组成的森林。

那真是奇景，人们被钱雨打着，脚下踩在一层层的钱币上，有人叫着："哎哟，好痛！"那是被钱打到头了。头上是钱，脚下也是钱。

骨灰灵堂前的白木棉树，都被钱堆成了像山一样，钱币堆成的山，太多人了走不动，人群停在金山前面，而洒下来的钱没有停，持续有如冰雹般往头上掉下来。健太很得意地说："我带你来这里，老太婆，这是你的智慧能够理解的吗？你要好好祈求啊！"

在这里解释了小说的开头为什么健太要去拿藏在碎木屑里的军鞋，还有为什么只穿一只鞋，另一边打赤脚——因为他用左脚的脚趾去捡"钱道"上掉满的钱，放进右脚又松又大的军鞋里。

健太果然是聪明的乞丐啊！他知道这里有那么多钱，他又知道在那样的仪式中，众目睽睽下，是绝对不容许弯下腰去捡钱据为己有的。所以他有备而来，找到了一种不可能被注意到的方式，挤在人群中捡钱。他将另外一只军鞋交给了乞丐婆，当然也教了她这种方式，两个人一起捡钱。

走着冰冷钱道，到骨灰灵堂前，钱甚至堆积到一寸厚了。小说的第三段结束在这里。

《钱道》末段的新生

小说的第四段，最后一段，时间跳到仪式结束后，他们拖着重重的鞋子离开了，我们知道那是因为鞋子里装了钱，所以他们的步伐一定很奇怪，走到大河岸没有人的地方，蹲在已经生锈的马口铁屋檐下，看着岸边的船和人群，就像每年两国桥下举行烟火大会时那么多，那么拥挤。感觉太惊讶了。这应该是极度悲伤的场合，却散发出一种奇特的节庆气氛，以至于感染了他们。健太苍白着脸，因为挤过人群很累，但他的心情却是："死了也甘心了，已经走过了钱道。"不过立即又表现了不甘心："可惜啊，后来好像走在地狱冰山上，脚都僵了。"意思是后来就没办法捡更多钱了。

相对地，老太婆这时却脸色红润，显现出一种年轻的光彩。她现在想起了自己年轻的情况了："我简直像是一个女孩一样，好像回到年轻的时候，心扑通扑通地跳，健太啊，走在银币上的感觉真的很棒，就像是年轻时才有的这种情趣，会咬住体贴男人的脚板心。"

回到年轻最重要的象征，是有了色情的欲望与想象。而让老太婆回春的力量，是"走在银币上的感觉"。看起来好像和健太那种"死了都甘心"的感觉相近，但看下去我们才知道其实不是的。

健太认为自己走在"钱道"上，老太婆说的则是"走在银币上"，这是细微却关键的差异啊！她将左脚的鞋脱下来，健太往里面一看，惊讶地叫出声来："啊，你只捡银币？"

太厉害了！老太婆理所当然地说："是啊，难道你还捡铜钱吗？铜钱值得捡吗？"原来她一边走一边用脚捡钱，却还仔细选择，只捡比较值钱的银币。聪明的健太此时也不得不服输了，盯着老太婆的脸说："唉，和你相比，我真的就是天生的乞丐命。我在人群里甚至顾不了自己，哪有可能去管捡到的是铜钱还是银币！而且我捡了十几枚脚就僵硬了，你们太厉害了，你们女人果然不一样，在紧急情况下你们的意志力反而会增强，能够坚持下去，女人具备这样的生命力啊！"

被这样称赞，老太婆有点不好意思，叫健太不要说了，来算钱吧！健太一边算一边念出来："五十钱、六十钱、七十钱、八十钱、九十钱、一元四十钱……"表示老太婆捡的都是十钱和五十钱的银币，算到二十一元三十钱还没算完，老太婆打断了算得不亦乐乎的健太。

"糟了，我太专心捡钱了，忘了一件事，我本来到成衣工厂去，是为了祭拜女儿，我原本不是要拿这个红梳子去祭拜女儿吗？我忘了，梳子还在我的怀里呢。"健太略带无奈地说："你又想起女儿了。"

不过这时候，过了周年，走过了"钱道"，老太婆的心境改变了。这时候老太婆没有再为了女儿伤感，说："算了吧，让红梳子随水流去吧，放进鞋子里流走吧！"

川端康成在此幽微地表现：老太婆终于向自己过去的人生告别了。出发之前她的心思在红梳子上，想念死去的女儿，又梦见了丈夫和一群死去的人要过桥到另一边去。现在她却真的将红梳子放进装过了钱可以功成身退的旧军鞋里,用力地将鞋子往河中丢去,她的动作突然间也没有了老态,变得好像是个在玩游戏的小女孩。

如同获得了重生,换作她对健太说:"剩下的钱明天再算,来吧,我们去买酒和鲷鱼,今天晚上——我嫁给你好吗?……健太啊,发什么呆,讨厌!"健太会发呆,因为没想到她就这样改变主意了,连说话都变成小女孩的口吻了,眼睛里还被一份年轻的光彩神奇地浸润了。

这当然是更底层的人的生活,而且还在上面覆盖了地震大灾难,但川端康成写得充满了鲜活的感情。他选择了一个原本看似粗俗、不适当的焦点,在灾难周年纪念日,同时也是老太婆女儿和丈夫的忌日,四十多岁的男人健太却想着要和已经五十六岁的乞丐婆有性关系。

还不只如此,在纪念死难者的隆重仪式中,他们两人混进会场的动机,在会场中的行动,都是为了钱,最后也的确从"钱道"上捡走了很多钱。

但是这样的故事我们读来一点都不觉得粗鄙,反而会被老太婆最后的反应感动。她向"聪明的乞丐"证明了自己比他更聪明、更能干,取得了地震以来从未有过,甚至之前生活中也不曾有过的自信。那是让她能够回复年轻最大的力量。即使是生存于底层的人,即使是经历了那么大的灾难折磨,他们仍然有追求幸福、享受幸福的权利,而且他们的幸福不会因为底层的身份而减少价值，甚至反而因此更可贵。

还有，偷偷将钱藏进鞋里的举动，表面上看似乎亵渎了庄严的仪式，然而对于地震真正的幸存者、受难者来说，他们不是本来就应该有资格得到那些钱带来的补偿和安慰吗？这样一个失去了丈夫、女儿，失去了家和正常生活，以至于流落街头成为乞丐的女人，那些钱不就是应该为了救济像她这样的人才捐出来，从而投到"钱道"上的吗？

与其和其他人一样行礼如仪，单纯外在地纪念大地震，老太婆透过捡钱的成就，有了和大地震更实质的生命联结，得到了升华与洗净。来自原始欲望，金钱与肉体欲望的满足带来的开心，产生了最真实的升华与洗净效果。

已经和健太共同生活一年了，她一直沉浸在悲伤中走不出来，心灵停留在灾难之前、灾难当中，所以也无法和健太有亲密的身体关系。她一直只记得自己五十六岁，健太也总是叫她"老太婆"，她的心灵和身体都处在那样的迟暮状态中。

然而参与这场周年仪式让她得到了青春的力量，走在"钱道"上有效地捡了银币，让自己有了信心和希望，得以在一年后获得了新生。我们不可能鄙视她，很清楚地，川端康成是要向我们伸张他们虽卑微却明确的权利，去追求他们虽卑微却真实的快乐。我们自然地为他们高兴，那是川端康成要传递给我们的感受。

《滑岩》上的信仰

还有一篇掌中小说《滑岩》，也碰触到了底层人民的粗鄙信仰。

有一个人带着妻子和小孩到山里的温泉，一般俗民信仰认为温泉能让身体发热，有助于让女人怀孕。不过这里的温泉有另外的重点——一块大岩石。温泉池三边都有围墙，剩下的一边就是这块"滑石"。泡温泉时，他看着那块岩石，产生了联想，觉得那是一个在嘲笑人类的怪物，嘲笑人类竟然会相信让女人从大岩石上滑下来就会怀孕，如果真的有人这样做，一定会让这滑溜溜的大脸笑个半死吧！

他的身份与背景，非但不相信这种迷信，还感到可笑。此时在温泉池来了一个年轻女子，池中原本只有这人和妻子、小孩，他当然会被新进来的女人吸引，而且忍不住将年轻女子和妻子相比，意识到那女子的长相和体态都比妻子更好。而且那女子看到了他女儿，显然很喜欢，又特别靠近过来。

这时天黑灯亮了，女子逗他女儿："妹妹，你会不会算总共有几盏灯啊？"女儿回答说："两盏。"女子夸张地回应："是两盏啊？天花板上一盏，池子里还有一盏。小妹妹你看，电灯好厉害啊，还会跑到池子下面去呢！"然后一直称赞小妹妹聪明伶俐。

深夜，妻子和小孩睡了，这个男人写了好几封信，有点累了，就想要再去泡一次温泉。到了温泉池吓了一跳，看到了一幅奇景，一个女人趴在滑岩上，因为没有穿衣服，全身都是白的，像一只没有皮的青蛙，放开双手，让自己滑下来。滑进池子后，女人发出了咯咯的笑声，然后又重新爬回岩石上，再滑下来一次。

从那个声音他认出了，应该就是之前遇到的年轻女子，原来她是来祈求生育的。撞见了这个景象，男人选择离开，回到换衣服的地方，抓起浴衣，他爬上了落满寂静秋叶的石阶。

然后小说中记录了他的独白，他内心产生一种奇怪的恐惧："今天那个女人会在夜里跑来杀掉我的小孩。"女人滑岩的模样与笑声，让他觉得近乎疯狂，回想她那么在意过来逗自己的女儿，他感到极度失望，而且不寒而栗。下午看起来那么漂亮的女子，没想到在深夜却化身为那样白色青蛙般的妖怪，如同魔的存在，吓了他一大跳。

接着他在内心对着岩石说："岩石啊，像那种相信你那无聊迷信的女人的行止，都会让我如此恐慌不安；那像我这样高喊着'这是我的妻子，这是我的小孩'的这种迷信，或许在不知不觉中，也教世间成百上千的人的恐惧占领了，是不是？岩石？"

好奇怪的一段话，必须回到川端康成对待庶民信仰的态度上才能解释。这个人原先抱持着理所当然的阶级性歧视，瞧不起这些信仰，什么"抱一棵松树就会怀孕"，他甚至主张政府应该将那棵松树砍掉，破除迷信。同样的，他也很不屑从温泉岩石滑下来可以怀孕的粗俗信仰。下午他看着那女人，被她吸引时，投射了自己的阶级性，认定她是和自己一样的。

没有想到深夜中，女人却化身成为粗鄙、恐怖的魔的样貌，让他既失望又害怕。进而在心理冲击中他突然意会了什么是"迷信"。如果迷信就是没有根据地相信某事，那难道自己会没有迷信吗？他发现自己也有执着，紧紧抓住家庭，相信家庭会一直存在着。被女人突然像是魔一般的形象吓到时，他油然生出对于女儿安危的恐惧，进而意识到相信家庭的恒常不变，其实也是一种迷信。

于是前一句和后一句间，他改变了态度。从害怕变成了同情。同情这个女人用这种方式努力，那信仰本身是粗鄙的，但使得女人相信粗鄙信仰的动力，是想要有小孩，想要一个有小孩的家，这和他自己卫护妻子、卫护女儿的心情没有两样啊！

小说结尾处，他对妻子重新燃起了爱意，去拉着妻子的手将她叫醒，和她温存。因为同情、理解了那个吓到他的女人，他受到刺激，重新确认自己也迷信家庭、迷信妻子。

阅读川端康成的小说，一定要记得关注其中角色的社会性。尤其在他的掌中小说里，没有背景说明的空间，但每一篇精彩的作品，都巧妙地融入了社会阶级与社会意识的指涉，我们在阅读时应该要还原角色的社会属性。因为他所投注的温暖，是以低调、内敛的方式和这些人的底层身份紧密结合的。

第三章

新感觉派的崛起
——读《伊豆的舞娘》

川端康成与"孤儿感"

在我了解川端康成、形成阅读川端康成的方式过程中,最有帮助的两份材料,一份是由三岛由纪夫所编的《川端康成论》,收录了那个时代日本文坛对于川端康成其人其作的方方面面意见,那是我在京都古书店里找到的一本精装旧书。另外一份是一九四九年,川端康成五十岁时,由新潮社出版的全集,一共有十六册,每一册都收录了川端康成自己特别撰写的"后记",交代自己写卷中作品时的生活背景。这十六篇文章合在一起,等于是川端康成的早年自传,但可惜的是从来没有另行结集出版。我是早年在台大文学院图书馆读这套书时,将所有的"后记"影印装订保留下来。

塑造川端康成生命最特殊的因素,据他自己所说,是"孤儿感"。从小如此孤单,亲人一一离去,以至于有一段时期他完全不说话,不知道要对谁说、说什么。成长的过程中,他也没有交过什么亲近的朋友,一度曾有过未婚妻,却没有结果,未婚妻离他而去,给了他更大的打击。

他在安静得近乎病态的环境中长大,这使得他的感官格外纤细敏锐。吉行淳之介的评论中说,川端康成和语言间有着奇异的关系。一般人运用语言时会受到社会习惯强烈影响,内化成一个"大声音",听从那个"大声音"来判断什么是重要的、什么是不重要的，依照大家都认同的比例在语言中分配、表现重要性不同的事物。

然而在川端康成长期不说话的那段人格形成过程中，却给了他一种不受"大声音"影响的经验，以至于他会用我们难以想象的方式，凸显描述、形容我们早早就认定了不重要，以至于不会去用心体会的琐碎、细密情感。

最好的例子是小说《雪国》的开场。《雪国》是极具川端康成前期文学语言风格的作品，读过的人一定记得第一句："过了国境长长的隧道就是雪国。"同时也一定不会忘掉接下来两三页中的描述。

主角岛村坐在火车里，冰天雪地中火车停下来了，旁边的女孩将窗子打开，向月台上的站长讲述她弟弟的事。然后窗子又关上了，岛村开始回忆大约三小时前的事情。那就是用很细腻的方式呈现了我们一般不会那么认真去追索的脑中快速变动的联想。

岛村看着自己的手指，唤起了想用手指去触摸搭火车要去会面的女人（驹子）的感觉，想象延伸到气味，于是忍不住像是要嗅闻到留在手指上的女人气味般将手指凑近到自己的鼻子前，立即又意识到这样的行为看来很奇怪吧，自己感到不好意思，不自主地将手指移开，为了掩饰，就装作像是要用手指去擦拭因内外温差而满布在窗子上的水汽似的。他真的用手指在窗上画了一条线，没想到竟然画出了一双眼睛，让他吓了一大跳。定神之后，才发现那是火车上旁边女孩（叶子）的眼睛被反射映照在玻璃上。

读过了会留下深刻印象，因为这样的描写违反了我们感官与记忆的比例原则。这一段内容写了近千字，从三小时后的现实联想回溯三小时前的记忆，而三小时前的经验却又是开始于一段手指的想象，换句话说，在现实中没有发生任何事，岛村就是一直坐在火车上，但川端康成竟然能给我们如此丰富紧实的描述。

这段文字中，时态不断流动，三小时前岛村心中在向前想着即将要去和驹子会面，因为有未来的提示，才会让他想象这手指就快要触摸到那个女人了吧！三个小时后叶子对着窗外向站长诉说弟弟的事，同样是混杂着过去、现在与未来的，而明明和岛村不过是在火车上偶然坐在同一车厢的陌生人，神奇地，这个女孩竟然已经在他心中有了穿梭过去时间的记忆。

时间不会停留，真实的时间甚至不会一直向前流淌，而是如此不可控制、不可预期地在我们的生活、意识中晃荡，这是"物之哀"的根源，在时间中没有任何事物是固态的，没有什么可以被人扎扎实实掌握。

他用绵延浓密的语言去写一般人根本不会注意到，遑论去记录的感受，反过来唤醒了读者如何去理解自己在生活中被社会"大声音"给消灭、排除了的细节观察与体会能力。

《伊豆的舞娘》开场的三种翻译

这种特殊的写法来得很早。川端康成二十八岁出版的《伊豆的舞娘》中就已经表现出来了。这部小说的开头,是描述中学生川岛走在路上,很怕跟丢了前面舞踊队的焦急心情。

第一个句子:

> 山路变得弯弯曲曲,快到天城岭了。这时骤雨白亮亮地笼罩着茂密的山林,从山路向我迅猛地横扫过来。

还有另一种译法:

> 山路愈来愈崎岖,已经快到天城山的山顶了,雨却在这个时候以惊人的速度从山脚下向我袭来,浓密的杉树林顿时被笼罩成白茫茫的一片。

再看另一个译本:

> 当道路转入羊肠小道,心想就快到天城岭了,雨水把浓密的山林染成一片灰白。从山路以惊人的速度追上了我。

川端康成写的日文原文是:

  道がつづら折りになって、いよいよ天城峠に近づいたと思うころ、雨足が杉の密林を白く染めながら、すさまじい早さで麓から私を追って来た。

意思是道路在前面弯折，表示本来是比较直的却开始变弯了，在那变化中，让他觉得（想象）也许天城岭快要到了。"いよいよ"（终于）和"道がつづら折りになって"（道路变得弯弯曲曲）是呼应的，一直走一直走，遇到了道路弯折变化，于是想：或许天城岭接近了，反映了他焦急却又不知道究竟还离天城岭多远的心情。

  再来，原文中他将眼中所见的情景用汉字写成"雨足"，雨像是有脚一般，从底下一路将山林染白了，以快得令人惊讶的速度追上来。这又是非常形象化的写法。

  或许如此你们能够稍微体会，少年的我为什么如此自不量力、热切地追求要有能力阅读川端康成小说的原文。他的日文有很多几乎无法翻译的细腻之处，更麻烦的地方是，因为川端康成的响亮名号，他的作品在中文世界里有很多译本，大部分译者的日文和中文能力，不足以传达，有时甚至不足以理解川端康成文字中的特殊感性。

  让我们不要忘了，很长一段时间，川端康成在日本文坛属于"新感觉派"。川端康成写出的文字,都来自主观的感觉。一个称职的中文译者必须先自行理解什么是"新感觉派",掌握了"新感觉派"的美学信念,尽可能在中文中以各种方式,包括灵活运用语气助词,让读者能够明白什么是主观的感受,和客观描述区分开来。

《伊豆的舞娘》是以第一人称写成的,然而即使是像《雪国》那样表面上以第三人称来叙述,每一个段落,每一件事,背后都还是有一个感受者,经由这个或明显或隐藏的感受者,转述、转译情景与事件,中间掺杂了强烈、浓密的主观感受。失去了这份主观性,也就失去了川端康成的特色。

"新感觉派"的主观描绘

《雪国》中著名的第一句话:

国境の長いトンネルを抜けると雪国であつた。夜の底が白くなつた。信号所に汽車が止まつた。

意思是:

穿过国境长长的隧道便是雪国,夜空下一片白茫茫,火车在信号所前停了下来。

表面上看起来是全称的叙述,但实际的效果是介于客观与主观间的暧昧。有中文译本将《雪国》书名译成《雪乡》,就错失了川端康成运用"雪国"汉字制造的效果。并没有一个客观的"雪国"存在于隧道的另一端,而是长长的隧道,加上冬天通过隧道后突然映入眼中的一片白色雪景,造成了如此强烈的感觉——仿佛离开了原来的国度,进入了另一个如梦似幻的国度。尤其是在夜间这种感受更强烈,隧道里是黑暗的,本来出了隧道的夜也是黑的,但地上的雪色,似乎将夜的背景都染白了——这样一个完全不一样的世界。人的主观感觉被带离了日常环境,在这里所发生的事,因而都有了幽微的传奇色彩,包括听见一个少女打开车窗对着月台说话的声音……

我们是这样随着岛村(即使那时我们还不认识他)进入"雪国",跟着他产生了一种恍惚不实之感,所以他会想起几个小时前同样恍惚如梦地出现在车窗玻璃上的一双眼睛……

如果将"新感觉派"的文字理解为客观的,就体会不到《雪国》开头这段的力量,也体会不到《伊豆的舞娘》开头的情境。那段话不是要客观描述在上到天成岭的隘口前,会有一段弯弯曲曲的路程,而是反映少年高中生赶路的心情,这时候路上任何的变化,都会刺激从而产生鼓舞作用:啊,我把直路走完了。不过立刻又有相反的心情袭来,他最担心的就是出现任何可能迟滞他赶路行程的因素，这时候那个可怕的潜在因素就正从山底升起。

雨来了。山里的雨确实会随云雾水汽上升，不过在这里雨被主观地拟人化，像是长了脚快速地追来，而且追得特别急，因为主观感受者万万不希望自己被雨给耽搁了向前赶上舞踊队的路程。

"新感觉派"的崛起，是对应、逆反当时日本文坛主流写实主义、自然主义而来的。写实主义重视客观性，到了自然主义甚至进一步援引科学信念，要将小说变成人与社会互动的实验场，以"遗传"与"环境"为两大变量，在小说中有意识地探索、铺陈"遗传"与"环境"交互作用会产生什么样的效果。这样的信念更是注重客观而轻忽、摒弃主观。

"新感觉派"反对过度的客观，要将主观放回文学中，恢复主观感受在美学中的地位与作用。谷崎润一郎早期的作品，也同样出于对自然主义的不满而凸显主观感受，不过他的小说情节充满夸张奇情，和强烈的主观感受结合在一起，就形成了一种疯狂的性质，是在转述、传达了疯狂的人眼中所见到的世界，从疯狂的极端情绪中领受的周遭环境。

相对地，在川端康成笔下，他开创了新的文字，描述一个"正常"的高中生在特殊情境中的特殊感受，使得世界变得不一样。客观的世界，大家都同样感受的世界，其实没有那么理所当然，尤其没有那么值得书写，正因为对大家都一样，也就不是任何人平常真正会感受的。对我们有意义的事物，一定是通过特定的主观，染上了特定的感情色彩，才进入我们的生命，成为体验，成为记忆。

舞娘的对话

《伊豆的舞娘》的叙述者是一个二十岁的高中生，以现在的学制来说，比较接近是刚上大学的年纪，他在路上遇到、爱上了一个十四岁的小女孩。这样的故事在日本长期以来就被当作是最适合中学生阅读的内容。

然而中学生能从这部小说中读到什么？尤其是现今的中学生，让他们看一段甚至没有明确戏剧性的故事，男学生一直追着舞踊队，最后走到大田就结束了，没有明白的结局，他们能有什么样的收获？

日本知名评论家，也是小说家吉本芭娜娜的父亲，吉本隆明就曾经说：《伊豆的舞娘》一定是日本文学史上最常被重读的一部作品。因为很多日本人在中学时第一次读到这部小说，通常都不喜欢，但会留有印象，然后等到累积了足够的人生经验与理解后，会在一个阶段产生冲动，想要重读《伊豆的舞娘》。这时候它不再是学校的指定作业，也没有老师来引导你，纯粹为了自己而阅读，突然之间，就得到了深度的感动与丰富的领会。

长大了之后才会被一些段落感动。例如叙事者"我"偷听到舞蹈队里两个女生，千代子和熏的对话。两个女生在谈论他，来回总共说了三句话，一开始是熏，她称赞这个男学生："是好人啊。"然后千代子响应："是啊，是这样没错，应该是好人。"然后熏又说："真的是好人啊，好人很好。"

三句话最大的特色是什么？是几乎没有具体内容。都是空话，只反复表达：是好人，真是好人，用词也再单调不过，连声音都是单调的，"好"就重复了五次，"好人"重复了四次，还有"是啊"这种重复的方式。

但这么简单的话中却带有真情。千代子说的"是啊"在日语中带有随口认同敷衍的意味，加上后半句用了"应该是吧"，语气上又是有保留的，于是熏才又特别重复强调：真的，他真的是好人，有这样的好人真好。那样的说法中显现出一份焦急，一定要说服千代子：这个男孩是好人。

中学生无法领会的，往往是我们透过不够精确的中文翻译也无法领会的，是这段对话来自两个如此素朴的人，素朴到近乎无能的人，但她们如此努力要表达对这个男孩的肯定与喜爱。她们没有足够的语言可以使用，但简单到这种程度的话，却带有一种无可取代的天真，不可能掺杂任何一点点虚假。

"我"不经意听到了这样的对话，被深深感动了。活在"孤儿感"之中，和世界有距离，在世界上得不到归属，如此单调的对话，带来最深切的安慰。两个女孩，尤其是熏，如此天真地信任他，如此深挚地强调他的好。这是中学生领受不到的关键、具体、清楚地解释了"我"为什么会对舞蹈队产生如此的迷恋，那不是一般的少年对女生一见钟情，而有着更深厚的执着依恋。

社会底层的舞蹈队

一般的中学生就算听到老师如何卖力的说明，在没有人生阅历，没有在人际关系上、社会上受过足够多的白眼、过足够多的伤之前，也不会了解什么是巡回舞蹈队，在舞蹈队里有的是什么样的人生。

那是在社会底层最不受尊重的一种行业。一直不断到处流浪，到各个温泉地去寻找夜晚帮人家跳舞助兴的工作，不只是今晚过了不知道明晚有没有工作、有没有收入，甚至今晚都不会知道明晚住在哪里。在舞蹈队里的女孩，几乎等于沦落到比妓女还糟的地步。妓女还有固定的营生场所，舞蹈队却是应召的，被客人叫去跳舞时，很多客人理所当然地认定舞女也同时卖淫，多付一点钱就能要她们留下来过夜。

大田是这个舞蹈队的基地，但他们不会一直居住在大田，必须出去巡演讨生活，像马戏团一样，每到一个地方就宣传：我们来了，有没有人晚上需要不一样的娱乐刺激呢？有没有人要买我们的服务呢？在路上很辛苦也必然很混乱，走很大一圈才能回到大田休息一下。

要充分理解舞踊队的社会性质，想象他们在社会上被看待的方式，才能体会川端康成不可思议的对比写法。他以如此卑贱的行业从业者为对象，却写出了最天真的感情。而他能够做到，运用的就是主观凌驾客观的笔法，让舞踊队的社会性质存留在背景，从二十岁中学生的角度进行主观选择，要显现什么、又要隐藏什么。

《伊豆的舞娘》从"我"在伊豆修学旅行的第四天开始写起。这一天他在山路上赶着走，雨从山下像是长了脚不断往上追赶他，而他没有要躲雨，只想赶上前面的舞踊队。然后他才回想之前在修善寺遇到舞蹈队的场景。小说没有按照物理时间从"我"第一次遇见舞踊队开始写起，有其明确的作用。

特别让我们感受到"我"此刻怀抱着强烈的决心，有着一份近乎壮烈的情绪力量。在那个时代作为一个高中生，他和如此底层的舞踊队，有着巨大的身份差距，他没有道理和一个舞踊队混在一起，甚至没有道理和舞踊队打交道、产生什么关系。所以才更显现这份决心的异常之处。

好不容易赶路追上了舞踊队，他装作若无其事，到前面去走一走，没有人叫他、没有人认出他，他心安了。他知道自己在做一件不应该做的事，下了一个违背常理的决心。他心中仍然忐忑不安，带着强烈的羞怯，以至于对自己都无法理直气壮地去回顾弄清楚这份决心是如何形成的。从他的主观，他都不能将整件事从头说起，只能被路上燃起要追上舞踊队的强烈冲动带着走，一直赶一直赶，赶到了才稍稍能够回想之前遇到舞踊队的事。

这是小说开头时序安排反映"我"主观心情的写法。

"圣"与"俗"的翻转

《伊豆的舞娘》中的"舞娘"日文用的是"踊子"，意思是小舞者，如果写成中文的"舞女"会带有太成熟的风尘味，最好还是用中文里比较少见的"舞娘"这两个字。小说中叙事者"我"一直是用"踊子"来称呼这个十四岁女孩的。追上了舞踊队之后，"我"松了一口气说："终究和'踊子'（舞娘）相对而坐了。"

"我"是为了"舞娘"而去追舞踊队的，而这个女孩最早吸引他就是因为看到了她的舞姿。他知道自己不应该、没有道理迷上这个十四岁的女孩，然而她的舞姿却勾住了他，以至于让他决心追赶舞踊队。舞踊队的人也都知觉叙事者"我"和他们之间的差距，从他们在社会底层挣扎的角度看，意外并感动于这样一个人竟然对他们那么亲切、那么好。

与夏目漱石、谷崎润一郎、芥川龙之介这几位今天被供奉在日本近代文学神坛上的重要小说家一脉相承，也贯串到川端康成的一份精神，是反对、反抗之前明治时代主流的自然主义与"私小说"写作方式。如果大家想要清楚理解什么是被他们排斥、取代的主流，可以读一下岛崎藤村的《破戒》。从自然主义和"私小说"的角度看，《破戒》都具有强烈的代表性。

《破戒》牵涉到岛崎藤村自身的家世背景，他来自日本传统中的贱民家庭。明治维新"文明开化"社会改造中的重要一点，就是取消原有的贱民制。然而一纸改革命令不可能真的就让贱民得到和其他人平等的地位。在小说中，主角濑川丑松的父亲在城市里生活了一段时间，因为无法承受别人歧视的眼光与待遇，搬到山里去从事畜牧，躲开人群。基于这样的经验，他再三告诫丑松，无论发生了什么事，绝对要信守的戒律是"绝对不揭露自己的身份"。濑川丑松在学校里当了老师，遇到了当时一位推动"反歧视运动"的社会改革家猪子莲太郎。他心中涌动着激情，想要参与运动，想要对猪子莲太郎表白自己是贱民的事实。几经自我挣扎，他"破戒"了，但也因而必须承担"破戒"所带来的种种悲惨后果。

这是典型的自然主义小说，给了主角一个明确的遗传因素，放入明确的时代环境背景中，然后如同进行实验般推究呈现会发生什么样的事。这也是典型的"私小说"，采取了告白体，揭露人活在社会底层的种种痛苦，以及个人内在许多不能见容于"体面社会"评断的欲念、挫折与冲动。

《伊豆的舞娘》描写的同样是近乎贱民般在社会底层存在的舞蹈队，然而川端康成选择了一个地位比较高的主角，从他的角度来看这些人。小说中展现的关系却是倒过来的，地位比较高的高中生迷恋，甚至带点崇拜意味地去看待、去努力接近被认定为低俗的舞蹈队。

而且并不是地位较高的人去帮助、救赎地位比较低的人。小说中那三句来回的对话为什么那么重要？因为在偷听到对话的那一瞬间，二十岁的青年解决了他的罪恶感，他喜爱的低俗、卑贱舞蹈队，原来有着最天真也最真诚的情感，接受他、称赞他，松解了他在世间的"孤儿感"，和他们联结，他不再是一个"孤儿"，他的情感有了依赖去处，解开了原本生命深处最难处理的心结。

领会小说中的这份情感交流，读者也都能替"我"高兴，觉得这样是对的。是的，相对在社会上地位最低的、演出经常被瞧不起的这群人救赎了"我"。川端康成用完全异于自然主义、"私小说"的方式，写出了高贵与低俗的暧昧翻转，写出了"圣"与"俗"的高度紧张。

探寻终极的美

在岛崎藤村的小说中，自身为贱民、痛恨别人歧视贱民的人，没有一份高贵的自尊，只能发而为悲愤，只能呈现他所体认的痛苦。明明不是他的错，然而他必须谨守掩藏身份的戒律，一旦"破戒"就招来严苛的惩罚待遇。对于如何在贱民身份以外去肯定作为人的普遍价值，在这样的小说中是看不到的。然而川端康成在《伊豆的舞娘》中就写出了联系"圣"与"俗"，超越社会高低地位的力量。

这力量表面看是来自爱情。不过二十岁的青年爱上的是只有十四岁的女孩，因而爱情描写得很淡，没有太多戏剧性的事件，当然不是罗密欧与朱丽叶那种可生可死的爱情。再追究下去会发现其实不完全是爱情，促使"我"产生恋慕之感的原因，是后来会反复在川端康成小说中出现的核心——一份美的悸动。

在《伊豆的舞娘》中，这部分写得很幽微，但仔细看已经在那里，构成推动小说情节的主要因素。一开始"我"回想女孩打着鼓在跳舞，然后他闯进他们的房间中，发现女孩躺着，表演到太晚甚至来不及卸妆，脸上化着浓浓的表演妆，让他留下深刻的印象；还有洗澡的时候看到了女孩的裸体，"我"原来还以为女孩十七岁，看到她的裸体发现她还是个小孩。

一段一段，背后的价值观，是明确逆反自然主义与"私小说"的，川端康成提出了一个挑衅的主张：关于高贵与低俗，不是由社会习惯来决定的，唯一的权衡、唯一的标准是美。美感涌现时，当人可以明确感受到美时，那份经验足以压过所有社会上的设定，让被认为地位较低的人或事物，转而得到高贵的肯定。

而对川端康成来说，女人的身体是一种特殊的美的来源，让女人经常得以超越社会所设定的较低地位，焕发出一份不容忽视的高贵。女人身体之美贯穿他的小说内容，不论从什么角色的观点写，不论写的是什么样的情节故事，里面始终带着一种"男性凝视"的眼光，继而连接内在的一份庆幸之感——"幸好我是男人，可以如此欣赏女人之美，尤其是女人身体之美。"

这当然是"男性中心"意识。再说一次，川端康成总是从主观、而非客观的角度呈现他的小说世界，所以他的主观中不可能去除性别，他一直是以带有情色意味的眼光在看女人，因为对女人有情欲，视女人为情欲对象，从这样的角度发现、发掘女人之美。

然而特殊之处，在于这样的眼光中没有低俗、没有贬抑。因为美是终极的评判，所以如此发现、发掘出的美，赋予了女人高贵的地位。在这方面，川端康成也写出了反社会习惯的内容：并非牵涉到情色的欲望，就是低俗的。可能同时从事出卖身体工作的巡回舞踊队并不一定就是低俗，就应该被瞧不起。舞踊队歌舞中表现出女人身体的一种美，或许是带有情色诱惑的，然而那份美本身使得舞踊的女人或女孩在那当下值得被爱恋，值得被崇拜。当下那份爱恋、崇拜之情是真实的，是有至高价值的。

关键在于美，在于是不是真的美。要如何体会这样的美，进而描述、传达这样的美，是川端康成给予自己的文学使命，从《伊豆的舞娘》开始，他在一本又一本的小说中，寻找、创造了各种形式、手法，引导我们看到那份美，并且去区分、品鉴那美的真与假、实与虚。

"新感觉派"的情欲书写

美的焦点之一在女性的身体，所以也就不意外舞蹈在川端康成的作品中会有那么重的分量。《伊豆的舞娘》女主角是"舞娘"，《雪国》的男主角岛村是个不务正业、无所事事的人，唯一摆在外面的身份，是西洋舞蹈的评论家。理解他个性的其中一条线索是他装模作样写了很多自己从来没有看过的舞蹈演出。

岛村是西洋舞蹈的爱好者，但他特别强调：他从来不看日本女人跳西洋舞蹈。对他来说，西洋舞蹈表现的是一种抽象的、想象的身体之美，因为抽象、想象的距离而特别美。所以他无法忍受从想象变成了现实，由太过熟悉的日本女人身体呈现出来，看起来就充满了缺陷。

一九五〇年，川端康成写成了一部长篇小说，书名就叫《舞姬》，小说里主要的女性角色，母亲和女儿，加上一个女儿的好朋友，她们都是跳西洋芭蕾舞的，也就是岛村不愿意去看、去知道的那种人。小说里的这个家庭一共有四个成员，明显地分成两派，妈妈和女儿是一派，爸爸和儿子是另一派。妈妈原来是芭蕾舞者，从军国主义到战争的变化发展中，使得她无法再演出，战后她转为教跳舞的老师，女儿也是她的学生。

小说开场是四十一岁的舞蹈老师波子和外遇男友竹原幽会，突然陷入一阵恐慌，觉得好像被她丈夫看见了。然后她说她的儿子经常跟踪她、监视她。其实她的丈夫去了外地，不可能看到她和别的男人在一起。接着她丈夫在小说中第一次现身，场景是美术馆的佛像前。他没有直接回家，而是先到美术馆，他儿子猜到了，所以在美术馆里等他。

这样一个文化研究者觉得美术馆比家更亲近，佛像比妻子更有吸引力。他和《雪国》里的岛村是同一种人，他们爱的是抽象的、想象中的身体，而不是现实里不可能那么完美的女性肉体。

川端康成自身如此喜爱女人的身体，他创造出许多描述女人动作、姿态的文字，当中会带有明显情色意味，但那样的情色却能够同时呈现出一种美的高贵。"俗"与"圣"奇妙地、不可思议地不只并存，而且彼此缠卷、彼此加强。因高贵而引发更强烈的肉欲，因强烈肉欲而更显其不可企及之美。

川端康成另外有一部小说《湖》，一开头写的是另外一种因为直接与肉体有关而被鄙视的下层行业——"汤女"。那是服侍男人洗澡的女人，在澡堂或温泉浴室里帮人家擦背、按摩的。小说中写男人进入澡堂，遇见这位"汤女"，两个人当然有了身体接触。这样的段落其实很难拿捏，稍微控制不当，就会成为低俗的色情，川端康成不会避忌色情，然而他有本事能够在显现色情时却没有污秽，男人以带有欲望的眼光看女人的身体，但看到了一种迷离的美，在欲望之上，甚至在欲望之外。

在写女人身体时，川端康成经常将其与女人的声音写在一起。但这种写法是最容易在翻译中失落的，一经翻译，女人的声音就不见了。在日语中，女人说话和男人说话有很不一样的口气、很不一样的表达方式，会在读者心中回响着清楚的性别区分。所以光是透过语法语气，川端康成就能够让读者知道有些段落是透过女性的主观表现出来的，传达的是小说中女性角色的特殊感受，不只是客观的事实。

《山之音》中的主要情节发生在媳妇菊子和公公信吾之间，而两个人的对话会呈现复杂的关系变化。关键就在菊子的口气。有时候很正式像对待客人，有时候像女儿带些撒娇，有时候仍然是亲近的，但比较接近情人而不是女儿。女人的语气变化比男人要丰富得多，因而女人其实比男人更能够主动决定彼此之间的关系距离。这是川端康成最擅长表现的，借女性不同的声音来操控男性对于女性身体的欲望。

第四章

徒劳之美
——读《雪国》

女孩与站长的对话

回到《雪国》的开头。火车停在信号所前面,女孩(叶子)打开了车窗,对着外面的站长说话。译成中文,我们听到她说的话是:

"站长先生,是我。您好啊,听说我弟弟到这里来工作,我要谢谢您的照顾。他还是个孩子,请站长先生常指点他,拜托您了。"

而她真正说的日语是:

「駅長さん、私です、御机嫌よろしゅうございます。弟が今度こちらに勤めさせていただいておりますのですってね。お世話さまですわ。ほんの子供ですから、駅長さんからよく教えてやっていただいて、よろしくお愿いいたしますわ。」

请大家注意到那最后一句,在日语中比中文翻译要长得多了!她不只是用了敬语,而且刻意拉长了句子里的许多词语。还有,整段话有两个句子是用"ね"结尾的。那就不只是敬语,不是正式客客气气地对站长说话,而是带有自知是年轻小辈,所以可以有点撒娇要赖的口气。

尤其是这一句:"お世話さまですわ。"中文译成"我要谢谢您的照顾"什么的,就失去了女孩的神态。直接翻译,这句话是说:"您就是那个照顾他的人啊!"带有那种"就是你了""都要靠你了"的意思,而且后面接着特别强调弟弟还是个孩子,连她自己说话都那么孩子气,她弟弟当然更是小啊!

所以她用了小女孩说话的口气,既自然又有心机。对站长撒娇,让站长无法拒绝照顾她弟弟的责任。然而放在敬语的形式中,又没有任何冒犯之处,在人际远近距离的拿捏上恰到好处。岛村听到的,是这样的女性声音,和我们在中文翻译中听到的近乎中性也没有年纪的声音,很不一样。那样的口气中,一方面毕恭毕敬,顾虑、抬高对方的身份,另一方面却又亲密撒娇,奇妙矛盾并存的说话方式,简直让人无从抗拒。

因而引得岛村不禁回想起三小时前,同样这个女孩如何吓了他一跳,让他注意到的过程。

容我再将《雪国》的开头重读整理一下。"穿过国境长长的隧道便是雪国,夜空下一片白茫茫,火车在信号所前停了下来。"这是小说形式上的起点,意思是叙述的时间从这里开始,但并不是故事的起点,故事在这之前已经发生展开了,这是刻意选择的一个中间点,然后让叙述既往前也往后双向进行。

这个写法和《伊豆的舞娘》开头的选择一样,不是从"我"

遇到"舞娘"的那一点上开始写，而是"我"受到诱惑决心赶上舞踊队于是前往天城岭的山路上，遇到云雨欲来的那一刻。

现实时间是火车在信号所前停了下来，表示火车并不是正式到站，是临时停了下来，叶子看到了站长，立即反应是为了弟弟向站长拜托，那不会是本来就准备好的，而且冬天雪地中突然将车窗打开，冷空气灌入，让人更难不注意到叶子的举动，对她说的话留下深刻印象。

车窗上女孩的反影

岛村回想起三个小时前发生的事，并且带出了他这趟旅程的性质，他离开原有的生活，要到仿佛另外一个国度的隧道另一边去找驹子。应该倒过来说，从他如此的期待中，才会有了主观上觉得过了隧道就进入另外一个"雪国"的描述。但以驹子作为旅程的目的，岛村心中有隐隐的不安，因为他发现自己心中驹子的形象很模糊，不是那么清晰动人。

从小说后面的内容我们了解了，他其实自觉对于驹子的爱不再像以前那么强烈了。以前要去找驹子的旅程中，总是满心兴奋，脑中心中都是驹子的形影吧！但这一次他甚至要努力回想试图将记忆中的驹子看清楚，而愈是努力，记忆竟然愈是模糊。

让驹子在回忆中鲜活重现，只靠视觉不够，于是岛村诉诸触觉。伸手指，那是带有情色意味的动作，这手指曾经多次触碰过驹子，进而又诉诸嗅觉，那就更色情了，手指触摸驹子身体的一些地方会留下特殊的味道。近乎恍惚的回想状态中，他去嗅闻自己的手指，然后突然醒悟自己坐在火车上，羞愧地发现自己在别人看得到的环境中做了如此带着猥亵意味的动作。

他匆忙要掩饰伸手指、闻手指的动机，于是将手指朝身边车窗上一放一抹，结果在布满雾气的玻璃上画出清楚反光的一条，那上面竟然映照出一双眼睛来。简直就像是他的手指变魔术带出了一双眼睛。

一个女孩的眼睛。他先吓了一跳，然后索性装作自己是要看窗外，将玻璃上凝结的水汽都抹掉，透过玻璃的反射看那个女孩。当然其实他只要转头，也能够看到真实的人，但他宁可一直从倒映的影像来看。

接着有了更幽微的时间与事实的揭露。岛村回想之前就看到这个女孩和男人一起上车。从信号所的现实回想三小时前对于更早上车时的回想。这是双重的倒叙，而且揭示了岛村不是在三小时前才注意到叶子。叶子和一个男人一起上车时，他就被这女孩惊人之美吸引了。

所以，叙述中有着这个男人强烈的主观，而不是客观的事实，也因此带着他的种种感受对于事实可能产生的扭曲。他甚至不会总是对自己诚实的。他因为火车停下来叶子打开窗户对站长说话而注意到叶子，这不是事实。三小时前他就已经偷偷透过玻璃反射盯着叶子看上好一阵子了。

这也还不是全部的事实。连对自己都不太愿意承认的，早在刚上车、车还没开的时候，他就注意到这个女孩了。只是那时候女孩身边有一个男人，男人紧紧握住女孩的手，使得岛村不好意思多看，将头转开了。于是后来在玻璃上一抹的动作，也不完全是偶然的，下意识里他已经想看看那个因惊人的美丽而吸引他，却没办法好好欣赏的女孩，因为时间的作用，此刻他有了可以透过玻璃反射看她的机会，而且一抹就出现了神奇的显影。

三小时前，天渐渐暗了，所以车窗上会开始有车厢内的反影。然而外面又还没有全黑，车厢内的反影于是和外面黄昏的景色交叠在一起，使得现实中坐在车里不动的叶子脸庞，一直变换着模样，让岛村觉得更美。

黄昏的景色在镜后移动着。车窗变成了一面神奇的镜子，镜面映现的虚像和镜后的实物，好像电影里面的叠影一样在晃动，出场的人物和背景没有任何关系，那个人是透明的幻象，景物则是暮霭当中的朦胧暗流，两者交融在一起。那是一个偶然形成的、充满象征性的视觉世界，尤其是当山野里的灯火映照在这个女孩的脸上，那是一种无法形容的美，使得岛村的心为之颤抖。

然后川端康成进一步描述细腻的内心感受变化。这是"新感觉派"的美学本色，探索记录人的主观感受，因而仿佛创造出了一个新的世界，不可能在客观现实中找得到，只存在于特定个人、特定时空的主观知觉中。

那车窗上交叠变幻的景象，好像有了自身的意志，脱离了知觉者，独立改变了事物的意义：使得熟悉的山野姿态显得更加平凡，没有任何东西可以在这幅景象中让人觉得醒目，因为随着时间天愈来愈暗，外面景色愈来愈模糊，相对地，车厢灯光照出的女孩的反影也就愈来愈清楚。

岛村内心隐隐波动着巨大的感情激流，女孩显像一直在他心中激起愈来愈高的好奇与期待。而就在这时候，夜色全部暗了下来，玻璃底层流动的景色因而消失了，神奇的双面镜子也就不在了。如此再继续看到的叶子美丽的脸相应改变了，虽然表情还是温柔，却让岛村从变得清晰的形体上发现她带有一种冷漠，浇熄阻却了他原本不断流荡高涨的期待，于是他平静下来，不想再去擦拭那面因温差又布上水汽的车窗玻璃了。

叶子和驹子

记得，这是从岛村的主观上描述发生了什么事，然而人的主观会被种种情绪操控有所凸显或有所忽略。将前后情境加在一起，我们能体会岛村不愿意承认的事情变化缘由。就像上车时他注意到叶子的惊人之美，却被她身边的男人扫了兴撇过头去一样，这时外面天黑了，玻璃上映出更多更清楚的车厢画面，他便发现女孩并没有注意到自己，她所有的注意力似乎都只投向身边的男人。岛村就不想再看下去了，宁可任凭玻璃再度起雾，失去了映照的景象。

这是嫉妒。完全没有理由对一个根本不认识的女孩有这种嫉妒之情，但没办法，他就是被这份没有道理的嫉妒之情笼罩了。其实至少从三小时前他就注意到了叶子，盯着她看了好一段时间，还产生了自己无法解释、无法面对的嫉妒。潜意识中他对自己的反应都觉得莫名其妙、不好意思，所以对自己假装：是在信号所停车时他才被开窗说话的叶子吸引了，用这种方式掩饰之前发生的事。

但真正发生的，却是前面的奇幻视觉和后面叶子既端庄又撒娇的迷人话语，影与声结合起来，使得他更受魅惑了。有这样一段只有岛村自己知道的丰富内心戏，于是当下火车时发现叶子也在同一站下车，他感到极度不好意思。之前他所有的内心戏都是假定在叶子是偶遇的陌生人的基础上，离开了这班列车就再也不会见面的陌生人，因而在自己心中引发了比平常更大胆也更无赖些的反应，盯着人家看，意淫女孩的美。

然而情势突然改变了。叶子的目的地竟然也是岛村要去寻访驹子的小地方，两人很有可能还会遇到。他没有把握在火车上叶子是不是注意到他不寻常的注意眼光，不知道要是未来见面了会不会造成尴尬。

这不过是《雪国》开头的两三页，川端康成放入了那么多曲折的情感、那么复杂的时序来回变化。而且他不是为了创造小说开场的效果特别这样写的,这是他写小说的惯常手法,整部小说都在这样的复杂、细腻情感流荡中,借着操控叙述来强化感觉,创造出我们过去没有意识到的多层次感官交错、时间迷离的"新感觉"。

《雪国》在一九三五年开始发表,最早是分章以独立短篇小说的方式,在不同杂志上刊登,每一章有独立的标题,这些标题在一些版本中被保留下来,也有一些版本中却删除了。开头第一章原先的标题是《黄昏景色的镜子》,第二章对应地取名为《白色早晨的镜子》。

他用两面镜子来写叶子和驹子两位女性,而看着镜子的是岛村,是从岛村的主观中去呈现叶子和驹子。从《伊豆的舞娘》到《雪国》,川端康成的笔法更成熟了,他运用这种主观角度展现了一个幽微却真切的现象——我们从来无法客观地认识一个人,甚至无法客观地认识、体会自己。对自己、对别人的认识都无法离开主观的、经各种情绪中介的感受。任何一个瞬间都有其特定的时空作用,影响,甚至决定了我们如何知觉一个人。

小说中,叶子和驹子各有"决定性的瞬间",在那样的时空因素作用下,让岛村(也让小说的读者)留下最强烈的印象。都是在镜子中的反影,因为反影折射的关系,和外在自然景观奇妙、偶然地叠合在一起。驹子人明明在房里,镜子里的影像却将她和外面的白色雪景投映在一起,像是被移到梦幻白色世界里的角色。

意义的经验片段

川端康成的小说从多方面挑战我们一般对于人的认识。我们习惯于认识一个一个人，意思是先入为主地假定这个人就是这个人，三天前的这个人当然就是三天后的这个人，三个月前的那个人也必然是三个月后的那个人。除非是中间隔了三十年，我们才会意识到时间所带来的差别。

川端康成提示了，也示范了另一种看待人的方式，用他的文学之笔记录了人与人之间更真实的认识方式，在不同时空中一个片段一个片段地接触互动，留下一个片段一个片段的认知，而且每一个片段都包裹混同了那个特定时空的因素。

他不刻意将这些片段连贯起来，甚至是刻意地彰显其片段性质，成为他文学笔法的重要特色。他的叙述时态很少是线性往前一贯的，而是反复迂曲、来来去去灵活穿梭。

《雪国》中有一段写岛村去爬山散步，突然笑了起来，原来是听见驹子从后面叫他，于是他回头看见驹子跟过来了。那么简单的一个场景，川端康成都不会从驹子叫岛村写起，因为从岛村的主观角度，时间顺序是先听见驹子的声音，接着意识到驹子走在自己身后，他有了开心的反应，然后才回头确认看见了驹子。

川端康成如此讲究又如此娴熟于操控意识、记忆时间的多重穿梭。他写的不只是这个人所说的话、所做的事，一定还要写他所处的时空，让那时空脉络和角色的所言所行融合在一起，形成一个有意义的经验片段。

《雪国》全书的结构，分成两大段。第一段发生在岛村第二次到了"雪国"来找驹子，然后穿插了对于第一次造访此处初遇驹子的回忆；第二段则是他第三次，又在秋末来到这地方。

所以就连大结构上，川端康成仍然选择从中间开始，让岛村最早认识驹子的经验以倒叙的方式呈现。于是这个大结构明确地反映出岛村生命中三个断裂的时空。不只是时间间隔，隔了几个月，又隔了一年，更重要的是小说中几乎完全不提这中间岛村生活在东京的日子。除了这三块切出来和"雪国"、和驹子相关的时空之外，其他的都不值得我们费心去知道。

这其实不是那么容易书写的。小说用文字将我们带入另一个人、另一些人的生命中，我们很自然会产生好奇心，愈是鲜活塑造出的角色，愈是会在我们心中引发问题："那之前呢？"就连小说结束了，我们也还忍不住在掩卷之际问："那后来呢？"小说将我们的意识投射在角色上，让我们好奇这是一个什么样的人，又是什么样的生命经验使得他成为这样的人？

在《雪国》中，川端康成借由岛村的主观为我们提供了这三次时空极度丰富的感官体验，使得我们深深沉浸在这样的感官飨宴中，阻却了对于岛村生命其他部分的好奇。大部分读者在阅读过程中，大概都不太会问：岛村的东京太太长什么样子？岛村有几个小孩？男孩女孩？在东京住哪里，又都在做什么？为什么我们如此不好奇？因为那是川端康成创造出来的特殊文学效果。

他让岛村在"雪国"的经历如此饱足,创造出浓烈的情景、浓烈的情绪、浓烈的感情张力,我们被紧紧拉住了,不只是无暇顾及其他,而且相较之下也不认为在这样的浓烈的时空经验以外,岛村的其他生命时刻会有多精彩。我们认识的岛村、我们会想要认识的岛村,就是这三个时空断片中的岛村。

日本旅情小说的始祖

《雪国》书写岛村的主观体验如此成功,引发的是另外一种好奇设问:"岛村就是川端吗?"这个问题有其正当性,因为川端康成之前的杰作《伊豆的舞娘》明显带有高度的自传性质。不只是小说中的叙事者是一个带有强烈"孤儿感"的高中生,而且现实中的川端康成和伊豆半岛有非常密切的关系,他一再地重返伊豆,有很多时间都在伊豆的温泉旅馆中度过,后来又写了许多以伊豆为背景的作品。

川端康成另外一个写作身份,是被视为日本现代"旅情小说"的始祖。"旅情小说"将情节设定在有特色风情的地景中,巧妙地融合场景与情节,进而使得这些原本就适合旅游的地方看起来更迷人,并且诱引读者读完小说会想去走访这些景点。

川端康成的小说确实有这样的特殊"旅情"效果。读过

《伊豆的舞娘》的每个读者都会对前往伊豆这条越过天城山的道路留有印象,想象着也要去感受一下午后时分云雾蒸腾上来化成一道"雨足"追赶上面的人的景象。日本另外一位小说大家,写社会派推理小说的松本清张,写过《天城山奇案》,就是源自他也去走了那趟天城山之旅,现实景色和川端康成的小说叠合在一起,刺激了强大的冲动,使得松本清张忍不住要以同样的路线、场景写出一部他自己的小说。

《天城山奇案》跟随着《伊豆的舞娘》的行程,描述一个年轻人也在路上偶遇了十几岁的小女孩,然后在天城山上发生了命案。接下来推理破案的过程中,松本清张巧妙地安排了和《伊豆的舞娘》的互文关系,使得对小女孩动心的年轻人在不期之间,不甘不愿地成了破案的侦探。

为什么川端康成的小说能够引发这种"旅情"催情的作用?一部分来自他的"新感觉派"写作风格。他不写客观的景物,而是让景物有机地和角色、情节,尤其是感情融合在一起,创造出好像我们自己去到那里,而客观上不必然会有的"新感觉",于是从小说中吸收了如此特殊的感觉,那些景物附加了故事与意义,变成了"我的"景物,不再是"大家的"景物。

这对应了我们这个时代的严重问题。这是一个视觉过度发达,也是一个普遍客观压过主观的时代。对大部分人来说,旅行就是拍照,将所有的东西,包括音乐会、美食、季节,本来应该用听觉、嗅觉、味觉、触觉去感受的,都化成视觉上的一张张照片。而且明明埃菲尔铁塔已经存在于几千万张在网络流传的照片中了，很多人还是要再拍一张一模一样的埃菲尔铁塔在自己的手机里、在自己的社交主页上。

川端康成用文字传递主观，而且他从来不写单纯的视觉画面。他总是自然地混合了五感，随时记得人有那么多的感官能力去接触这个世界。所以在各种感官不同的组合中，他总会找到特殊的"新感觉"可以呈现。

《雪国》开头那段，尽管玻璃上现出一双眼睛的视觉效果格外惊人，但在这之前，川端康成已经写了敏锐的听觉，听到少女叶子对站长说话的温婉口气，也暗示了隐含的触觉，车窗打开灌进来的冷空气，再到对于触觉的想象，那只曾经亲密触摸驹子的手指，再到想象中的嗅觉，手指上仿佛还残留着驹子身上的气味。多么丰富！

顿悟的片刻感受性

和《伊豆的舞娘》同时期，川端康成写了一篇叫作《温泉旅馆》的小说，那不算是好小说，叙述上颇为混乱，描述了大约半年间，分不同的季节，夏天、秋天到冬天，在一家温泉旅馆里发生的事，尤其是围绕着在温泉旅馆进进出出的那些艺伎。

小说的混乱，因为有着太强烈的自我经验在其中，来自他年轻时真实的观察与体会。他的敏锐感官吸收了诸多数据，舍不得裁剪，也还没熟练小说应有的裁剪功夫，于是写成了各种不同的人进进出出温泉旅馆的流水账。

因为有这样的作品，难免读者、文艺记者会在《雪国》出版并获得成功后，好奇这本小说到底包含了多少川端康成的真实经验。而且《雪国》的场景设定在越后，川端康成也的确曾经在越后温泉待过相当一段时间。

引发对于《雪国》自传性读法的另一个因素是，小说中的驹子又是一个艺伎。现实的温泉旅馆中有艺伎来来去去，哪一个艺伎成了川端康成小说角色的原型？川端康成接受访问及后来写文章的回答是："岛村当然不是我，因为岛村这个角色根本不需要现实的模特儿。"

这回答很有趣。川端康成用这种方式让自己和这部小说保持距离，明白地说小说主角不可能是他自己。然而话中另外一层意思是：你们读小说时看不出来岛村这个角色不太像真实的人吗？怎么会是以现实里的任何人当作对象去摹写的呢？

岛村的不真实来自不完整。只要和驹子、和"雪国"这个地方无关的部分都被省略了，而且被川端康成以高妙的笔法写得让读者都接受了这样一个不完整的角色。他在东京有太太，有家庭，重点在于因而他受到必然的限制，在感情关系上他不是自由的，穿过了长长的隧道，他到了越后这另一个国度来，和驹子发生了无法有未来，因而只能存在于一个个片段、一个个带有"顿悟"性质的吉光片羽时刻中的爱情。所以我们也不用进一步认识他在东京的家。

川端康成刚在文坛崛起时，一度热衷于写掌中小说，篇幅很短很短，好像可以放在手掌上，一个巴掌大的空间就能够容纳尽的小说。这种形式有其当时法国文学的来源，"掌中小说"这一名词也是从法文翻译过来的。不过在川端康成的笔下，很明显地加入了特殊的日本文学精神。那就是来自同样短小精巧的俳句的美学精神。

俳句当然很短，只能放入十七个音，而且十七个音还不能任意分配，一定要依照"五—七—五"的三段写成，又规定句中要放入"季语"，从而联系到一个特定的季节，如此严格。中国近体诗的形式中也有很短小的绝句，如果是五言绝句只有二十个字，就算七言绝句也只有二十八个字。然而虽然都是短小的形制，对比之下，却清楚显示出日本俳句特殊的意境。

中国的绝句讲究的是在极其有限的篇幅中去塑造一个完整的小宇宙，仍然要在诗中有由近而远或由远而近的变化，产生包纳的效果。日本俳句的内在精神却是高度片段性的，重点放在如何巧妙、有意义地截取一个角落、一个断片，在其中充满了暗示，让我们拉着这暗示线索去向外想象。

俳句要能写得那么短，掌中小说要能写得那么短，都是靠着将许多预期的联结之处裁掉。于是那被切割独立出来的时空，就产生了顿悟般的效果。"顿悟"（epiphany）是从基督教神学中借用为文学的描述,形容那种突如其来将人从原本的世俗一般生活情境中超升,从而得到宗教感动或体悟的瞬间,灵光乍现,可遇而不可求的刹那。顿悟的象征画面,是在大海上乌云遍布,却刚好有一道光穿越层层浓密乌云,照射在海面上。在不应该有光的地方突然有了光。

川端康成很早就习得了以叙述来烘托、呈现这种顿悟式的经验,只要有了顿悟,小说的戏剧性就完成了,也就可以结束了。其他的部分留给读者自己去想象、去补充,所以他能够写掌中小说,能够在那么短小的篇幅中挥洒。

俳句不是结束在文字结束的地方,而是延伸出去有了余韵。川端康成最好的掌中小说也是如此,我们读到的小说开头不是故事的开头,小说又总是在故事结束之前就结束了。小说真正的结束,故事的结束之处,要由读者自己去延伸体会、想象、决定。

川端康成擅长这样写,后来即使写长篇小说,都采取一个段落、一个段落,一个顿悟、一个顿悟互相连缀的方式来写。

纯真的驹子

《雪国》小说中岛村是靠着父母遗产过日子的人,所以他甚至不需要一个职业。他最接近职业的活动,是写舞蹈评论,然而他写的是甚至连自己都没看过的西洋舞蹈表演的评论。这都是刻意让他在和驹子的关系之外没有具体人生的安排，所以川端康成带点戏谑、带点无奈，仿佛摊摊手对我们说："写这样的角色还需要有一个真人当原型吗？更不用说还需要动用我自己的生命经验了！"

小说的前两章标题都有"镜子"，因为岛村也是一面镜子，他主要的作用就在反射映照出叶子和驹子两位女性。顶多再加上作为镜影内不期然叠上去的背景，得以让两位女性更美，并且在背景映衬下显现出不同的生命意义。就像第一章中，叶子最美的时候，是车窗底部有变动中的黄昏景色；而驹子的形影则是被收纳在雪景间，有了一种和雪景相称的纯洁与孤绝。

小说中主要的内容，是驹子一再地将她的模样叠印在岛村的主观上，从双重影像中让我们去体会驹子。川端康成似乎在对我们说：我没有要让你们对岛村那么在意，因为重点应该是要通过岛村去看见驹子啊！

整部小说的核心，是驹子，但他不直接写驹子，不呈现客观的驹子，而是由岛村的主观，加上和叶子的对比来显影。

初次发表时，川端康成给第三章取的标题是《徒劳》，这一章是从沿着旅店墙角的一条小水沟开始写起，这应该是为了将浴池溢出的热水引到门口以避免积雪而临时挖的。然后一直写到岛村要离开时结束。送别时，驹子对岛村说的最后一句话，是："我不进站台了。再见。"然后简单补了一句叙述："火车开动之后，候车室里的玻璃窗豁然明亮起来。"

然而"徒劳"却早在这一章之前,第二章要结束的地方就出现了。那是两人见面时的一段对话。岛村因为碰触到驹子的头发而吓了一跳,他觉得驹子的头发怎么那么冷,他惊讶地觉得那似乎不是因为天气,而是来自驹子特殊的发质,驹子什么都和别的女人不一样。这个时候驹子则扳着手指头在数日子,说从五月二十三日开始,到今天是第一百九十九天了。岛村问她:"为什么会知道那一天是五月二十三日?"驹子回答说因为她写日记,已经写了好几本的日记。

驹子不只写日记,对话中岛村知道了,也让岛村格外感动,驹子将从十六岁起读的小说都一一做了笔记,这样的笔记本已经累积到十本之多。一个乡下的艺伎不只读小说,竟然还认真作笔记。然后:

> 驹子说:"我只是记记标题、作者和书中人物,以及这些人物之间的关系。"
>
> "这是徒劳啊!"
>
> 岛村不知道为什么很想再强调一声:"徒劳啊!"

岛村意识到驹子写的,不是他以为的那种笔记,不是他作为一个评论者会写的笔记,所以说"徒劳啊",意指这样写笔记有什么用啊!然而话出口之后,他被这声慨叹震动了,突然觉得当下自己的处境,甚至和驹子这个如此特别的女人有如此亲密的关系，不也是一份"徒劳"？

然后此时，他感受到雪夜的宁静渗入肺腑，心中自我矛盾起来。一方面知觉，毋宁是期待和自己的那段关系对驹子不会是"徒劳"，另一方面口中却都是"徒劳"的声音。如此说过之后，反而觉得驹子的存在变得更加纯真。

接下来在第三章中出现了许多次"徒劳"，仔细算的话，一共十二次，这当然不可能是随意写下的。第二章先出现，然后延续到第三章，还成了第三章的标题。

"徒劳"原本是感慨驹子的小说笔记，然而一旦说出口后，这个语词似乎就取得了自身生命，不断扩展、变换其指涉意义，超过了岛村意识控制范围，以至于使得他愈来愈弄不清楚"徒劳"的意思了。

他内在有着重重矛盾。他知觉驹子对他的感情，如此付出在这段感情上，这件事不可能、不应该是"徒劳"的，发出"徒劳"的叹声令他有罪恶感，怎么可以小觑、矮化了驹子所做的事呢？

然而接着他换了一个不同的角度，也就换了一种不同的心情，看待"徒劳"。那是转而带有对驹子的深刻怜惜，觉得驹子爱上自己，毕竟是"徒劳"啊，自己是一个不值得、不应该爱的人，不能带给驹子幸福的人，进而感叹又转了对象，觉得自己就是个"徒劳"的人，驹子怎么会这样爱上了一个"徒劳"的人？

这时候心境改变了，语气也改变了，在主观改变后，眼中看到的驹子——爱上一个"徒劳"的男人的女人——显得格外纯真。

徒劳之美

"徒劳"被岛村说出口后，他就处处感受到不同的"徒劳"，他化身成为一面布满"徒劳"的镜子，引领我们用这种方式看见驹子，认识驹子。

"徒劳"可以是无用，可以是浪费，可以用轻蔑或愤怒的语气表达，也可以用充满惋惜甚至委屈的语气说出。川端康成将各种不同"徒劳"整理归位，给了我们深刻的感受。

最大的"徒劳"是驹子爱上岛村这件事，不可能会有任何结果，她的爱只能封闭在这个"雪国"中，走不出去，到不了那"长长的隧道"的另一头。她只能如此等待在东京有妻小的岛村来找她。干吗在这个人身上虚费爱情，能换来什么？而这是岛村自己的慨叹。

夜里驹子留在岛村住的旅馆中没有回家，叫叶子去帮忙将她的琴和琴谱拿过来，练琴练到一个段落，突然岛村从音乐里听出了特别的心意——"啊，这女人迷恋着我"——因而为之心惊。这份心意太清楚太强烈了，连在如此练琴的琴音中都会流露出来。

岛村为驹子而有的"徒劳"之感更加深浓，因为驹子如此纯真，在这份爱情上不可能抱持任何现实的功利算计。进而又觉得驹子生命中有过太多因纯真而造成的"徒劳"了！她本来有机会嫁到滨松但没有去，因为她觉得无法爱那个男人。拒绝、放弃了那场婚姻之后，她跟着师傅，帮忙照顾师傅重病的儿子，后来为了养活这个人而当了艺伎。

男人病得那么重，驹子牺牲自己，顶多也只能让他多活一点点时间，他还是必然要死去，这当然也是"徒劳"。

岛村原先还认为驹子的牺牲，动力来自对那个男人的爱。后来才知道那个人是叶子的未婚夫，真正爱那个男人的是疯狂的叶子，而后来男人毕竟也死了。那驹子的理由是什么？

只能是向师傅报恩。然而有了弹琴的场景，岛村又揭露了一个事实，驹子也并未真正欠师傅什么恩情，师傅根本没有教她弹琴，而且从按摩女的口中可以得出，在整个越后温泉区，驹子的琴弹得最好，比她师傅都好得多，师傅根本不能教她什么。如此岂不是更可怜的"徒劳"？

驹子自己练出琴艺，因而在琴声中有了一种自信的气势，压倒了岛村的气势。从驹子的琴声中，岛村确认了她是位强悍的女子，而岛村认识驹子的过程中，也就是被驹子这份强悍的个性吸引了。

岛村从音乐中听出"啊，这女人迷恋着我"时，心中有剧烈的震动。因为驹子表现情感，向来都不是弱者的哀求方式。

她有着强大的生命力,连最重要、一般也被认为最困难的技艺,弹琴,她都不靠师傅教,而是看着乐谱自己练出来的。并且让自己练出来的琴艺中,有着一种特殊的大自然力量。岛村的解释是,因为她练琴不是对着人,而总是对着山、对着大自然,因而有了这种开阔广大的风格。

那是驹子的生命。但也因此更是"徒劳",更令人惋惜,她的资质如此之美,但她生命中的每个选择,甚至包括爱上岛村,不都使得其中的强悍美好虚耗浪费?

不成比例的回报

这中间有一个重要的转折,是驹子和生病的行男间的关系。原本岛村听人家说,也一直都相信行男是驹子的未婚夫。但后来看到叶子与行男的互动,使得岛村好奇疑惑,却无法从驹子那里问出答案来。驹子只说过一次,斩钉截铁地说:那只是师傅私心希望她嫁给行男,但从来没有订婚。那她为什么需要为了照顾这个男人而去当艺伎?

驹子简要的回答是:"当年我离开东京时,只有他一个人来送行。"就这样。

对于驹子生命"徒劳"的感慨,因而包括了这件事。她多么重视"送行"这件事。当她自觉自认生命在落难的谷底时,只有这个男人关心她，有了其实只是小小的付出。她并不爱这个男人，然而她的纯真与强悍，就让她愿意在换成这个男人生病落难时，予以不成比例的回报。她如此走上了人生的"徒劳"之路。

我们知道了驹子生命中这项决然选择的来龙去脉，接着读到了这个段落。第二次来到"雪国"的岛村要回东京了，在走之前，驹子有着各式各样疯疯癫癫表现不舍的行为。她无法忍受分手离别。

前一天她一下子要留在岛村的房里，一下子又说要回去了，反反复复，拖延着不愿意睡、不能睡。但到了车站，真正要离别了，叶子慌忙地赶过来，告诉驹子行男快要死了，请驹子立刻回去。但这时驹子却非常坚定，表白了她不愿在此刻离开车站，她不愿回去。

虽然她的理由是自己不愿面对死人，不过在这里显然有更复杂更深沉的记忆与情感作用。又是在车站，又是送行。当年她就是因为行男来送行的情义，让她永志难忘必定要予以回报。现在她不可能让自己深爱的岛村没有人送行从越后上车离开。

但到了最后，她还是告诉岛村："我不到站台上了。"一方面，她无法忍受那和岛村分离的最终时刻，另一方面，行男在东京送行的记忆仍然牵绊着她，她还是有为行男最终送别的情义责任。

川端康成写出了如此复杂交错的"徒劳"，驹子生命的"徒劳"又反射出岛村的另一种"徒劳"。他是个废人，他生命中的作为都是徒劳的,看起来好像做了些什么,但都没有任何结果,注定不会有任何结果。

包括他和驹子在"雪国"封闭空间里的爱情,他自知徒劳却还是一次又一次去找驹子,川端康成温婉却执意地让我们听见他的叹息:"徒劳啊!徒劳啊!"

岛村的眼泪

原先连载时岛村的火车开动后,接下来就跳到他第三次再到"雪国"的描述,然而以单行本出版时,在这里增加了一段火车上的景象。火车上人很少,少到让人产生荒凉之感,岛村注意到车厢里有一个五十多岁的男人,和一个姑娘相对而坐,一直在说话。那个姑娘的脸很红,浑圆的肩膀上披着一条黑色围巾,将她的脸色衬得更美。姑娘上身向前探,显然是专注在听男人说话,两人看起来是长途旅行的同行者。

然而到了一个看得见纺织厂烟囱的车站,男人却急忙起身从行李架上取下行李,一个柳条箱,先从窗口向外放到月台上,然后对女孩道别。目睹这一景,岛村竟然有了激动的反应,可说是整本小说中最激动的时刻,几乎流下泪来。

不过就是自己将两位萍水相逢的旅客误认为亲近的同行者,有什么好激动的?他会难过,或受到冲击,当然是和才刚刚与驹子分手有关。突然之间,他在那两人身上看见了他和驹子"徒劳爱情"的象征。两个人在一起时,自己和驹子的姿态在别人眼中,看起来一定是要去长途旅行的,会一直在一起。然而那就不是事实。时间到了,有一个人必须先下车,先离开。而那个人会是他。

在他眼前两人展现的热络,让我们意识到人与人之间的偶然际遇,是那样的不可预测。什么样的人会和什么样的人在一起,彼此会产生深厚的感情,甚至激烈的爱情,几乎是没有道理的,也就更无法控制。这两个人年纪差那么多,只是在火车上偶然相遇,却成了最好的谈话对象,可能比和他们生活中的家人、朋友都还聊得更惬意。

这种事情只存在于时间的偶然中,没有道理,更无法恒常。于是而有了深沉的悲哀,"物之哀"。

补上这一段,才联结岛村第三次到"雪国",他多次陷入这样的状况,感受这样的悲哀。他愈来愈不明白驹子为什么爱他,无法理解也无法掌握,于是替驹子感到悲哀。

这又是主客观混淆的一种感情。岛村在小说中作为镜子,因而不会单纯从自我角度来知觉外在世界,在他心中不断反射驹子的情感;和驹子在一起时,他常常受到驹子强悍情绪的刺激,挪移跳到驹子的立场,从驹子的角度去看人看事情。

开始察觉一个女人迷恋自己,当然会有得意的高兴,然而当那份迷恋强烈到一定程度却会转而带来疑惑与悲哀,无法再理所当然认定自己值得如此迷恋，对女人的感情有了一种是否虚掷在错误地方的不确定，因而带来了同情的悲哀。

《雪国》是一本爱情小说，但不是我们平常所看到、所预期的爱情小说。小说中描写的爱情主体，也是爱情对象，具有艺伎的身份，艺伎和其他女人不一样之处在于她的身体应该是可以贩卖的。人的身体是感情的表达工具，一般关系里，感情愈深身体也愈接近。身体与性是表露、传递爱情的重要手段，你愿意让对方的身体和你多亲近，也就显现了你有多爱这个人。

一般是如此。但艺伎的身体却可以被完全陌生的男人亲近，甚至占有，于是她们无法用一般的方式来运用身体表达爱情，身体与性不再和爱情有如此简单的关系。

艺伎又不是普通的妓女，不是单纯提供身体上性欲发泄的。她们有"艺"，她们会和男人有各种互动，在互动中吸引男人。甚至很多男人从艺伎那里要买到的，不是身体，而是一种女性的陪伴与服侍，一种短暂有限却似幻似真的感情满足。光是身体的诱惑，在艺伎的行业中没有那么重要，也没有那么值钱，能让男人愿意掏出钱来的，是假装有着复杂感情牵扯的情境。

纯净无瑕的艺伎

《雪国》凸显了这个问题，细腻地描述、探索一位艺伎的爱。驹子无法用身体来表现对一个男人的真实感情,因为她的身体和太多男人有过亲密关系。而岛村也无法从身体关系上去掌握自己对驹子的感情,因为即使没有感情,他仍然能够拥有驹子的身体。于是小说中最精彩之处,就在于呈现他们必须去寻找、去发明、去创造出各种互相传递爱情讯息的方式。

川端康成将驹子的故事置放在"雪国"中,开场就展现一片白色的雪景,让在这样的环境中登场的驹子,在岛村眼中留下的第一印象就是"清洁",既清——如同透明的灵魂,且洁——干净单纯没有污秽杂质。

这是川端康成对于艺伎的一种特殊情感,甚至可以说特殊的尊重。从《伊豆的舞娘》开始,他就有意识地摆脱将艺伎写得风骚淫荡的俗套,试图去挖掘出内在于她们那样的身体里的,一种特殊的天真、疏离感情。

她们的身体不断在接触男人,她们必然要学会将身体与感情区隔开来,如此反而使得那份从来都无法从身体到达的内心情感,分外隔绝,也分外天真。这是她们奇特"清洁"的来源。

小说中有一段,岛村做了很奇怪的事,要驹子帮她叫别的艺伎。驹子当然无法理解,为什么他要在自己之外再找别的艺伎。对话中逐渐展现了岛村的想法,他在意的是要将驹子排除在艺伎的分类之外,在温泉旅馆的男人没有不叫艺伎的,但驹子就不是他叫来的艺伎,驹子和他之间是另外一种,不同于艺伎和恩客之间的关系。

他要的不再是驹子的身体，他可以要任何艺伎的身体，而别的男人也可以要驹子的身体，他要的是身体以外那和艺伎身体疏离的"清洁"的部分。

岛村第二次去越后温泉时，在火车上先遇到了叶子，下火车时他看到驹子在月台上，听到有人说驹子是来接师傅的儿子的，所以他知道了原来驹子和那个男人住在一起。

他和驹子见了面，却等到第二天才问驹子这件事。驹子的反应是生气："你昨天就知道了，为什么现在才问？"之后岛村去按摩时，又从按摩女那里听说了那个男人是驹子的未婚夫。他还是在心中闷了一天，过了一天之后才问驹子。驹子也又生气："你昨天又不是没见到我，为什么昨天不问？"

这段情节中牵涉到多么复杂的情感啊！岛村明明听说了，却宁可自己不要知道。如果知道了驹子有未婚夫，而且还和未婚夫住在一起，那么表示驹子只能将自己当作客人，驹子已经有了感情的归宿，是不自由的。而另一方面，知道了这件事无法不影响他的心情，无法让自己不惊讶、不嫉妒，他既希望从驹子那里否认推翻这件事，又有点不高兴驹子从来没有告诉过他这件事，他还要从别人口中才知道，但也很不愿意去问，怕确证了这件事是事实。

所以两次他都在心中多有纠结，但过了一夜之后，忍不住还是问了。而驹子两次都生气，同样反映了对于两人关系的深切在意——关于我的事，你为什么不直接问我？在你心中我们两人原来那么有距离？驹子宁可岛村问，因为那样她就能向岛村澄清她和行男的关系，但她也有她的矜持，不能允许自己莫名其妙就对岛村主动说行男的事。岛村两次迟疑，表现出对她的不信任，让驹子无可避免地感到受伤。

驹子的挣扎

还有一件事是，因为在火车上的奇特经验，岛村对叶子非常好奇，但他试着问了几次，驹子都不愿意提。驹子和叶子其实再亲近不过，然而因为行男的关系，出于直觉，对于岛村的探问，驹子立即有了嫉妒的反应，她无论如何不告诉岛村有关叶子的事，以表示她对岛村的特殊在意态度。

一般人的爱情关系中，感情的进展和身体亲密性是同步的，两个人之间有基本上固定的步骤、固定的默契，一个人靠近，另一个人同意接受，如此一起完成情感的表达。然而岛村和驹子之间不是如此，他们先被拿掉了从身体接触一步一步进行感情互动与确认的方式，因而必须在各种不同情境中去即兴寻找其他不同方式。

阅读中我们会强烈感受的，与其说是岛村对驹子的爱，毋宁更是川端康成对笔下这位女性的爱。他将驹子写得如此真情，她以各种方式情不自禁地向岛村撒娇或闹别扭。她喝醉酒了，会突然闯进岛村房间里要水喝，然后立即又跑回小巷里。她会在岛村房间里待一夜，然后反复地说"我要走了""我要走了""我要走了"……

表面上好像是怕人家知道她留在岛村房里，但其实她真正在意的，是不要和岛村之间只是交易的性关系。她两次坚持要岛村去她住的地方，那都是不对、不方便的时间。一次是家里有重病的人，岛村来了，驹子去取火，特别解释："虽然是从病人那里分来的火，但火应该是干净的。"这清楚地反映了家中有这样的病人，是绝对不适合待客的啊！

第二次她搬了家，向农家分租房子，却找了岛村深夜过去。他们甚至必须穿过人家的睡铺才能到楼上。这是她的特殊心意表达，一定要岛村看见她搬来住的地方，那牵涉到她的自尊，因为她的住处如此整齐，她真是一个坚持"清洁"的女人。

驹子虽然看起来疯疯癫癫的，然而为了经营和岛村间的感情，她费了那么多心思、那么大的力气。这是"徒劳"吧？这是"徒劳"吗？到最后，她对岛村说："你走吧，你还是回东京吧。"她都还找了一个理由，说："因为我已经没有新衣服可以穿了。你每次来，我都很麻烦，我都得要想办法穿一件你没看过的衣服，我身上的这件衣服，甚至是跟人家借来的。"

宁愿是自己先说出要男人回去，让他可以离开。但同时驹子这段话使得我们重新认知前面的情节，很多次她似乎不经意地去找岛村，似乎很冲动，然而或许那只是演出来的临时起意。她内心其实经过了许多挣扎，每次都顾虑到要让岛村看见什么样的自己，然而岛村却好像从来没有注意过她的衣服。

徒劳。因为这份徒劳而让我们怜惜这个女人，尤其怜惜她在感情上的付出，如此天真、清洁的一个人落入如此不正常的感情关系中，因而更显现其天真、清洁，比我们在现实中会遇到的人都更可爱，更值得爱，但在她那个"雪国"清冷的世界里，她却注定得不到相称的爱情。

这个世界是不公平且悲哀的。

演奏的原音

不会每个人都能够阅读川端康成的日文原文，绝大部分的中文读者仍然是通过翻译来认识其作品的，我希望我的解说方式不要产生一种误会，以为我反对读这些译本，以为我主张只有懂日文，而且要懂到具备直接读原文小说的程度，才能理解、感受川端康成的作品。

容我换一个不同的角度，尽量说清楚我对于文学翻译的基本态度。多年之前，在一场演讲中，我提到了西方二十世纪古典音乐上的一些大指挥家，以及他们在音乐诠释上的重大突破贡献。讲完之后，有一位年轻朋友，很年轻，看起来是大学生或甚至是高中生，过来找我，我一看就知道他有不怀好意的问题要问。

他的问题针对我提到的富特文格勒:"你怎么知道他很了不起呢?"他的意思是富特文格勒活跃在大型管弦乐曲录音技术成熟之前,他留下的录音很少是在录音室里像样地录下来的,多半是当时简陋的器材从现场收音,绝对不会是原音,那如何从这样的录音中听出富特文格勒的指挥艺术?如果不是通过这样的录音,那又如何知道富特文格勒的乐曲诠释?

这其实不是真正的问题,是比较接近挑衅的指责吧,而且不只针对我,是表现了他对于老一辈这些乐迷动不动喜欢抬出老乐团、老指挥、老演奏,并视之为经典那种态度的不满。"你们根本没听过那些演奏!那为什么可以这样创造神话呢?"那是他隐含的批判吧!

他的质疑有其道理,不过我还是很认真地当作是问题来回答。我告诉他,因为他很年轻,所以他忽略了,他不会知道我们这一代的人是如何听音乐的。他们那一代拥有精巧的设备,有条件讲究录音音质,会一直意识到录音的完整度与精确度,所以当他们听到老唱片和老录音时,他们听到的是音不准,是声部不平衡,是有杂音干扰,他们无法从录音中听到演奏的原音,所以他们觉得挫败,觉得荒唐,甚至觉得生气。

如果用这个标准,那我不算是一个听古典音乐的人。因为我绝大部分的古典乐曲是在开车时,在车上播放 CD 听的。如果是那样的年轻人来听,他会听到的不是音乐,而是各式各样的干扰——引擎声、轮胎摩擦路面的声音、外面其他车子靠近又远离制造出的声音。有一段时期，我每年大约有五百个小时在车上这样听音乐，那构成了我对于古典音乐演奏的认识基础。我真的有把握自己听到了什么吗，尤其是演奏中的细部诠释变化？

必须诚实地回答：是的，我都听到了，甚至还听到了更多。因为我自小从老师那里得到训练，扎扎实实的训练，起点就是：音乐不是光靠耳朵听的，尤其是像古典音乐这么复杂的声音，必须主要靠大脑而不是靠耳朵来听。我们不是天才，耳朵不可能灵敏到能立即接收到那么复杂的声音。

用好的器材、家里有音响室买百万音响的人常常误会，以为音响里传出来、自己坐在最好位子上听到的，就是音乐的全部。不可能的，耳朵听到的永远只是音乐的一部分，还有另外一部分必须靠理解与想象去补足。

补足的一种方式是读谱，知道作曲家写了什么样的曲子，在不同地方对不同乐部做了什么样的安排。柴可夫斯基《第一钢琴协奏曲》第二乐章中，他让两把大提琴，不是整个大提琴部，也不是只有大提琴首席，和钢琴对奏。你在乐谱上知道了这件事，思考过作曲家的动机与用意，于是不管什么样的录音，每次你都会准确地听见两把大提琴，在这个基础上判断两把大提琴与钢琴对唱的演奏效果。

又例如几乎不可能单纯从聆听上体会，而是我通过乐谱知道了莫扎特毕生最后一首交响曲的最后一个乐章,竟然是以赋格形式写成的,而且还是严谨的双重赋格。那么在听录音时,我就能够还原一位指挥家是如何认知并表现这项特质的,而在赋格的进行、交错与逆反中,各种乐器声部是如何分配互动的。

更不用说更普遍的,乐句的长短处理、大小声变化的进行方式、节奏性强音或突强音的表现风格,那都是我们在听录音时能够清清楚楚予以想象还原的。

我很有把握地告诉那位年轻人:我听得到的富特文格勒的音乐确切长什么样子。因为那些模糊的、带有干扰炒豆子声音的唱片中所存留的,是纪录,是线索,邀请我们,甚至要求我们累积足够多对于乐曲以及对于指挥家风格的了解,然后沿着线索去进行解读,努力还原当时富特文格勒的乐句与演奏法。

有了知识与经验,一次又一次会愈来愈有把握还原接近现场的音乐。当年我们听着必然失真的录音,从来不是听那个声音,更不可能误以为那个声音就是一切,我们同时在聆听藏在那个声音里的一个更完整的演奏版本。

译本的问题

建议大家用这种心情、态度来看到川端康成小说的中文译本。那就是不精确、不完整的记录,提供给我们去追索还原,关键在于我们自己是否能够具备动机与内在的想象力，去趋近川端康成的原意。

首先阅读同一本作品的不同译本，很有帮助；如果能阅读不同语言的译本，往往可以带来更大的帮助。例如找来赛登施蒂克的英文译本，甚至不需要每一字每一句都读懂，在读完《雪国》中译本的一章后，快速地浏览同一章的英文翻译，必然能感受到两者间的一些微妙差异，而显然川端康成的原意，就在两者之间的某处。

当然另外一种有效的方式，是多读川端康成的作品，适应习惯他的书写、描述风格，累积得够多了，自然会有一种直觉，有了将表面的中文译文转成川端康成式"新感觉"的反应。

川端康成其实相当多产，一生的作品排开来洋洋洒洒，加上诺贝尔文学奖的光环，在中文世界里有很多译本。他最了不起之处，也就在于那么多作品都烙印上即使经过翻译还是能清晰呈现的独特风格，但各部小说，甚至各篇小说又不会让人觉得单调重复、千篇一律。那秘诀应该在于他的风格基于敏锐的感受，这部分是同样、一致的；而在日常现象上创造出一般人无法有的细腻反应，这部分他可以近乎无穷尽地开发创新。

读过《伊豆的舞娘》，读过《古都》，读过《美丽与哀愁》，读过《舞姬》，甚至读过《东京人》等作品之后，你再回来重读《雪国》，即使读的仍然是原来的那个译本，都会有了不同的判断。你已经熟悉川端康成的表现手法，于是会在心中油然感觉到：这样的字句很川端，或这样的字句一点都不像川端。进而你会想，不自觉地想：川端康成的写法应该比较接近什么样子？应该是要表达什么？

这样的经验也会影响、改变你对于《雪国》不同段落的印象。初读时有些场景、有些情节、有些对话很容易就溜过去，不会进入心底。然而重读时或许你就注意到了，啊，这是川端康成一定会特别要给我们"新感觉"的场景、情节或对话！你体会到了，也明白了，那在翻译上一定出了什么问题，你发现虽然自己仍然不懂日文，仍然不可能读日文原书，却知道该如何修正翻译上可能有的偏差。

这是诉诸语感——一种很难解释，却绝对存在的直觉能力，可以从大量阅读与有意识的想象练习中培养、增进。我自己最特殊的经验是阅读辛波丝卡的诗。那是用波兰文写成的，我当然不懂波兰文，我只知道波兰文在欧洲语中是以极难掌握著称的。

我先读了辛波丝卡所有的诗集英文译本，然后才看到有了中文译本。译者曾经在波兰住了一年，而且本身是位诗人，可是她的译文却让我怎么读都觉得不对劲。于是找了一个去德国汉诺威的机会，请教了在那里认识的一位波兰小提琴家，我将同一首诗的两种英文译本给他看，再尽可能忠实地将这首诗的中文译本也用英文转述给他听，请他帮我判断。

经过如此一番折腾，我想我可以安心确认，虽然我不懂波兰文，但我了解辛波丝卡。那不是语言层次上的了解，而是更复杂一点的，从语意的挣扎创造上获得的了解。并不是学了两三年的波兰文就必然能够翻译辛波丝卡，因为其中牵涉到不是表面读懂字句就能认知的个人心绪与文字间的特殊链接。所以辛波丝卡的英文译者很少直译字句，而是跳过了字句去挖掘、表现背后的意涵，这样的翻译反而得到诗人自身的认可。

就像不是台大外文系毕业生就能够翻译奥登的诗。大部分译者所做的，是将句子直译出来，而不是译出句子中的诗意，没有先阅读先感受。很多专业译者常常忘了，要做称职的译者，先得做投入的读者，先确定自己读到了作者的内在心意，然后负责任地将那心意，而不是表面字意传达给读者。

川端康成作品中文译者的日文能力当然都比我们好得多，但他们却不一定就有更好的阅读能力。吊诡的是，他们的日文能力反而常阻碍了他们认真地去阅读、去体会任何一本他们所翻译的书。所以我们必须努力成为比译者更好的读者，那就能够越过翻译文字而读到译者没有读到的川端康成丰富的内在意涵。

徒劳无功的爱情

《雪国》小说中凸显了"徒劳"的感觉，那是因为岛村自身的生命没有积极的目的，以致他察知了驹子的"徒劳"，除了产生同情之外，还必然刺激出一份因对比产生的失落。

从世俗的标准看，驹子的人生是一连串的"徒劳"，包括她流连在山村的温泉做一个二流艺伎，照顾一个和她没有感情联系的病人，又将自己最纯真最深挚的爱情投放在一个偶尔才从东京来造访的男人身上。然而驹子没有自怨自艾，她的生命情调非但不是落寞的，还相反以其特殊的生气蓬勃多次让岛村惊讶。

这和《伊豆的舞娘》有着同样的主题。高中生在那趟旅程中最大的收获，使得他必须记录下来的，就是被人家视为肮脏的这群底层流浪舞蹈队，他们却有着一份奇特的魅力、奇特的生命活力。魅力来自他们没有矫饰的纯真，因而吊诡地传递出那样干净、清洁的自然气息。

他们会被视为肮脏，因为得不到世俗认为重要的保护。他们没有资源、没有地位可以抗拒别人对他们的欺压，只能靠歌唱、舞蹈甚至出卖身体来维持生计。对于自己的生活，他们能选择的不多，能控制的更少。然而他们却总还有一些，不管多么稀少微弱，对于生命的坚持。那样的坚持于是显得格外难能可贵，对照下而有了那样干净、清洁的性质。

在川端康成的笔下，驹子是一个有洁癖的人。在现实的社会条件下，她无法保护自己的身体、自己的人格尊严，然而她会在很小的人生范围内保有她的原则。例如她如此看重自己在东京落难时，行男到车站来送行的情分。她不自觉生活"徒劳"，她继续认真地、自然地过她的日子，因而深深吸引了岛村。

另外驹子也和《伊豆的舞娘》中的千代子和熏一样，对岛村有很素朴的评论。一次是在岛村第二度到"雪国"，要走的时候，在车站，驹子对岛村说："你是老实坦白的人，所以就算我把日记交给你，你也不会笑我吧！"另外一次是岛村第三次来时，两人要前往行男的墓地，说着说着驹子生气了，将手上握着的栗子砸在岛村的头上。岛村没有生气，于是驹子又说了一次："你真的是一个老实人。"这次她多补了一句："你们东京人好复杂。"

作为读者，我们知道了很多岛村的主观感受，我们很清楚他是一个什么样的人。他当然不是一个单纯老实的人。然而驹子没有心机地如此评价，对他产生了强烈冲击，使得他瞬间离开对自己生命的那种"徒劳"认定。

其实驹子对岛村知道得很少，岛村从来没有真正表露自己，也因而使得岛村更疑惑，觉得自己更不了解驹子。核心的大问题是：为什么驹子会爱上他，而且如此爱他？岛村无法解释究竟是什么，自己值得这个女人如此真心相予。这件事让他不时陷入不安，然而愈是找不到清楚的答案，愈是感动，因为似乎在这件事上，他的生命不完全是浪费的、无意义的，他得到了这个女人素朴、没有理由的爱。而且还不只是爱，是高度的信任，在驹子眼中，他竟然是一个"老实的人"，格外老实的人。

但这份感情产生巨大的矛盾，他的生命因驹子的爱而有意义，然而驹子对他的爱却制造了驹子生命中更大的"徒劳"，他非但无法帮助驹子摆脱"徒劳",反而更加深了。

醉后的驹子

岛村刚开始对于驹子产生了一份直觉的感受,觉得她很"清洁",甚至引发他不想和驹子发生肉体关系,保持驹子的"清洁"。然后他认识了驹子行为与想法中的天真、自然,他开始有点不知该如何处理。

之后,他一个人去登山,走着走着突然自己笑出声来。去登山前,他叫人家帮他找了一个艺伎,来了一位十几岁、瘦瘦黑黑的女孩。那是他感受到自己被驹子吸引,又不想和驹子有肉体关系的一种解决方式,将自己的欲望放到另一个女人身上去发泄。

他为什么笑出来?因为在心中对自己承认了来登山的动机。不是为了想看山,也不是为了要享受在山里走的感觉,而是为了要避开那个艺伎。本来要作为发泄欲望对象的,真的来了却完全无法让他有任何欲望,他又不好意思立刻就把人家赶走,于是只好避难般地逃出来了。

当下他明了了自己对于驹子的感情。他喜欢的就是驹子的"清洁",他被那份干净深深吸引,怎么可能将这份欲望转到一个又黑又瘦、相反的对象上呢?就在这时候,驹子从后面叫他，问他在笑什么，岛村没头没尾地说："不要了，不要了！"这当然不是对驹子的回答，而是他内心最真切的反应，他在告诉自己，也变相地在对驹子表白："我不要再找人代替你了，就是你，不要别人。"

岛村接受了自己的直觉。驹子真的就是个纯真、体贴的女人，她之所以会出现在身后叫他，不过是发现岛村将烟盒留在她那里了。不过这样一个体贴的女人，当喝醉酒时，却又可以直率、直接到惊人的地步，或许就是因为中文译者太不习惯驹子的直率，以至于这一段都译得不是很精确。

驹子喝醉酒了，叫着"岛村先生，岛村先生"闯进他房间，然后扑倒在岛村怀里。岛村顺势也就将手放进驹子的衣服里。就在这时，驹子骂了"畜生"，同时还咬了人。

房间里只有他们两人，又在岛村做出这样的轻浮动作之后，有几位译者于是理所当然地认为驹子在骂岛村，还咬了岛村。但明明川端康成不是这样写的。岛村吓了一跳，但他采取的动作是赶紧将驹子的手从她嘴巴里拉开。驹子咬的是自己，她骂的也同样是自己啊！

更细腻一点的前后动作与反应是这样的，驹子倒下来时，两只手环抱着自己的胸部，她发现岛村要伸进衣服去抚摸她时，她要将双臂打开，好让岛村方便，但因为倒下来的姿势使得她一时拉不开自己的手，她竟然就气愤地骂，骂什么？骂自己不听话的两只手，所以又要去咬自己的手。

她的情感如此强烈，她的表达又如此直接！这时候她已经喝醉了，也不顾岛村在她身上干吗，就在空中写字，写她喜欢的电影明星、偶像的名字，之后转而写了岛村，再来就反复写岛村、岛村、岛村……她对待感情、表达感情的方式极其特殊，没有自我哀怜，没有压抑的落寞，她这样活着。

岛村第一次遇到驹子时，驹子还没当艺伎，而在考虑是不是要当一个日本舞蹈的表演者。所以岛村才跟她说了一番关于西洋舞蹈的议论，我们也才知道他在写西洋舞蹈评论。这番话有点莫名其妙地脱口而出吧，对着一个乡下女生说这些，能得到什么反应？

然而也就是在不预期中，岛村说，唯一能建构的是美的理想，而不是美的现实，美只存在于空中楼阁式的理想中。这样的话竟然得到驹子的呼应，感动了岛村，那是他后来之所以选择第二次造访"雪国"的主要理由。

重逢见到的驹子，趴在栏杆上，表现出一种没有非如何不可的姿态。她对岛村没有矜持，也没有媚态，而是那样"好吧，你要怎样就怎样，我拿你没办法"的表现。然而在岛村的主观中，那不是一种弱者的表现，反而有着一份内在的强悍：她可以不作态，她愿意大方地让岛村知道自己在对他的感情中全面投降。

岛村的爽约

岛村第三次到越后温泉时,和驹子走在路上,驹子先是抱怨这个地方好小,稍微有什么被人家当作丑事议论的话,就很难继续在这里生活。然而才说完,她又立即补上一句:"算了,那又怎么样呢?像我们这种人在哪里都能工作,在哪里都能活着。"

岛村听着心里涌出了愧疚。驹子对他如此老实坦白,而驹子却又倒过来认为他老实坦白,因此而深深爱着他,甚至愿意为了他而被迫离开越后。和驹子相比,岛村太清楚自己怎么能算是老实坦白的人呢?

岛村第三次再到越后时并没有先通知驹子,而是直接去叫了她来。然而一见面,驹子就问:"二月十四日你为什么没有来?"从小说上下文,我们并没有留下岛村承诺二月十四日要回来的印象。

为什么川端康成不告诉我们有这件事?因为小说是跟随着岛村的主观,这件事没有真正烙印在岛村心上,那只是他随口说说的。然而天真的驹子却牢牢记得,认定岛村会信守诺言,在二月十四日回来。那也就表示,二月十四日前后那几天,她应该承受了好一阵子从期待到失望的折磨吧!

岛村有点不好意思,就说:"你应该写信提醒我啊!"驹子的回答是:"为了要忌讳任何人或忌讳你太太而说话,这种信我不写。"她仍然是认真的,而且她想过,但要写信就得假定信可能被别人,被岛村的太太看到,必须写得影影绰绰的,直率的驹子不愿意如此隐讳写信。

回到前一次分别时,驹子在前一天晚上突然坚持将岛村拉出房间,去看车站。看了车站回来,她坐了一下,说她要回去了,但又没有回去,然后又说她不睡觉,要一直陪着岛村。

对于岛村离去,她完全不知所措,只能有这样疯疯癫癫完全不作态的表现。她不是故意要让岛村感觉她的难舍难分,而是真的无法处理自我内在的强烈冲击。她的感情愈是真切,岛村的疑惑与愧疚也就愈深:自己何德何能,让这个女人如此爱我?

岛村第三次在"雪国"时,两人交谈说着说着,驹子又突然要回去了。岛村说:"你还是一样。"我们了解岛村的意思,因为在小说中我们看过很多次驹子这样的反应。不过驹子却对岛村的话会错意了。驹子竟然会听不出来岛村的意思是调侃她:"你又来了!"因为她每次那样说"要回去"时,都不是撒娇作态要叫岛村留她,而是真的必须努力强迫自己离开,所以一直说"要走了,要走了"却又会一再地回来。发生在别的女人身上,可能是刻意作态,但在驹子身上,那是另一种真情淋漓的表现。

听到岛村说"你还是一样",驹子带点自豪地回应:"人家都说我从十七岁来这里之后都没改变过。"但随即她被自己的这句话引动了真情的哀伤。因为意识到自己怎么可能真的没有改变。从岛村上次离去,又有二月十四日的失约,这段时期中驹子的生活有了很大的变化,行男死了,师傅也死了。这些不是驹子自己能选择的变化发生时,对她最重要的岛村都不在,甚至连说好的二月十四日之约都没有出现。

所以她问:"你了解我的心情吗?"岛村先是停了一下,然后说:"这里的星星和东京的星星看起来不一样。"才回应说:"当然了解。"但接着驹子逼问他那到底了解了什么,要他说出来,岛村只好表示,那不可能说得清楚的。

这过程的每一个步骤、每一句问答,在驹子这边都是有深情深意的。她伤心在人生发生重大变故时,岛村不只不在而且还爽约,她当然意识到岛村的"当然了解"带有敷衍的性质,不过她这次并没有生气。

她生气,而且气哭了,用发簪刺榻榻米,却是在另一个奇特的情景中。她一边生气一边对岛村说:"你真是体贴、真是窝心啊!"然后哭了,但一下子又没事了。没事之后她跑出去,岛村也没动,后来驹子自己又回来。

到底发生了什么事,川端康成并没有在这一段讲清楚。他让之后两个人散步时,岛村回想起来,惊讶驹子竟然会对于自己无心说的一句话,有那么生气的反应。但究竟是哪一句话?

绉纱的明喻

小说中给了我们一些线索,我们要自己去弄明白。第二次分手前一晚，驹子方寸大乱，手足无措时，她问岛村为什么要回去？为什么明天要回东京？岛村的回答是："我就算待下去，也帮不上你什么忙。"然后驹子很激动地批评他："你就是这样不好！"

从这里联系下来，这次岛村只不过是反复地说了几次："你是个好女人，你真好。"明明是赞美的话，也没有任何一点嘲讽的意味，驹子有什么好生气的？

因为她又在话里面听出岛村的同情，进而感觉岛村会回来是出于对自己的同情，所以她气得用发簪刺榻榻米。她不要岛村为了帮助她才回来找她，她不要这样的同情。

处在那样的境况中，驹子"该落寞而不落寞"，她真的没有自我怜悯，没有要以她的空洞、徒劳身世，去赢得她喜欢的男人的爱，或去换取任何东西。她要岛村在感情上平等、真诚的回报，和她自己一样的用情方式，而不是为了出于同情或要帮助她的感觉。

而当驹子气得冲出去了，岛村没有动，没有追出去安抚她，因为岛村知道她气什么，他内心在挣扎着，他恨不得自己可以像驹子爱他那样爱驹子，但他没办法，就是会流露出对驹子的同情。然而，驹子如此深爱岛村，甚至无法为了这件自己最在意的事持续对岛村生气、离开岛村。才一下子的工夫，她整顿了自己的情绪，又回来了。

小说大部分时候都是借由如此细腻的互动来开展岛村和驹

子的爱情，只有少数几个段落，川端康成会将话说得明白些，提供往下继续体会这份爱情的依据。有一次驹子又被叫去参加宴会，又喝醉酒，回到岛村身边，整个人是烫热的，岛村从那样一个热乎乎的躯体中，感受到了"现实"。那是生活的现实，一个人努力工作让自己活着，是岛村自己的生命中没有的一种痛苦、一股力量，即使有很多值得同情的地方，却绝不落寞地坚持过着认真而热闹的生活。

如此活着的生命道理，给了岛村极大的冲击，因为这和他在"雪国"之外体验的人生是彻底不同的。

而从这一段之后，小说开始收束了，岛村有了另外一个重要的念头，他必须离开，而且暂时不再回到"雪国"来。

这一段具体总结了驹子给予岛村的影响。驹子的存在，这样一个女人将她的爱如此直率强悍地表达出来，刺激原本懵懵懂懂混日子的这个男人感受到自身永远无法排解的落寞。驹子可以用"该落寞却不落寞"的方式活着，岛村却没办法。因而在接近小说结尾时，有了一个由绉纱引出的明喻。

绉纱是越后这边的特产，将麻纱在雪地里用雪洗染过，到了夏天弄干净，成为很特殊的衣料材质，可以保持长久不坏。岛村去看人家做纱的地方，面对这些看来极其脆弱的薄纱，他想着：人们可能穿着自己都弄不清楚多古老，甚至可能已经有五十年的绉纱，即使表面脆弱，还是可以让薄纱持续那么久，但是感情呢？感情比薄纱更不耐久吧，也没有类似的方法可以让感情延长其保存原样的年限。

这明显回到了日本"物之哀"的传统。接着驹子和岛村两人在夜里抬头看天上的银河,那更是恒长时间的代表,对比人间的情感,即两个人毫无保障的爱情。岛村仿佛看到未来有一天驹子成了别人的妻子,带着和别人生下来的小孩。一层一层的景象画面都提示着他不应该继续留着。

留着只是增加驹子生命中的徒劳,驹子不要他的同情,生气地拒绝他的同情,让他更感受到驹子有多么值得同情。还有他已经很了解驹子了,如果他留着,如果他一再回来,驹子给予他的爱情,那份他其实不配拥有的爱情不会改变,驹子只会变得年纪愈来愈大,生命的徒劳会付出愈来愈高的代价。

如果驹子改变了,岛村就必须亲历目睹即使是驹子那么浓烈的感情都要在薄薄的绉纱还没毁坏前就消失了,那岂不是令人难堪的悲哀吗?

岛村决心离开,而且短时间内不会回来,他要给驹子足够的时间去转变。做这样的决定时,他心中的体认是:等到驹子的爱情都改变了,那就成了另外一个完全不一样的世界了。

永恒银河出现了

小说中除了岛村和驹子的故事,另外一条重要的支线是叶子。

驹子的"清洁"来自她的天真与直接,川端康成要写的是她全面的"清洁",好的和坏的。驹子和叶子的关系,就反映出这种"清洁"的负面。

叶子深爱着行男,从一个角度看,她对行男的爱,和驹子对岛村的爱,同样是徒劳的,没有道理也不会有结果,陷入这种爱情中的叶子像是一个比较阴郁的驹子。然而她们两位女性间,却发展出双重的敌意。

叶子对驹子的第一层敌意来自嫉妒,因为师傅一直希望行男娶驹子,让叶子强烈嫉妒。然而吊诡地还有第二层,则是来自叶子很明白驹子完全不爱行男。驹子的"清洁"就表现在这上面,她不要任何人,包括师傅和叶子,将她和行男联系在一起。于是每当有人在她面前提到行男,她就会格外不耐烦。

师傅给她的压力是要她嫁给行男,叶子又给她另外一种让她同样受不了的压力。因为自己深爱行男,又强烈嫉妒驹子,以至于叶子总是不相信、无法接受驹子不爱行男。

强悍激烈的驹子,用献身当艺伎的方式去筹措行男的医药费,来抵抗师傅那边来的压力。对于叶子,她则采取了高度不友善的态度。等到岛村出现后,情况又更复杂了,驹子直觉感受到岛村对叶子的兴趣,使得驹子更不愿意和叶子有任何关系,进而将叶子视为最沉重的包袱,并且直率地表现出来。

叶子和行男的关系,也影响了看在眼里的岛村。他投射想象，如果自己一直在这乡村里留着，到后来也就会变成驹子死心塌地照顾他，不求任何回报，也得不到任何回报，和叶子绝望地照顾行男一样。那对驹子是何等不公平，是彻底的"徒劳"。

到了小说的最后，当叶子意外死去时，驹子抱着她，"如同抱着自己一生中所有的牺牲与罪孽"。叶子联系着行男，象征了驹子的牺牲；而驹子对待叶子的方式，也代表了她的性格中使得她犯下错误的那部分。

《雪国》的结尾有着很奇怪的风格，介于写实与寓言之间。写实的部分是夜晚放电影时，易燃的胶卷起火造成了火灾。然而在描写火灾造成的街头骚动时，川端康成却让岛村和驹子在看火灾现场的同时，近乎奇幻地看见了银河。这两种光，近在眼前的激烈火烧，和远在天边静寂无声的微光互相对照。

最激烈的变化，与最恒常的不变，加在一起构成时间。时间的全幅，既稳定如同不动地流淌，又制造出令人无法控制、无法预期、无法准备的变化。前面以绉纱为比喻，突显人的情感在时间中甚至抵不过看起来如此轻薄柔弱的纱布，可是在这里，川端康成神奇地创造了一景幻象——即便在足以摧毁一切，甚至将带走叶子生命的激烈火灾中，仍然看得见银河，好像他们两个人此时所说的话是可以不变地留下来的。

无法忘记的陌生人

阅读文学经典作品时,我的基本态度是先谦虚地假定作品有其道理,作者以比我们更强大又更细致的生命力写了这样一部作品,我们能够在阅读中得到超越自己原本生命格局的,更强大更细致的收获。因而先努力去体会,甚至去挖掘作品中的多层意义,先不要批评挑毛病。当发现有什么看来有问题的地方,先想想也许作者有我们忽略了的用心与设计,进行探索与解释。

不过当然也不是全面假定作者就永远是对的,作者永远不会犯错。只是在这方面,我会采取更加谨慎小心的态度,先尽到了认真阅读的责任,然后才讨论是不是有哪些地方作者忘了写,或者是写出自我矛盾无法自圆其说的内容。

在小说《雪国》中,叶子先于驹子登场,而且用那么醒目、让人留下深刻印象的方式在火车上吸引了岛村的注意。然而岛村进入"雪国"之后,小说的叙述重心就转移到驹子身上,开头所刺激出对于叶子的好奇,似乎在小说中没有得到满意的解决。

这可以回到川端康成写作的过程来寻找答案。前面提过了,《雪国》最早是以一篇一篇短篇小说形式独立发表的。从一九三五年开始发表,到一九三七年才将各篇集合在一起出版。不过第一次出版时,并不是把之前写过的和叶子、驹子这两位女性角色有关的作品都收进来。另外为了让原本独立的短篇看起来更像连贯的长篇,川端康成做了一些补充改动。

所以最简单的一件事实，川端康成为什么在开篇将叶子写得如此精彩？因为这原先是独立的短篇小说，用短篇小说的逻辑、讲究短篇小说阅读效果的方式写成的。采取了前后错杂的叙事时间，记录那么一趟火车旅程上，岛村偶遇叶子，一个陌生女孩却在这段时间中、密闭的空间里，被紧缩的经验改造成为一个难忘的人。

这就带我们回到日本哲学家柄谷行人认为的"日本近代文学起点"——国木田独步写的《难忘的人们》。文章的关键在于指出了：无法忘记的人，不一定是不该忘记的人，所谓"不该忘记的人"，是朋友、知己，照顾过自己的老师、前辈等，但"无法忘记的人"则是那些一般说来忘了也无所谓，甚至没有理由要记得，却就是忘却不了的人。

柄谷行人指出，这样的人，和观察者、感受者之间并没有生命的互动，是"风景"的一部分，却因为奇特的情境条件、主客观条件的彼此作用，被特别凸显注意。那凸显的效果，是现代人看待"风景"和传统最大不同之处——这里出现了"风景"，出现了带有强烈主观、来自一个人的选择性视角的现代文学写法。

另外一方面，这也是现代生活的特性。尤其"火车"是最明显的代表。传统社会中，人活在彼此认识、互相定位的关系之间，会遇到、有所接触的就是那些人，即有固定关系、固定对待方式的人。现代生活才使得我们每天遇到许多"陌生人"，可以和"陌生人"比邻而坐，可以近距离观察"陌生人"，于是

"陌生人"的"陌生性"就不再如此确定,很容易翻转产生了奇特的、难以定义定性的亲近性,在人们心中留下深刻印象,成为"无法忘记的人"。

川端康成原本这篇小说,延续了如此现代风格,精巧地经营了一段奇遇,要让上火车前从来没见过的叶子,到小说结束岛村下火车时,不只超过了他人生中众多"该记得的人们",而几乎成为"最难忘的人",而且也要让从来不可能、没有机会遇到叶子的小说读者们,都在读完之后,至少有一段时间,使这位甚至不是真实存在的少女,也超越了众多同事、客户、朋友,列入在我们的"无法忘记的人们"清单上。那是现代小说的一种神奇功能展现。

叶子留给岛村的印象之深、之特别,在最后得到了惊人的强调。那就是当岛村发现叶子竟然和他在同一个小站下车,小小的越后温泉,也就意味着他居停在此期间很有可能会再遇到叶子,甚至认识叶子。他为什么会受到如此大的震动?因为这和他心中原本设想的,从现代性角度我们会有的设想,很不一样。

这样的经验应该是戛然而止的。即使是那两个看起来聊得如此亲切的女孩与老人,火车到站了老人就是要匆忙起身下车,之后两人各走各的人生路,再也不会相遇了。因此使得这段注定没有"后来"的经验格外自由,和所有其他人际互动都不一样,格外珍贵。

对于坐在火车上的岛村来说,叶子成为"无法忘记的人",

有一部分正来自那样的距离感。她的容貌和玻璃背后变换的黄昏景色重叠，如此之美。她对站长说的话混杂了敬语和撒娇，具有令人无法拒绝的魅力。那是岛村的印象，也是岛村想要一直留在脑中的印象。

他不是很确定自己会想要认识真实的叶子，更没有把握真实的叶子会不会反而就没有那么值得被记得了。川端康成用这种方式翻转却又同时强化了现代生活的偶然不可捉摸，摹写了一份模糊却又真实存在的"现代忧郁"。

川端康成的长篇美学

川端康成重视瞬间、片刻的强烈印象，因而他的长篇小说也都还是依循这样的形式，不是时间滔滔长流连贯的写法，而是将许多似独立又似相关的段落连缀在一起，常常保留了段落的分隔，让读者自己去寻索段落与段落间的关系。

《雪国》保留了不同短篇发表时的间隔，如果读《舞姬》，那段落就更短、更细碎了。因为《舞姬》原先是在报纸上按日连载的，后来出书时，仍然保留了连载时每一天的段落区分。用这种方式，川端康成的小说每个段落都有自身的主体光亮，组合起来的，不是一大片连续的光，而像是星空中的点点闪闪，我们在仰视时会自己找到不同的点联系出想象的星座。

《舞姬》开头的部分，有一个重要的场景。波子和竹原走在御苑旁，到了转弯处，波子看到水池中的一条鱼，突然强烈地感受到那尾鱼的悲哀，那是一个瞬间的顿悟，段落本身像是掌中小说般，然而又和前面波子感受到的恐慌幽微呼应，可以解释她的悲哀来源，也可以当作是她将自身感受不断向外投射的伏笔。这就不是一般的长篇小说，至少不是巴尔扎克或托尔斯泰那种经典的长篇小说形式，带有高度的现代性，或许更接近诗人帕斯捷尔纳克所写的《日瓦戈医生》。

川端康成留下了数量庞大的小说作品。他的多产部分源自日本极为发达的报纸、杂志出版环境，有很多报刊需要连载小说，积极地向成名作家邀稿。因而川端康成大部分的小说，都是边写边连载，而不是全部写完之后才发表的。

而这种连载的形式，无论是日报、周刊或月刊，都非但不会破坏川端康成作品的完整性，反而格外适合让他发挥。因为他习惯将每天、每周或每月的篇幅，当作独立的空间来处理，每一段既承接上一段，又必然有自身的独立焦点与要表达的特殊"刺点"，有一种自身完足的性质。

这回到了平安时代文学，回到了《源氏物语》。《源氏物语》以光源氏的爱情故事前后贯穿，然而每一帖会有一个具备高度象征代表性的标题，主要讲述一位或几位女子和光源氏的关系。所以读《源氏物语》一种方式是认识、体会每一帖中的女主角，知道她们个别的故事。但还有另一种更有意义、更有收获的读法，是借由种种象征，例如植物花朵、节日仪式、音乐歌舞、衣饰熏香，尤其是无所不在的和歌吟咏对答，去探索一帖一帖之间的呼应关系。

为什么《源氏物语》能写那么长？又为什么历久不衰可以吸引一代又一代的读者？因为不同的读者，尤其是积极主动的读者，会在其中不断发现帖与帖间、故事与故事间、人物与人物间、象征与象征间，近乎无穷的彼此联结。每一帖能够独立存在，而全部五十四帖，横跨两代的情爱故事，又形成了一个首尾左右内外上下连环结构的整体。

我们也应该用这种方式读《雪国》。小说中的每一章都包含了两种成分，一种是要延续到后面去的，一种则是只存在于这章之中，是树立、支撑这章内容的栋梁，没有打算被挪移到其他地方去。后者所产生的效果是，在这章结束时这部分就结束了，虽然小说要继续进行，但你不能期待川端康成要将没有讲完的都继续讲下去，因为在他的美学观念中，他深深相信小说不能都讲明白，很多时候小说的内容是靠隐藏，而不是揭露、诉说来表达的。

海明威的"冰山理论"

我们可以借用海明威的"冰山理论"来对比川端康成的写

法。海明威清楚意识到写在小说中的，只是小说事件或经验或感受的十分之一，像是露出在海面上的冰山，还有十分之九是藏在海面下，看不到的。

这种写法源自海明威自身以及他擅长在小说中呈现的"硬汉"性格。"硬汉"即使在世间遭遇种种打击、折磨却绝对不叫痛不叫苦。他们进而保持一种绝不大惊小怪的态度，说话不会带有惊叹号，而且没有太多值得他们用语言表达的。痛苦不要说，说了就变成喊痛诉苦，就失去了自尊；欢乐、兴奋不能说，因为总是短暂、稍纵即逝的，才刚说出口，欢乐与兴奋就消失了，那又何必说呢！

《老人与海》中老人的名言："人可以被打倒，不能被击败。"如果忍不住痛而叫喊了，如果都要寻求轻松快乐，那就是被击败、认输的表现。要描写这样的"硬汉"，小说就必须和"硬汉"同样"省话"。

用"冰山理论"写出的作品，读者当然不能只读那被写下的十分之一的内容。将《老人与海》看作就是海明威对老人桑提亚哥所有的描述，我们只会得到干巴巴的打鱼失败印象。有效的、能有收获的读法，是明白书页上的字句只是线索，引领你去寻找、去感受那藏在"硬汉"心中、记忆里的十分之九，我们自己建构起那份生命的主要部分，因而得到一般被动读小说不可能得到的深刻感动。

学会了这样读海明威，也就能知道如何读川端康成，同样将川端康成小说中明白写出来的当作线索，拉着一段段的线去将没说出来的部分补上。只是川端康成动用这种省俭写法的理由，和海明威不一样。

川端康成说得少，一部分是承袭日本传统的含蓄特质。愈是强烈的感情，如果用强烈的方式表达，愈是会流于表面，让对方被表面的激动吸引了，而忽略内在的真实。所以必须诉诸迂回的途径，诉诸沉默而不是多言，诉诸低语而不是高叫，才能表达真情。

另一部分是因为川端康成的"新感觉派"立场，采取了总是带有主观的叙事角度。从主观感受世界的人，不会总是理性、清醒的，更不可能随时冷静旁观进行纪录。

在主观引领下，人的语言和感受存在着致命的落差。语言是为了日常表达而设计的，大部分的语言表达都在习惯中固定了，于是当出现了"非常"的经验或体会时，人的习惯语言不够用，对应不上来，不能再用原本的日常语言来呈现，而有了"无法以言语形容"的刺激。那样的经验与体会如果用一般语言来说，就扭曲、失去了其真正的冲击。

而岛村的主观还有另一层不说、不说清楚的理由。来自他的个性。他常常没有勇气去接受自己所感受、所思考的，或说所应该感受与思考的。所以从他的主观看出去的小说世界，感染了他的逃避与自欺，对一些挑战他良心、会使得他不安的事物，他选择不要看，不要说，不要解释。

而不说、不解释的,却是对他最有影响的深情所在。如果将话都说出来、说明白了,就破坏了作者借岛村让我们趋近人在主观中必然会有的混乱、犹豫、逃避、自欺等种种心理机制,而这些机制都是针对"太重要"的经验与感受,因为"太重要"而产生精神上太大的压力,所以启动了自我防御的机制。

以沉默、减省、空白来呈现如此"太重要"的心理事件,是川端康成小说美学的基本信念之一。

脆弱的叶子

川端康成有日本传统文学的滋养,供他掌握如何以沉默、减省、空白来呈现作品。写俳句的诗人不可能在那么短的作品中放入太多内容,那不是他的职责,他提供的是线索、是暗示,然后交给读者,让读者循着线索自己去找那条通往感官经验的路径,或依照暗示自己将空白之处填满。如此读者心中所得,会更充实饱满,因为那不是被动地接收作者的描述,而是主动地参与创造了作品的意义,那意义只有一部分是作者给予的,另一大部分是读者运用自身生命经验去建构起来的,当然就具备了一种只属于阅读个体的真实性。

在《雪国》中,驹子的形象比较完整,相对地,叶子需要读者自己去想象填补的部分就很多。川端康成给的,毋宁是一条条有待追踪的线索。

岛村第三次到越后时他去找了一本登山指南，照着指南上的路线爬山。看到了高高的岩壁，他想起驹子说过的一段话："如果是人从那样的岩壁摔下来，一定就死了，但换作是一只熊，就算从更高的地方掉下来都没关系。"

岛村于是有了心中的独白，是一段很难翻译，必须仔细阅读的话语：

> 人真正爱上的，或会让人产生人与人之间情感，而不是熊与熊之间情感的，就是彼此之间的脆弱。人之所以会产生情感，有一部分正是因为我们不是熊，我们的脆弱，是人与人之间情感的基本的保障，或者是基本的来源。

人之所以为人，与熊最大的不同，就在于人的脆弱，熊死不了，人却必死无疑。他将这样的想法推扩到感情上，之所以人与人之间会有特别属于人，而不是熊与熊之间的情感，正是因为人很脆弱。

人只能用人的方式彼此相爱。叶子之所以吸引岛村，因为她如此脆弱，和强悍的驹子形成了强烈对比。不会对驹子有什么伤害的事，却很可能就足以杀了叶子。于是使得岛村对叶子在不自觉中产生了一份不同的情感。他和驹子之间像是熊与熊之间的情感，那么他和叶子之间的，间接、幽微、似有似无、随时可能中断消失的情感，就是从岩壁上掉下来必然会死去的那种脆弱，是人与人之间的另一种情感。

回溯到东京火车站，在火车上，岛村只觉得叶子这个女孩如此孤独，即使身边有行男，即使对着窗外说弟弟的事，仍然是孤零零地一个人活着。岛村第三次在"雪国"时，热闹的季节里，叶子被找来在岛村住的客店里帮忙。他和叶子对话中，叶子突然说："你要回东京，把我一起带回去好不好？"岛村很自然地问："你不用和家人商量吗？"叶子直接说："我没有家人。"这个时候，行男已经死了，对于弟弟，她也只是尽到责任而已。岛村的直觉是对的，她如此孤独。

而且她是一个脆弱又天真的孤独者，这三项性质结合在一起。岛村问她："你不担心和一个男人去东京吗？"叶子天真到不会担心。岛村又问："去东京你要做什么呢？"她天真到没有想过，只知道自己不要再去当看护，因为她一心一意看护的行男已经死了。天真使她脆弱，反过来，脆弱也使得她无从考虑现实，没有能力应对现实，因此显得如此天真。说着说着，叶子换了一种自弃的口气，说："算了，没关系，到哪里都活不下去。"

这话震撼了岛村。不是因为叶子太退缩太绝望，而是岛村也觉得叶子不可能在东京讨生活，或许到哪里都活不下去。而叶子来店里帮忙，和驹子在同一个空间里，让岛村可以同时看到两个人，更清楚感觉到两人极端相反之处。两人都比别人天真，从叶子身上看到了驹子的强悍，而从驹子身上看到了叶子的脆弱。

驹子在服务客人表演时，岛村在自己的房间里，突然有人敲门，是叶子来了，带着一张纸条。驹子在上面写了一段简直没有意义的话，岛村莫名其妙。而驹子却叫叶子送了两次纸条来。后来岛村和驹子见面谈起来，才明白了发生什么事。叶子在驹子表演的场合中，一直瞪着眼睛看客人，那样的眼神使得驹子感到不安，叶子和那样的情境完全格格不入，使得驹子既同情又不耐烦，不得不找借口将她暂时支开。

岛村极为感动，因为他明白自己不是像驹子那样强悍的人，没有驹子那种生命力量，在性格的根上，他其实更接近孤独无能的叶子。处于底层中，叶子也没有驹子那样活着的本事，她无能无助到甚至必须持续依赖驹子，明明因为行男的关系，让她如此厌恶驹子。

叶子想离开这个温泉区，要岛村带她去东京。然而她连在乡下都应付不过来，有什么条件能去东京呢？她只能依赖她不喜欢的驹子的善意活着，那个像熊一样就算从岩壁跌落都不会死的驹子。岛村不能不对叶子产生了深刻的同情。

清澈得接近悲哀之声

岛村第三次到"雪国"时，因为叶子到店里帮忙而使得他有了情绪上的转变。想到叶子也在这家客店中，岛村对于去找驹子就没那么自在。他明明知道驹子爱他,但每次和驹子见面相处,却都带来一份空虚感,加强了那种"美之徒劳"的感受。

简单、浅层的解释:岛村喜欢上了叶子,因而他改变了对驹子的态度,因为如果岛村将心思多放在叶子身上,他就担心自己和驹子的关系会受到影响,以至于他也不可能去追求叶子。

但川端康成要写的不只如此。岛村的内心感受:"驹子对于生存的那种赤裸裸的渴望,直接冲击在他自己身上。"那是他自己身上没有的,然而每次驹子表现出那份活力时,他又总觉得"徒劳",因而激发出对驹子及对自己的双重同情。而很奇怪的,岛村在叶子的眼神中看出一种光芒,好像可以射穿他的内在困窘,这种情况让他被叶子吸引,却又忌惮叶子。

岛村遇到驹子,受到驹子的生命力感染,原先作为生命主调的落寞开始褪色;然而就在这种状况下,却出现了更落寞的叶子。一个彻底脆弱而徒劳的生命呈现在岛村面前,而且也展示着这种生命会有的深切落寞。叶子提醒了岛村,他自己内在的落寞并没有真正得到解决,那份不落寞其实只是装出来配合驹子、安慰驹子的。

开场在火车上,岛村被叶子说话的声音吸引了。然而后来认识了叶子,川端康成两次用同样的语言描述岛村对叶子说话声音的感受:"清澈得接近悲哀的一种声音"。而且有这种感受,是当叶子陪小孩子玩,以及叶子唱歌的时候,换句话说,都不是什么应该悲哀的场合。但那样的声音就是让岛村听出了悲哀的底蕴。

接近小说结尾处，岛村明白对自己说，应该要离开了，而且恐怕很长一段时间不会再来。然后他心中觉得自己已经在这里待了很久，久到几乎忘记了家中还有妻子、子女。对于这件事他自我分析："如果只是不能割舍，还不会是严重的问题，最严重的是他已经养成习惯了。"

尤其习惯的是驹子不时会出现，成了他生活中固定的一部分。然后川端康成又写了很多中文译本都翻译得不准确的句子："驹子愈是义无反顾地扑上来，就愈是会在岛村心中制造出一份对于自己似乎丧失了存在的责难。"

这句话难翻译，常常会翻错，因为话中要表达的感性，对许多中文译者而言是陌生的吧！他们不能理解川端康成就是要用"义无反顾地扑上来"这种具象的动作来形容驹子的性格与爱情，而且那绝对不是中文里"饿虎扑羊"之类成语显现的那种负面意味。岛村无法招架，但那不是负面的，他因此深深被驹子吸引，但同时被刺激出对自己的不满，自己从来不曾像驹子那样热爱生活，从来不曾那样专心生活，浪费了自己的存在，而就算被驹子感动了，仍然只能应付着配合驹子，无法真的有那种勇气与活力，像驹子爱他一样好好地爱驹子。

如果他不能主动地爱驹子，只是被动地接受驹子如此不顾一切扑上来的爱情，那不又加强了他生命的失落吗？像是要被驹子满满的生命力给吞噬了。

驹子逼得他不得不反省，甚至不得不指责，自己的存在是什么？是对于自己的寂寞全无作为，明明知道自己寂寞缺乏爱，却不愿意做任何努力去解决，只是淡然地混着混着。驹子的淋漓生气逼着他要有所处理，不再那么落寞。

关于叶子之死

在落寞这件事上，驹子是岛村的反面，叶子却像是岛村的翻版，她也是一个对自己的寂寞无所作为的人。但岛村是"不为"，叶子却是"不能"，而驹子是"知其不可而为之"。叶子如此脆弱、如此孤单，什么事都做不了，无法改变自己的落寞状况。

岛村认同叶子的痛苦，一个人被自己的寂寞宿命地绑住了，以至于不知道该做什么，也就什么都做不了。

小说最后之处，叶子在火场摔下来，驹子冲上去抱住了她，岛村也要闯进去，因为那里是两个他在"雪国"中感情纠结的女人，但具有高度象征意义的，他被其他人挡开、推开了，无法靠近抱着叶子的驹子。

现在我们看到的长篇小说《雪国》结束在这里。然而原先以短篇小说形式一章一章写作、一章一章发表时，川端康成其实并未设定这是小说的终局。他想过小说有后来。后来应该是：岛村再也没有回到"雪国"，而驹子就一直照顾着发了疯的叶子。但我们可以体会，这样的后续内容很难写吧，川端康成没能往下写出自己满意的篇章，于是就以此为结束，整理成长篇小说了。

看现在的版本，很多人会认为叶子死了吧。叶子是脸朝下摔了出来，她的腿原本颤抖着，后来停住不抖了。之后川端康成写了不只是中文难翻译，连日本人阅读都会有不同读法、不同理解的一段话：

> 叶子を胸に抱えて戻ろうとした。その必死に踏ん张った颜の下に、叶子の升天しそうにうつろな颜が垂れていた。

三句话中牵涉到驹子和叶子两个人，有两次提到"颜"，也就是脸孔。麻烦的地方是，这两次，指的都是叶子的脸吗？有些中文译本将两个"颜"当作都是在描述叶子，所以将第三句翻成："叶子露出拼命挣扎的神情，耷拉着她那临终时呆滞的脸。"这好奇怪，怎么会既拼命挣扎又呆滞呢？

我们还是要记得，这是从被人群挡住的岛村主观看到的景象，包括"拼命"也是他主观的焦虑判断，那样摔下来怎么可能还能活命？但是也是在岛村的主观中，他又觉得似乎目睹了叶子的变形，正在他眼前要从原来的那个叶子，变出另一种模样，那又不必然是死亡。

在这里，岛村听见抱着叶子的驹子大叫："这孩子疯了，她疯了！"这句话反映的是驹子的判断——叶子是自己从楼上跳下来的，叶子在起火的禅房中自己决定从窗口跳下来。

此时抱着叶子的驹子，和被挡在外面观看的岛村，都没有预料到会经历这样的事。当时知道有火灾，他们都还抱着纯粹看热闹的心情讨论要不要过去，走着走着还悠闲地看了一下银河。两个人没有一点心思想到叶子可能会在火灾现场。

岛村不只对叶子的死亡没有心理准备，而且他也没有想到叶子会这样跳下来。他一直认定叶子是和他同样落寞、同样被动的人，但叶子却在完全不预期的灾难中简直像是变成了驹子，要有所作为地终结自己的落寞与徒劳。

从岛村的主观看去，他感受的不是一般的死亡，而是叶子的生命在那一瞬间的转型。原本孤零零最可怜的叶子，变得勇敢，变得能够如此处理自己的生命。所以川端康成决定用表现岛村震撼的这句描述，来结束整部小说。

沿着绉纱的比喻看下来，人世变化多么急骤，在这么一个晚上，岛村都还没离开，火灾就烧掉了房子，让原本的坚实存在化为乌有。所以再度，岛村看到了不动的、象征永恒的银河。

　さあと音を立てて天の河が島村のなかへ流れ落ちるようであった。

待岛村站稳了脚跟,抬头望去,银河好像哗啦一声,向他的心坎上倾泻了下来。

在四周骚乱的声音中,岛村觉得好像银河掉进自己的身体里。连银河都不再高悬于天上永远不变不动,银河坠地成了人世的一部分,也就跟随着人世的时间而不会再是永恒的。岛村受到的强大打击给了他连银河都不可靠、不可信任的感受。

第五章

佛界与魔界
——读《舞姬》

少女的执念

目前流通的日文版《雪国》是一九四七年的版本，而这一年对川端康成的创作生涯极其重要。他会去整理十年前出版的《雪国》，部分源自强烈的战败冲击。而到了这年年底，横光利一去世了。横光利一比川端康成大一岁，那时还不到五十岁。长期以来，在日本文坛上，横光利一和川端康成两个名字总是一起出现的，于是伤痛的幸存者就产生了一种必须替好友延续生命、承担其文学文化使命的责任感。

一九二〇年，川端康成二十一岁，和几位朋友有了想要复刊《新思潮》杂志的想法。《新思潮》屡倒屡起，到这时候在日本文化界已经成了传奇。芥川龙之介曾经参与第三次和第四次的《新思潮》创办，当时和他一起工作的有菊池宽，也就是后来《文艺春秋》的创办者，所以他在《文艺春秋》附设了"芥川赏"纪念好友，一直到今天，仍然是日本最重要的纯文学奖项。

为了表示对前辈的尊重，川端康成他们去拜访了菊池宽，不只是得到了菊池宽的支持鼓励，川端康成的文学才华更是特别受到了菊池宽的重视。后来菊池宽办"芥川赏"，从第一届就找了当时才三十六岁的川端康成担任固定评审。

川端康成就是在菊池宽家中，遇到了横光利一，开始了他们超过四分之一世纪的友谊。他们被比拟为日本文学史上另外一组菊池宽与芥川龙之介。不过在这样比拟时，一般人会认为横光利一相当于芥川龙之介，而川端康成则相当于菊池宽的角色，也就是在创作上横光利一的光芒胜于川端康成。

横光利一去世，川端康成写了沉痛的悼词，中间提到了"余生"之感，还有一句话："横光君，自此之后，让我带着日本的山河幽灵，为你而活吧。"

这确实是他创作生命的巨大转折，从战前转入了战后，抱持着从人生价值之根改变而来的不同态度。

差不多在认识横光利一时，川端康成爱上了一位十五岁的咖啡馆女侍，进行追求，和对方订婚，但后来女方却单方面悔婚，给他带来了很大的打击。到了他二十六岁那年，川端康成遇见后来的妻子松林秀子，那年秀子十八岁，是一个来自乡下但很快就适应都市生活的"摩登女"，经常做时髦打扮。不传统的秀子接受了川端康成的追求，在没有婚约的情况下和他先同居了五年，然后才正式成婚。

在川端康成的作品中，从早期的《伊豆的舞娘》到晚期的《睡美人》，明显表现出他对少女的一份耽溺执迷。不过三岛由纪夫曾经在为《舞姬》所写的"解说"中提到，川端康成喜爱的其实是一种少男式的美，也就是他的少女角色往往带着一种中性的开朗，是尚未完全长成为阴柔女人的特殊阶段。那样的美特别吸引川端康成。

这样的评断意见当然部分反映了三岛由纪夫自身的感情与

美学倾向。不过三岛由纪夫确实点出了川端康成小说中一股独特哀凉气息，一股"物之哀"的来源。因为他迷恋的不是哪一个特定的人，而是更确切的这个人在介于少年与成人间的特殊阶段。那种美属于青春少女，包括那样没有完全成熟，因而同时具备少男少女双性特质的身体，产生不可能出现在成熟女人身上的诱惑。

这样的身体中有的是天真，是对自身的女性欲望尚未彻底开放，也无法充分掌握的一种心态。这份天真是最大的诱惑。川端康成的小说中，男人爱上的往往就是这个形象，但这个形象只能短暂存在，不属于这个人，只是她生命中稍纵即逝的一个阶段，必然快速失落。

川端康成二十二岁时爱上了十五岁的女孩，二十六岁时爱上了十八岁的女孩，然后他的年岁渐长，但会激发他在现实或小说中强烈迷恋的，一直停留在十五岁到十八岁的少女形象。这是另外一份悲哀感受的来源。

他迷恋的那种美好状态，不会长久保留；还有，他自己的年岁不断增长，和他迷恋对象的年龄差距也就愈拉愈大。一个又一个十八岁的少女进入他眼中，进入他生命中，而他自己的身体与精神却无可避免地持续老去。

所以他说："悲伤是文人的宿命，躲到山里面，或者是接收到再好的礼物，都逃避不了，你无从逃避，所以就只能够在苍凉之感中徒然过日。"苍凉来自无法阻止时间，也来自和自己迷恋对象所在的那种青春时光，距离愈来愈远。

在《伊豆的舞娘》中，川端康成已经表现出对跳舞的女孩有特殊兴趣。后来他甚至称她们为"魔界中的居民"，在《舞姬》书中引用一休和尚的话说："入佛界易，进魔界难。"这是什么意思？因为跳舞的人离不开身体，必须直接以少女的身体来表达，而"魔界"就是女性内在最为强烈、令人难以抗拒的一份诱惑，那是欲望与清纯的同时共在。

一个舞者一方面将自己的身体抽象化来表现线条与动作，形成抽象之美，创造出一种清纯，然而另一方面，那身体必然也是肉体欲望投射的对象，愈是美的身体线条与动作，愈是激发出强烈难以抑制的欲望，二者既矛盾，却又必然并存。

这是川端康成的"魔"。关于"魔"，每个人会有不同的想象，比关于"圣"或"善"的认知要复杂得多，而川端康成的"魔"带着奇特的抒情性，以及含藏在抒情性中的宿命悲哀。

创作的分水岭——《舞姬》

一九四七年将《雪国》重新定稿，意味着川端康成要告别"战前"，进入投降后全面破产——军事、政治、经济、道德、文化——而且不再有横光利一的"战后"。

以《雪国》的场景为象征的话，那么战前被他放置在隧道那一头的"魔性",由驹子、叶子所居住所代表的魔之国度,现在要回转方向穿过隧道,进入一般日本人的生活中。

战前川端康成写的多半是家庭以外、日常人际互动以外的诱惑,到了"战后",他转而要写日常生活,尤其是家庭里的诱惑与问题。

这批作品中,《舞姬》很有代表性,描述了上下两代的舞者,也就是母女两个"魔界居民"存在于家庭中所带来的影响、冲击。川端康成要在被军国主义毁掉的战后社会去寻找能让日本重新站立起来的理由。他的方式是摆脱军国主义虚矫的阳刚,回头凸显日本阴柔的一面。男人垮掉了,只剩下女人能够支撑起日本的灰败天空。

在毁灭的边缘上,日本不能再想遁入自信的、超脱的"佛界",而是必须进到"魔界"才能得到救赎。"魔界"竟然能有巨大救赎力量的关键,在于美。青春女孩跳舞时显示出的美与诱惑是最直接、最真实的,那里没有中介,也就没有狡猾算计藏身的余地。

三名舞者都既在又不在家庭里。相较于这个家庭名义上的家户长矢木,母亲、女儿以及母亲的弟子友子,她们都实实在在面对自己的欲望,因为她们都是实实在在靠着自己的身体活着、表现着。矢木无法接受日本战败的事实,他的逃避源自他的狡猾。表面上看,他是日本传统知识与艺术的爱好者、追求者,然而骨子里却精心算计着账户、土地等利益,用女儿的话来形容:"爸爸是吃着妈妈的灵魂才能够活着的。"

《舞姬》里呈现的,不只是三名不同世代的舞者,更重要的是她们各自对待身体的方式,以及女人以身体介入世界所创造出来的关系。《舞姬》小说中有一段,女儿品子和她的女友友子一起洗澡,一边说起自己想要跳什么样的舞蹈,另一边两个人的身体似乎也就逐渐失去了现实的距离,在言谈与想象中合而为一。那是一种用身体来体验的世界,言语、观念只是用来引导、补充身体的,和男人依靠言语、观念、想象来建构世界,甚至意图操控世界,是很不一样的态度。

男人想要进入"佛界",即一个没有身体欲望,在欲望之外,也就是想象中在身体之外的清净秩序。很多人以为去除欲望最难,需要很多很多修行。然而川端康成早就具体地描写过熏、千代子和驹子、叶子的人生,她们在底层的欲望之流中载浮载沉,却保持,甚至锻炼出清洁的素质,这是"魔界",要像她们这样用身体进入"魔界",留在"魔界"里,比男人靠想象趋近"佛界",要困难多了!

川端康成尊重"魔界"。他认为一个人有具体血肉,有活生生的欲望,不需要也不应该觉得羞耻,那样的血肉欲望中自有其高贵的成分。当然人要往下在欲望中找到高贵、彰显高贵,没那么容易。不是沉溺在肉欲中,而是去理解身体与欲望之美,或说只有带有身体欲望才能体会、才能创造的美,是在欲望中浮现、升起的"清洁"。

他年轻时就开始思考这暧昧、吊诡的"佛界""魔界"的对应关系。然而一九四五年之后，这条思索探寻的道路，就和关于战争的反省，隐性却实在地交错了。在他的"余生"中，川端康成由一部又一部的作品，提出了一个独特的看法。那就是在军国主义发展的过程中，日本人遗忘了欲望之美，那原本是日本传统中很重要的一种态度，指引着日本人、日本社会去理解什么是美、什么是生命。

从战争到战败，日本的主流态度变成了敌视这份欲望之美，在意识形态上要求人去除个人的丰美感官欲望，向外追求集体的牺牲，修行成为仰望天皇、崇拜军国而忘己忘身的姿态。那是一种冷肃的、去除了欲望因而是残酷的"佛界"一般的秩序，在那份冷肃、残酷中含藏了深刻的罪恶。

所以战后"余生"中，川端康成赋予自己的使命就是要恢复日本传统之美，那不是表面的茶道、花道，而是一种非常暧昧的美的传统，来自肉欲与感官之美。他要让这种经历了明治维新一路到战败过程中遭到严重压抑、扭曲的传统价值，为日本人提供在多重废墟中得以继续存在的理由。

战前他写《雪国》时，已经写出了岛村与驹子源自欲望的深且美的感情，那是超越人伦的，更无法放入任何集体关系中来解释的感情。到了战后，意识到所处的时代局势与日本的处境，他进而赋予这种感情与美学更广大、更普遍的意义。

川端康成有意识地将《舞姬》小说中这家的故事写成日本

战败的寓言。日本男人表面炫耀的阳刚，隐藏在后面却是丑陋且可怕的不负责任。所以只有重拾相反的阴柔之美传统，日本才能脱胎换骨得到战后的新生命。

余生使命之完结

回到前面提过有名的诺贝尔奖受奖演说，川端康成给这份演讲词拟定的标题是"美しい日本の私——その序说"，中文习惯翻译为《日本之美与我》。不过可以稍微多加说明的是川端康成很喜欢使用日文中特殊的"同位格"表现法，这个标题也带有"同位格"的作用，就是将"日本之美"与"我"在文法上并列等同起来。

我即日本之美，美丽的日本即是我。或者也可以反过来说：没有日本之美就没有我。川端康成要强调的是，作为一个人，"我"最重要的决定性质，来自"日本之美"，那是一个用主观手法捕捉、表现的独特美感贴在上面而形成的一个日本。

他将自己主观感受的美，贴在实存的日本之上，产生叠影效果，因而彰显出特殊的日本之美。从这个角度看，《雪国》开头对于叶子的描述，形成了川端文学中一个贯串的隐喻。如果单独看叶子，一定不会有叠上了黄昏移动光影所展现的美；也只有透过"新感觉派"的那种细腻主观感受交叠，才呈现出客观地看日本时看不到的内外交融,独特的美。

那美既是日本,也是"我",必须总是连在一起,再也分不开了,如同必须有车厢内的叶子和车厢外的黄昏景色,交叠在一起分不清楚彼此,才是最美的影像体验。

到一九六八年获得诺贝尔文学奖,意味着川端康成做到了当年在给横光利一的悼词中的许诺:"让我带着日本的山河幽灵,为你而活吧。"他将自己写成了日本美丽山河幽灵的化身,让日本之美得以被全世界认识、被全世界肯定,他的"余生"使命已经达成了。

四年之后,川端康成在没有留下遗书的情况下自杀,如果从这个脉络上看,并没有那么难以理解、令人意外。毕竟他是从小就习惯了和死亡相处的人,对很多人来说要结束生命很艰难,但对川端康成应该没有那么难。

经历了战争,好不容易熬过战争,竟然又立即失去了好友横光利一。而且在死前,又见证了三岛由纪夫的戏剧性自杀事件。

三岛由纪夫死后,已经七十岁的川端康成还去到陆上自卫队的现场,他一定在那里感受到巨大的震动,也一定在思考三岛由纪夫的动机。很少有人比川端康成更接近三岛由纪夫的创作心灵,也因此他对于三岛由纪夫之死必然抱持着高度的愧疚。

"我不杀伯仁,伯仁因我而死",三岛由纪夫如此热衷于得到国际文坛的肯定,也一度是日本作家当中最多作品被翻译为外文的。而国际文坛肯定的最高峰、三岛由纪夫的终极目标,当然是诺贝尔文学奖。

川端康成得奖，三岛由纪夫是最早恭喜他的人，在那当下，熟知国际文坛情势的三岛由纪夫必然立即明了了自己的梦想彻底破灭。他非但不可能成为第一个获奖的日本作家，而且有生之年应该也不会再看到诺贝尔文学奖颁给另一位日本作家了吧！

如此，三岛由纪夫的创作生涯突然急遽转弯。他耗费心力撰写庞大的《丰饶之海》四部曲，视之为自己的"传世之作"，然后在完成《丰饶之海》后就勇敢地去实践他的樱花生命美学，拒绝枯萎、老化，而要给自己一场轰轰烈烈的"吹雪"仪式。

所以三岛由纪夫死后没多久，川端康成默默地开瓦斯自杀了。

《舞姬》的开场

一九六八年诺贝尔奖颁给川端康成时，赠奖说明中特别提到了三部作品——《雪国》《千只鹤》和《古都》，之后这三部作品就理所当然被视为川端康成的代表作，也是很多人接触川端康成文学必定会阅读的作品。甚至因此很多人只读这三部作品，或将三本小说描述、形容为"三部曲"。

回到川端康成的创作意念与过程，我们可以确认他绝对没有要将这三本小说当作"三部曲",也不一定特别看重这三部小说。决定这件事的,不是作者本身,也不是小说的一般评论共识,毋宁是诺贝尔文学奖委员会受到了译者赛登施蒂克的强烈影响。

这三本小说都是由赛登施蒂克翻译而介绍到西方的,而从翻译的角度看,这三本书都很不好翻译,牵涉到很多特殊日语语法,很难找到相应的英文表达方式。我认为赛登施蒂克将这三本书提给诺贝尔文学奖委员会,显示了他从翻译角度的评断,也展现了他对于自身译作的一份自豪。

英文读者竟然能够阅读,并且贴近原文欣赏这样的作品,的确必须感谢赛登施蒂克。他选择并执行的策略,是不将川端康成的文字翻译成流畅的英文,而是保留了一种违和感,让读者随时都意识到自己在阅读陌生社会、陌生文化情境中产生的陌生感受。

赛登施蒂克常常用简单的文字,却让文字和文字间有着不是一般英文会有的连接方式,读者会一直感觉到那里面藏着一些英文到达不了、表现不出来的意念与经验。读完了会有一份怅惘在心中,每一字每一句都读了,却又没有读到整本书所记录、所描述的。尤其在这三本小说中,他让读者觉得川端康成的作品比英文译本呈现的更多、更丰富,有着离开了日文便无法传递的另一部分内容。

这三本是最日本、最日文的作品,也只有赛登施蒂克能用这种非流畅、间接的方式来激发读者怅惘中的想象，抬高川端康成在英文世界的地位。

真的要认识川端康成的文学，就必须试着去趋近一定会在翻译中被遗落的部分，优秀如赛登施蒂克都无法借翻译传达的部分。那就不是选择译本能够帮我们解决的困难，只能靠着经过一番耐心的工夫，去体会川端康成的日文被翻译成中文时，通常会失去什么，会出现什么样的差距，有了这份基本认识，将来阅读中文翻译时，可以在内心试着想象还原川端康成的原文原意。

请大家耐心地跟随我一句一句地解读小说《舞姬》的开头。第一段第一句，看起来像是很简单的中文："十一月中旬，东京的日暮约在四点左右。"但认真追究，川端康成的日文不是这样写的，最重要的，不是这样的顺序——他说："东京日落的时间四点半，这是十一月中旬。"

这是日本传统文学，俳句的逻辑。文学中总有敏锐的季节意识，那份敏锐表现在运用"季语"，不是抽象地讲什么月份、什么季节，而是从现象上去感受。所以一定要将感受放在前面，太阳要下山了，看一下发现是下午四点半，所以相应的是秋天，十一月中旬。

第二句，中文翻译："出租汽车发出烦人的噪声，一停车，车尾就冒出烟来。"然而在日文中有一种文法的运用，在中文里消失了。川端康成用了"同位格"的语法，将三件事情并列，句子中虽然有前有后，但日文同位格就是要强调在经验上，这三项是一起发生了。

三件事分别是：出租车发出难听的声音，出租车停了下来，出租车的车尾冒出浓烟。三件事并列，日文读者马上意识到这是车子故障了，在不应该停下来的情况下停了。

然后是形容这辆车外表的句子，告诉我们为什么会这样因故障停下来。那是一辆载了炭包还挂了歪歪扭扭水桶的车，只会出现在战争刚结束不久的东京街道上，因为物资缺乏，没有足够的汽油，所以战争时期克难的烧炭车还在使用。

接着川端康成描述："波子转头朝后面车喇叭声的来向"，这是减省而精确的写法，将许多讯息浓缩在这个句子里。波子所搭的烧炭车故障，不预期地停下来，阻碍了交通，后面的车响起催促的喇叭，坐在车上的人当然会被突如其来的声音刺激回头看。

然后她说："好可怕，好可怕。"在那个情境下，她似乎是被针对自己坐的车子的汹涌喇叭声吓到了，所以这么说。但同时，因为转身向后的关系，她就更加靠近一起坐在车上的竹原，接着她将手举起来，好像因为害怕所以要将脸藏进手里般。然而她的手只举到胸前，没有真的将脸埋进去躲避。此刻竹原注意到了一件事，换他吓了一跳，因为波子的手举上来，他发现波子的手竟然在发抖。

这都是细腻的情境铺陈，显示出人物内在的感受波动。竹原本来以为波子是被后面的喇叭声吓到了,但怎么会严重到手都发抖呢?再来,波子揭露了让她感到"可怕"的是什么。

像是呼应前面说了两次"好可怕",这时波子说了两次:"会被看到,会被看到。"竹原的回应则是再简短不过的一个感慨的声音:"啊。"

胸针、项链与耳环

然后,竹原看了看波子,然后想着:"是这样吗,是这样啊。"再短不过,却既直接又幽微。原来你怕的是这个,怕和我在一起被看到,而竹原当然不是很愿意接受这项事实,也一时找不到适当的反应方式。

后面展开了一大段在这样的心情中,竹原主观中所看到的波子。那是复杂情景中产生的主观印象。他们身处在一辆突然抛锚的烧炭破出租车上,偏偏是在从日比谷公园出来往皇居广场去的大马路交叉口抛锚了。而且还是下午四点半,交通开始繁忙的时间。有车被堵在抛锚的出租车后面动不了,另外有些车则想办法要绕过去,互相错杂拥挤,并不耐烦地按起喇叭。

那被堵住绕不过去的两三辆车只好往后退才能有空间,最后后退的当然是紧跟着他们的那辆,倒车时距离拉开,于是那辆车的头灯瞬间照进了竹原他们的车里。已经暗下来的秋天黄昏，原先车里没有光，这时突然因后面倒车而射入光来，刚刚好让竹原看到波子抬起来的手，从手看到她的胸前，看到了闪闪发亮的首饰。

一瞬间反射车灯的是波子佩戴的胸针，有着葡萄的样子，葡萄藤是白金的，叶子是绿色的玉石，然后是一颗颗染了色的宝石形成葡萄颗粒。从竹原的主观视角，被车灯引动看见了胸针，再从胸针而注意到波子戴的项链和耳环。先看到项链是珍珠的，再看到耳环配合项链也选了珍珠的，而且两者之间还有更微妙的配合——都不太能看得清楚。耳环是因为被头发遮住而隐隐约约，那项链呢？是因为波子穿了有蕾丝的白衬衫，同样是白色的蕾丝，被灯光一照显现出薄薄、类似珍珠的颜色，将珍珠项链在视觉中隐去了。

再看到衬衫，很薄很漂亮的蕾丝替穿着这件衬衫的人增添了几分年轻气息。蕾丝是从领子绕到胸前的，领子没有很高，但围着脖子形成了波浪的效果，波子的头因此像是浮在一片活泼细致的波动水纹上。

这样偶然的光线变化，就引发竹原主观上如此敏锐细察了波子，那当然反映了他对这个女人的特殊心情。而且在这里，项链是个伏笔，后面会回来解释。

在中文译本里会有这样的句子："波子胸前的宝石在微光中闪烁，仿佛对着竹原倾诉衷肠。"看到这种句子一定要知道，川端康成绝对不会这样写。不只是绝对不会有"倾诉衷肠"这种俗滥的成语,更重要的是川端康成会很小心选择主词与动词间的搭配。

"波子胸前宝石放散出来的微光仿佛在向竹原说话。"这才是川端康成写的。主语不是"宝石",而是"微光",引起竹原注意的是因为后面车辆倒车射进光线形成的视觉变化,重点不在于他现在才发现波子身上戴着有宝石的胸针,而在于那幽微的灵光,触动了竹原本来就既期待又忧虑的心情,突然闪现的微光仿佛预示着什么。所以这样的幽微启示当然绝对不会是"倾诉衷肠"。

他的期待与他的忧虑,来自这是一场幽会,而身边的女人突然手指发抖地说:"会被看到,会被看到。"会被谁看到了?他问了,波子回答:会被矢木看到,然后又说:会被高男看到。我们还不知道矢木和高男是谁,波子的下一句话,让我们就都明白了。

她说:"高男是爸爸的儿子。"直接翻译是这样,很没道理的中文。这来自日文的习惯说法,小孩有比较亲近妈妈的,也有比较亲近爸爸的。尤其是在父母两人有差异、有冲突时,总是站在爸爸那边的,在日文中被称为"爸爸的儿子"或"爸爸的女儿"。

矢木是波子的丈夫,而高男是她的儿子,而且是跟爸爸比较亲近的儿子。为什么要特别这样提?因为儿子表现亲近爸爸的方式,就是常常盯着妈妈去哪里、在做什么。

抛锚的地狱之车

竹原问:"你丈夫不是在京都吗?"波子回应:"谁知道,他随时可能回来。"现在我们清楚了,因为丈夫不在东京,波子才能这样和竹原见面幽会,两人是一种不能让别人看到在一起的关系。

然后波子就带着撒娇意味地抱怨:"你怎么让我坐这种车?"又接了一句说:"你就是这样,从以前就专门干这种事。"

于是时间有了不同的层次,双重的倒流倒叙。一重是两个人怎么坐上了这样一辆破烂的烧炭车,另一重是两人有过的共同过去,让波子留下"你就专门干这种事"的过去。

竹原安慰波子,也是自我辩解,说:"在最繁忙的路口停下来,就连旁边的警察都没有来干预啊。"他没有觉得车子突然抛锚有那么严重,车子才停了一下子,甚至还没有到让警察觉得需要过来的地步。

而且车子又动起来了。但此刻波子却还是将左手放在脸上,延续着刚刚害怕的表情,那样的情绪没有随着车子开动而消散。于是竹原解释为什么会坐上这辆车。

那是从日比谷大会堂出来的时候。日比谷大会堂是主要的演出场地,所以他们是去看表演,散场了走出来。但当时波子就已经担心和竹原在一起被别人看到,所以"像要将人群拨开逃出来似的",这是竹原的形容。波子那么急、那么慌,竹原只好有什么车就上什么车，哪还有余暇去挑呢？

听了竹原的话，波子说："喔，是这样吗？"那是她的潜意识动作，现在她想起来了，有点不好意思，觉得对竹原有点歉疚，也觉得自己有点过分，于是稍稍放松了一下。

接下来她低头看自己的手指，像是有点生硬地换了话题，说："突然觉得应该要戴两只戒指。"为什么说这个呢？其实还是原来心情的余波荡漾，戒指是她丈夫的，所以她想：如果在外面被他看到我和另一个男人在一起，他看到我身上戴着他的饰品，他应该会安心一点，不会觉得我和这个男人有什么不当的关系。我没有刻意不戴属于丈夫的首饰。

这是很微妙也很为难的心情。丈夫不在时要去和情人会面，却又不断担心着万一被丈夫遇到、看到了怎么办？而就在波子说这段话时，出租车却又发出怪声停下来了。这次司机不是坐在驾驶座上试着重新发动车子，而是跑到外面去查看，显然问题更严重了。

在再次故障的车上，我们体会竹原的心情。前一次故障时，有亮光突然照进来，让他得以灵光乍现般地观察、感受在他身边的波子，有了一种迷离之美的感动。然而那么短的时间内，他却又被丢到难堪的地狱里了。前面他心想："是这样吗"，现在他很清楚波子在怕什么。

原来和我在一起的时候，你一直想着如果遇到了丈夫要如何安抚、讨好他。那当然不会是让竹原好受的认知。波子也意识到这样对竹原太残忍了，于是又收回一部分，表示："也不是那么明确啦，只是突然有那么一个隐约的念头。"

竹原忍不住说："你让我太惊讶了。"也许是波子自己觉得尴尬吧，这时要中止、躲开这个话题，于是转移焦点，又说了"好可怕"，却是在形容他们搭上的这辆又抛锚的出租车。

于是竹原回过头，看车子一直在冒烟，状况挺糟糕的，因此附和地说："这东西真是没办法。"然后波子又加码形容："这是地狱之车啊！"她不想继续在车里等，竹原也同意了。车子真的很破烂，竹原好不容易才推开了车门，走出来，他们这次停在皇居广场前，靠近护城河的地方。

情人的质疑

竹原要去车后找司机，但他先问了波子有没有急着赶回家，波子说："今天还好。"于是竹原就有了余暇看一下司机在对这辆"地狱之车"做些什么。车子后面挂着一个烧炭的炉子，司机拿一根铁棒不断朝炉里搅，希望火能够重新燃起。波子下了车，可能仍顾忌不愿被看到吧，没有和竹原一起到车后，而是转过头背对着马路，去看护城河。所以此时竹原从她身后靠近，她也没有回头，只是感觉到竹原走得够近了，她开口说话。

而她说的每一句话，都反映了心情的矛盾转折。先跟竹原说了"今天还好",没有要急着回去,但此时说起晚上只有女儿品子一个人在家,这个孩子是每当妈妈晚一点回去,她就会显现出一副要哭的模样,问:"你去哪里了?你到底又去哪里了?"

不过女儿是真的关心妈妈,不像儿子。意味着儿子也会盯着妈妈去哪里,但那动机可不是担心妈妈的安危,而是为了要查妈妈的行踪。

这话是说给竹原听的,表示自己是为了竹原才愿意晚一点回家,并不是像原本"今天还好"话中显现得那么轻松,还是有女儿在家里等着。

竹原了解波子话中带着撒娇姿态,不过既然谈起了波子的家庭,他放不掉早先困扰他的那件事,对于女儿、儿子的区别,他只是敷衍说了一声:"是这样喔。"然后他说:"我很惊讶。我觉得这件事不可思议。"用"我很惊讶"接续前面的"你让我太惊讶了",坚持要回到原来的话题。

抓住饰品的事,竹原质问波子,你家里不都是你自己一个人在工作,靠你的力量撑起这个家,怎么还会认为身上的这些首饰戒指是丈夫的财产,会特别要戴出来让自己心安呢?

竹原的惊讶,是表现无法接受波子明明自己养家,却还要给予这男人对于宝石和妻子的所有权。但波子将竹原的惊讶微妙地转开,说:"是啊,你当然会觉得惊讶,我那么没有力气,竟能撑起一个家来。"

竹原很生气,但看到波子的模样,确实弱不禁风,没有什么力气,又多添了怜惜之情。他把话挑明了:"我在说的是我不能理解你的丈夫到底是什么感觉!"意思是怎么能够一直不工作、不养家,赖在妻子身上。

波子只是用理所当然的口气说:"他们家(矢木家)就是这样。从结婚到现在一天都没有改变过。"然后补充提醒竹原,他一直都知道这种状况,为什么现在那么激动?上一代,矢木的父亲死了,靠他妈妈撑持着让矢木能够读书长大;等到波子嫁给矢木后,还是维持着同样的情况。

这话无法平息竹原的情绪,他连续说了两次:"可是大环境改变了啊!"战前矢木家是靠着波子带来的嫁妆过日子,但现在嫁妆花完了,而且之后我们会知道,连东京市区的房子都被战火烧掉了,他们因而得搬到北镰仓,住在郊区的别墅里。以前靠嫁妆过活,而现在必须由波子工作养家,"你丈夫矢木可能搞不清楚这件事吗"?

矢木当然不可能不知道。然而波子又能如何?她只能无奈地形容丈夫矢木的态度:"他说不一样的人有不同的悲哀,每个人背负自己的悲哀,悲哀沉重到一定程度,就会剥夺一个人去做其他事的能力。"然后同等无奈地,波子多加了一句:"我自己也是这样想的。"

那话中表达了她对丈夫的同情,然而情人竹原完全无法接受。"什么鬼话!矢木有什么了不起的悲哀,悲哀到他不能去工作?"波子说了一句关键的话:"因为日本战败,矢木心中所有美好的愿望、追求，统统都被打消了。"

矢木自认是一个旧日本的亡灵，他的生命实际上已经跟着战争、跟着被战争摧毁的旧日本完结了，所以现在成了如同亡魂幽灵般的存在。波子还没说完，竹原又爆发了："什么亡灵鬼话！靠这种鬼话，他就可以看不到你为了这个家付出的所有努力吗？"

波子认真地回答竹原的反问。强调："他有看到。"当家里少了什么东西，被拿去卖掉或当掉了，他会很在意。所以他不是没有看、没有看到，他盯着在看、在算家里的财产，这解释了为什么波子要特别戴上珠宝首饰。

他一直认真地监视波子如何持家。光是为了零用钱，他就可以发作讲一些难听的话，他很清楚家计，很在意家计，他有这份危机感。

波子的担忧

接着波子进一步解释自己陷入这种非得养家不可状况的另一个理由。矢木那么在意家中的财产，如果弄到什么都没有的时候，他应该会活不下去，可能就自杀了。波子感到害怕，不能承担这样的结果。

听了波子的话，竹原感到心寒，竟然是这样的男人用这种方式牵绊着波子。于是他说:"为了这个,你必须带两只戒指出来,是这样吗……他还没变成幽灵之前,你已经先被幽灵附身了。"

仍然带着愤怒,竹原动念想到了矢木的弱点。他就问:"那他儿子呢?儿子知道他爸爸这个状况吗?"高男是"爸爸的儿子",如果知道了爸爸如此无能不堪,他还会一直站在爸爸那边吗?高男也不是小孩了,他如何看待父亲如此软弱不像样的生活态度?

波子说:"这让我烦恼。这个小孩会同情我,甚至会主动跟我说他不想再念书了,要去工作,为了减轻我的负担。"但换另一个角度看,儿子却仍然维持着对父亲彻底的崇拜,他认为爸爸是个学者。波子烦恼的是:如果儿子此时动摇了对父亲的崇拜,那真不知会发生什么事啊!

之后,她自己加上了一个明确的句点:"这样的话、这样的话题,就说到这里,到此为止,不要再说了。"

竹原也只好让步,说:"我只是问问、听听而已,没有别的用意。"不过他当然有别的用意啊,他其实非常生气,现在要收回怒气,仍然忍不住又多说一句:"我实在舍不得看到你刚刚那样,想到可能被你丈夫发现时,竟然如此害怕。"听了这话,波子也必须让步,解释说:那是不时会发作的恐慌,会像癫痫或歇斯底里般发作。那样的害怕不是针对丈夫,不是怕丈夫怕成那样。

波子又强调:"现在已经好了。"竹原半信半疑,又问一声:

"真的吗?"波子赶紧回说:"真的。"刚刚车子停下来时突然觉得无法忍受,但现在统统好了。

为了离开这个话题,波子抬起头来看西边,赞叹:"晚霞好美啊。"而竹原的主观视点则是看到了晚霞的颜色映照在波子的珍珠项链上。

这是小说开头的第一段,如此仔细解说主要是希望大家更能体会川端康成如何写小说,即使是看似简单的开场,看似只是在介绍小说主角出场,并介绍几个角色之间的关系,但只要是出于川端康成的手笔,就必然有了人物间细腻曲折的情感变化。

细腻曲折的内容无法保留在翻译的文字里。另外也是不得不提醒,目前坊间流通的很多中译本,在这些地方几乎都过不了关。他们的翻译有几个基本的问题,第一个是太强烈的中文本位,习惯用很中文式的写法,将日本情境抹消了。例如小说里有皇居广场入口的告示牌,译本写成"公园是公共场所,请保持园内整洁"。这是典型的中文告示文字,但问题在,日本的告示明明不是那样写的。日文告示直接的翻译是:"公园是大家的,请不要破坏公园的美丽"。这不只有很不一样的语感,更重要的,川端康成要借此表现战败带来的冲击,这样一个地方——皇居广场——在战争中随着天皇崇拜被神圣化了,才在那么短的时间内就变成"大家的",何等奇怪、何等讽刺啊!

中文的译者多会将日文予以中文化,例如将"鸟居"译为

"红色的牌楼",这就彻底走样了,我们反而无法对应想象那是什么。

而我反倒主张一种带有"日文腔"的翻译,有"腔",当然也就不会是"纯正"的中文,对一些追求"纯正中文"的人来说很碍眼,必欲去之而后快,但我真的必须提醒,那是一份难得的多元资产,这样的翻译方式得以丰富了中文,让中文能够乘载更多的经验、体会与感受。

习惯了这种"日文腔"之后,一方面能够掌握日文里和中文最不一样的部分,注意并领会这一部分;另一方面更进一步,即使不懂日文,都还能透过这些"不纯正"的中文去还原、想象日文的特殊表达方式。

早在中国外译转介工作开始之际,鲁迅就提倡过"硬译"的态度,那后面是一种以陌生态度对待外来事物,或说不强将外来事物熟悉化的态度,语言本身的前后次序与结构是表达的一部分,如果都被"中文化"了,外来事物的新鲜奇特性质当然就少了一大半,能够带来的感受或思考冲击效果必定大打折扣。

翻译落差还牵涉译者无法具备川端康成对于人情人性那样的细腻婉转认知,而他(她)却对这样的欠缺没有自觉,于是理所当然用自己粗糙的感性望文生义,那就很难产生准确的结果了。因此,许多学院里应该有很好日文造诣的教授,都可能翻出令人不忍卒睹的文章来。

哀求的晚霞

为什么要读川端康成的小说？一个最充分的理由是：因为几乎找不到别人像他这样写小说，在小说中描述了人与人之间那么细腻复杂的情感。

无论是描述或对话，在小说中都不会直接全盘托出，有许多藏在里面的暗码指向浮动的心情，甚至连角色自己都不见得确切明了，那是一种介于显意识与潜意识之间，而且会瞬息间不断改变的心理层次。变化快速，所以前后的许多细节，从环境到对方的动作或自己的反应，都会有影响作用，人就是由这些丰富的情绪组成的，对于川端康成来说，离开了这些丰富情绪，就没有人间故事；剥除了这些丰富情绪，也就没有人生了。

从一面看如果没有这样细腻的感情领受力，无法真正读到川端康成，遑论要翻译川端康成；换另一面看，多读川端康成的作品，当然有助于培养更细致的感情领受能力，读得愈多愈熟，不只是愈能深入川端康成所创构的世界，而且能让读小说的人在情感上更敏锐。

还是《舞姬》的开头，川端康成接着转而描述晚霞。秋季的气候，中午之前晴空万里，到下午才起了薄云。黄昏时薄云被映照出来，却薄得和晚霞融合在一起，无法分辨。视觉上看不出有云，却是因为晚霞铺上了一层不太一样的颜色，才意识到应该有云，是薄云产生的效果。

然后形容整片晚霞从天上垂下来，像是一道烟似的，让人觉得白天的热度降下来了，将要通往秋天的寒冷。空中的视觉效果有着奇特的方向性，连带引发了触觉的感受。

在主要是浓稠黄色为底的天空上，有些地方布上了较强烈的红色，另外一些地方是较浅淡的红色，一些面积更小的地方则是浅紫色或浅灰色。还有一些其他颜色，在夕阳中混合在一起，但当你注视这些颜色时，会察觉它们其实在快速变化、快速消失中。

之前波子和竹原坐在车里，觉得天色暗了，车灯点亮了，此刻下了车，出来却看到了西天即将消失的晚霞。从皇居看过去，是御苑的树林，不过在那片树林的顶端，出现了一条如同彩带般的蓝色，夹在比较明亮的彩霞和比较暗黑的树木之间。

那是非常纯粹的一条蓝色，完全没有沾染上彩霞的颜色，看起来不只单纯，而且带着一份哀求的意味。

这时候抬头看天空的是波子，那是来自她的主观。她感慨地说："晚霞好美。"看到晚霞很容易想起童年，波子想起了自己是那种会为了要看晚霞而在冬天都不愿意进屋的小孩，不顾一直被大人警告继续待在外面会感冒着凉。

想起这件事，连带有了另一个感悟。波子有一阵子总认为自己喜欢看夕阳是受了多愁善感的男人——她的丈夫矢木——的影响。现在发现了事实，不是的，从还是小女孩、根本不认识矢木的时候，自己就已经那么执着于看夕阳了。

这里压缩了多重的感受与情绪。一重是显示了波子天性中对于美不只有着敏锐的知觉，还有着坚持。第二重是，在过去的婚姻生活中，波子曾经完全认同丈夫，到了因为丈夫爱看晚霞就忘掉自己幼时记忆、修改自我认知的地步。然而这样的婚姻状态一去不回了，她恢复了自我的独立态度，和丈夫区隔开来，而和过往重新联系。

第三重是，这样的念头又将她家里的事带回意识里。从她的角度解释了刚刚在出租车上说"好可怕，好可怕"的来龙去脉。

恐惧感来自从日比谷大会堂出来，先看到了四五棵银杏树，然后看到公园的出口，再看到更多的银杏树。那么多棵同样的银杏树，在同样的秋天，每一棵却呈现出不一样的情况，有的落叶多，有的落叶少。每一棵树都有自己的命运。于是让她联想起矢木说的："每个人有每个人的悲哀。"一旦矢木出现在她脑中，就引发了恐惧。

波子态度的改变

小说中接着描述晚霞的消失。这时候从护城河的水面，可以看见正对面美军司令部的白墙完整倒映着，等于是将整个护城河铺满了白色。然后白墙上的一个一个窗户有了灯光，原先是白墙点缀着灯光，但逐渐天愈来愈暗，白墙愈来愈模糊，终至于在水面上只看得见灯光了。

如此夜色真的降临了。

他们也就决定不要再坐那辆"地狱之车"了,于是波子走过马路,竹原看着波子过马路,心中有了一份复杂的感动。他对波子说:"到现在你都能这样果决、灵巧地穿越过车流,在那模样中,可以感觉到从前跳舞时的呼吸。"此时波子也放松了心情,于是带着撒娇情态说:"你在嘲笑我啊!"意思是说她是个过气了的舞者。"你笑我,那我也要笑你一件事。"

她的嘲笑用问句表出,问竹原:"你幸福吗?"这为什么会是嘲笑?要到小说后面我们才知道波子的意思是:"你现在结婚有太太了,就得到幸福了吗?"在这里,波子只是说:"以前你一天到晚问我'幸福吗',你好久没有这样问了,那就换成我来问你吧!"

听到这个问题,竹原想起了一个特殊的情景。那是波子和矢木结婚后五年左右的事,有一个西班牙舞者来东京演出,竹原在看演出的地方遇到了波子和她丈夫矢木,以及另外一个跳舞的朋友。波子他们三个人坐在前面最好的位子,竹原则在后面离舞台比较远的区域。然而波子看到了竹原,就跑到竹原旁边的位子上,坐下来了。竹原甚至还提醒她:"你丈夫和朋友都在前面,你赶快回那边的座位吧!"波子却耍赖说:"你不要赶我,我保证坐在这里绝对不会吵你,一句话都不会说,也什么都不会做。"而竟然,波子就在竹原身边待了一整晚。

那时候的事，对比现在，说明了竹原的愤怒其来有自。那时候敢于如此任性的波子，怎么会变得如此胆小害怕？那时候丈夫就在前面，不要说怕他发现，根本就像是挑衅地要表演给丈夫看似的。现在丈夫人在京都，两个人不过坐在同一辆出租车上，车子突然停下来，就吓得说"好可怕，好可怕"？竟然还要先设想将属于丈夫的宝石都戴在身上，如果被发现就能够以此减轻他的怀疑。

竹原试着解释：五年前波子和丈夫的关系还正常，所以她不必担心丈夫会怀疑；现在关系改变了，因而变得如此害怕。然而这样的解释无法平抚他心中更强烈的情绪：波子比以前承担了更重的家庭责任，应该在家中有更高的地位才对，怎么会反而面对那个没有用的男人却更卑屈？

芭蕾舞热

从战前到战后，川端康成产生了"余生之感"，开始了新的创作阶段，关键转折的作品，一部是《千只鹤》，另一部就是《舞姬》。小说触及了一个奇特的背景，如果不是被川端康成如此记录在小说中，应该会消失在日本社会记忆中的现象。那是一度流行的"芭蕾舞热"，我们会在小说中看到，光是东京就有多少芭蕾舞教室，家境稍微好一点的女孩，长大过程中都学过芭蕾舞。

这牵涉到敏感的"战后"心态，和美军占领期间追求洋化的价值观有关。而参与"芭蕾舞热"的，从老师到学生，甚至关心的家长，基本上都是女性，《舞姬》的情节就建立在这个背景上，以此展开川端康成对日本女性如何面对战败的特殊视野。

芭蕾舞追求非常严格纪律下的身体之美，是舞者以自己的身体，放在被观看的情况下来作为艺术的载体。战败的情况下，日本人重新热切崇拜、拥抱西方，芭蕾舞成了表现的出口。日本人借芭蕾舞触碰到了男女性别意识的冲击错乱。

军国主义当然是再男性不过、再阳刚不过的潮流。川端康成经历过在军国主义潮流中，自己的纤细感觉被视为不够阳刚，也就是不够"正确"的屈辱、折磨。所以在军国主义彻底垮台之后，他比其他人更快速地找到了这样的问题意识：战败是日本男人的失败，因而日本如果还要能继续存在下去，那就只能依靠女人与阴性的力量。女人和阴柔，尤其是阴柔的力量，又不必然是同一回事，那就必须要去探索：什么样的女人能具备为战败的日本提供救赎的力量？

在《舞姬》之后，《东京人》也有着同样的战后历史主题。阅读这两本小说，我们都无法不注意到他描述男人垮掉的模样，由阳刚精神支撑的男人一旦失败了，会产生出一种极度不堪的悲哀。

男人沉陷于不堪的悲哀中而在战后的生活缺席了，于是女人必须站到前面来，但也不是所有的女人、任何女人都能在如此关键时刻站得起来，填上男人缺席的空洞。只有一种有艺术与美的自觉的女人，才能带来核心的力量与作用。

读《舞姬》和《东京人》，乃至更晚一点的《山之音》《古都》等作品，因而要随时注意小说中对于男女及相关阳刚阴柔关系的呈现，更重要的，必须随时意识到艺术与美介入其间所产生的效果。而川端康成表现阳刚、阴柔辩证，不会停留在一般的角色、情节层次，更渗入了不同的人说话的口气态度，甚至他所运用的日文也不同。那样的日文绵密柔软，委婉却精确，本身就带着一种独特的阴性力量。

和战前写《伊豆的舞娘》《雪国》最大的差别之一，在于他将场景放回了东京，不再是越过山岭或通过长长隧道进入的一个异境中，才能刺激出非常感性。战前他写的，是某种淬炼着"物之哀"的桃花源，和陶渊明刻画的"世外桃源"相反，川端康成小说的世界非但不是摆脱了时间，而是让时间的作用更加纯粹，让人更深刻地感觉到时间的作用。那是由一种永恒的时间流逝之感，激发出只有悲哀中才能体会的美。

到了战后，他将本来保留在隧道那一头的那种"魔之居民"放到当代、日常的生活环境里，让那份魔之力量和日本战败的现实直面相见。

有岁月的情人

再回到小说《舞姬》的写法。

竹原和波子下了出租车之后，看到了告示牌，是由"厚生省国立公园部"设立的，上面写着："公园是大家的，请不要破坏公园的美丽。"看了告示牌，竹原的反应是："这是公园，啊，现在这里叫公园。"

波子想起了战争中家里的小孩，那时品子是中学生，高男才念小学，他们被动原到这里来挖土、割草，那是学生的"战时侍奉"，也就是义务劳动。那个时候，听说小孩要到宫城前，矢木特别用冷水帮小孩擦身体。那是一番仪式，为了表示对天皇的崇敬，光是要到"宫城前"都必须先在冬天用冷水净身。

这样的地方，现在却立着牌子称之为"公园"，还要特别强调是"大家的"，多么尖锐的对比，清楚显现出"战后"带来的激烈变化。而波子的回忆还有另一项作用，竹原说："矢木确实是这样的人。"他就是那种衷心信仰天皇的人，也正因这样的态度，使得他无法从战败的情境中恢复正常生活。

竹原的说法同时也带有挑衅，对照矢木，他自己不是盲目相信天皇至上、崇奉军国主义的人。

原来的"宫城前"，现在变成"公园"；原来的"宫城"，现在也改为"皇居"了。"宫城"是围起来不能随便靠近的，"皇居"则只表示是天皇住的地方而已，每个名称的改动都指向天皇被降级了，日本不再是天皇统治的国度，而是由那栋白色建筑物、由美军占领，日本成了没有了自主性的国度。

天进一步变暗了，然而神奇的，刚刚看到那条天上的蓝色彩带没有消失，而是染上了铅色，感觉像是添加了重量，或变深沉了。而松树在落日余晖中变成了剪影。波子之前为了要看告示牌放慢了脚步，又从天色变化中有了不同的时间感受。她回想从日比谷大会堂散场出来时，看到国会议事堂沉浸在夕阳中是一片桃红色，因而绝对不会注意到建筑物的顶端有一盏红灯。现在太阳彻底下山了，红灯凸显出来，让人一方面格外怀念刚刚夕阳中那一片漂亮的桃红色，另一方面注意到不只是国会议事堂，旁边的其他建筑物，顶上也有红灯在闪烁。

于是波子的注意力转到旁边的总司令部，那栋楼窗口的灯光穿过松树照过来，使得波子接着注意到松树下有几对幽会的情侣。她仿佛为了什么而迟疑，停下脚步，竹原立即感受到了，因为此时他的主观和波子的主观已经融合在一起。前一次波子去看告示牌，竹原也去看牌子，这次波子步伐犹豫，竹原马上同样看见了那些幽会的情侣，那样的现象提醒了波子自己也是出来幽会的，所以她停在那里。

竹原感到一股寒凉，那当然不是来自秋夜空气变冷的客观外在环境，而是他又被提醒了波子很在意两个人的秘密关系。波子这时建议走到对面去吧，意思是要去人比较多、比较热闹的另一头，避开太黑暗幽静的这一头，以免看起来他们二人也像是故意躲到这种地方来幽会的。

这是幽微的矛盾心情。本来上出租车，是要将波子送到东京车站，让她乘车回镰仓，过程中波子很害怕被看见，因为她意识到自己趁着丈夫去了京都，出来和情人幽会。然而因为车子抛锚，他们才只好出来在马路上走。走着走着天黑了，看到刻意藏在暗处幽会的男女，却又让他们尴尬地意识到自己和那样偷偷摸摸见面的情人也不一样：两个人都超过四十岁了，实在不像是会躲在松树下拥抱亲吻的那种男女吧！

最大的不同，川端康成写着：是岁月。他们之间有岁月，岁月使他们分离，岁月又使他们相会。他们是有岁月的情人，因而会有一种觉得应该和没有岁月只有当下激情的情人区别开来的冲动，正因为自己的确在幽会，反而更不能被和那种幽会情人混同在一起。

失败的重逢

然而这又不能被解释为波子否认两人的情人关系，所以她刻意地回到竹原前面提到的那个非常场景中——她不顾丈夫和朋友在场，硬是在舞蹈表演中坚持去和竹原坐在一起。那很明显是一种勇敢的感情表现。

她抓住竹原回忆这段往事时最后说的"在那样的状况下，

我觉得非常迷惑",她问竹原："那时候你在迷惑什么？"竹原回答："那时候我迷惑于你的心情，不知该如何解释你心里在想什么。"但他接着又补了一句："那时候我还年轻，所以我迷惑于无法理解你的心情。"

那时候年轻无法理解，现在不年轻了，也就理解了。他说："你将矢木撇在一边，一直坐在我身边，是难以匹敌的大胆举动。你那么坚决的想法是从哪里来的呢？"这是让他年轻时想不通的。然后他回想自己所认识的波子，和其他女人不一样的地方就在于会有感情迸发、令人惊讶的时刻。这正是波子之所以吸引竹原的主要原因。

看舞蹈表演那次，波子应该就是进入了这种感情迸发的状态。但接着，竹原要用"发作"来联系波子前后的变化。他认识的波子，是个"发作型"的女人，所以会突然令人惊讶地选择坐到竹原身边来看整场表演。但曾几何时，现在波子的"发作"竟然变成了恐慌，变成了害怕丈夫！一个从前会不时迸发惊人热情的女人，究竟如何被婚姻折磨成彻底相反，胆小到会恐慌发作？

说到这里，竹原收刹不住了，两次看表演的情境在他脑中叠合在一起，他说："如果你坐到我身边那一次，散场时我就赶紧带你逃走，逃到没有人的地方，让你摆脱你的婚姻就好了！"

现在回想，错失了那个机会多么糟糕啊，那个时候竹原还没结婚，的确可以就这样将波子带走。听到这里波子无奈地提醒他："你没结婚，可是我已经有小孩了。"意思是即使回到那个时候，尽管竹原没结婚，波子还是必须考虑小孩，仍然不可能被竹原带走。

波子的话点醒了竹原。说那时候就能将波子带走，当然是现在冲动的一厢情愿，回到那个"还年轻"的状况，竹原不得不承认，有另外一股力量决定性地阻止他做出那样的事。这也就是必须到了不年轻时才真能理解、真能看清楚的。

回到那个时候，竹原说："我以为女人一旦结了婚，就只能在婚姻中追求幸福。"这是关键的错误。当时的观念中，完全不存在着想将波子从婚姻中拉出来的念头，因而只会朝一个方向去解释波子的行为。波子的做法那么激烈，年轻的竹原解决困惑的方式是认定她之所以敢于不顾丈夫矢木频频回头看，坚持坐在那里，是因为波子的婚姻很稳固，她自信即使如此反常的行为，都不会影响到她的婚姻。一定是婚姻中有充分的保障，才容许了她的任性。

现在他觉得自己当年好蠢，竟然完全没有意识到波子放送出来的，可能是彻底相反的讯息——对于婚姻的强烈不满与无法忍受，在向竹原发泄甚至求助。应该说，当时的竹原笼罩在对婚姻错误的认知中，硬是强迫自己不往这个方向想，说服自己说那不过是因为在不预期的情况下重逢，产生格外亲切之感，波子必定很有把握即便这样做也不会让矢木不舒服。

但即便强迫自己一直朝那个方向想，还是不得不承认：波子一动不动坐在身边，很奇怪啊！以至于任性如斯的波子身上带了一股强悍的气势，使得身为男性的竹原都无法、不敢去看她。两人并肩坐着，波子又意志坚决地挺在不应该坐的位子上，竹原因而完全不敢转头。

这是当时的困惑，来自他不愿、不敢面对这项事实：波子的举动是对于自身婚姻的抗议，旧识竹原出现在同一个会场给了她这个机会，于是她用这种全场不和丈夫坐在一起的方式，来发泄婚姻中累积的不满、不幸福。

然后竹原近乎咬牙切齿地补充让自己犯错的因素：除了太年轻之外，"我被那个男人的外表骗了，他长得像模像样，使得人家无法相信嫁给他会有什么不幸。甚至如果嫁给他的女人有什么不幸，人家也不会觉得会是他的问题，一定是质疑那个女人怎么了。"

避而不谈的婚姻

之后，竹原提起前年或大前年发生的一件事。背景是波子他们家除了主屋之外，另外有一间比较小的"离屋"。这样的建筑安排，说明了那不是一般的住宅，而是别墅。本来他们居住在东京市区四谷见附一带，房子在空袭中被烧掉了，没办法复原，只好搬到北镰仓住进原本当作别墅的房子里。

还不只如此，为了省钱，自家住主屋，另外将离屋租出去，竹原因而跟他们租了离屋。有一次波子没有钱付水电费，竹原觉得应该帮忙，就将刚领了的薪水袋整个交给波子，霎时间，波子落泪了。因为在婚姻中她从来没有拿过薪水袋，丈夫从来不曾将薪水袋给过她。竟然是另外这个男人，如此大方、自然地就将甚至还没打开的薪水袋递过来，多么强烈的对比，立即引发了强烈的悲情。

提起此事，竹原此刻仍然是忏悔的心情。他当时心里想的是：你一定不懂得如何对待丈夫，才会连丈夫的薪水袋都没见过吧！依然认定错在女人，在眼前的波子，不会怪罪到那个男人身上，那男人的外表实在太体面了啊！

竹原好几次提到矢木的外表，他当然认为自己长得没有矢木那么体面，于是带点嫉妒酸味地加了一句："以前你们走在一起，别人大概都会刻意回过头来看，发出赞叹吧！"

竹原很认真地要向波子解释，为什么从前那段时间会经常问："你幸福吗？"因为竹原无法相信自己的眼睛，也不能完全不顾自己眼睛里看到的，关于波子的婚姻，外表和内在那么大的差距。然而每次问，波子都不回答，竹原就只能假设那样的婚姻还是幸福的吧。

就在此刻，波子突然幽幽地抱怨："但你不也是没回答吗？"竹原还没有意会过来，波子又说："你明明听到我问了。"不要装傻，你知道的。指的是之前波子也问了此时结了婚的竹原是不是幸福,竹原并没回答这个问题。

被如此追问,竹原还是没有回答幸福或不幸福。他的说法是:"我们是平凡的。"波子显然不满意这样的说法:"有平凡的婚姻吗?"意思是竹原不诚实,想用这种方式闪躲,避谈自己的婚姻。然而波子的质问触到了竹原刚刚还没解决的情绪,他于是继续酸溜溜地说:"是啊,你嫁了一个了不起的男人,你的婚姻不平凡。"言下之意,对啦,我不像你丈夫那么不凡。

接着川端康成写:"竹原像是要转换谈话的方向。"是转换方向,不是转换话题。他要换个角度继续抱怨与攻击矢木,可是波子不想再听这些,波子比较想谈对于婚姻的体会。

她要强调那句问话不是随口说的,也不是特别针对竹原的婚姻。她认识的同学都是,结婚后,一定会形成不一样的婚姻,没有婚姻是一样的。呼应前面提到的每个人命运不一样,连每棵树的遭遇都不同,这是波子的宿命观,隐含着"我的命便如此"的悲观,这是竹原很不愿听到的,竹原就是要鼓励她到婚姻以外去寻求幸福,而不是一直对已经很糟糕的婚姻认命。

竹原不想听也不想讨论这个。所以他只是敷衍:"你说得好。"那样的态度让波子都知道是敷衍的,波子忍不住点破他:"什么时候开始你变得喜欢将这种敷衍的话挂在嘴上了?上了年纪的人总是这样让别人话说不下去,你不觉得讨人厌吗?"这话听起来好像是尖锐指责,不过川端康成添加了对波子表情的描述:她温柔地扬了扬眉毛,正视着竹原。那是撒娇,不是要批评。

然后她说:"每次都只有我这边。"意思是话题每次都只围绕着我的婚姻,对于你的婚姻,你就一直避而不谈,总是表示没有什么好说的。于是波子强调没有婚姻是一样的,又多了一层意义:没有任何婚姻是不值得说的,她想要叫竹原也讲他的婚姻,她也会好奇竹原的婚姻状况。

波子如此在意竹原不谈自己的婚姻,步步进逼,但毕竟还是停了下来。没有等竹原响应,她用一种很不自然的方式突然转移了话题。这是非常幽微的心情,小说要到第三章才会描述得明白些:波子既想知道,又很怕知道竹原和他太太之间究竟是什么样的关系。那源自婚外情中复杂的嫉妒情绪。小说开头细腻呈现了夫妻生活中的嫉妒,如何表现及如何隐藏,如何利用及如何闪躲。

护城河边散步

只缺临门一脚时,波子退却了。她还没有勇气听竹原描述他太太,她没有把握自己会不会嫉妒、会如何反应,于是躲开了。

他们还在护城河边,水面上司令部的灯火和树的倒影刚好呈现了相反的走向,光与影形成漂亮的交错景色。波子想起来问竹原:"今年的中秋满月是九月二十五日还是二十六日?"这牵涉到日本对于中秋满月习惯的讲求是发生在农历十五夜还是十六夜，每年月正圆出现的日子不太一样。

她想起在报上看到一张中秋满月的照片，画面里司令部的顶上有着一轮明月，水面上又有亮晃晃的满月倒影，那张照片拍摄的角度，刚好是他们所在的位置。

波子告诉竹原，报纸的照片里和当下最大的差别，是看到了照片里的月影。竹原有点怀疑：报纸上刊登的照片会那么清楚吗？波子很确定："虽然只有明信片大小，但看了有很深的印象，现在可以感觉照相机似乎就摆在我们和那棵柳树之间，从这样的角度拍摄的。"

竹原感觉天黑气温在下降了，于是催促波子往前走，从怜惜担心波子会冷，牵出对波子心境的另一种怜惜担心。竹原问："你也会和女儿品子说这些吗？跟她说从照片里看出月亮的影子？"他深层关心的是波子那么敏感的观察，在生活中有谁能理解吗？不过在表达上，竹原故意采取了相反的态度，叫波子不要去跟女儿说这些，以免让女儿变得太纤细、太敏感。竹原强调舞台上的品子看起来很强悍，如果变得像妈妈一样纤细，不会是件好事。

这是竹原迂回既称赞又表现疼惜波子的方式。波子意识到了，也就带着一点撒娇地问："所以我太纤细太脆弱了吗？"恰好此时人行道走来了一个警察，波子自然地靠近了竹原，到了几乎是两人手挽手走路那样的亲近距离。受到靠得那么近的感觉影响吧,波子就用正式请求的口气说:"请你也保护品子,给她力量。"

竹原当然大受感动。于是将真正想说的话直白地说了:"更需要被保护的人是你啊。"波子也回应以真情流露:"我一直都有你可以依靠,现在才能在日本桥那里还保有一个排练场,拜托你保护品子,因为保护品子也等于保护我。"

波子解释:"如果没有战争,品子现在可能已经在法国芭蕾舞学校了,说不定我也跟着去了。"那口气当然是无奈的,波子已经错过了去学芭蕾舞最好的时机,一旦错过也就错过了,无法再重来了。但竹原却听到不同的重点,因为他在意的不是品子,而是波子。品子还年轻,真正可怜、被环境耽误了的是波子啊!而且耽误波子的,主要不是战争,至少从竹原的角度看,是那荒唐、可恶的婚姻啊!

和这个男人在一起以至于虚耗了自己的青春,怎么还有工夫、余力替女儿感慨?另外竹原要弄清楚的,是波子话中显现的意图:"你真的想过要和品子去国外?"因为如果去了,也就离开了这段婚姻。竹原追问波子是不是有这样的想法。

波子反问:"逃?"竹原不得不将话说得更明白:"逃啊,到了国外就离开那个男人了。"波子回答:"没有,我想的都是女儿的事……"这显然不是竹原想听到的,所以波子话没说完就被竹原打断了,他自我安慰地解释波子的态度:"你之所以将自己和小孩完全等同,就是对于婚姻的一种逃避,不是吗?"

波子认真回答："喔，是吗？我是真正几乎失去理智地将所有的精神放在小孩身上，这件事比逃离婚姻更重要。"因为她期待女儿能够成为芭蕾女伶，这个字不能翻译作"舞者"或"舞蹈家"，小说原文是用的外来语，因为这是芭蕾舞艺术中的特殊身份，那种能将芭蕾之美超越地呈现出来、使人着迷的女舞者，才能称为芭蕾女伶。如果品子成为芭蕾女伶，那不单单只是将小孩培养长大的成就，是实现、完成了波子自己的梦想。

她将自己跳舞的梦想投射在女儿身上。所以她也很诚实感慨地说："常常搞不清楚，究竟是我为品子牺牲，还是品子为我牺牲。但都一样。"她说"一样"，意思是终究归结到自己的能力不足，才会需要女儿的牺牲来完成梦想，也才会即使牺牲了自己也成全不了女儿。

是在对话引发的这种压抑心情下，波子看见了水中的白鲤鱼。

孤零零的鲤鱼

拐角处水中有一尾白鲤鱼，不浮不沉。接着川端康成描述水中有落叶，一些沉下去了，但还有一些叶子却和白鲤鱼一样，一半没入水中，不再沉下去，也不浮起来。为了想看清楚白鲤鱼，波子去拨水边的柳树，树枝上有一些小小的树叶，从树枝上掉落下来，漂在水面。

波子看着鲤鱼，竹原则看着波子的背影。他看到波子穿着窄裙，下摆是收拢的，显现出从腰到腿的线条。竹原在波子的舞蹈中看过这个线条，从青春时到现在都没有改变，而每看到那样的身体线条都提醒了竹原，这个女人是何等纤细，让他挂心。

一方面是对于波子的爱慕，另一方面又必然是对波子的担忧，竹原冲动地说："你要看到什么时候？不要看了！"他说的话，他的口气，让波子吓了一跳。竹原表现出了他内心纠结带来的烦躁，波子愈是显现她的纤细之美，就愈是让竹原无法忍受她陷入的不堪状态。

他发泄在看白鲤鱼这件事上。"哪有人特别看这种鲤鱼的？谁会去看，就只有你。"然而这话更是触痛了波子，她回应说："就算没有人看到、没有人知道，这只鲤鱼就是在这里。"

竹原当然了解波子的心情，他当然也觉得难过，又抱怨说："你就是这种人，专门去看别人看不到的孤零零的鲤鱼。"波子还是陷在落寞的情绪里，她说："这只鱼偏偏在这个角落一动不动，如果我们去跟任何人说在这里看到了一只不动的鲤鱼，大概没有人会相信。"

竹原笑她："那是因为只有不正常的人才会看到这种不正常的白鲤鱼。"说到这里，他心软了，觉得自己无理取闹，因而换了一种同情的态度说："也许鱼游过来是特别为了让你看到，因为它和你一样孤独。孤独的鲤鱼要来给孤独的人看。"

虽然天黑了看不清楚，不过波子想起来旁边有一个牌子，上面写着"请爱护水里的鱼"。竹原假装找到了那牌子，柔情开玩笑地说："真的有啊，那上面写着'请爱护波子'。"这是一直萦绕在竹原心头的感受。波子也感动地笑着说："在那里的确有这样一块牌子啊。"

竹原进而说："在这种地方看可怜的鱼，这样不行的，你必须改掉这种个性。"波子同意，但她想到的是："为了品子，不要让我的女儿被我拖累，我是应该要改。"这可不是竹原要的承诺，他有点气急败坏地说："可不可以不要再为了品子？可不可以为了自己？"

竹原的口气不好，因而两个人沉默了一段时间。然后波子要讲另一件事，必须先强调："不是为了品子。"她想将离屋卖掉，那是竹原之前住过的，所以要告知竹原，先和竹原商量。竹原毫不犹豫马上说："那我买。"然后补充："这样将来你要卖正屋时会比较方便。"

波子惊讶问："真的吗？这是突然浮上心头的判断吗？为什么？"被如此一问，竹原道歉："对不起，我说快了。"对话中显示的，是波子只说要卖离屋，但竹原马上跳到卖正屋去了，等于是夸大她家中的经济困难，很不礼貌。

不过波子并不是要指责竹原。关键在于她问："是突然浮上心头的判断吗？"意思是："我并没有说过，为什么你连想都不用想一下就知道了？"波子感慨："你最让我觉得奇怪的是，我好像不管跟你说什么,你当下就会有一个直觉的判断,完全不迟疑,而你的判断都是对的。好像你从来不会困惑。"

波子用这段话表示对竹原的爱。为什么喜欢这个男人?因为竹原和她的丈夫相反,矢木的习惯是不管听到什么,都说:"我考虑一下。"但竹原不用想,即刻能理解波子的心意,同时做出明确的决断。

顺着这样的对比,波子说出了对矢木的不满:"我原来还以为他真的想很多,很会考虑很会算计,后来才发现那都是些琐碎的小算计,出于他的小心眼,并不是真正的深思熟虑。"

另外当她形容竹原"好像从来不会困惑"时,波子心中一定还记得刚刚的对话,这话就多了一层意思:你一直是这样的人,却只有在我跑去坐在你身边时,为了我,你才陷入了无法下判断的困惑中。话中隐含了对自己能在竹原生命中占有这样的独特重要性,既觉得骄傲,也觉得感激。

天差地别的美学信仰

大家可以拿任何一本《舞姬》的中文翻译,对照看我前面如此仔细的解说,查对译文中是不是漏掉了什么,或译错了什么。这样一方面检验体会译本与原文间的差异,另一方面可以更明了川端康成写小说的方式。

他的叙事看起来毫不费力，他的对话也不复杂，然而像这样的第一章中，真的没有一句多余的话，也没有纯粹时间或景物的描述，只为了交代场面。每一句话都有饱足的讯息，是从波子和竹原两人的过往中提炼出来，必然指向两人的过去或现在情况的，而且都表现了细腻的情感波动，掌握了两人幽会中的浓缩、紧实的心绪变化。

翻译川端康成，必须小心保留他的语法、语序，不能任意调动。像是波子提起要卖离屋的事，她先说："不是为了品子。"就会有译者理所当然地将这句调到后面去，变成是说了想卖离屋，然后才补充说："不是为了品子。"这就完全错失了川端康成悉心经营要我们去感受竹原指责波子老是不为自己着想的话，在波子心中余波荡漾，所以她要强调：为自己着想所以要卖离屋。竹原立即心领神会，所以马上用他的方式表白：如果是为了你自己，不是为了家庭、小孩，那我一定全力支持、帮助你，我马上可以承诺将离屋买下，之后你要卖主屋时，就不必担心离屋的屋主有不同意见，让你为难。

川端康成的小说叙述都是这样围绕着人物的心情环环相扣的，因而要翻译他的小说，最难的部分不是日文，也不是中文，而是能不能进入这样纠结的情感世界里，将那一直缠卷的微妙情感波动表达出来。也就是取决于译者自身感受、区分、呈现情绪的能力。

话题转到卖房子上，因为这件事牵涉到波子如何为自己着想，所以竹原格外重视。他的动机很简单，就是为了要帮助波子，他当然不需要那间离屋。他开玩笑地说：我每天到你那讨人厌的丈夫面前晃来晃去，光这样就值得付出的钱了吧。到后来他又提议，干脆将镰仓这边的房子都卖掉，去重建四谷见附那边的房子，既有住家又有大一点的排练室，那么连替女儿的考虑都能一并处理了，品子可以将排练室分租给别人用，有一些收入。

到这里，竹原体贴地退了一步，他愿意也替品子着想，找到一个既能满足波子自己需要，又对品子也大有好处的解决办法。竹原说得很兴奋。

但这样的心情立即被泼了冷水。波子的反应是连续说了两次："矢木不会答应。矢木不会答应。"不论是要为波子，还是要连带顾虑品子，那个男人总是阴魂不散地夹在中间。

接着川端康成展开了小说第二章精心设计、安排的内容。矢木从京都搭夜车到东京，却不先回家，而是去了美术馆。儿子高男不只准确预测到父亲的行踪，而且还选定了美术馆的一座佛像前面，在那里果然等到了一定会过来看这尊佛像的父亲。之后，家中的这两个男人讨论起家中的两个女人，一个家依照性别，并且依照性别所带来的人生观，明确地分成两组，从美术馆的话题延伸出来，又明确地表现为两种截然不同的美学价值信念。

从对美术作品的讨论，再描述了矢木所做的研究、所写的书，我们明白了他瞧不起舞者，他说："会跑到舞台上去表现自己身体的，都是缺乏自觉的人。"于是我们知道了矢木和波子婚姻更根本的问题，也是波子最深沉的悲哀是，她身上具备的最主要能力，甚至要传给女儿的本事，不只是得不到丈夫的肯定，甚至无法得到丈夫的尊重。

接下来儿子陪着爸爸去了一间有名的旅馆，和日本第一位在国际体坛上绽放光彩的游泳选手高桥，以及第一位诺贝尔奖得主物理学家汤川有关的旅馆，爸爸在这里和一位安排舞蹈表演的人有约。

原文中，川端康成用的是外来语"表演经纪人"，然而中文翻译成"干事"，让人无法理解这场会面的目的了。如果知道了这个人是舞蹈经纪人，读者心中很快就会有不祥之感，果然他是要来和矢木商量，让波子再回到舞台上跳舞演出的，等于是触动了两人婚姻中最麻烦、最难解决的价值差异。

一个日本家庭的瓦解

《舞姬》这部小说核心内容是凝视一个日本家庭的瓦解。不是一个家庭的瓦解，而是一个日本家庭的瓦解，日本家庭不是那么容易瓦解的。因而小说的重点在于：在一个有着多重、强大对于家庭保护机制的社会中，为什么这个家庭还是维系不了？那必然牵涉到里里外外的各种不同因素，集结成一波波袭来的破坏浪涛，反复冲击这个家庭，终至所有的社会保护机制都失灵了。

最大的一波浪涛，当然是战争。应该承担家长责任的矢木，得了"战争恐慌症"，或者更精确地说，"战败恐慌症"。小说中并没有描述矢木在战争中到底有什么样的经历，在战败后的第五年，创作、发表这本小说时，川端康成有理由觉得不需要在这方面多所着墨。因为整个社会都还笼罩在那样的惨痛气氛中，大部分的人都还被战争的噩梦纠缠着，他的日本读者都知道那是怎么回事，也都能够在自己的生活中辨识像矢木那样的人。

矢木挂在口头上说，如果再有下一次的战争，他绝对撑不过去，这次战争已经打垮他了，他在战争中仅是幸存，莫名其妙地活下来。那个年代的感受，和我们今天从历史角度看去的其实很不一样。我们认为一九四五年战争结束了，然而他们却无法如此确定，他们的恐慌来自一场战争以日本彻底战败结束，但另一场新的战争随时可能爆发，甚至他们当时迫切感到下一场战争已经出现在日本旁边，牵涉到美国、中国、苏联，很容易就会扩大为第三次世界大战。

矢木的恐慌因而是有现实基础的，再来一波军事动荡席卷日本，一切就都毁了。所以他说下一次战争来临时，他会给自己氰化物，给儿子一个烧炭的小屋，给女儿贞操带。

不过放在小说的情境里，矢木说这话时，是充满心机的。他故意不提太太波子。波子注意到了，问他："还少了一个人，我呢?"波子的发问在矢木计划之中,他回答:"这三样,你自己选吧!"他用波子不在他关心的范围内,来表示对波子的羞辱。这才是他如此说的用意。

因为他并不是真正在恐慌中等着末日来临,表面上一直跟人家说战争再来就统统完蛋了,然而到了小说后面,却揭露了他别有安排,他要让儿子去夏威夷,然后自己也要逃到美国去。他的算计很现实,他表面说的都是假话,还要利用假话来羞辱妻子。

在他的现实算计里,只安排了自己和儿子,家中另外两个女性成员并不包括在内。他知道,他无法否认这样的心态很冷酷,所以才借用一休和尚的八个字——"入佛界易,入魔界难"来自我辩护。他的意思是:没办法,如果要能逃掉下一次战争,这是唯一的方法。

女儿品子问他:"什么是魔界?"品子的认知里,"魔界"对应"佛界",所以"魔界"就是人间?但父亲说不是,他解释:一休之所以形成"魔界"的观念,是出于对日本佛教中的感伤主义的一份厌恶,而你们的妈妈就是这种感伤主义的代表。

对矢木来说,进入"魔界"是弃绝所有的感伤,只剩下理智。他将妻子波子和女儿品子视为是他自己最反对的感伤主义的代表,也就是将会阻碍他,使得他无法活过下一场战争的因素。她们的感伤情绪会使得他被困在日本,在下一场战争中被毁灭。所以他必须残酷地放弃她们,在下一场战争之前冷酷地算计清楚,及时逃走。

"新感觉派"强调感官感受,川端康成是一个充满了感伤主义的作家,因而矢木的意见简直就是在攻击作者的信念吧!川端康成特别如此安排,让矢木既是传统主义者,卫护日本的民族文化,看起来似乎和他自己"余生事业"的立场一致,但矢木却又不遗余力地攻击感伤主义,那就明确和川端康成本身划清界限了。矢木是小说中的反派,他的意见,包括对于"魔界"的解释,其实都不是川端康成能够赞同的,他代表了川端康成反对的一种以日本传统为借口在战后怯懦地追求庇护与利益的人。

恶魔的艺术

而促使矢木冷酷对待妻子和女儿的关键原因之一,在于她们都是书名中所说的"舞姬",跳舞的女人。这个家庭瓦解的第二项因素,是舞蹈。波子之前遇到了昭和十年左右的舞蹈表演黄金时代,当时西方舞蹈和日本舞蹈有了充满创造力的冲撞、融合。

在川端康成对日本文明的理解中,舞蹈很重要,日本是一个有强大舞蹈传统的民族。对比之下,韩国就不是如此。小说中提到了崔承喜,那是韩国最受尊重的一位舞蹈家,正因为他来自缺乏舞蹈传统的社会,他的成就格外感人。韩国受到日本的压迫,才刺激出了像崔承喜这样的舞蹈家。

小说中特别呈现了战争对于舞蹈、舞蹈家的影响。韩国的崔承喜和俄罗斯的尼金斯基都在战争氛围中爆发出强大的身体能量，但同时也都成了战争中的悲惨受害者。尼金斯基原本要回俄罗斯，却在一九一四年遭遇了第一次世界大战爆发，以致在匈牙利被拘禁，之后精神状况出了问题，逐渐陷入疯狂，一直到一九五〇年去世，都没能再回俄罗斯。

崔承喜的悲剧是她的女儿在川端康成写《舞姬》时，被卷入刚爆发不久的朝鲜战争，死在朝鲜战争中。

昭和十年左右，西方文化最顶尖精英的艺术芭蕾舞进入了日本，创造出从明治维新开始的日本西化过程新高峰。那时波子大约二十五岁，她成了日本最早有能力可以表演芭蕾舞的舞者之一。而那一代舞者的身体素质仍然保留了日本舞蹈传统的强烈影响，却在这个基础上必须违背日本传统价值观，将自己的身体夸张地展现在观众面前。

成为芭蕾舞者之前，必须通过训练强化身体的某些女性化素质，然后又要将这强化过后的素质戏剧性地展现在众人眼前。波子的丈夫矢木也属于这个世代，但他和新兴芭蕾舞现象间的关系毋宁是负面、不安的，他是那种被芭蕾舞艺术惊吓的人，不习惯、难以接受女性用这种对他们来说带有色情意味的暴露方式来展现自己的身体。

矢木非但从来没有试图理解波子的艺术，甚至抱持着敌意，以各种方式抗拒当时的流行。十五年前芭蕾舞流行时，很多男人心中都有粗鄙的想象——经过如此训练的女人身体，会提供更强烈的色情诱惑，以及更刺激的性爱经验吧！他们看待女性身体的眼光离不开性欲。

矢木原先欣赏波子的舞蹈，他迷恋波子的身体，自豪于波子的身体，那是和性和占有联结在一起的。他结婚以来没有碰过别的女人，因为别的女人不会有像波子那样超凡的身体。

但从另一个角度看，他厌恶波子的舞蹈，因为这会让其他的人，尤其是其他的男人也能观看波子的身体。他将舞蹈视为"恶魔的艺术"，始终对于妻子作为舞者的艺术能力无法予以尊重。所以在他的冷酷算计中，就将身为舞者的妻子和女儿排除在外了。

矢木的另外一番痛苦来自他是个习惯从众、缺乏精神强度对抗潮流的人。波子的艺术是在前一波潮流中形成的，到了战后，芭蕾舞又有了新一波的流行。芭蕾舞再临的黄金时代更暧昧，牵连到战败后的美军占领，使得日本社会急于讨好美军，尤其是将女人推到前面去吸引、诱惑美国军人。于是不能否认，芭蕾舞的流行，和许多女性以美军为卖身对象的现象，平行发展，彼此勾绊。

《舞姬》小说中呈现了那个时代在东京长大的女孩子，在家庭条件许可下，都会去学芭蕾舞，以至于有那么多的排练场、那么多的舞蹈教室。从那个特别的时代环境中看去，波子和品子具备了这项能力，加入了热闹当红的行业，前景可观。这却让矢木更讨厌波子的舞蹈表演，他只想自己独占享受波子的舞者身体，然而在战败贫穷、残破的情境中，他又没有理由、没有办法阻止波子靠教芭蕾舞赚取家中仅有的收入，甚至很难拒绝沼田来邀请波子重返舞台演出。

大家看到了芭蕾舞的流行，于是在东京雨后春笋般冒出了好多芭蕾舞教室，必然有了竞争的压力。要凸显波子的地位，最好的方式就是登台演出，强调这位老师自身是如此杰出的舞者，和其他舞蹈教室的教员拉开等级距离。沼田在小说中的作用，就是明确提供了这项策略，让大家重新认识波子是战前的芭蕾女伶，那么波子的排练场立即可以得到商业利益，取得稳固的竞争优势。

波子也不喜欢沼田，但她不可能不对沼田的提议动心。不过提议要能成为现实，还得过矢木那一关，这就是沼田和矢木约在知名旅馆里见面的理由。很难说服矢木同意，因为他本来就不情愿妻子展现身体，作为其他男人的欲望对象。此时又增加了战败的打击，他当然也清楚社会上刮起的芭蕾舞风，有着功利地去讨好战胜者、占领者美国人的因素。这是对日本尊严的一大挑衅。

佛像与女性

矢木是一位"国学者"，必然站在卫护日本传统的一方，他眼中看到的，是日本传统文化遭到了西方——尤其是美国——的持续污染，且是愈来愈严重的污染。到处都是提醒矢木这种变化发展的迹象，例如皇居的护城河里水中倒影显像的，竟然是美军防卫部建筑的白色壁面，以及从窗口透出来的灯光。

就连最日本的，代表日本最高权威的天皇居住之处，都逃不过美国人的染指。再回头一点，小说开头出租车抛锚，马路上都是车，而且大部分都是美国车，少数不是美国车的，就只有波子和竹原他们不小心坐上的这种烧煤烧柴的旧车而已。

接下来他们去换搭电车，就看到了可口可乐醒目的广告。到处都是美国权力，美国文化的符号、象征，将日本人笼罩在全面被占领的状况下。

小说中矢木第一次露面，是在北野博物馆，他研究日本国学之余，也是业余的艺术史爱好者，写了关于"王朝时代"艺术的分析研究。他是这样深浸在日本传统中的人，因而在战后更加仇视家中跳芭蕾舞的，和西方文化、和美国有着如此紧密关系的两个女人。

在博物馆里，儿子高男看着那尊佛像，觉得很像妈妈和姐姐。父亲很严肃地告诉他：那尊佛像甚至不是女性，而是少年像，是"圣少年"的造型。意思是：怎么可能会像我们家那两个女人！

矢木知道佛像不是女性，因为他研究过。他的出发点是注意到日本美术史中有"美女佛"，将从印度来的，原本阳刚、男性的形象转化成为阴柔的美女。他的研究重点在于解释将佛的形象阴性化、女性化，有助于佛教在日本的传播。然而这样一种正面看待"美女佛"的态度，当遇到了儿子在佛像上看到妈妈和姐姐的神情，矢木却变得无法接受，倒过来一定要强调佛像原本是男性。

这背后的心理作用，来自对于波子和品子的鄙视。一定还要用轻蔑的口吻补充说："我们家两个女人的智慧和佛像所要显现的差太多了。"

他仇视家中的两个女人，将她们的舞蹈视为"魔的艺术"，然而讽刺的是，矢木后来做的决定，他给自己的借口说辞是"要入魔界"，以克服自己的战争恐慌，竟然是要去美国。他要和美国妥协，去到一个保证不会被下一场战争毁灭的国度里去。他要将自己交给魔鬼。

小说这部分，反映了川端康成当时对于自己"余生意识"的深刻探讨。他要用"余生"寻找让日本能从战争责任中重生的价值，这份自觉努力必须有所提防——绝对不能成为像矢木那样的人。

那样的人拥抱日本传统，却没有独立的意志。他们在军国主义的环境中成为狂热的"国学者"，然而实际上并没有精神力量要卫护自己心中认定的美好事物。面对可能有末日、毁灭来临时，他们为了自保，也可以放弃一切，投奔美国。换句话说，正因为没有"余生"的认定，心中总是蠢动着苟活的动机，这种人虽然一方面会轻蔑于巴结美国的芭蕾舞，但另一方面，他们也没有勇气能够真正维系自己和日本传统的关系。

虚有其表的丈夫

使得这个日本家庭解体的第三项因素，是矢木和波子两人家世身份的差距。矢木那么讨厌波子跳舞，完全不了解、不尊重她的艺术，但为什么无法阻止波子？因为两人原生家庭的地位与财富是不对等的。

矢木对儿女说战争前有些事你们不懂时，提到了他曾经当过波子的家庭教师。另外透过竹原的抱怨与讽刺，我们大致可以知道小说中没有明写的背景。矢木在波子家当家庭教师，穷小子得到机会进入有钱人家，而他外表所显现的，包括长相、言谈、知识使得人家对他有了特殊的信心，因而赢得了波子这位大小姐。

矢木凭借着外表，得以躲过社会上的真实考验，结婚之后他实际上一直依赖妻子、依赖妻子的娘家。原先应该就是顾虑矢木的出身较低没有资源吧，女方给了丰厚的嫁妆，很多年，他们就靠这份嫁妆过活。等到战后嫁妆花完了，一小部分靠波子教舞、开排练场来赚钱，更大的一部分还是只好安排变卖剩下的家产来支应。

在这样的处境中，矢木抱持着一种冷嘲热讽的态度，但又忍不住小气计较。他从京都回到北镰仓，从火车下来，对儿子高男说："我觉得已经回到家了。"可是真正到家门前，却转成了厌烦，因为看到家里灯很亮，他嫌太浪费了。波子就告诉过竹原，矢木为了一点点小事，都能说出很难听的话。

另外一段矢木提到了高级和服，他用嘲讽的语气说："现在又流行起这种材质的和服，太可惜了，你的那些和服卖得太早了，如果留到现在，不是可以多卖很多钱？"波子解释那些都是旧衣服，留到现在也卖不了什么钱。矢木就进一步说："上一次流行这种高级和服是战争爆发时，看来只要女人开始热衷穿高级和服，就要打仗了。女人流行穿什么衣服，会像漫画一样，肤浅地直接反映时代啊！"

他将变卖东西当作是波子的罪状，摆出一副事不关己的模样。最严重的，是家庭经济持续恶化，必须卖房子才能解决问题。环绕着这些事是小说中的一道伏流因素——矢木缺乏现实感，因为长期以来都不必负担家计，不需要有现实感。实际的经济财务由波子处理，在社会上他又能靠着体面的外表规避了别人评判的眼光。

那是标准的"得了便宜又卖乖"，依赖波子过日子，回头却嘲笑波子要卖这卖那，叫儿子监视妈妈到底卖了什么东西，还要指责波子和儿女生活太浪费。他认为这个家里三个人包围着一个不浪费、过着节省贫穷生活的人——他自己，等于是在剥削这个贫穷的人。

用这种方式，他在心理自我防卫，认定家里没有钱不是他的事，因为钱都不是他花的，他从来不过奢侈的生活，钱是其他三个人花掉的。

这道伏流因素其实说明了为什么波子会被竹原吸引。竹原是一个现实感再浓厚不过的人。波子才提了要卖离屋，竹原马上不只想到离屋要如何卖、要卖给谁，还设想了下一步——之后要卖主屋，所以这次离屋买卖不要制造困扰变量。他甚至不用猜，靠直觉就知道了波子不可能只卖离屋，迟早还要卖主屋。

而且他立刻提供现实的协助。他直接提议就将离屋卖给他，这样要卖主屋时，他也可以一并买下主屋，或者至少他可以配合想买主屋的人，不会有所妨碍。还有，他买离屋，先将这笔钱给波子，但其实波子应该将北镰仓的房子都卖掉，去重建东京市区被战火摧毁的房子，才是更有利的打算。

他脑筋动那么快，立刻又意识、顾虑到波子的感受，所以向波子道歉，因为自己的反应好像夸大了波子遇到的经济困难程度。这种心中有他人存在的态度，和极度自我中心的矢木，也形成了强烈的对比。

爱情与自由

还有一项对比是，和波子相关的事，竹原都反应得很快，矢木相反地总是做出一番要多考虑的样子。波子说："以前他这样，我都被他骗了，觉得他是个深思熟虑的人。"现在不这么觉得了。波子现在看清楚了，矢木真正的意图是要保留自己在家里的决定权，并且以不同意波子的想法、作法来维护自己的尊严。

家计由波子负担，但矢木仍然是名义上的"主人"，因而他要更夸张地来显示一家之主的地位。波子最大的问题，小说一开头惹得竹原烦躁的，就是她看不出来矢木的地位其实完全建立在波子的恐惧与善意上。波子愈害怕，矢木的地位就愈高，但竹原无法说服波子不要害怕、不应该害怕。

波子的恐惧源自日本家庭的旧伦理，被紧紧拘束的波子无法抵抗丈夫。不过战争结束，战败的冲击却强力破坏了这份旧伦理。旧伦理绑起来的秩序脱开了，原本被绑住的人在失序的环境中得到了新的自由。

新的自由是诱惑，但也会带来不可预期的考验。《舞姬》小说中勇敢面对自由的，是友子。友子的经历，构成了一个败德的悲剧故事。学了多年芭蕾舞的女孩，为了一个有妇之夫，而打算要放弃芭蕾舞。荒唐的是，她不能再跳芭蕾舞，要改去跳脱衣舞，才能赚更多的钱。更荒唐的是，她需要钱，是为了替男友和妻子生的小孩治病，那个男人自己没有办法赚到足够的钱。

对这件事，品子大受震撼。她和友子一起跳芭蕾舞长大，她很了解友子对妈妈波子的崇拜，以及这份崇拜背后的那份舞蹈热情。友子向来是以奉献的心情与态度投注在波子的舞蹈与排练场上。友子怎么可能会放弃芭蕾舞？

不只要放弃芭蕾舞，而且是为了从旧伦理上看极其不堪的理由。然而川端康成就是要用友子的故事来记录战后的日本，友子对老师波子说："我们都有了自由，每一个人要有权力运用她的自由……我最重要的，是试验我的自由。"自由给予友子要爱谁就爱谁的权利，如果她爱的是大家认为可以爱、应该爱的人，这份自由对她就等于没有意义了，要试验、确认这份自由真的存在，要尝试这份自由，唯一的方式就是爱上不该爱的男人。

友子非常热情，她比其他人都认真、热情地拥抱这份自由，要去实现这份自由。她原先将自己献身于波子和芭蕾舞，现在她要转而将自己献身给爱情与自由。

这是个浪漫的悲剧故事，呈现出日本战后女人得到的新自由。得到自由的，当然不会只有友子，波子也在新气氛下，和原先租住他们家的竹原发展出幽会关系。这是推倒日本家庭的第四项重要因素。自由对女人产生了致命的吸引力，引诱她们去尝试越界的事，不如此，就无法确认大家都有的自由你也有一份。

青春将逝与幻灭

还有第五项因素，是青春，或说青春将逝的特定生命阶段。波子四十岁了，那是青春的尾巴，更是舞者生涯接近终点的时刻。沼田劝她回到舞台表演,因为再拖一阵子,波子就和舞台无关了。波子面对的,是被战争蹉跎耗费了的好些年,战争结束了,自己的舞者生涯只剩下短短的两三年,最后的机会要不要把握住呢?

青春将逝不会只影响舞蹈和表演,也牵涉到爱情与幸福,一个女人能够得到爱情,享受爱情带来的幸福,也只剩这段时间了。那样的急迫感,动摇了波子。

矢木长期睥睨波子,不尊重她的艺术,既依赖她却又控制她,凭什么?凭借着波子自我认知中的强烈自卑,那是旧伦理设定给女人、给妻子的枷锁。她依循旧伦理安排信服自己的"主人",因而产生一份善意,对于矢木的人和他的行为先入为主地给予正面肯定。然而这时候,新的情境是她不得不意识到自己如果不把握时间去追求,就没有舞台、没有爱情、没有幸福,她不能再继续自欺地假装看不到矢木的种种缺点。

直到竹原点醒她,并强调她的恐慌是没有道理的。被这样点出来,波子不得不感觉到自己的恐慌如此不堪、如此违背本性。竹原眼中的波子,是极度热情,有着冲动与勇气的,怎么会被恐慌用这种方式抓住了呢?

小说的第三章中,波子有机会再次在意识上检查自己的恐慌。去了京都好几天的丈夫回来了,丈夫不在时波子去和竹原约会,意识到背叛了丈夫,这当然使得波子有着复杂的情绪。这一段,小说写得含蓄却又深沉。

第二天早餐时，矢木拒绝吃虾，说："我不要。"波子原来以为矢木嫌那是剩菜，经过解释，才知道他是因为懒得剥壳。然后这件事在心中纠缠波子，她无法确定矢木是真的怕麻烦，还是借此表达对她的不满。她心虚，担心矢木察觉了什么而发泄在吃虾这件事上。

于是她又在那样的恐慌里了。但在被竹原提醒之后，恐慌延伸出去，反而让她不得不看到婚姻中的种种不堪，一步一步，她对自己的生活产生了幻灭。如此的幻灭之感，是使得家庭瓦解的第六项因素。

魔界与感伤主义

幻灭和战争结束有关。战争期间的高度紧张，使得这个家产生了团结，因为不知道下一刻家人是不是还在一起，所以会在感情上抓住彼此。战争结束后，再过一阵子，这样的感受也必然消散了。

经历幻灭的，不只是波子。儿子高男原来一直站在父亲那一边，成为制造母亲恐慌的一大因素。那么死心塌地地当"父亲的儿子"，是因为他崇拜父亲，觉得父亲是了不起的学者，是真正的一家之主。然而小说中我们会看到，这个儿子却在这方面反复受挫，心中父亲的形象渐渐无法维持。

高男陪着父亲到旅馆见沼田,那是一个高男很讨厌的人。他直白地表示:从小他就怕沼田会将妈妈抢走。他觉得沼田对妈妈有企图,更可恶地,后来他发现沼田好像也在打姐姐品子的主意,让他更受不了。

所以他热情、冲动地为了保护妈妈和姐姐而脱口而出"应该找他决斗"时,爸爸的反应却如此冷漠。在此之前,当他感觉在佛像上看到妈妈和姐姐的影子时,才被爸爸泼了一桶冷水。两件事加起来,他知道了,显然爸爸并没有和他一样想要保护妈妈、姐姐的心情。

而后来是他发现爸爸偷藏存折。爸爸根本没赚钱,有任何零星的收入也从来不拿回家,妈妈赚来、变卖东西得来的钱,爸爸竟然还要偷藏起来。高男无法再替爸爸辩护,原先的"父亲的儿子"这时候变成主张去将爸爸存折里的钱取出来,不应该将这些钱给爸爸。

高男对父亲的尊敬,在爸爸故意羞辱妈妈时,得到了最大、最后的一击。爸爸当着小孩的面,先撇清自己和家中开销无关,然后为了要伤害波子,将小孩扯进来,对小孩说:"你们不要怪罪到我身上,不是我把你们的妈妈拖垮,没有这种事,一个女人不会被男人拖垮,要垮一定是两个人一起垮。"

他明显地将自己和家中其他三个人切割开来,然后借机将婚姻的失败怪罪到波子和竹原的关系上。从他自我防卫的角度看,竹原会吸引波子只有一个因素,就是因为波子没有嫁给竹原，所以爱幻想的波子会对竹原存有幻想。

接着他更冷酷地对小孩说："你们应该去跟妈妈道歉，说你们连累了她，让她不能离开爸爸，跟我结婚生下你们，让你们妈妈很讨厌、很受不了吧！"

他自认为这一连串都是真话实话，还对应指责家中的两个女人虚伪。两个女人成天感伤，好像很有感情，但那是假的，他自己表现的冷酷才是真的。他还对女儿说：这就是"魔界"——撕开好看的表面，露出残酷的内在，这就是"我入魔界"。

最受冲击伤害的，不是两个女人，而是儿子高男。他内心激动跑出去找姐姐，他承受着终极幻灭的沉重压力。到小说结束时，高男已经不再是开头那个"父亲的儿子"了。

女儿品子其实也经历了幻灭。她从小和妈妈比较亲近，对爸爸不会有太多幻想，但爸爸还是给了她原本没有预期的伤害。品子去找爸爸，刻意问爸爸"魔界"是什么，引出了矢木一番议论——所谓"魔界"就是反对感伤主义，他在话中明显表示了对于家中两个女性的仇视，完全没有掩饰自己现实而无情的态度。

矢木缺乏现实感，但内在价值观却又很现实，充满了功利算计，这是最可怕的。他认为这些不当的情感羁绊了他，他要摆脱所有情感，只为了自我的存在去设想、算计，这就是"魔界"。

这番话让品子觉醒了。她意识到自己和眼前可怕的爸爸最大的差异，就是内在的感伤主义。她的心中充满了非现实的柔软情感。她原先没有勇气完全肯定这份情感,此刻源自对父亲态度的反对情绪,她确认了自己如此充满感情、依赖感情的特性。

"感伤主义"在她身上最深刻的烙印,是和香山的关系。十六岁的时候,她和香山一起去跳舞劳军,回来之后先是对妈妈说:"在世界和平之前,我不要生小孩。"然后又换另一种说法:"我会一直专心地努力跳舞,一直等待世界和平。"再换另一种说法:"到妈妈不再相信我能成为芭蕾女伶之前,我不结婚。"

这都是被香山刺激出来的情绪,她必须用这种方式来抗拒香山在她心中引出的爱情欲望。后来,曾经和她一起舞蹈演出、在舞蹈间有着特殊身体接触关系的野津追求她,品子明确拒绝了。那也是因为她忘不了香山。

那是品子心中最柔软、最脆弱的部分,过去她一直不敢面对,深深压抑着。但当她知道香山也在看同一场演出时,她忍不住追了过去;再来,遇到爸爸说那些残酷的话时,她反而解脱了,承认自己就是爸爸所看不起的那种"感伤主义"的人,被爸爸看不起,反而证明了"感伤主义"的珍贵价值。

重新解读"魔界"

《舞姬》小说结尾处,竹原决定去面对矢木。竹原来了,矢木以为他要来找波子，禁止波子出去见竹原。但此刻，原本的"父亲的儿子"换成站到母亲那边了，他挑战父亲："要不要见这个人，应该是妈妈的自由吧？"

不过重点在于，竹原不是来找女主人，而是要找男主人的。矢木没有心理准备，就拒绝了。没有见到矢木，但竹原仍然问了矢木会去学校的时间，他一定要正面迎击矢木。他怎么会采取这么强硬的态度？在小说中，是品子在竹原离开家门后追到车站帮我们问出来的。

竹原要品子去告诉妈妈：他调查清楚了，发现房子的所有权被偷偷转换给矢木了。愤怒的竹原要直接对矢木说："你怎么会做得出那么卑鄙的事？"北镰仓的房子是波子的家产，而且是当下波子能活下去的关键，矢木竟然在不告知波子的情况下，要自己处置。竹原或许不知道，但我们从小说前面的情节拼凑起来明白了：矢木告诉高男的计划，即把高男送去夏威夷，而自己要去美国，靠的就是得到了这份房产。那么他不只不顾虑、不安排波子和品子，乃至偷走了她们未来生活的依靠，陷她们于最糟的困境啊！

更令人寒心的，是做了这种事的矢木，不久之前还若无其事地听波子跟他说要将离屋卖掉的计划，那时矢木心中在偷笑吧——房屋产权已经被转移到他名下了，要不要卖房子根本不是波子能决定的。

品子比妈妈和弟弟更早知道了这件事。不过她并没从车站回家告知妈妈和弟弟，而是乘车去找香山。这是她彻底和父亲决裂的开始。父亲认定母亲和她太过于柔弱感伤，所以就可以用残酷的方式"进入魔界"弃绝她们，这让品子坚决地走和父亲完全相反的方向，绝对不要成为那样残酷的人，因而依循自己最柔弱的感情冲动，诚实地去找香山。

同时品子借这个决定，拒绝、否定了父亲对一休那八个字的解释。品子相信："佛界"指的是清净出家，那么相对"魔界"指的就是欲望横流的人间。很多人认为抛弃尘世种种出家修行很难，一休却要提醒世人：留在人间去处理种种欲望，承认、肯定欲望，在这种环境中去寻求解脱，才是真正最难的。愿意选择"入魔界"，也就是留在人间，才是菩萨道。

菩萨不入佛界，只有在人间情欲场里，才能解救、超度更多人。从个人的层次看也是如此，断绝一切感官，不看不听不说不想，让自己残酷麻木，这样得到解脱，相对是容易的。这样反而是方便，甚至廉价的，将自己关在真空的环境里，不敢面对任何诱惑挑战，形成一种空疏荒凉的存在，这是逃避。

反过来要能继续留在人间，追求生命不同的、更高的层级，才是难的，也才有更高的价值。在对于这句话的理解上，女儿也不再被父亲的"国学者"身份迷惑了，她有了从自己生命经验中而来的真切体会，看穿了矢木的说法是刻意的曲解。

矢木所处的，不是一休所说的那种"人间魔界"，是另外一种恶魔般的存在，来自他的恶魔心态。在此之前，品子已经直觉地对母亲说："父亲是从'魔界'在看着你。"矢木的那种"魔"不是一休说的"魔"，而是冷酷无情地吃着别人灵魂的状态。品子同样来自直觉的反应是："和爸爸说过话之后，连活下去的勇气好像都没有了。"

终于她弄清楚了，她必须区别一休所说的"魔界"和矢木所处的"魔界"，两者完全不一样。她要弃绝父亲的"魔界"，以热情回头投身在人间，也就是一休所说的"魔界"，去拥抱感情、去追求爱情。

如此，照道理说应该坚固难以瓦解的这个日本家庭，也就彻底瓦解了。

森鸥外的《舞姬》

《舞姬》这个书名指向了川端康成长期对舞蹈的高度兴趣，另外还指向了日本近代文学的开山名篇——森鸥外所写的浪漫爱情故事。

森鸥外曾经在欧洲留学，他所写的《舞姬》带着浓厚的自传性色彩。小说中描述主角太田丰太郎留学德国时，遇到了一位从波兰来的舞者，坠入情网。他当然知道两人身份差距带来的庞大阻碍，然而还是对女友许下了承诺。他回日本之后，这位舞者竟然不辞辛劳，真的抱持着可以和他在日本结合的梦想，远渡重洋来找他。然而太田无法应对家庭、社会的层层压力，最终只好逼着远道来投奔他的舞姬黯然离开日本。

这是一个极度悲伤的故事，和川端康成在战后写的同名小说，在内容上没有直接的关系。不过女舞者跳的都是西洋的芭蕾舞，她们的身体与男性欲望间的关系，从森鸥外的作品贯穿到川端康成的作品中，两者都探索、呈现了舞者身体既激发欲望与感情，同时又带来怀疑与批判的暧昧性。

另外，女性的身体状况，不可能不影响到她们的意识。展现自己身体的舞者，必定会有较高的自我意识，带来从拘束中解放的动机与效果。战争的全民动员，使得日本女性被迫从传统家庭内角色跳脱出来，提高了公众间的能见度，到了战后，创造出日本女性能够在舞台上展现身体的较大空间。

但这件事却形成了矢木最大的心结。他从来没有尊重过波子作为"舞姬"的身份，而且他有动机轻蔑"舞姬"，因为只要如此他就能在心理上追上出身家世远超自己的妻子。在矢木的眼中，波子是个"舞姬"，从头到尾就是个"舞姬"，因为是"舞姬"所以有可以让他醉心的身体；却也因为是"舞姬"，所以可以让他看不起。

战争给像矢木这样的男人带来双重打击。战争是男人发动、男人进行的，最后的失败当然也必须由男人来承担。日本的男人成为战争的幸存者，回到战后的日本社会，面对原先的弱者——女人和小孩——他们有了强烈的无力感。尤其是无力阻止女人改变，没有权力、没有办法可以将女人继续关在他们熟悉的那种家庭结构中。

对这样的时代特性，川端康成极度敏感，所以环绕着这个主题他接连写了《舞姬》《东京人》和《山之音》等几部精彩的小说。几部作品处理的，都是男人如何应对战后的双重打击。面对打击的几个角色，具备类似的性格，不过他们面对挫败的反应方式不太一样。

在《舞姬》中是矢木，《东京人》里对应的角色是岛木俊三。到了《山之音》中，小说主要刻画尾形信吾和儿媳妇菊子间的互动，然而信吾之所以关心媳妇，主要源自儿子尾形修一对待婚姻的态度。战争持续构成修一和菊子婚姻中的阴影，然而连做父亲的都弄不清楚儿子到底在战场上经历了什么，战争如何伤害了儿子。他怜惜、心疼儿子，却无从对儿子表达这份关心，于是将一部分关心投注在也必须承受伤害结果的媳妇身上。

矢木、岛木俊三和尾形修一，他们同属于被战争打垮了的日本男人。

第六章

战后的群像
——读《东京人》

从《舞姬》到《东京人》

《舞姬》小说中,矢木对沼田说:日本舞蹈和西洋芭蕾舞最大的不同之处,就在于芭蕾舞是青春的舞蹈。不一样年纪的人跳日本传统舞蹈可以跳出不同的风韵,但芭蕾舞却只能由年轻的身体表现出来。有十四岁的小女孩可以成为芭蕾舞伶,这是传奇;然而在芭蕾舞界更困难的是舞者到了三十岁,三十五岁,还能维持芭蕾舞伶的风华身份。

你如果看过娜塔莉·波特曼主演的电影《黑天鹅》,那么必定会对薇诺娜·瑞德演的那个过气芭蕾舞伶留下触目惊心的深刻印象。身体不再允许你做出原本会做、能做的舞姿,青春逝去的同时,也迎来专业与艺术追求的终结。

从《舞姬》到《东京人》,写的都是女人在面对青春逝去时的特殊处境。这原本是人人都会遭遇的普遍状态,然而波子是"舞姬",她只剩下最后能够跳舞、能够表演的一点点时光,再不跳就彻底没有机会了,即将消逝的舞台光彩是小说底层的张力所在,这促使波子追求爱情来延续青春的感觉,也因而有了对于婚姻不一样的看法与态度。

《东京人》里四十三岁的白井敬子,则因为是个"东京人",活在经历了大轰炸、战败、美军占领等大动乱、大事件的战后日本首都,而使得她的青春将逝,有了不一样的意义,也带来不同的挑战。

战争带来的巨变,给了她可以持续追寻青春、抗拒青春消逝的另一个机会。敬子在战前早早进入一段传统的婚姻关系中,然而还来不及好好认识第一任丈夫,他就在战争中死去了。

敬子必须自己一个人带着两个小孩面对战后的荒败局面,却也正因此,为了谋生开了在月台上的商店,找到了能够发挥的场域,开启了完全不曾预期的人生道路。

另外敬子也和《舞姬》中的波子一样,在青春消逝之前,借爱情抓住青春的感受。这方面,《舞姬》小说里有另一个重要的隐喻。

身为芭蕾舞者,排练场里准备的两出经典舞剧,分别是《天鹅湖》和《彼得鲁什卡》(亦译作《木偶的命运》),这两出舞剧形成了强烈对比。

《天鹅湖》是童话故事,关键在于被下了魔咒的人要如何破除魔咒还原为人?天鹅能重新变成人,要靠爱情,爱情是解药灵丹,表现了人们对于爱情毫无保留的肯定、崇拜。波子和敬子在青春将逝之际得到的爱情,不只是爱情,还是一份帮助她们解除原有束缚,让她们从原本不自由的情况下解脱出来的力量。

相对地,《彼得鲁什卡》故事中的爱情没有那么简单。这个故事里的主角也不是人,是提线木偶,没有自由,只有在被操控的状况下才能动。这样的性质使得木偶照道理说不应该、不能当主角。然而在这个故事里有三具木偶有了灵魂，有了自由意志，因此他们才能当主角。

《天鹅湖》里的天鹅原本是人，受魔咒之害才变成天鹅，最单纯的爱情能够让天鹅还原成人。《彼得鲁什卡》里的木偶却是得到了灵魂变成人，于是就和人一样会陷入爱情的迷惘中。木偶彼得鲁什卡爱上了跳舞的木偶，和另外一个木偶起了冲突，彼得鲁什卡因而被他的情敌杀了，丧失了好不容易得到的灵魂。与《天鹅湖》彻底相反，在这部剧里不是爱情赋予生命，而是爱情夺走了灵魂。

《舞姬》小说中多次提到《彼得鲁什卡》芭蕾舞剧中的最后一幕，尤其是其中市场的声音。这出舞剧由市场开始，也在市场结束，斯特拉文斯基的配乐中运用了大量的打击声响、不整齐的节奏，创造出纷乱吵闹的效果。彼得鲁什卡在这样的嘈杂环境中被杀了，然而在大幕落下之前，彼得鲁什卡的灵魂显现，向他的创造者表达抗议，之后又再度消失。

这象征着木偶虽然不得不接受其命运，但连木偶都不会乖乖地屈服，他用尽了一切力量表达反对的意志。对于波子来说，一方面爱情像在《天鹅湖》里一样，有着解开魔咒让女人得到自由的力量；然而，爱情不会只带来美好的事物，像在《彼得鲁什卡》中那样，一旦得到了自由去追求爱情，也就必须冒着爱情会带来伤害，甚至使得人再度失去灵魂的风险。

败战后的重生契机

更进一步,还有舞台和灵魂间的关系。《舞姬》书中矢木和沼田在旅馆里会面,沼田解释他提议让波子和品子合作跳双人舞,并且拍照留下美好身影,但她们拒绝了。矢木的反应是:"因为她们知道自己。"那是从他个人的价值观出发,认定女人不应该在舞台抛头露面成为别人欲望的对象,他认为她们母女因为自知羞耻所以拒绝了。

然而沼田回了他一句:"所有上舞台的舞者都必须要不知道自己。"沼田是从舞蹈艺术的角度出发,说出西方艺术的一项特征——那就是"忘我",艺术产生一种如同占据或替换了灵魂的作用,失去了自我、失去了自觉意识,才能成为对的角色。

抱持传统大男人主义态度的矢木,基本上不觉得女人有灵魂,将她们视为木偶。然而波子、品子她们通过舞蹈,进入忘我、非我的状态,反而摆脱了原本社会设定给她们的不自由、无灵魂木偶般的存在,得到了特殊的力量,是这股摆脱现实的力量让她们得以在战争中残存下来。

她们没有男人那样的自我中心,没有男人式的灵魂,才能在荒凉的战后废墟间,保有继续追求的勇气。像矢木这样一个国粹主义者,是原本"和魂洋才"口号、理想下的产物,他们活在现代物质环境中,却坚持保存"和魂",自认拥有一颗日本式的灵魂。"和魂洋才",里面没有女人,不包括女人,女人是没有灵魂的。然而到了战后，在川端康成的笔下，是谁、是什么因素得以保存"和魂"，进而让战败的日本有资格继续存在下去？

是女人。战争将男人都击倒了，只剩下女人。女人没有那种自我中心，对于美好的事物能够更客观虚心地去寻觅、拥抱，"和魂"只能靠女人来延续，绝对不是靠矢木那种国粹主义男人。

战后最大的特色是混乱，原有的规矩都被打破了，那些从规矩中长出来，重视规矩、内化规矩的男人应付不了。反而是《东京人》的敬子可以用有什么是什么的态度在月台上做起无法描述、形容的生意。基本上能够从黑市弄到什么，在贫乏处境中的人会想要的东西她都卖。

她如此不只养活了自己，还把握住了如果没有战败就不可能得到的繁荣机会。一切在战败中都进入一种不真实的混乱情况，活着这件事在那样的情况下变得如此虚无。为了活下去，什么事都可以做；而只要你什么都愿意做，那就任何事都可能掉到你头上，掉进你的生活中。这是《东京人》小说的时代背景、社会情境。

《东京人》的背景

《东京人》是在一九五五年出版的。这是日本历史上另外一个转折点，就在这一年形成了所谓的"五五年体制"。在这一年日本政党进行了大整合，自由党和日本民主党合并成为自民党，社会党也终于处理完内部分裂，在国会选举中，自民党成为第一大党、执政党，社会党则是第二大党、主要反对党。这样的结构固定下来，之后维持了将近四十年，一直到一九九三年，自民党才失去了长期执政的权力，出现政党轮替。

一九四五年日本战败后，国土由美军进驻占领，到一九五二年美军才正式撤离，再到一九五五年，终于建立了一套稳定的战后政治秩序。混乱局面的终结带来的第一项需求是每个人要如何适应新秩序，在新架构中找到自己的位子；还有第二项需求，就是如何回顾、理解之前那段梦幻般的混乱时刻。

在此时出版的《东京人》描述了各种不同的人，他们如何开始收拾自己的生活，从原来的混乱状态中摸索出可以定下来的办法。而他们会找到、选择的方式，无可避免地和之前混乱年代中他们的经历密切相关。

那段经历最大的特色是：你知道、记得发生了什么事，知道、记得自己做了什么，却不知道这些事情的来龙去脉，也无法控制其结果，弄不清楚事情是如何掉到自己身上的。

敬子能知道、能记得的，是因为一个奇怪的机会。作为一个丈夫在战场战死、带着小孩的遗孀，她得以在三重线的月台上开一家小商店。机会很偶然，那是临时的安排，在没有任何章法的情况下，她开展了新的生命。

真的是走到哪里算哪里。刚开始她在月台上有什么卖什么，卖了多少钱就有多少收入。后来小店被收回了，她还是可以在月台上卖东西，但卖得的钱却不再属于她，她变成领薪水的店员，但一个月的薪水，几乎只是她之前一天买卖能有的收入。

这样的混乱，机会突然降临又突然失去，发生在敬子身上，也发生在岛木俊三身上。岛木俊三在战后办杂志，突然杂志大受欢迎，有着近乎无底洞般的需求，怎么编就怎么卖。但同样的，这种情况来得急去得快，没有多久新的章法秩序恢复了，他所处的有利局势如春梦、如朝露般消失了。

小说《舞姬》在书名上表明了要写的是跳舞的波子和品子这一对母女，旁及惊鸿一瞥却让人留下深刻印象的友子，从"舞姬"们形成的核心拉出波子的家庭，记录这个家庭的崩坏。然而《东京人》展现的则是群像，是过去我们很少在川端康成其他作品中看到的写作方向。他不是要写特殊的人或家庭，而是在战争结束到战后将近十年间具有代表性的东京人。

战争、战后与女性处境

《东京人》是川端康成创作生涯中最长的一部小说。川端康成有着惊人的旺盛创造力，一生总共发表了八百篇小说作品，八百篇中有短到只有三百字的，也有像《东京人》这样四十万字的大长篇。

他从十二岁开始写作,一直写到超过七十岁,几乎没有停过。八百多篇形成的整体,和我们一般对于小说家川端康成具有高度选择性的印象,其实有很大的差距。日本文坛的读者和评论者很早就有了对于川端康成作品的固定偏好。《雪国》奠定了"川端风"的基础,此后凡是比较接近《雪国》风格的作品,一般就被视为是重要的,相对不像《雪国》的便很容易被轻忽了。

《东京人》就是属于不像《雪国》的作品,也是被认为"不像川端康成"的作品。但我们不能因此而轻忽这部作品,应该从这部作品中去体会川端康成写小说时有许多不同的企图,相应选择不同的写法。

对照带有浓厚"川端风"的《舞姬》和不像川端康成作品的《东京人》,我们会发现两部作品写作时间前后相衔,仅隔数年,而且有些共同的元素。像是《舞姬》开场出现了东京的地景,如日比谷、御苑、皇居、皇居森林等,这些地方也多次出现在《东京人》里。另外镰仓、北镰仓也是贯串两部小说的共同地点。

川端康成有意识地要处理战争、战后与女性处境,但他刻意用两种不同笔法写成了两部很不一样的小说。

《舞姬》写一个家庭,《东京人》则写好几个交错的家庭,呈现的战后景况比较完整,或换另一个角度看,比较公平。《舞姬》凸显出男人和女人的差异,波子和矢木形成了对比。川端康成呈现的是战争的伤害、冲击打垮了日本男人,从男人萎靡不振的现象中,浮现出日本女人从废墟中站立起来的身影。她们必须摆脱原本男人设定的种种拘束、限制,打造出新的"和魂",那是从她们对于美的追求与坚持中长出来的,才让日本得以继续存在。

但到了《东京人》里,川端康成将他的历史观察结论打磨得圆了一点,没有那么尖锐。他刻意将战后的局面分散写在三个不同的家庭里——白井家、岛木家和田部家。

田部家是最边缘的,但有着感人的故事。父亲战死,大哥要去从军。大哥的母亲也已经去世了,田部成为纯粹的孤儿,只有一个异母的弟弟是他的亲人。他以一家之主的身份做了一个很传统的决定,要逼继母改嫁,却将弟弟留下来,自己养大弟弟。

从一个角度看,这样的决定很无情,不让继母带自己的儿子,将她送回娘家去。但事后证明,这并不是源自他对继母的不满或敌视,而是他试图顾全继母和弟弟。从这个角度看,他有一份忠于家庭的深情,而且难得地在战争之后没有被彻底打垮。

川端康成做了缓和修正,描写了一种在战后挺住了的男人,进而去探讨,为什么他们可以不被战争打垮?

田部身上有一种矢木、岛木俊三和尾形修一都没有的素质,而那样的素质在小说中是以细腻的笔法化成吸引、感动敬子的细节呈现出来的。敬子去客户家卖表、卖翡翠,发现这家人竟然是她以前在月台开小店时就认识的,她回想往事,两次落泪。

当年她认识这个像是黑道的男人，知道他爱上了一个擦皮鞋的女孩。在那样如噩梦般混乱的局势中，这样的爱情能有什么结果？没想到多年之后重逢，擦皮鞋的女孩还和这个男人在一起，成了他的妻子。敬子带着贵重的手表、翡翠，买家竟然是之前曾经在月台上帮人家擦皮鞋的女孩，让她格外感动。

田部是这样有情有义的人，得到机会赚了钱，并没有抛弃落魄时爱上的人，于是那么一个擦皮鞋的女孩，现在得以转身变成了买得起名表、翡翠的贵夫人。就是这样的情义，使得田部成为川端康成战后小说中少有的未曾被战争打垮的男人。那不单纯是因为运气，而是他身上的这份特质。

岛木的托付

田部的个性影响了他的弟弟昭男。敬子第一次遇见昭男时，他专心看着猫在作画。他后来开自己的玩笑说："别人当上了医生就去收藏画作或学画画，而我，顺序倒过来了，还没当成医生先做了准备——去画画。"这其实不是真话，昭男的志愿是学美术，当画家，但战争改变了他。面对夺走众多生命的战争，只有医生能将人从死亡边缘抢救回来。他父亲是一位军医，死在了战场上，他不只是继承家业，更是自觉地认同父亲的作为——那么多人死在战场上，但军医不一样，军医是逆反战争逻辑，为了将生命救回来而奉献了自己。

这是昭男的生命情调，也是田部家的特殊家世背景。昭男之所以爱上敬子，因为敬子身上有那样的沧桑，和沧桑磨炼的强悍。她经历了战争到战后的种种考验，还能活下来，还能焕发出生命的光与热。

在战后的环境中，敬子和女儿弓子形成了对比：弓子是娇娇女，认为女人该有传统女性的柔弱样子，带着感伤的哀愁。弓子喜欢昭男，却吸引不了昭男，会吸引昭男的，是川端康成要塑造的一种战后日本新女人——在战争中累积创伤折磨的幸存者，脱胎换骨具备了之前日本社会无法想象的强悍与自信。

小说中还写了岛木家，丈夫岛木俊三和妻子京子结婚没多久，生了女儿，京子就病倒了。京子前前后后病了十五六年，曾经病重得几乎死去。岛木俊三是个心软而沉默的人。因为心软，他做的决定和一般人很不一样，却又沉默地闷在自己心里，不会对其他人表达。

当岛木意识到妻子恐怕将要去世时，他陷入挣扎，最后决定将当时十岁的女儿弓子交给在月台上开店的一个女人。事情发生在四月，他突然对月台上开店的敬子说：这个小孩的母亲快死了，拜托让我把她托在你这里，我不要带她去面对妈妈的死亡，大概要三天我才能回来。

敬子几乎是别无选择，只能帮这个忙。但为什么找上敬子呢？岛木和敬子并不是情人关系，甚至没有多熟啊！敬子能想到的，是之前一月时，天寒地冻的某一天，岛木明显喝醉了，到月台上来对她说："我心里什么都没有，只有一个坐上电车到这里来的念头。下车不是为了别的，只要来看你一下。"说完岛木转头就离开了。那是沉默的岛木唯一能找到的表白方式。

京子重病长期住在疗养院里，岛木总觉得京子随时会去世，因而不愿意女儿和妈妈太亲近。但京子拖着拖着活下来了，岛木又忍不下心离婚。不只是无法结束他有名无实的婚姻关系，后来当他的公司出问题时，他同样出于心软无法结束公司，以至于将自己压垮了。

他唯一的牵挂是弓子。不过在确认敬子和弓子之间有了比一般亲生母女更亲近的关系后，他就失踪了。岛木虽然没有被战争击倒，但他也还是无法通过战后混乱局势的考验。

敬子的三个男人

然后是白井家。表面上看白井家着墨最多，然而和《舞姬》的写法不一样，《东京人》不是要写这一个日本家庭，而是将这个家庭放入几个代表性的家庭中互相对照。白井家最重要的是敬子，而且她是自己口中所说的"没有男人运的女人"。

敬子生命中曾有过三个男人，第一个是白井，从军死在战场上；第二个是岛木，被战后的公私环境变量打垮了；第三个则是田部昭男。敬子会被岛木吸引，因为她自己是战后出现的新女性，能够照顾自己，拥有在社会上竞争生存的强悍能力，她特别能察觉岛木的心软、脆弱，在庞大的压力下持续近乎无望地挣扎。只有在战后情况下，才会有这种男女强弱逆转的爱情。

和敬子有关系的三个男人，都没有办法给她好的归宿，证明了她没有男人运，然而更深一层看，是在战败的非常环境中，才使得她去经历了这三个男人，累积了关于男人运的实际经验。

在战后局势中，意外地开放了敬子做生意的自由，敬子赚了钱，让从小失去父亲原本应该过着悲惨生活的两个小孩，意外地、莫名其妙地有了丰衣足食的环境。但这两个孩子——朝子与清——成长中没有父亲，母亲又经常不在，和家庭之间是疏离的，所以岛木就看出了这两个孩子的任性与奢侈，又和母亲无法亲密沟通的问题。

以白井家对比《舞姬》里的矢木家，矢木家有复杂的个性、感情、人际纠结，然而其中成员的角色是单纯的。父亲、母亲和姐姐、弟弟两个小孩，顶多再加上一个母亲的情人。这几个简单的角色竟然维持不住一个理应稳固的日本家庭，关键问题出在被战争打垮而人格高度扭曲的矢木。他是传统概念下的家户长，也就成了家庭瓦解的主要变量。

但白井家没有这种自然的结构，而是拼凑起来的。本来血缘联结的母亲和两个小孩，却因为母亲做生意赚钱，而疏离开来，变成一种准瓦解的状况。另一部分岛木带着女儿弓子加入，和敬子同居。这样组合起来的家庭，核心不是岛木和敬子，反而是敬子和弓子之间的关系。

原本应该最疏远，没有血缘关系，又属于不同世代的这两个人，反而建立了得以维系这个家庭的强韧纽带。虽然亲生母亲还活着，弓子却因为母亲的病和父亲的保护，成了一个没有妈妈的小孩。而她遇到的敬子则倒过来，尽管生了两个小孩，在战争到战后的过程中，她和女儿、儿子没有太多互动，变成了一个没有小孩的妈妈。

原本岛木俊三的事业还顺利时，敬子得以从繁忙的工作中喘一口气，才有时间、精神可以陪小孩，但这时候在她身边的不是已经长大的朝子和清，而是最小的弓子。于是敬子和弓子间发展出一种超乎母女的感情关怀联结。弓子和岛木是亲父女，敬子对弓子投注了高度的关爱，接着哥哥清又对弓子有了相当程度的迷恋。于是实质上，这个家庭靠着弓子黏合起来。

而唯一没有被弓子拉住的，只有朝子，她就形成了这个家庭隐形的破坏变数。

组合之家的重重考验

《东京人》描述的也是日本家庭如何承受了巨大的社会集

体打击而逐渐瓦解。但其过程并不像《舞姬》中那么明白、直接。《东京人》之所以写了那么长，其精彩之处就在川端康成耐心铺陈了白井家遇到的一项一项考验。

一项突如其来的考验，是原本只在名分上是岛木的妻子、弓子的妈妈的京子，病竟然痊愈了，要从长期养病的热海到东京来。岛木出于心软迟迟不愿去解决的问题，这威胁着好不容易拼凑而成，经不起多出这样一个人的家。多年之后，岛木终于下决心离婚。但在过程中他又离开了这个拼凑组合的家，于是考验从多出一个人，又变成少了一个原有的成员。

接着，游离的姐姐朝子追求舞台生涯，遇到了小山，有了新的关系，这个家又少了一块。再来岛木不只离家，进一步消失不见踪影，给敬子和弓子带来简直无法处理的难局。弓子之所以将敬子视为母亲，是因为父亲和敬子同居，她是随着父亲才和敬子有关系的，现在父亲不见了，她和敬子之间的关系依据消失了，两个人要如何在没有关系基础上保有感情并共同生活？更何况，还有弓子的亲妈妈准备要回她自己的婚姻、家庭身份。

还没完。弓子逐渐长大，愈来愈不能接受哥哥清给予她的注意关怀。她对清是兄妹之情，但清那边抱持的却是男女之情。长大意味着哥哥期待她成为女朋友的压力愈来愈大，愈来愈无法不摊牌。

清是个不太懂人情的男生，尤其不懂得如何和女性相处，一部分是因为他无法从和母亲互动中学习。弓子很受不了清那样一副理所当然的态度，为了要摆脱清，她将感情投射在田部昭男身上。弓子因为觉得昭男有点像爸爸而爱上了他，麻烦的是，同样失去了岛木的敬子，也爱上了昭男。

关于这样的关系变化，川端康成在小说中一段段的生活处境中发展开来。我们读到的，是这个奇特的"白井／岛木"家被一块一块拆掉，家逐渐变得不像家，给了每一个成员不同的考验。

在《东京人》中，没有哪一段感情、哪两个人之间的关系，是理所当然的。没有正常的夫妻，没有正常的亲子，也没有正常的情人，没有正常的朋友。背后对应的，是战争带来的巨大破坏，造成价值秩序的崩溃，以至于要重新收拾，将动荡飘摇的关系固定下来，是多么困难！以此构成了《东京人》中的群像。

《东京人》小说最精彩的成就在于：没有任何人被刻板化呈现，每一个人面对关系时都是独特的，两两对应的方式都不一样：敬子和弓子的母女关系，敬子和岛木类似夫妻却又不是的关系，敬子和昭男的情人关系，都非常特别。还有岛木俊三和小林美根子之间几乎无法形容的关系，也让人留下深刻印象。

美根子自豪于当岛木陷入人生最低潮时，是她而不是敬子和岛木在一起。六月十四日那天，岛木去参加告别式，家里的敬子和弓子却高高兴兴地在庆祝弓子的生日，都没有意识到岛木的悲哀，没有特别注意、理会他。只有美根子有着不祥的预感，一大早去车站等，最终等到了岛木，因而岛木失踪前的最后一天，是和美根子在一起的。

岛木失踪了，在一个意义上，从岛木失踪前一天才开始的关系——和美根子之间的感情纠葛，却持续发展。岛木对美根子说的一句话，一直在美根子心中发生作用，给她带来了巨大的变化。岛木说："如果你相信自己是个美女，你就会变成一个美女。"

美根子从原本平庸的女职员，在岛木失踪的时间中，转身成为酒店的女侍。她一直自豪于看出了岛木最深沉的伤痛，然而又一直遗憾自己没有办法将岛木拉回来。于是她解释岛木对她说的那句话，认为就是自己不够自信，没有成为一个美女，所以无法让她爱慕的社长愿意为了她留在这个世界上。

岛木失踪的七个月间，美根子如此努力地增长自己的美色，想象着如果是现在，自己就能以美色、以艳丽的身体魅力将所爱的男人留住。那是她处理生命憾恨的一种方法，也是对于岛木挚爱的一种表达。

被解放的家庭幸福

托尔斯泰的名著《安娜·卡列尼娜》开头的第一句话说："所有幸福的家庭都是一样的，而每一个不幸的家庭都有各自的不幸。"

这是一句警句,让人印象深刻,但不应该只当作警句被记得。还应该放回小说中去理解托尔斯泰为什么选择以这句话开头。托尔斯泰要点出的,是安娜·卡列尼娜最大的不幸来自她对幸福的追求。她不知道、不愿承认自己是幸福的,她认为在现在的生活之外,有别的幸福,所以她一直在寻找,于是给自己、给周遭的人制造了不幸。

《安娜·卡列尼娜》和福楼拜的《包法利夫人》有共通之处,都是在描述女性在婚姻中不满导致外遇。在十九世纪的小说中,这样的题材普遍出现,显示了在婚姻不再理所当然的情况下,人无法像托尔斯泰主张的那样确信什么是幸福,多了去探索幸福的冲动,因而进一步破坏了原有的婚姻规范,带来种种骚乱不幸。

阅读《东京人》的一个角度,是承认这部小说有着像是通俗小说的中心题材,讲的就是追求幸福的故事——什么是幸福,人如何能得到幸福?不过川端康成将这个主题放在战后东京的环境中,因而这些人追求幸福的经验与过程,沾染了时空背景的逆反特质。这种"东京人"要追求幸福,前提是用了排除法的——排除了在家庭中寻找幸福、得到幸福的可能。

《包法利夫人》和《安娜·卡列尼娜》都碰触了同样的前提:当人无法从婚姻、家庭中得到幸福时,那该怎么办?是只能放弃幸福呢,还是可以到哪里去寻求幸福?《东京人》里的这些角色，被置放进战后东京的处境中，社会动荡变化下，家庭失去了原先使人生安稳、提供幸福的功能。

另一方面，战争到战后的翻天覆地情况，给了人们过去无法想象，几年之后也不会再出现的一种混乱中的自由。受到可以自由行动的新空间的刺激与诱惑，人们很自然地投身在那一波波大浪中，与其说去追求幸福，不如说去碰撞幸福的可能性。因为现在谁也不知道新时代的幸福，离开了原有的社会规范，会长什么样子。

小说中弓子有一段时间住到姑姑家去，过年的气氛中她怀念起在妈妈家，也就是敬子那边过年的景况。姑姑家是少有保留下来的旧家庭，过年只能穿上和服和姑丈去散步。这不是战后东京人的生活。在敬子家，过年有太多可能性，有太多活动可以做——去浅草听钟声，然后去神社参拜。半夜的浅草挤满了人，群众构成了热闹的人流。浅草最能代表东京这样的大都会，随时都有人潮，让人可以随时隐身进去，就消失了踪影，平日的身份角色也消失了，不再是原来有家人、有亲戚、有邻居、有同事，被固定在人际关系里的那个人。

而岛木俊三就是在浅草消失的，后来也是在浅草再度出现。他成了站在浅草热闹街道上的人体广告招牌，前胸后背都挂着大大的广告牌。他彻底放弃了原来的身份，换了一种完全不一样的方式活着。

并不是每一个社会、每一个时代都有让人如此消失的空间。

可以让人如此消失的环境，带有两面的戏剧性：一面是高度的恐慌，人是流离、变动不居的，严重缺乏安全感；另一面则是高度的兴奋，因为处处是自由。战后东京提供了像浅草这样的地方，岛木失踪了那么久，大家都认定他死了，甚至连告别式都帮他办好了，然而就是浅草这样的地方提供了他隐姓埋名继续活着的条件。

《东京人》反映、显现了这个特殊的时代。

战后身份失序

大家看过东野圭吾的《祈祷落幕时》吗？如果看过，尤其如果和《东京人》放在一起读，应该会产生奇特的熟悉之感。《祈祷落幕时》关键的场景是东京的游民住处，许多没有身份的人躲在那里。

关于东野圭吾的这部小说，先探讨一下其创作背景。东野圭吾在二十世纪九十年代崛起，一些作品得到了销售和读者反应上的成就，然而他在日本推理界的地位，却一直有着特别的压抑与委屈，因为宫部美雪比东野圭吾稍早成名了，而且写出了代表作《模仿犯》，很快在文坛得到了"松本清张的女儿"甚至"国民作家"的美号。

在日本，自从写《宫本武藏》塑造新的武士道精神的吉川英治之后，有了明确的"国民作家"观念。那是大众小说作者能得到的至高荣耀。配称得上"国民作家"的，不只作品要极度畅销，到"有井水处都有"的地步，更重要的还得对于日本社会的精神面、价值面产生确定的改造影响。

吉川英治之后，有改变了日本人"维新史观"的司马辽太郎，还有塑造了日本战后正义观的松本清张，这是两位公认的"国民作家"。二十世纪九十年代，宫部美雪以处理日本陷入的"后泡沫经济"的新困境，不只成了"国民作家"的候选人，还被视为松本清张当然的、合格的继承者。

有宫部美雪在前面，东野圭吾只能和其他人竞争推理界第二名的地位。不只如此，因为宫部美雪被赞誉为复活了松本清张的社会派推理传统，相较之下，东野圭吾就被归类在"本格派"中。其实不论是宫部美雪或东野圭吾，创作的路线都很广，都涉猎了多种不同写法，但先入为主的观念形成了，宫部美雪的社会派作品会特别吸引注意，相对的，东野圭吾的本格派作品得到较多的肯定。

东野圭吾对这样的情况带着一份无奈，多年来他一直试图改变加诸他身上的这种认识。他写了《白夜行》，写了《嫌疑人X的献身》等，都是要摆脱被放在本格派中的狭窄归类。《祈祷落幕时》是他另一次重要的尝试努力，明白地要伸张自己在社会推理上应有的地位。

松本清张的社会派推理，诞生于日本战后的大混乱情境中，许多人失去了原来的身份，因而陷入困境，却同时取得了自由。困境与自由相加，结果是为了活下去而离开原有的各种拘束做了恐怕自己都无法想象的事。等到十年后，社会重新建立了秩序，每个人都要归位到某种固定、可辨认的身份时，那十年间曾经做过的事，便带来了不方便、尴尬，乃至悲剧。松本清张以他的小说记录了日本历史上的这段经历。

东野圭吾找到了和松本清张的交集。那是九十年代，日本经济泡沫化之后，带来了类似战后初期那样的大冲击、大震撼。战后动荡使得像岛木俊三这样的人失去了家庭后，放弃身份失踪了。九十年代泡沫经济之后瓦解了公司制度。长期经济发展中，日本男人主要的认同不再是家庭，而是奉行"终身雇佣制"的公司。日本男人将人生主要的时间都放在工作上，交付给公司。下班之后还有各种应酬，每天晚上十点、十一点才满身酒味搭上电车回家。不只是深夜电车上都是这种夜归人，甚至如果有些日子没有应酬、不用应酬，他们自己会觉得不好意思，不敢提早回家，早回家了太太也要担心是不是在工作上遇到了什么糟糕的状况。

也就是连家庭也被公司改造了。然而九十年代，公司无法再支持"终身雇佣"，有些人被迫面对之前绝对无法想象的失业打击，许多家庭跟着被拖垮了，于是产生了另一次的身份大纷乱、大瓦解。

《祈祷落幕时》充分运用了这个背景，小说中所发生的事只有在这个背景中才有可能发生。

东野圭吾明确地以《祈祷落幕时》向松本清张的名作《砂之器》致敬。《砂之器》写的是在战后身份失序中，父不父、子不子的故事；《祈祷落幕时》则写父女关系，失去了身份成为游民的父亲和女儿之间的悲剧。

松本清张早期轰动一时的社会派推理小说，包括《砂之器》，和川端康成的《东京人》处理的是同样的时代、同样的社会情境。岛木俊三这个角色，几乎完全可以放进松本清张的小说中，具备"被害者＋凶手"的原型条件。

多重的三角关系

《东京人》以战后东京为舞台，呈现了那种环境里的家庭变化。弓子有一个同学稻子，在一间酒吧里唱爵士乐曲，她们几个人就到英子家，要英子的哥哥带她们去酒吧里听稻子唱歌。

稻子为什么会去酒吧唱歌？因为父亲得了癌症，但那其实是她的继父，和她没有血缘关系。然而和这个父亲结婚的母亲，和稻子也没有血缘关系，是她的继母。稻子生活在这样奇特的家庭中。战后继父重病，因而她选择到酒吧里唱歌赚钱。

另外一个同学没有妈妈，爸爸带着她，过年时会一起搭飞机去京都，还会跟她说等她结婚时搭飞机去巴黎吧！不过这样的对话，里面有挥之不去的阴影，那个爸爸同时也考虑着：如果再有下一次原子弹爆炸，而且很可能是更可怕的氢弹爆炸，要搭飞机还是直升机比较可能逃得掉？

那一屋子的人，几乎都没有正常的父女关系。弓子没有说话，她的父亲丢下了她消失了，可能死了，她绝对不愿意和亲生母亲在一起，能够依赖的，是曾经和父亲同居过一段时间的，和她之间没有任何正式关系，甚至连继母都不算是的敬子。

在《东京人》中，川端康成写出了重复的模式。平常情况下的两人关系，在小说中都成了三角关系，小说情节就发生在一层又一层的三角关系中。但这些三角关系形成的原因又都很不一样。

敬子、俊三和京子是三角关系，由外遇形成，算是最单纯的三角关系。但京子长期患病，使得三角关系不像一般的"夫妻＋情妇"纠纷。京子突然从疗养院出来，去到敬子和俊三同居的家中，她是如此天真，对于现实、人情如此无知。

俊三在敬子身上看到的，是能干、世俗，对人间事务极度熟悉，能够优游在战后东京的复杂多变环境中。换成另一个时代、另一种社会，敬子的这些能力恐怕无用武之地，也无从表现出来，但在战后东京她得以发光发亮，和黯然无知的京子形成极端对比。

在这样的三角关系之外，又多加了美根子，另外有了"岛木—敬子—美根子"的三角关系。俊三原来欣赏敬子的能干，然而一旦俊三自己的事业出问题走下坡，敬子的这份特性就转成了越来越大的压力。

在俊三失踪前，他曾经希望敬子能将房子拿去抵押，借钱来解救他的公司，而敬子拒绝了。重点不在敬子不听岛木的，而是岛木深深了解敬子的能力与强悍，敬子的判断向来是对的，用这种方式是救不了岛木的公司的。还有更痛的地方，他们两个人不是传统的、正常的夫妻关系，并不是丈夫在财务上照顾妻子，妻子依赖丈夫。

俊三必须面对这件事实：他得求敬子帮助他、救他，得将自己放到了一个极度屈辱的位置上。在这项关系变量上，连带产生了俊三和美根子的关系。美根子孤零零地在东京和弟弟相依为命，几乎一无所有，她急切地想要抓住什么，但她抓到的，是一个悲剧。

她崇拜、认同的对象，是工作中的社长，是给她提供生活资源的人。她将感情投射在岛木身上是正常的。但后来这份感情变质了，变成了更深沉、更难解的执迷。

美根子原先是被动、处于较低地位地仰视社长，却在岛木沉沦的过程中，突然发觉自己有了可以倒过来同情岛木、帮助岛木，甚至解救岛木的机会，自己可以成为一个偶然的女英雄。然而在那稍纵即逝的时机中，她失败了，以至于她无法放开，在大家都放弃了寻找岛木的情况下，她一个人不只持续寻找，而且紧紧抓住岛木失踪前跟她说的一句话，彻底改变了自己的人生。

难以定义的关系

另外一组三角关系,发生在一个女儿和两个妈妈之间。血缘上的妈妈反而是没有感情、假的妈妈;连正式继母身份都没有的敬子,和弓子的情感却亲密多了,甚至因为没有正式母女关系,反而发展出比正常母女更亲昵的互动。

这样的关系没有任何保障。不能靠血缘提供保障,也不能靠敬子和弓子父亲的婚姻来保障。生物性和社会性的这两头都是空的。所以她们只能靠感情,两个人都急切地要用更热情的方式来系住对方。她们必须不断反复从生活细节上去确认和对方的感情关系,那不再是一般母女相处的模式,反而更像是没有肉体关系,无法有肉体关系的同性恋人。

敬子和弓子不会是正常的母女互动,而京子病愈后的重新出现,只会让她们的关系更复杂。而在这个三角关系之外,又多了另一个纠结的三角关系,发生在敬子、弓子和昭男之间。这就不只是像美国电影《毕业生》中那样母女爱上同一个男人的故事,敬子与弓子间介于母女和情人般感情的关系,有时使得这三角关系更加暗潮汹涌,有时又让这三角关系因而得以云淡风轻。

一般两女一男的三角关系，必定是以夹在两个女人间的男人为中心的，但川端康成写出的这段三角关系，却还是以弓子为中心。敬子一直爱着昭男，但她心中最大的阴影是：如果和昭男的关系继续下去，她会失去弓子。

敬子知道弓子爱昭男，相对地，弓子并不知道敬子和昭男的关系。但弓子并不是全无感觉。小说中描写了一个日本战后的特殊情景，那是"红羽毛募捐"。负责在街上劝募的女学生带着刻意染红、醒目的羽毛，遇到有人捐了钱，就将红羽毛插到募捐者身上。这是很有效的募捐手法，一来女学生的动作既天真又亲昵，二来看到街上愈来愈多人戴上了红羽毛，还没捐钱的人会有压力。

弓子参与募捐时，在银座遇到了敬子和昭男走在一起，她突然就生病了。她喜欢昭男，不过她更爱敬子，所以会有那么强烈的反应。这可不是两个女人抢一个男人的故事。

敬子并没有正式和岛木结婚，这时候大家也都认定岛木死了，昭男也没有婚姻或女友的羁绊，他们两个人虽然有年龄差距，但并不是外遇不伦。然而必须如此躲躲藏藏的，是敬子顾忌弓子，担心弓子的感受。敬子和弓子的关系没有其他保障，她害怕会再也无法和弓子亲密相处。

还有一组三角关系，仍然是以弓子为中心，她夹在哥哥清和昭男之间。这又不是简单的男女感情选择问题，而是增加了弓子和清以兄妹方式相处共同长大的背景，还有他们若有似无的亲属名分纠缠在其间。

能干的敬子有效地应对了战后的时局，但她还是必须付出代价，最大的代价是养出了两个从小被迫独立，因而长大后带着孤僻个性的儿女。他们不可能和在外面忙碌不堪的妈妈过亲近的生活。在这方面，岛木俊三带来的弓子完全不一样，弓子非常温柔又非常依赖敬子。朝子不像个女生，清个性强烈偏执，他们都不了解母亲，母亲也无法将感情寄托在他们身上。朝子和清在家里的作用，反而是将敬子推向弓子。

敬子原本还有对岛木的感情，然而在岛木的事业出问题后，两个人的关系也变质了，在这个同居组成的家中，敬子就更是只能将感情依附在弓子身上，直到她遇见昭男。

向新时代投降的小山

小说里的这些人都想寻找幸福，但他们都无法回到原有的家庭环境中得到幸福。

朝子和小山没有复杂的三角关系，两个人后来也结婚了，但他们仍然不幸福。两个人表面上看像是一般的夫妻，但这样的表象只有浅浅的一层。用传统观念评判，这是一场丈夫不像丈夫、妻子不像妻子的混乱婚姻。

朝子永远大刺刺的，永远和外在世界处在龃龉中。她这种个性有一部分来自和妈妈敬子间的关系。在战后环境里，她找到了很不一样的出路，成为一个舞台剧演员，因为进入了这个行业才遇到了小山。然而，在小山心中家庭并不重要，他优先考虑的是演员事业的发展。他对朝子的感情，离开了原有的家庭夫妻关系，变成有着共同的舞台事业的两个人。进而他看重朝子能建立自己演员生涯的程度，胜过朝子所扮演的妻子角色。

小山的看法是：我身边这个女人有机会可以成为大明星，为什么要让她生小孩？但这样的态度，即使出于善意，都会让朝子感到疑惑；更麻烦的是，小山其实并不具备足够的精神与物质条件，能够克服抗力去实现想法。朝子和小山两人虽然结婚了，却不是传统、稳定的丈夫与妻子，他们之间的关系仍然极其纠结。

小山后来选择到大阪关西广播公司工作，去当职员领一份固定的薪水。在此之前，他和朝子是打零工的演员，但他们心中有一份热情、一份期待，然而期待一直落空，热情持续消磨，终至小山决定离开战后开放最多机会的东京，去大阪上班。

小山去大阪象征着那样的"战后"时期结束了。战败开启的这段"战后"，用马克思的名言来形容，"一切坚固的东西都烟消云散了"。原本得以依赖、以为绝对不会改变的根基都灰飞烟灭了，展现出新的、不确定的面貌来。人必须在这样的环境中找出应对办法，然而任何的应对、解决又都是暂时的，不知道什么时候就会失效。

《舞姬》中矢木认定这样的一段时间，只是战争与战争间的空档，下一场战争随时会降临，他实际上是被这样的感受压垮的。但即使是矢木这样的态度，我们也不能不投注一定的同情。回到当时的国际环境来看，第三次世界大战真的没有那么遥远。他们那一代的人清楚记得第一次世界大战结束后才二十多年，就又有了第二次世界大战。在日本，间隔还更短，才十多年，一九三一年，日本就进入东北，开始了对中国的侵略。而一九四五年日本投降，才不到五年，在最靠近日本的地方，爆发了没有人知道终究会到达什么样规模的朝鲜战争。

而矢木会相信自己活不过下一场战争，也因为日本是唯一经历过原子弹爆炸毁灭的国家。毁灭了广岛和长崎的原子弹够恐怖了，这时还又出现了威力更大的氢弹，他们有理由相信：下一场战争必定是原子弹、氢弹的战争，将带来彻底的毁灭。

眼前看到的、自己所存活的环境，不知道什么时候会消失，当时的人必须在这样的前提中去追求短暂的、不可靠的幸福，因而采取了那种不定状态中追求幸福的特殊方式。

在那过程中，有着各种只能冒着错误的危险进行尝试，尝试失败了当然就带来种种不幸。

《东京人》写的，是从战败走向"战后"的结束。一个个混乱中的不幸故事收束、整理出应对下一个时代的模式。

小山是第一个向新时代投降靠拢的，他曾经在战后的极端自由中做梦，这时他放弃了自由，要去领不自由的薪水。扩大来看，原先战后混乱中人人追求不同幸福的场面要结束了，取而代之的是一种共同的、公认的，大家都应该依循的幸福模式。对照之下，之前像是一段奇幻、借来的时光。

这份奇幻之感，在东京格外突出，因为"东京人"没有故乡。如果不在东京，还有比较多的机会可以抓住残留的家庭、社会组织提供定锚点。在东京，人们得不到旧制度与旧情感的保护，只能在失落中自己摸索，在摸索中经历许多痛苦与不幸。

"五五年体制"终于形成了，战后的混乱得到初步收拾，回头看，感谢有像《东京人》或《砂之器》这样散发着长久光芒的文学作品，对那样的时代、那样的状况留下了记录，对比后来"五五年体制"到"团块世代"所固定下来的日本社会，可以体会混乱时代的自由，以及人们运用自由追求幸福的途径如此不同，反衬出后来社会的固定模样，其实并不是那么必然、那么理所当然的。

隐晦中的感染力

《东京人》长期没有中文译本。大概很多人认为这部小说的风格和中文世界里对于川端康成的印象有很大的差距。的确，川端康成明确地没有要再写一部《舞姬》那样的作品。

《东京人》有了不起的价值，来自川端康成对于那个战后如同借来时光中的奇幻情境的关注。他或许不是最适合记录那个时代的人,但已经处于"余生意识"中的川端康成勇敢地承担了他的责任,不放弃以文学凝视时代、表现社会。

整体而言,日本是个惊人的文学大国,无论从作者面或读者面来看都是。军国主义与战争虽然强烈压制文学、管制文学内容,又经历了战败的空前打击,但战后日本的文学还是很快复苏了,有了杰出的作者、意味深远的作品。更重要的,还有了众多饥渴探索文学的热情读者。

但即使如此,复苏还是需要时间,战后这段时期的纯文学作品,并没有那么多。要实时掌握社会秩序瓦解中,人身处不幸却梦想幸福的特殊景况,不是那么容易。

川端康成在《东京人》书中放入了更强烈的时代性,所以要用群像来织画社会质地。但虽然是群像,由川端康成写来毕竟还是不一样。那么多缠卷在一个个三角关系、四角关系中的人物,每一个都有着鲜明、让人难忘的形象。而且虽然写得那么长,川端康成的笔法仍然不会是灌水式的,保持着文本的浓缩性质,有很多值得细读展开的部分。

川端康成不喜欢、也不善于写激烈、戏剧性的场景,因而即使在铺陈战后乱局的种种非常经验与非常情感时,他还是习惯进行减省,而不是添油加醋。像是岛木失踪这件事,如果在松本清张的小说里,应该会带来犯罪联想,大家会猜疑这里发生了命案,放在那样的乱局中,也就可以找到许多可能的犯罪动机。经过对于种种线索的搜集与分析，最后发现了：原来凶手是岛木自己，他毁灭了社会性的那个岛木俊三的身份，等于将自己杀了。而回顾他做出这样决定的过程，和美根子一起度过的夜晚，到第二天早上美根子又追到车站敲他的车门，又跟他共同度过了一天，那应该会是如何惊心动魄的心路历程啊！但川端康成没有这样写，使得我们对岛木俊三如何走上绝路无法有切身的体会、理解。

又例如敬子和昭男间，有过一段肉体的热情阶段。如果是由三岛由纪夫来写，那么他们的性爱就会和战后社会带来的空虚、耽美、绝望紧紧缠卷在一起，并得到华丽的铺张。但川端康成也不可能这样写。

对于性，川端康成一贯很含蓄。《舞姬》小说中矢木从京都回到北镰仓的家中，到第二天吃龙虾之前，川端康成借波子的意识，暗示了两次夜晚中发生了什么事。一次是波子早上感觉精神很好，一想突然感到害羞，难道自己是因为昨晚的事而有了好精神？后来她看到矢木疲倦的模样，同样联系到前一晚两人间的性爱。

波子因此而回忆起年轻时和丈夫做爱，达到高潮会眼前一片金星，她曾经天真地问：男人也会这样吗？接下来她又意识到结婚这么多年来，她从来没有，一次都没有，主动要求；也从来都没有，一次都没有，拒绝丈夫的要求。

但在两章之后，她第一次破天荒地拒绝了矢木在性上的索求。那是她的恐慌与反感到达一个新高度的表现。她原先以为自己恐慌的是怕被丈夫发现自己和竹原之间的精神外遇关系,然而后来她更明白了竹原对矢木的鄙视,进而释放自己内心长期压抑的对矢木的不满。一旦这份不满压抑不住了,她再也无法维持乖顺的妻子角色,她的身体反应也就跟着彻底改变了。她不想承认,却又无法不承认——其实自己也同样鄙视矢木。川端康成将这样幽微复杂的心理内容写在隐晦的性爱描述中——含蓄反而才能带来感染力。

所谓的"长篇小说"

严格地从形式上来说,《东京人》是川端康成唯一的一部长篇小说。关键的标准不在于篇幅字数,而是符合了在西方发展定型下来的长篇小说的写法。

英文中如果将长篇小说用作形容词,意思是"新的、新鲜的"。这清楚地表现了长篇小说不是一直都存在,是相对比较晚近才产生的文学形式,所以被冠上了指称"新的、新鲜的"的名称。要到十八世纪,长篇小说才在欧洲定型为一种特殊的文类。

为什么从十八世纪到十九世纪,长篇小说风靡了欧洲?背后有重要的社会变化,也就是中产阶级的兴起,他们要寻求对自己来说有意义、能吸引注意的读物。他们需要什么,与他们在过什么样的生活有关。这些新兴的识字者,主要居住在愈来愈繁荣热闹的城市里。原先一个住在普罗旺斯的法国农民,他不会对邻居的生活有任何好奇兴趣,因为邻居的生活和他自己过的,基本上是一样的。他也不需要有人记录告诉他祖父或父亲那一代是怎么过日子的,因为他也很确定:他们过的生活和他自己的生活基本上是一样的。

稳定固定的生活带来安全感,但也就取消了好奇心,以及知识的必要性。但如果在十八世纪末至十九世纪初,法国大革命前后,将这个人从普罗旺斯搬迁到巴黎去,那情况就完全不同了。

不管他住在巴黎的哪一区,他都会感到高度的困惑。他只要走几步路,没多远的地方就住着"别人"——意思是他明明知道那是用不同方式过日子的人。但他只能知道他们和自己不一样,却无法真正理解、感受不同的生活。被这么多过不同生活的人包围着,进而他对于自己的生活也产生了怀疑:这样过对吗?这样过好吗?应该有其他方式、其他选择吧?

长篇小说是一种细密、充满细节的虚构。因为虚构,所以能够进入别人的家中,甚至进入别人的心中,不只是描述在你看不到的地方他们如何生活,还从他们的主观感受想法来解释他们为什么选择这样生活。

住在特别街区的没落贵族,为什么总是要戴高礼帽、手持拐杖,带着浓重鼻音说话?相对地,为什么住在另外一个街区的工人，他们说的话充满开口的喉头音，而他们穿的是短上衣，戴的是扁平帽？你要如何了解这些人？你不能在街上把人家拦下来东问西问，但没关系，你可以读，而且你应该读巴尔扎克写的长篇小说。

现代的长篇小说产生的同时，也产生了十九世纪的新戏剧。这种戏剧的核心形式，一般以"第六墙"来表示，意思是戏剧就像是一个本来有六面、六个墙的盒子般的空间，现在其中的一面墙被打掉了，观众就坐在打开的这第六面墙前，看到了，应该说偷看到了墙里面发生的事。演员的表现像是在不知道有人看得到他们的情况下，将内在生活与思想表现出来。

这和长篇小说的动机、目的是一致的，都是要将我们带进到别人原本藏着的生活中，看见他们本来没有要让我们看到的行动与思想，这样的"偷窥""揭密"内容形成了最大的戏剧吸引力。

长篇小说最重要的作者巴尔扎克，他要处理的，是都会中的新兴中产生活。中产的"中"就显示了上面有贵族、下面有封闭的农村，两者都是不变或变化缓慢的，对照出中产生活的游移不定、快速变化，这是个复杂、难以理解的现象。巴尔扎克雄心万丈地以小说挑战这个现象，设计了规模达到九十部长篇（后来到去世都没有完成）的《人间喜剧》系列计划。

为什么要有那么多部作品？因为要涵盖中产生活不断变化的方方面面，将这个新兴历史现象说清楚、讲明白。

在规模、野心上小得多的简·奥斯汀，也是用同样的精神在写长篇小说。她之所以如此杰出，因为挑选了一个最诱人、最让人好奇，却也最迷离的题材，那就是男女之间如何互相吸引，如何展开追求，到成为夫妻。阅读简·奥斯汀的小说，就像是在迷宫中得到了向导，复杂错乱的现实被理出头绪来了。

达西和伊丽莎白的关系，可以用"傲慢"与"偏见"，这两种性格特质的互动来概括。借由精彩的虚构，她将人物与性格特质对应起来，于是原本谜样的爱情与追求过程，就有了条理、有了道理。

这是长篇小说作者的任务，也是他们了不起的成就。

从这个文类标准看，《东京人》是一部长篇小说，读完了《东京人》，你会对于这几个代表性的家庭，不只是他们发生了什么事，进而他们如何生活、为什么这样生活都清清楚楚。甚至可能太清楚了，而在阅读过程中会萌生出有点不耐烦的疑问：我需要对于敬子、朝子他们的生活知道得那么详细吗？小说中提供的细节有时超过了读者一般、正常的好奇范围。

就是在提供、堆砌细节方面，构成了《东京人》和川端康成其他小说间的根本差异。其他篇幅较长的作品，《雪国》《舞姬》《山之音》等等，都不是这样写的，也就是，他主要的作品来自和西方长篇小说很不一样的传统。

第七章

面对老去
——读《山之音》

波德莱尔的散文诗

日本哲学家柄谷行人写过一本《日本近代文学的起源》，书中他特别提到了国木田独步，选了他的《难忘的人们》作为"近代意识"的示范。

《难忘的人们》写了一位没有名气的文学作者大津，在多摩川边的一所旅馆，偶遇了秋山，谈起了大津曾经写过以"难忘的人们"为标题的文章。在他的稿子开头就说："无法忘记的人，不一定是不该忘记的人。"所谓"不该忘记的人"是朋友、知己、照顾过自己、影响过自己的老师、前辈等，但"无法忘记的人"则是那些一般来说忘了也无所谓，甚至没有理由要记得，却就是忘却不了的人。

然后他举了例子，描述自己从大阪搭船横渡濑户内海时的事：在一座岛上，他看到退潮的痕迹映照着日光之处，有一个人，男人，不是小孩，正在捡东西，不断将东西捡起来放进笼子或桶子里。他一直看着这荒凉小岛的窄小岸边不断捕捞的人，没有移开目光。随着船的前进，人影逐渐化成一个小小的黑点，再来，海岸、山、小岛，都消失在晚霞的彼处。

就这样，十年前偶尔看到的这个人，反复出现在记忆中，成了"无法忘记的人"。

那不是他认识的人，没有正式见过面，从此之后也不会再见到，是最纯粹的偶遇。偶遇如何能创造出"难忘"的效果呢？一个原因是孤独，他一个人在船上，那样的状态使得他产生了看待风景不一样的眼光，原本的风景退位了，不会、不应该被注意到的现象，尤其是能够呼应孤独情绪的现象，凸显出来反而构成了前景。

另外还有一个更重要的因素，那就是人活在一个愈来愈复杂、有愈来愈多不确定现象的环境中，对待偶遇的方式因而彻底被改变了。尽管身处在船上，看着一个近乎荒野的环境，小津用的是近代的而非传统的眼光，那是一种从新兴都会人群聚居状况中培养出来的新态度。

这样的眼光与态度，在文学上，可以追溯到波德莱尔。波德莱尔最重要的作品，当然是诗集《恶之花》；然而他另外写了也有很大影响力的《巴黎的忧郁》，那是关于巴黎生活的散文诗，表现种种片段记忆。那是只有可能发生在巴黎的感官刺激，突如其来，陌生的人或行为或现象闯进感官经验中，来不及，甚至也不可能被整理、被理解，因而带着一种神秘的、超越日常的性质，在心中留下久久难忘的违和感。

那是新鲜的，纯粹属于现代的"难忘"。生活在现代都市中，会有很多这种惊疑体会。那是永远得不到答案的疑惑。岛上的那个人在黄昏里做什么，他为什么生活在那样荒芜的环境里，乃至于形成了和当代生活格格不入的景象？这是瞬间令人好奇的问题，你忍不住发问，却只能发问，得不到答案。你回不到那个岛上去找答案，更重要的，你没有理由要去岛上追求答案，而且你再也回不到引发你惊讶的那个黄昏场景了。

波德莱尔的散文诗，由国木田独步的文章继承的这种风格，和前面所说的长篇小说的精神，恰好相反。在这里，不是要给答案，而是要记录无法得到答案的迷惑经验。

柄谷行人重视的，是日本文学中出现了这样一股新的力量，发现了最难忘的深刻经验往往是那份无解的暧昧与幽微，也就是自己都弄不懂的感情。欧洲近代的变化发展，在文学上除了有长篇小说之外，还有这种相反的价值观出现。那是认定对于别人的生活我们永远无法真正了解，有些部分维持其充满疑惑的神秘性，文学不是要破除神秘，而是要抓住、保留甚至深化其神秘。

如连篇诗歌集的《山之音》

从波德莱尔的散文诗延续下来，现代的短篇小说有了不一样的性质。受到现代洗礼后，不再相信也不再追求能够将所有藏在底下的感情与意义弄清楚。尤其是在弗洛伊德的潜意识理论影响之后，要碰触到一个人最内在、最本源的生命不再能用分析、解说的了，而是只能借由提问与存疑。

在复杂的都会环境中生活更久之后，人的动机心意又有了另一层的改变。不再想要将一切都弄清楚，因为太难也太累了。逐渐地，我们体认到：不可能、没有能力将那么复杂的环境、那么多的现象都弄清楚；而且被缠卷在种种梳理不清楚的感官刺激中，前面的还没梳理出来，后面的又已经袭击而来，这才是真正的都市生活中最特殊也最丰富的经验。

波德莱尔是最早，远早于弗洛伊德，就以文学形式表现了这项特质的人。从他那里发展出一种艺术潮流，即特别关注主观感受与客观事实间的差距；或说，重视探索主观感受比客观现实对我们的生命产生更重大更真切的冲击。

川端康成年轻时加入的"新感觉派"，所写的大量"掌中小说"，就是受到这样的法国艺术精神感染，这样的美学信念深入他的创作骨髓中，是他主要的风格来源。甚至可以说，除了《东京人》之外，他所有的小说作品都是在那样美学原则指导下的产物，因而使得《东京人》看起来如此突兀，也就是为什么我会说：《东京人》是川端康成唯一的一部长篇小说。

读《东京人》可以采取简单的线性习惯读法，一章接一章，前面的情节会在后面展开，前面的悬疑在后面解答，这是长篇小说的基本写法。然而《雪国》《舞姬》却不能这样读，《山之音》也不能。在这方面，《山之音》的叙事结构和《雪国》类似，但又比《雪国》更加绵密。如果说《雪国》其实是由一篇篇紧实的短篇小说组构起来的，那么阅读《山之音》可能该将单位划分得更小，将一个一个段落读成是几乎可以独立存在的掌中小说，先体会其内在感情，再进一步追究段落与段落是如何被联系起来的。

和《雪国》一样，《山之音》每一章都有标题——《山之音》《蝉翼》《云焰》《栗之实》《海岛的梦》……每个标题在小说中都有特别的象征作用。但如此有意识地分章阅读还不够，要再看到《山之音》这章分成五段，除了一些必要的过门桥段之外，每一段都有其精巧的独立内容。那么，整本《山之音》首先是将近一百篇的掌中小说集，然后才又取得像是音乐上连篇诗歌集般的整体意义。

小说中当然有情节、有人物，但更不可忽略的是各篇各段运用的象征，是这些不同的象征将情节与人物串接起来，彼此呼应或彼此冲突。这才是川端康成最拿手、最娴熟的小说写作方式。每一个段落都收藏了一份幽微、隐藏的情感，不只是对读者来说是幽微、隐藏的，对小说中的角色当事人，都是幽微、隐藏的，无法直接诉说、揭露，只能通过象征来确定其存在，并予以转化为可以保留的经验与记忆。

这样的写法有着特殊的趣味，包藏在对于读者的挑战中：挑战我们是否有能力去体会连当事人自己都幽微、飘忽的情感；也挑战我们是否能找到自己内在具备这种蕴藉的情感。

可以说这是川端康成从格外敏锐的情感层次降入小说中，提供给每个读者的"情感教育"。

《山之音》的开场

川端康成以这种手法写的作品中，战前达到的高峰是《雪国》，战后的另一座高峰则是《山之音》。两相比较，《山之音》的成就恐怕还要高于名气更大、更多人读过的《雪国》。

因为《山之音》的情节与场景更简单。川端康成为这部小说设计了上百个段落，每个段落都在家庭的日常生活中发生，却每个段落都探向那幽微、飘忽的情感。在小说技法上，这显然比《雪国》更难。《雪国》利用开头的第一句话，就将读者带离日常，进入非常的白茫茫大地中，让读者预期接着要发生的是非常之事，挑激起一种传奇戏剧性的准备，如此达到刻烙印象的效果。

《山之音》却不是，从头到尾就是几个一般日本人生活中经常出现的场景——家居、办公室、火车上，如此而已。

《山之音》开头第一段的一句话，先出现尾形信吾这位主角的名字，然后描述他的模样，刻意接连用了两个"稍微"，那有音韵上的作用。中文翻译应该要跟随着川端康成的设计，重复"稍微"或"微微"。我们看到的，是平常时候就眉头微皱、口微开的一个老人，但同样的表情出现在别人脸上，一般看起来会像是在思考，可是信吾给人的感觉却是好像在为了什么事情悲伤。

这第一句就很复杂。不是简单地、客观地描述信吾的外表，而是设定了一双主观的、有感受的眼睛，对信吾进行评断。不只有"稍微""稍微"的评断，而且感觉他和别人有着不同之处，感觉他总是在悲伤着。

然后进一步，我们才知道这是从信吾的儿子修一的眼睛里，看到的父亲模样。因为他习惯看到父亲这种模样了，所以他不会因此而特别去问他为了什么悲伤。到此才转入信吾的内在，的确，这时候信吾的心情并不是悲伤的，而是在思考，不过是特定的而非一般的思考，他试着要回想起什么。这是他当前的典型处境，人年纪大了，常常忘东忘西，周遭的人也逐渐习惯他这种状况了。

但信吾自己很在意，他会要身边的人帮他提醒。早上他和儿子修一乘车要去办公室，二人产生了很细腻的行为互动——上了车，信吾将帽子摘下，用手指夹着帽檐，将帽子摆在膝上。这时候修一就将父亲的帽子接过去，放到行李架上。那是他现在习惯做的，察觉父亲失常，没有将帽子放到该放的地方，他也不提醒父亲了，直接将帽子摆上去。

信吾因为在意自己遗忘了不该遗忘的，因而当下遗忘了应该要将帽子摆到行李架上。这是老人的反应、老人的问题。

信吾会露出那种近乎悲伤的表情，因为他不安地在想：回去放假的女佣叫什么名字？已经来家里帮忙半年的女佣，他竟然想不起她的名字。于是修一就告诉他是"加代"，信吾接着又问："什么时候回去的？"问这句话不是因为他连女佣什么时候回去都忘了，而是感慨地要确认，明明女佣只回去了四五天，自己竟然就将常常叫唤的她的名字，一时遗忘了。

他也没办法在脑中记清楚女佣的容貌和衣着，这极度困扰他。另外还有一件事困扰着他。他一直记得有一天出去散步前要穿上木屐，加代在旁边，他自言自语："我的脚好像有点肿起来了。"加代听到应了一句，当下信吾认为加代在句中加了敬语，那样的用法很文雅，他因此感动于家中的女佣竟然那么有教养，连这样的用法都懂。不过后来回头一想，加代说的还有一个可能，只是说："带子被你磨破了吧。"只是在声音上近似加了敬语的说法，是信吾自己误听误解了。

他无法确定哪一个才是事实，甚至还叫儿子用不同的重音说说看。他对于这个忘了名字又记不得容貌、穿着的女佣最深的印象是她曾经讲过那么一句很有教养又有礼貌的话，但却在车上突然意识到那很可能是自己一厢情愿的误认。

这一段足以构成完整的掌中小说，环绕着老人对于老化的恐惧，将好多元素链接编组起来。从不可思议的遗忘，连带产生了自卑感，意识到自己到现在还弄不清楚东京的口音，自作多情地将女佣看得那么有礼貌、有教养。他努力想从脑中找到更多的记忆讯息可以准确判断当时的情况，并借此来证明自己的记忆没有那么糟糕。但当然，得到的只会是更深的挫败。

他希望能想起女佣的面貌和衣着，还有一个理由。想到女佣，就仿佛看到她跪坐在大门口，双手着地施礼的模样，那是对待老人的动作。正是具备这样的老人身份，女佣加代才会恭敬地伺候他穿木屐，衰老一定要付出许多代价，但至少老人可以得到他人的恭敬礼貌对待，他不希望失去了这份享受。

听见"山之音"的人

下一段描述的是信吾和太太保子之间的关系。先简单交代保子比信吾大一岁，保子六十三，信吾六十二岁，两人的大女儿叫房子，儿子是前面已经出场的修一。这里的重点是，保子长得不是很漂亮，年轻时显得比信吾年纪大，所以常常不太愿意和信吾一起出门。可是不知从什么时候开始，情况改变了。看到两夫妻一起出现，大部分的人都会理所当然认定丈夫年纪一定比妻子大。

然后有了这么一段话："倒不是说信吾看起来多老，而是一般总认为妻子应该比丈夫小，自然而然产生这种感觉，而且和信吾个子虽矮却结实健康也有关系吧！"这段话不是客观描述，而是信吾的主观自我解释、自我安慰，是他面对老去的另一种方式。

信吾其实很在意老去这件事，在此时有很多现象干扰、困惑着他。他生病了却不愿意去看医生。接着他注意到保子睡觉时会打鼾，那是婚后不曾有的毛病，保子身体上的变化也同样提醒他时间催人老的压力。他因为要阻止保子打鼾，因而碰触了妻子的身体，有了短暂的性欲，却又立即消逝了，也让他察觉自己的老化，因而心情更坏了，坏到睡不着。

后面这个段落，又像是可以独立的极短篇，既像小说也像散文诗。信吾睡不着，就去将纸门外的木头套窗推开，一开看见了月亮，又在月色中看见一件女性的连身衬衣挂在那里。被月光照着，衬衣呈现的是令人讨厌的灰白色。为什么令人讨厌？因为延续了刚刚碰触妻子身体的感觉，有了对女人的一种禁忌，而且灰白色又让人和年老联想在一起。

然后从视觉转到了听觉，耳朵里有"嘎嘎嘎"的声音响着，那是蝉的叫声，怎么会在这种时刻连蝉都发出那么难听的叫声？更像是跟他过不去似的，从打开的套窗间飞进一只蝉，反而是不会叫的。他就起身将不会叫的蝉丢了出去。

丢出去之后，他意识到时令，再过十天就八月了，蝉还在叫。接着从蝉的叫声联结到一个不一样的声音，刚开始很细微，那是夜露从一片叶子滴落到另一片叶子上的声音。正因为他那么专注地运用听觉，那一瞬间，听到了山的声音。

那一瞬间，所有的一切都静止了。他原先以为是从江之岛那边传来的波涛声，但不是，那是像耳鸣般的内在的声音，也不是风声。终于他确认了，那是"山之音"。山会有声音，那不是平常会听到的，有传说：听见"山之音"表示生命快走到终点了，才会听见别人听不到的声音。

其实他之前就知道这样一个听过了"山之音"没有多久就死去了的人。他心中当然有恐惧，潜藏的恐惧使得他试图否认自己听到的是"山之音"，而是耳鸣或波涛声或风声，然而这些可能性都被排除了，在他心中认命地确证了自己真的听到了"山之音"，于是那个死去的人才浮上记忆。

"意识流"的书写

这个过程，是在显意识与潜意识的复杂互动、互相影响中进行的，浓缩在很短的篇幅中运用了表现与暗示的交杂写成的。

二十世纪经典小说作家，爱尔兰的詹姆斯·乔伊斯开发并锻炼了"意识流"的书写技巧，来逼近、掌握人真正的现实思考与感受。意识流没有明白的结构与逻辑，而是以联想的方式形成的，带着无秩序的混乱。然而无秩序的思绪却绝对不是无意义的。乔伊斯的小说翻转了原先小说的价值，刺激我们认知、理解：这种无秩序的意识，才更接近人生命的真实。生活的大部分时间我们都处于这种意识流状态中，而不是有组织有逻辑、经过整理的思考与体验。他用意识流的方式描摹了一个角色所度过的一天，就写成了厚厚一大本的《尤利西斯》，充分证明了在那里面有着比整理过后的思想、体验更丰富、更精彩的内容。既然更真实又更丰富，我们有什么道理舍混乱无秩序的意识流不顾,而去书写整齐的想法与经验呢?

探触到潜意识的小说写法,微妙之处就在如何进行意识的联结——从这个意象到那个意象,从这件事到那件事,没有明确的关系,但又有着暧昧的邻近、类似之处。

这一段碰触到了信吾对于老去与死亡的恐惧,但并不是直接表述出来的,在呈现恐惧的同时,川端康成还要处理更真实也更丰富的对于恐惧的压抑,以及压抑不住的失败挫折等过程。

之前信吾曾经遇到一位艺伎,在等待客人到来时和这位艺伎聊天,讲起了兴建他们所在那栋房子的木匠包工。这位艺伎差点就和那个木匠包工去殉情了。那男人准备了两包剧毒的氢化剂,女人却忍不住怀疑提问:"这样的分量,那么少,够让人死掉吗?如果不够,死不了怎么办?"她坚持要确定分量是足够的,追问男人药剂是从哪里弄来的,男人却不回答,于是她反悔不殉情、不死了。这是件很严重的事啊,牵涉到生死,而且是个很奇怪的故事,为了取信于信吾,艺伎还从身上拿出氢化剂纸包来。

川端康成让信吾回想起这件事,作为这一段的结尾。沿着老去与死亡的主题,小说一层一层往里走,最后走到对于究竟什么是死亡、人要如何去死的探讨。人在生死之际如何做决定,要活着还是不要?殉情原本是最强烈的态度,表明了感情比生命重要,然而即使做了殉情的决定,都还会受到奇特的、不预期的因素干扰了死之意志。

这个艺伎受到的第一项干扰是对于事情要成功的期待，既然要死，就得确保能死得成。从这里接着引发了破坏原本殉情意志的关键因素：两个人感情深刻到愿意一起去死，但这个男人竟然不告诉她药是怎么来的。即使选择不要活下去，只要还留着一口气，还有一份意志，就没办法不在意、不计较这件事。因而不得不产生了对于这个男人的怀疑，一旦怀疑，也就不会再如此坚定地想和他殉情了。

她不愿别人怀疑她曾经有过的求死决心，所以要留着，甚至随身带着那包药来强调证明。她之所以没有死，并不是缺乏死之决心，而是被连自己都无法控制的生之力量干扰了。这是真实的人生，或说更真实的人生，决定殉情就一心一意实现了殉情，反而是不自然、不真实的。

听见了不该听见的"山之音"，遭逢了死亡的前兆，使得信吾想起这件事，死与生拉锯的故事。然后回到现实，他又听见妻子的鼾声，却不能将妻子叫醒，让她也听听"山之音"。不是因为他怜惜妻子，或不愿意和妻子像殉情一般一起面对死亡，而是和"山之音"绑在一起的，是自己对于死亡的恐惧，他不愿意让妻子知道，无法对妻子启齿。

进而他回头体会到了：决心殉情的艺伎何尝不怕死呢？她难道不是找了一个让自己可以不要死的理由？但她也一定要掩饰自己的恐惧，要说服别人，其实更是要说服自己："我是真的准备好要去死了，不是因为怕死才没死成！"

"山之音"在这一段出现,成了整本书的书名,川端康成以这个主题贯串全书。开头的一段描述生命正在流失,第二段是听见"山之音"引发对死亡的恐惧,如此定调了。之后信吾和儿子、女儿还有媳妇之间的所有互动,可以说都在这种信吾讨厌的灰白底色上进行着。

被处理过的海螺

第三段的场景换到了办公室。儿子修一进到父亲的办公室,从小书架上抽出一本书来翻,接着又拿着书到女职员桌边,将翻看到的那一页给女职员看。信吾觉得很有趣,好奇地问儿子在书中看到了什么。

修一拿的那本书,是永井荷风的《欧洲纪行》,里面说:在这里,贞操观念仍然有效,但贞操,也就是忠于对方的概念,和在日本很不一样。在日本,忠于对方就是不能有别的男人或别的女人,死心塌地认定对方是唯一的对象,要用这种方式让一个女人持续爱一个男人,让一个男人持续爱一个女人。但这里的人不这样想,他们认为如果没有别的情人,不论是男人或女人不可能有耐心一直爱同一个对象。要能维持男人和女人一直忠于对方,反而必须有别的情人、其他短暂的感情作为调剂才有可能。

因为修一都是说"在这里",信吾忍不住问:"这里是哪里啊?"答案是巴黎。然后川端康成形容了信吾的感受。到这样的年纪,累积了许多生命经验,信吾已经很难被警语或"逆说"打动了——意思是有些刻意抱持语不惊人死不休的态度,或装模作样要让人注意,借夸张语气或逆反读者预期来制造效果的写法。可是即使是怀抱这样的质疑习惯,他竟然还是被永井荷风的这段话打动了,认为是有道理的洞察。

日本的这种天真、单调的思考方式:一个男人一辈子就爱一个女人,完全守着一个女人,这是不可能的。他觉得自己领会了永井荷风在巴黎得到的洞见,然后察觉到,注意到这段话的是儿子修一,突然心里多了一层曲折,认定儿子不可能有像自己的这种体会。儿子注意到这段话,只是为了拿来逗那位女职员而已。如此而在心里将自己和儿子区分开来。

然后小说转换到信吾下班回家,早上跟他一起出门上班的修一没有和他一起下班。这件事让他很不舒服,他希望要么和修一一起回家,不然宁可自己更晚一点,等修一已经到家了再回去。所以回家之前他先绕去市场买东西,在海产店买了三只海螺。

在海产店时有一段小小插曲:店里来了一个打扮得很艳丽、态度大剌剌的女人,要跟老板买竹荚鱼。老板问:"几尾呢?"女人说:"一尾。"老板问她:"一尾?"她说:"对。"老板重复再问一次:"一尾?"

这对话的重点在于竹筴鱼很小,一般不会只买一尾,老板明白地表现出不高兴,意思是:"只买一尾你也好意思跟我开口?"但那个女人不予理会,就是要买一尾。然后那个女人做样子看看大明虾,对老板说:"这大明虾到星期六还会有吗?如果还有我会来买哦!"

怎么会有这样的人?

鱼店老板忍不住对信吾抱怨说:"现在镰仓也有这种人了。"这种人是指陪伴美军、卖身的女人,在时代气氛中,他们对自己从事的工作,有一种以前从未见过、无法想象的态度,似乎有美军做靠山,可以超越、睥睨原来日本社会的所有规范。

情势逆转过来了。本来认为自己做正常、正当生意而看不起"这种人"的店主,却硬是被女人的气势压过了。有意思的是信吾的反应,他并未如店主预期地站在传统观念那边,而是被那女人的强悍打动了,无法赞同店主的立场。

这里幽微地联系到他听到永井荷风对巴黎人贞操观的描述时的反应;更幽微地联系到老去和死亡带给他的郁结。他被那么直接、强悍的青春活力直觉地感动了。在这种心情下,他看着店主处理他买的海螺——将海螺肉抽取出来,切过之后,再塞回螺壳里,想着:这几个螺的肉现在都混杂在一起了,塞回壳里的不可能是原来的肉。他在混乱心情中如此无意识地想着。

海螺的情况是对于战争处境的象征。尤其是战败之后家庭受到的冲击,外壳的模样虽然还在,里面似乎也还是螺肉,但本质上却已经彻底改变了，旧元素经过了外力残酷的切割重组，不可能维持原本的结构。

这件事还有一重现实意义。看着店主作业，他无法不算出来，那是三只海螺。他下意识用这种方式发泄对于儿子的不满。儿子不跟他一起回家吃晚餐，他故意买特别的好料，而且是一般按人头安排的海螺，三只意味着不替儿子准备。

菊子的贴心

《山之音》以微观的角度写家庭。家庭里每个人有确切的角色，然而在共居生活中，人与人之间却会有不同的距离，那不只很难拿捏，甚至往往不是个人能自主控制的。《舞姬》小说中凸显了母亲和女儿、父亲和儿子形成的组合关系，以及到后来女儿更加疏离父亲，儿子却向母亲靠近的变化。表面上看，家庭的成员、结构不变，但就像海螺所象征的，里面其实已经有了不同的排列组合。

而且家庭内部的变化，发生在日日时时的互动间。那不是明白的事件造成的，而是无法说清楚的积累，或许从量变到质变的过程。川端康成选择用像掌中小说般的段落模式来写《山之音》，正是应对显现这种积累变化的最佳形式。

小说第一章第四段告诉我们，信吾不是一个平常下班会带食材回家的人,这天却特地去买了海螺和银杏。这牵涉到做父亲的觉得自己在身份上失职,没有将儿子一起带回家和媳妇吃饭。他已经感受到儿子婚姻的问题,因而特别有面对媳妇的压力。所以在儿子下班不回家的状况下,他一方面要拖延回家的时间,另一方面也有着惩罚儿子的用意,去买了儿子吃不到的好东西回家。

做出了不寻常的事,回到家的效果会是什么?会是更凸显了儿子没一起回家的反常现象吧!于是在家里的两个女人也必须及时调整反应,保子与菊子她们似乎就很有默契地压抑了惊讶的表情,选择装作好像没有什么特别的,借以掩藏修一没回家的事实。

信吾将买回来的海螺和银杏递给了媳妇菊子,顺便就跟着菊子走进厨房要一杯白糖水,同时查看了一下菊子原本安排的晚餐食材。这是细腻的感情转折。修一没回来,抱持着对媳妇的歉疚感,却同时才有了机会进入平常不会进来的,有媳妇菊子工作的厨房。更进一步看到菊子准备的是明虾,信吾心中生出欣慰、得意之感——自己买的是海螺,和明虾很配啊!于是他忍不住借机称赞菊子会买虾,买到的是有光泽、漂亮的虾。

但接着菊子处理信吾带回来的银杏,却发现里面是坏的。正称赞媳妇会选虾,倒过来被媳妇抱怨自己买到了不能吃的银杏,连带地本来觉得自己海螺买得正好的心情也逆转了,出口对媳妇说的是:"唉,家里有虾,我又多事买了海螺。"

菊子的反应是吐了吐舌头,说:"江之岛茶店。"这反应很直接却又很可爱,意思是像在江之岛的茶店,都是海产,要变化出不同的料理来。她带点自豪,也是体贴要安慰信吾,找出了办法,那就是将海螺拿来烤,明虾则做成天妇罗。

在这短暂瞬间互动中,读者体会了信吾为什么会喜欢这个媳妇。她知道公公买了不能吃的银杏一定会很懊恼,她用了巧思来缓解:今天晚上就当作我们家是江之岛的茶店吧!人家什么海鲜都能做,我也可以!而且接着带点撒娇地请信吾去院子里摘茄子和紫苏,弥补他觉得自己买错东西的懊恼。

其实后来证明了,信吾真是给菊子添了麻烦。终究她还是得将准备好的明虾留下来,又出去买了松茸来搭配。但她照顾到了信吾的感受,整个过程没有觉得不愉快。

吃晚餐了,菊子端了两份烤海螺上桌,信吾狐疑地问:"不是还有一份吗?"他明明买了三只海螺啊。菊子有备而来,立刻回答:"这是特别为孝敬老人家准备的,让老人家吃好一点。"虽然三个人吃饭,餐桌上只有两个老人家,所以只准备两份。

婆婆听了笑着说:"我们有那么老了吗?家里还没有孙子,也没有爷爷、奶奶啊。"菊子倒是没有料到这样的回答一来会变成将公公、婆婆形容得太老,二来又被拿来凸显嫁进来还没生小孩的事实,招架不住,只好去将第三份海螺端出来,赶忙解释自己不是那个意思。

过程中信吾理解了,而且觉得后悔,所以他不作声,想着自己不应该只买三只海螺，变得强调今天只有三个人吃饭，还要媳妇帮他弥补。媳妇故意当作给长辈的特别待遇，只拿两份出来，掩饰了信吾只买三只海螺回来。

这种情况让菊子难堪，面对三只海螺她一定费了一番心。如果三个人吃三只海螺，就认定了修一不会回家，没有将他当作家中的一分子，所以无论如何必须留一份给修一，才必须找到一种说法自己不吃。

媳妇用心良苦，却被破坏了，婆婆保子不只是否定了给老人家特殊款待的说法，甚至还将矛头指向信吾，强调质问他怎么才买三份？不只破坏了媳妇要掩藏这件事的努力，还陷信吾于极度尴尬的情境中。

于是信吾干脆赌气摊开了说："因为修一不回家，他不需要。"故意顶回去，让做妈妈的保子也不舒服。果然保子懂了，只能露出苦笑。看在信吾的眼中，妻子的表情是"连苦笑都不像苦笑"。其实他没有认真注意妻子的反应，他更关心的是媳妇菊子，发现菊子脸上没有任何阴影，也没有问："修一去哪里了，为什么不回家呢？"他放心了，还更觉感动。

替代品婚姻

再下一段解释菊子的家世背景。对信吾来说，他印象最深的，菊子是一个大家庭中的幺女，她的兄姐们都结婚了，还都生了很多小孩。菊子在跟公公撒娇时会假装抱怨："我哥哥姐姐他们的名字你到现在都记不得哦！"这对比了菊子嫁入一个相对人丁单薄、冷冷清清的小家庭，而且菊子和修一又迟迟还没有生小孩。

信吾又知道，菊子在原来的家中，是不预期来的女儿，生产过程还有波折，最后是用产夹硬夹出来的，头上因而还留下了痕迹。知道这件事，信吾的感受是：怎么会有这种妈妈！为什么要跟女儿说自己本来考虑过要堕胎，后来又难产？这样对女儿很残酷吧！

重点不在妈妈是不是残酷，而在于第一他心疼菊子；第二菊子会跟他说这样的事，显然对他有特殊亲近的信任，让他很感动。他印象最深的是菊子拨开刘海将产夹的痕迹露出来的模样，神情有着一份天真。菊子对信吾如此信任，不是一般公公和媳妇很有距离的互动关系。

菊子嫁入尾形家，原先一定像个陌生人，需要经过相当长时间，才真的变成自家人。信吾清清楚楚记得那个转折点。那是他发现菊子静止时肩膀一带显现出的美感。那是信吾过去从来不曾体认过的一种女人之美。因为菊子完全没有要表现出女人的媚态，她处在完全正常放松的状态下，她在这个家中不需要再随时刻意有端庄姿态，才可能露出这样的美。

菊子对信吾显露了一种新的媚态，几乎是让他重新认识女人。他想起了自己年轻时的感情经历。他原本爱上的，是保子的姐姐。保子家只有两个女儿，两姐妹长得很不一样，姐姐比妹妹漂亮多了。所以父亲作了一个决定，要由妹妹来承担家业，意思是顾虑到妹妹比较难嫁出去，既然没有儿子，就由二女儿招赘来继承。

这其实对妹妹是一份恒常的压力，等于一直被提醒自己是嫁不出去的，表面上看起来爸爸顾念妹妹，但爸爸对姐姐的婚姻有信心，也比较喜欢姐姐，当然给了妹妹强烈的自卑感。

妹妹羡慕姐姐，也羡慕姐姐的婚姻。然而姐姐婚后没多久就去世了，当时还没结婚的妹妹自然地将感情投射在姐夫身上，积极地去帮姐夫照顾家务和小孩，但姐夫始终对她很冷淡。她移情于姐夫，但姐夫却无法有同样的移情作用。反而是原本爱上姐姐的信吾，后来将感情投射转移到妹妹身上。信吾和保子婚姻的起点，其实是保子的姐姐，是两个人对这个姐姐的感情纠结。

信吾和保子结婚了，但保子的心还在姐夫身上，信吾也深深怀念保子那个死去了的姐姐。所以这段婚姻对两个人来说都是替代品。所以小说里才会有这句话："三十多年后，信吾并不认为自己的婚姻是错误的。"这是他勉强的自我安慰，尽管起点是错误的，毕竟也如此走过来了，就变成了正确的。

本来让他们的婚姻可以变得"正确"，信吾的预期是如果保子生下了女儿，那就会有保子姐姐的遗传因子。保子后来真的生了女儿房子，但信吾却大失所望，因为房子一点都不像保子的姐姐，只带给信吾第二次的失望，没有补偿的效果。

一直到儿子娶了菊子，信吾才在媳妇身上看到了那个早早就去世，因而也就不会老去，在记忆印象中常保年轻的爱恋对象的姿影。于是他一部分未曾灭绝的年少情感，无可避免地有了新的投射，投射在媳妇身上。

菊子让他重新燃起年少的感情火花，带来了如同闪电般的光明。过去的回忆本来已经在时间中变得晦暗，却在菊子完全静态的安定中，以一种全然不预期的美的感动，被重新点亮了。

对媳妇的心疼

菊子像是他年少时爱过却得不到的恋人，穿过三十多年的时光再度进入他的生命。然而让他痛苦的，是他的儿子修一却显然并不珍惜这个妻子。婚后不到两年的时间，儿子就有了外遇。这让信吾大感震惊。

于是我们明白了，为什么信吾对修一不回家那么在意，为什么他会觉得有义务将儿子一起带回家。他如此痛苦地一方面逃避回家面对媳妇，另一方面必须找到方法发泄对儿子的气愤。

到后来，信吾甚至逼着公司里的英子带他去找儿子外遇的对象。信吾不只和儿子住在一起，还一起工作，使得他就算想装聋作哑都没办法，一定会知道儿子的外遇。而这对他来说，不是单纯的儿子婚姻问题，还牵涉到他对菊子的心疼。

这件事真是纠结难解，给了信吾太多复杂的情感冲击。他觉得儿子修一和自己那么不一样；自己是从乡下来的，所以对保子姐姐有着那样一份纯真的爱；儿子却变成了一个没有真情，不曾在男女爱情上认真、有过任何挣扎的登徒子。在这方面，儿子比媳妇更像个陌生人，他完全无法了解、更绝对无法同情儿子的感情经历与态度。

他内心忍不住指责儿子真是不了解女人，要不然怎么会如此对待像菊子这么好的女人呢？完全出于私心，他又想：像儿子那么没有眼光的人，能找到的新欢一定只会是那种在外面卖的。儿子没有能力分辨女人的好坏，很容易被这种女人的虚情假意欺骗，而且大概也只有条件吸引这种人。

他愈想愈生气。想到修一竟然还约爸爸办公室的秘书英子去跳舞，这算什么？要欺骗爸爸，以为爸爸不知道他实际上是要去跟别的女人幽会吗？

吃海螺的那天夜里，修一到很晚才回家。更晚一点，信吾醒来时听见了菊子的声音。深夜中怎么会听到并不在身边的菊子的声音？川端康成很含蓄地表达因为同住在一个房子里带来的感受。知道了儿子有外遇，信吾却察觉这段时间中儿子和媳妇的性关系非但没有疏远，反而变得比以前活跃。

这让信吾更生气。他觉得儿子一定就是在外面找了很有经验的女人，学会了这些床上的本事，带回来用在妻子身上，以至于菊子都被改变了，甚至连体态上都看得出来。

这并不是说菊子看起来像是怀孕了，而是她变得更有女性的魅力了，和之前的少女天真模样不同。因为关切菊子，信吾无法不察觉这方面的变化，但发现了却不知该如何应对，只能将念头放在对儿子的抱怨上。

这让他回想起自己年少时爱慕的天真女孩，在共同生活的环境中，逐渐成了一个女人，但使得她焕发女性魅力的，却是因为丈夫有了外遇。这件事深深困扰了信吾，他希望自己能够不要去注意、不要去想，却做不到。

困扰中似睡非睡，天亮了，信吾起床去拿报纸，结束了这一段。篇幅很小，但处理了信吾身上这么复杂的经验与情感。从买海螺的心情，到回来看菊子如何处理海螺，想起保子的姐姐，再回到现实为了修一和菊子的关系伤脑筋。

修一的外遇

从这一段的早报，连接到下一段的晚报。下班时分在电车上，这天修一会和爸爸一起回家，所以他先进车厢里占位子，爸爸坐下来时，还将晚报递给爸爸，尽到了做儿子照顾爸爸的责任。

还不只如此,修一身上经常带着一副老花眼镜,因为爸爸会忘了带眼镜,儿子有备份的就可以给爸爸用。父子俩人的互动其实很密切。在车上儿子提起了,英子想要介绍一个女佣来家里帮忙。爸爸立刻表示不同意,说如果是英子的朋友那不太方便。儿子不了解有什么不方便,惹恼了爸爸,信吾只好挑明了说:"女佣和英子熟,会从英子那里知道你在外面的事,难道你不怕女佣说漏嘴告诉菊子?"

信吾受不了儿子这么粗心大意,完全没有要小心防范外遇的事被菊子知道。修一还真的好像没怎么放在心上,即使爸爸这样提了,他也只是反应:"讨人厌啊,这有什么好说的?"信吾很不高兴,他无法接受这件事。

不过爸爸挑明了讲到外面女人的事,修一还是心里翻腾了一下,到镰仓下车时,他就问爸爸:"是你办公室的古崎英子说了什么吗?"信吾说:"她嘴巴很紧,什么都没说。"但修一还是嘟囔了一声:"讨人厌!"意思是他听出来爸爸话中的讽刺,当然是英子说的。换成修一不高兴了,他质问爸爸:"你办公室的职员东说西说,你不会觉得讨厌吗?"

对信吾来说,他关切的重点是:儿子怎么可以一副不怕菊子知道的态度?他的立场都是保护媳妇的。于是就说得再明白一点:英子可能是出于嫉妒所以会说出来,但根本问题在于修一自己太不小心了,外面有女人还要招惹英子,真是太不像话了啊!

这是没有保留的谴责口吻了。修一被骂了,只好说:"快结束了。"意思是和外面那个女人的关系快要结束了,但爸爸一听就知道那不是真话,是随口敷衍的。所以信吾就说:"这种话慢慢再说吧。"现在说太早了,等到真的会发生、要发生时再来说吧!

修一听懂了,只好补一句:"好,真的结束时,到那个时候我会告诉你。"信吾还是觉得儿子没有抓住重点,不得不再说第三次:"无论如何不能够让菊子知道。"对他来说这才是真正的重点。但儿子还真的没将这件事看得那么严重,回应说:"菊子说不定已经知道了。"

到这里,爸爸不说话了。不只是生气,而且是担忧,很不愿意去想象菊子知道了这件事会受到多大的伤害。

然后小说写着菊子将西瓜切好了端出来,婆婆保子在后面说:"啊,忘了拿盐。"要撒盐吃西瓜。这时候信吾和菊子、保子三个人无意间,不是刻意安排的,一起坐在走廊上。保子用轻松的口气,以小孩的称呼方式叫信吾"爸爸",问他:"菊子刚刚在喊西瓜、西瓜,你没听到吗?"

意思是菊子切好了西瓜,先叫公公,告诉信吾"有西瓜喔""来吃西瓜喔",这是菊子贴心的习惯。可是这一天菊子如此叫唤,信吾却反常地没有反应,让保子觉得奇怪。

信吾回答:"我没听见,本来就知道有西瓜,但没听见。"此时婆婆保子惊讶地对媳妇说:"他说没听到呃!"因为三个人坐在走廊上,保子要转过头来对菊子说话,动作变得格外明显，一副要媳妇责怪信吾的模样。但菊子说:"爸爸好像为了什么事情在生气。"

难怪信吾会那么疼这个媳妇。切西瓜一定先想到公公，还敏感地察觉了公公心不在焉的理由。信吾是在生气，延续了前面从车站走回家的情绪，他在气儿子修一的态度，以至于真的没听到媳妇叫他。

他终于心静下来，需要找个借口解释为何没听见菊子的叫唤，很自然地提到自己最近耳朵不太好，从这里想到不如在这个情境下跟保子和菊子说自己听见"山之音"的事。但他说完了，菊子转头看了一下后面那座山，竟然说:"我之前听妈妈说过妈妈的姐姐在去世之前曾经听见山之音?"

这里的"妈妈"，指的是在场的婆婆保子。信吾吓了一大跳，听见"山之音"时，他沮丧地觉得似乎那是死期近了的预兆，现在才意识到原来这样的感受真正的来历，是自己曾经深爱过的那个女人。可是这样的来源，自己怎么可能忘掉了呢?自己都不记得保子的姐姐听见了"山之音"后就死去了这件事。

在这个节骨眼上，保子姐姐的形象和菊子有了奇特的联结，竟然是由菊子提醒了信吾他不应该遗忘却偏偏遗忘了的重要感情事迹。另外，他明确听出来菊子说这话时的口气充满了担忧，给了他很大的安慰。他又再次看见菊子一动不动，在静态中显现得如此之美的肩膀。

和全书同名的第一章"山之音"就结束在这里。

银杏树的比喻

接着来读《栗之实》这一章。

第一段是对话,虽然没有标明是谁在说话,然而从口气和内容,我们毫无困难地能够辨认出是菊子说的。《栗之实》这章的前面,描述了台风侵袭的情况,过了一阵子,菊子发现树叶被暴风吹落的银杏树又发芽了。信吾说:"现在你才发现吗?"意思是银杏几天前就发芽了。菊子带点撒娇地回答:"爸爸每天都对着银杏树坐着,当然会看到。"

这指的是家里吃饭时的位子。两个对着窗户的座位给老人家各坐一边,这样爸爸会有最好、最开阔的庭院景观,妈妈的位子则比较靠近厨房,方便进出工作。于是每次吃饭时,信吾不只是对着窗外的银杏,也对着菊子。菊子撒娇的意思是:我总是背对着银杏树啊,当然不会看到树上发出新芽了。

不过信吾的问题反映的是很不一样的关切。他觉得如此明显的自然现象,菊子怎么会迟了几天才注意到,会不会是因为她心中有什么忧虑?是不是因为修一的事让菊子过得痛苦,才会对周遭视而不见,没有发现银杏发芽了?

所以信吾不放心地又追问:"菊子每天要开开关关面对银杏树的那些窗子啊,要负责做这些工作,怎么也都没注意到?"菊子回应:"说得也是啊。"信吾更不放心了,近乎执迷地离不开这个话题,又补一句:"你从外面走回来也是这个方向啊,应该可以看得到。除非你回来时都低着头在想事情?"这次菊子也真不知该如何回答了,只能说:"真是困扰啊!"自己竟然没有及时发现那么大一棵银杏发芽了。

虽然只有表面的对话,但中间反映了信吾深刻的感情。对于儿子的外遇他无可奈何,却一直挂心忧烦,极度害怕如果菊子知道了会受到多大的伤害。而菊子是那么体贴、得体的人,她如果知道了很可能会将痛苦压抑在心里自己承受,想到这样的可能,使得信吾更难过。因而在他心中产生了忍不住探问菊子是否知情的冲动。

而媳妇菊子却误会了公公所在意的。她带点耍赖地说:"好啦好啦,以后爸爸看到的,我一定会先注意到。"她以为公公在怪她在这件事上和公公有那么大的差距。菊子如此说,引发了信吾另外一番感伤的联想。先是想,在正常的爱情关系中,不就是会有这种期待吗?你会希望你看到的她也会看到,你感受到的她也同样感受到;继而又想,自己这一辈子从来没有过这样的一个情人,也没有和任何人有过这样的情感联结,竟然只在儿媳妇身上找到了。

两人关于银杏发芽的对话还没结束。台风是在"二百一十日"来的,就是从元旦算起的第二百一十天,那是七月底。到了夏末,台风过后,树怎么还会发芽?照道理说,再过一段时间,入秋之后银杏的树叶就要变黄然后掉落了。但这棵树却反常地抽长出新叶来。

接近秋天时却还长叶子，这样的现象使得这棵银杏和信吾的生命阶段发生了隐喻关系。不该长叶子时长了叶子，信吾想，那要比在春天时长叶子多费很大力气吧？还有，不对的季节再一次长出嫩芽，这些叶子不会觉得寂寞吗？他们会像春天长出来的正常叶子长得那么大片吗？

我们可以感受到信吾和这些迟来的叶子之间的关系：他在纳闷思考，老年萌生出来的感情，和年轻时大家视为当然会有的感情冲动，到底是一样的还是有着不同的性质？

他不得不承认两项不同。年老时的感情不自然，所以会耗费很大的、更大的力气。这种感情没办法自然、健全地成长，会长得小小、稀稀落落的，叶片很薄、呈现近乎透明的浅黄色，给人一种寂寞孤单的感觉。当秋日阳光照射时，明明树上有叶片，看起来却还好像树枝是光秃秃的，有一种无奈感伤。

第二，这种情感不被承认，就算有，别人也看不到，就像人们假定秋天不应该发芽长叶子一样。甚至连自己都很难承认。这是寂寥之感的另一个来源。

菊子为了辩护自己没有那么粗心大意，就说现在不只看到银杏发芽，还看到神社后面另外一些树也发芽了。但其实她错了，信吾知道，那些是常绿树，这个时节树顶还会冒出新芽是正常的。这样的对照，正常的、年轻的新叶，和反常的、感觉是秋天挣扎冒出来的叶子，反而更添信吾的感慨。

弹飞的栗子

接下来的这一段中，信吾和菊子的对话被打断了，保子从厨房发声，但因为水龙头开着，听不清楚保子说了什么。后来菊子传话才知道保子在说院子里花开得很好。但信吾的反应是不高兴地叫保子不要再说了。他不高兴，因为保子提醒了他听力变差的事，而且相较于他正在思索的银杏、季节与年岁，这样的话题显得很庸俗。

但是菊子以为公公是因为被水龙头干扰，才要婆婆先别说了，便自告奋勇继续帮忙传话。保子近乎自言自语地说到了昨夜的梦，梦见老家的房子破破烂烂的。信吾还是不太起劲，只"喔"了一声。水龙头关上了，保子去将萩花和芒草摘下来，让菊子去插花，自己坐了下来，继续说关于花的话题。

保子的梦让信吾想到了他们两人的婚礼就是在那个房子里举行的。信吾是入赘的，所以婚礼在女方家里举行，而他记得婚宴上在举杯时，刚好看到有一颗栗子从树上落下，掉在一块大石头上，石头的斜面将栗子又弹飞出去，飞到溪边去了。

那样的景象，有动态和若有似无的声音，很美，看得信吾差点惊讶地叫出声来。然后他看周遭的人，没有任何人察觉这颗栗子。在婚宴中，他一直记挂着那颗栗子，却无法对任何人说，也不会对新婚的妻子说。第二天，他特意去了溪边，看到了那颗栗子。他一眼就确定地上的是那颗栗子，将那颗栗子捡了起来,想要回去告诉保子。

但这个经验只让他感受到最深的寂寞。虽然借婚礼,保子成了他生命中应该最亲密的人,但将如此感动他的栗子拿去给保子看,她不会有任何感觉,她或任何其他人都不会了解栗子落下的情景给予他的感动。

再回想,那为什么自己没有在当下将这份感觉告诉保子或其他人呢?因为保子的姐夫在场。他对那个男人有太纠结的敌意了,他娶了信吾所爱的女人,又拒绝了现在信吾要娶的保子。保子将姐姐和姐夫视为理想的神仙眷属,信吾是绝对比不上的,他眼中看到的这个姐夫似乎身上有光,冷冷地俯视着一场次等的婚礼。被姐夫威吓住了,信吾没办法表达栗子落下的情景,成为一道恒常的阴影,始终排除不了。

这一章中的两段是对比的。一段描述信吾对菊子的感情,以银杏树为比喻,是在不恰当的时机不被承认冒发出来的;另一段则对照他的婚姻,他之所以成为一棵掉光叶子的树,必须在不对的时机费力长出新叶,源自婚姻不祥的开端,两人的结合对信吾来说是从深刻的寂寞开始的,由那颗栗子代表。他像是那颗从树上掉下来的栗子,打在石头上飞出去。他生命中的两个重要场景、两段截然不同的情感,用两棵树的现象隐喻表现出来。

《山之音》的主角信吾六十岁了,经历过许多事,包括战争与战败投降。他要面对却又难以处理的,是一个在战争中深受伤害，从战场上回来后无法完全适应的儿子。这是小说的一项潜在背景，但川端康成写得极其内敛，和《东京人》直接呈现战后情景很不一样。

小说中的修一在爸爸面前会忠实地尽到社会角色责任，但这并不表示他是一个正常的、传统的日本男人。他在古崎英子以及外遇对象面前，有着很不一样的表现。小说接着写了信吾和英子的对话。

对话的背景事件是信吾的女儿房子莫名其妙跑到保子的老家去，做哥哥的修一必须去将妹妹接回来。修一出发前先绕到公司，将看起来用不到的雨伞放在公司。英子看到了修一，问他是不是要出差，之后英子的眼光就一直跟着修一。原来是修一约了英子去跳舞，这下不能去了，修一就请爸爸代替自己。信吾没说什么。

修一走出去时，英子帮他拎着皮箱，要送他，修一说："不必了，这样不成样子。"自己拿过皮箱走出去。修一走后，有了信吾和英子的对话。

信吾显然是趁英子不备，突然问："修一的情妇在舞场吧？"英子赶紧否认，但信吾不太相信，他认为修一老是找英子去跳舞一定有别的理由。他就更进一步逼迫英子，问："你见过那个女人吗？"英子只好承认见过。信吾还不放过，问："经常见面吗？"英子含糊地说："不算经常吧。"

就在此刻，英子为了澄清自己和修一外遇对象的关系，避免信吾再追问下去，说了一件奇怪的事。去舞场的时候，除了修一的情妇之外，他身边还有另一个女人，英子比较喜欢那个女人。修一在那里喝酒，喝醉了会发酒疯，强迫人家唱歌，那个女人很顺从，遇到这种情况，她真的愿意唱歌。

英子的描述显然超出信吾的想象。那是一个他不认识的修一，在舞场里有三个女人陪着，会喝醉了闹酒——这是从战场上回来，带着压抑伤痕的男人，和爸爸印象中的儿子很不一样。

早晨的玉露茶

《山之音》中《海岛之梦》这一章，开头是一只野狗跑到信吾他们家里来生小狗。而有趣的是：生活中发生的任何事情，现在都会被信吾用来当作和菊子间的特殊沟通管道。他对生活细节变得极其敏感，什么话可以说、什么不可以，有时甚至什么事可以想、什么不可以，他都有了直觉的自我约束。

秋天之后，信吾养成了每天早晨喝玉露茶的习惯，喝茶时菊子端了一碗味噌汤给他，他就顺手斟了一杯玉露茶，叫菊子喝茶。菊子从来不曾这样和公公一起喝茶，信吾知道自己破例要求，就必须合理化这样的行为，特别强调因为是玉露茶，因为是新形成的习惯，不算破例。

媳妇也感觉到这不是寻常的举动,所以正襟危坐喝茶。信吾解释玉露茶的来历,是去参加一位老朋友的丧礼,人家作为回礼送的。那是很高级的茶叶,所以让菊子一起来品尝。不过这玉露茶却有着他必须不得不回避的联想——和菊子一起喝茶的情景引发了心理回避机制,使得他一时只想起那是从丧礼上带回来的,却忘了丧礼送别的到底是哪一个老友。

这一方面反映了人到老年会经常遇见这种情况,多到记不清楚了。不过后来的追记我们才知道还有另一方面的深意。这个暂时被信吾遗忘了的老友是"极乐往生"的。这个说法指的是他死在女人身上,在性行为中心脏病发作救不回来。面对菊子,他不愿意、无法去想如此粗鄙的事,于是在心底压抑而造成了遗忘。

对话时信吾看着菊子身上的衣服,看到腰带和外褂上都是菊花图样,他突然感慨:为了女儿房子的事,都忘了菊子的生日。菊子名字的来源,就是因为她是在秋天菊花盛开时出生的。有趣的是媳妇用特殊的方式响应、安慰公公表现出的遗憾,她故意更正公公,其实她腰带上的图案是"四君子"——梅、兰、竹、菊,四个季节的代表都有,不是专指秋天。信吾体会到了,也打趣说:"这是贪心的图样啊,要把四季都包罗进来。"

到这里,川端康成才交代让读者知道,会有信吾和菊子一起喝玉露茶的场面,是因为修一先进公司去了。信吾的心情一直处在矛盾中,他既在意修一不跟他回家,必须自己去面对菊子；但又会觉得如果修一不在，自己得以和菊子如此相处很值得珍惜。

等信吾傍晚回到家，早上谈过的小狗话题又出现了。以前这只母狗会回到名义上的主人家生小狗，这次却改变了行为，跑到尾形家的女佣房底下来。狗很机灵，显然它注意到尾形家这段时间没有女佣，在那里不会被惊扰。

信吾又有了细密的联想心思。家里没有女佣意味着所有的家事都落在菊子身上，让信吾格外不高兴。又从这里想起了之前修一提过英子要介绍女佣，信吾当时反对，顾虑到修一外遇的事会被菊子知道。现在他烦恼着那个要介绍来的女佣到底在哪里？他觉得自己阻挡了那件事使得家中一直没办法找女佣来帮菊子。在如此烦乱的心绪间，他竟然将茶倒进烟灰缸了。

海岛的梦

信吾必须面对老年人生来日无多时，内在欲望和外在人情义理约束的纠结，此时他做了一个梦，也就是这一章标题中的《海岛的梦》。

他梦见了号称"日本三景"之一的松岛，那个港湾里分布了两百多个小岛，自己和一个女人在其中的一个岛上。他不知道那个女人是谁，却留下了拥抱那女人的感觉。他很讨厌那个感觉，因为六十多岁的男人还有这种欲望，连自己都嫌肮脏。不过还有另外一项模糊不清的因素，在梦中自己是现实里六十几岁的老人吗？还是梦里的自己回到了年轻时代？如果在梦中变年轻了，比较不会让人那么难受。

这是意识到自己年纪时，逃躲不掉一再产生的心理压力。从铃木来访，信吾想起来玉露茶是从"极乐往生"的水田丧礼上得到的，他更进一步被迫在意识中去检查周遭其他六十几岁的人。这群他的同龄人们，通常都是用文雅、读书人的语言，讲些空洞、言不及义的内容。有些人喜欢用学生时代的绰号互称，表面上有亲近怀念的效果，不过骨子里还是源自一种逃避老去的自私心态吧！说话之间还会拿死去的朋友当作笑谈之资，像水田"极乐往生"的事就会不断被拿来取笑。

信吾不得不如此评论："这把年纪的人未免也太不像样了。"他明明和这些人同样年龄，但不太愿意自己被放进这个群体中，那是对于老去的另一种反感表现。

又从松岛的梦中有了另一个想法，信吾感慨地说："应该是没机会登上富士山了。"一般的说法是身为日本人，一生总要去看过"日本三景"，也一定要登上富士神山。但随着年岁愈来愈大，这"总要""一定"会变得愈来愈不实际，愈来愈渺茫。时间还有多少？还能在时间冲刷下完成什么、留下什么？

接着他注意到铃木帮他带来水田太太要交给他的两个能剧面具，使得他产生了一份悸动：面剧是没有生命的物体，只是外形像人，却比真实的人更恒长，保存着超越时间的性质，传递没有时间的感官享受。

他靠近细看面具，进而意识到自己很久没有如此亲近一张年轻的脸了。他将脸和面具靠得很近很近，几乎贴上去了，感受到一种矛盾的错置。能剧面具在舞台上的作用，是遮住演员真实的面貌，以免演员的长相影响、模糊了观众对于角色的认同。应该没有人会如此逼近看面具吧，但用这种方法看，恐怕连制作面具的人都想不到，面具会变幻出生动的影像，那或许就是制作面具者所爱的人的真实面孔穿越时空再现出来？这么看这么想，面具有了非人间的邪恋——不正常情感的激动。和他靠得那么近的面具显得比人间的女子更加妖艳，使得他彷徨困惑，不知该如何处理这样的感受。

下一段，到了十二月二十九日这天，信吾看到了母狗带着五只新生的小狗到稍高一点的地方，然后让小狗一只一只从坡上滚下来。这情景给了他强烈的感觉，觉得自己以前就看过这样的景象。仔细一想，是来自一幅画，现在眼前的实景改变了他对那幅画的认知。他原来以为那不过是惯常的画法，此刻却体会到了画中高度的写实性。

这个经验和能剧面具的作用是彼此接续的，模仿人脸的面具比现实中的女人更具体；眼前的小狗是现实的，在他眼中却反而看成像是在画中的。

现实和"再现"并不是简单的关系，并不只是"再现"模仿现实,艺术的"再现"很多时候会和现实混淆,甚至改变了、决定了我们对于现实的认识。

信吾从英子那里听说了修一在外面如何对别人形容妻子菊子。谷崎英子过年时来拜年,借机向信吾表达她要辞职的想法。她辞职其中的一个因素,是看到了菊子,看到了他们家,英子不由自主地对修一产生了反感。她因而提到了有一次她和修一及一个叫绢子的女人在一起,听到修一说他在家里娶了一个小女孩,而不是女人。意思是菊子没有足够的女人味,菊子的身体无法给修一欲望上的满足。

信吾听了很生气,修一不只是和绢子有外遇关系,还在她面前这样批评自己的妻子。这件事联系上前面的能剧面具和匠师宗达画的小狗,细腻地探触了信吾所处的迷离情境。他当然清楚自己和媳妇菊子之间的情感,不能有任何肉体性质,菊子对他来说应该有着像是面具那样的非物体性,必须排除菊子肉体的任何现实性、具体性,然而也像是那面具或那画中的小狗一样,如此非现实性的形象反而更真实,带有更大的拟真吸引力。

这又和信吾的年纪有了关系。他觉得在老化的过程中,自己逐渐无法清楚区辨现实,更特殊的,自己似乎主观上也不怎么愿意去区辨清楚。如果弄清楚了,他和菊子之间,只能有人情义理规范下的公公和媳妇的互动,但他不想受限于这样的现实,他宁可进入那样的迷离状态,像在看小狗的画,在贴近面具时,抹杀了真实性的基本界线。

菊子不只是现实中的媳妇，信吾不要菊子只是现实中的媳妇。菊子牵连到他曾经爱过的，保子的姐姐。清晨时，信吾听到后面有叫声，误以为听到了保子姐姐在叫自己，因而醒来，忍不住起身去查看。事物与现象都不是简单地存在于现实中，而有着重重缠结，他不可能用任何清楚明白的方式来体认、来表达。他的真实感情本来就不符合现实人情义理，不管是以前对保子的姐姐，或是现在对菊子。那都是不对的情感与欲望对象。

第八章

爱恨交织
——读《美丽与哀愁》

旧情人

写完了《山之音》之后,一九六一至一九六二年间川端康成写了小说《美丽与哀愁》,一九六五年出版。在创作时间上,《山之音》和《美丽与哀愁》相隔七年。

《美丽与哀愁》从一九六一年底十二月二十九日写起,主角大木有了想到京都去听岁末钟声的冲动,引发小说的关键背景。有一个二十三年不曾见到的旧情人住在京都。大木三十三岁时和她有了情缘,那时候她才十六岁。对一个十六岁的女孩来说,那是一段悲惨的经验,和比她大得多的男人有了一场激烈恋情,十七岁早产生下一个小孩,小孩只在世间存活了三十六小时就去世了。过程中,她还经历了严重的精神崩溃,在精神病院中待了三个月。从医院出来后,母亲为了让她彻底遗忘这个男人和这段经验,带她从东京搬到了京都,之后就一直待在京都。她和大木分手后,没有再联络,也没有再见过面。

不过两人之间用一种奇特的方式延续了这段恋情关系。大木是作家,他将和这位少女情人音子之间的故事,写成了一本书,书名叫《十六七岁的少女》,书名很直白,书中的情节内容也很直白。这本书不只帮助大木在文坛成了名,而且许多年来都是他作品中最受欢迎、最畅销的一本。

十六七岁时音子的形影与感情,被留在这部作品中。因而不会像平常的记忆那样随着时间而磨淡、销蚀。这就是为什么二十多年后，大木还会动念想要去找音子。另一个重要因素是，这时候的音子仍然单身，变成了一个有名的美女画家，她在画坛上取得了名声，引来了好事之徒揭露、议论她就是《十六七岁的少女》这本畅销小说的真实女主角。

在这年的年底，大木找到了音子，他们相约到京都鸭川畔，在一个可以看得见知恩院的楼上，一起听跨年钟声。音子显然不愿意单独和大木重逢、相处，所以带了一名女弟子同来，还有两名熟识的艺伎。

小说如此开场，但很快地，叙述的核心转到了音子带来的弟子圭子身上。圭子的年纪与当年和大木相恋的音子差不多，而她和音子之间有着一份强烈的、超越师生关系的感情，甚至有接近恋人的肉体亲密挑逗。

圭子当然知道《十六七岁的少女》这本书、这个作者，以及背后和老师音子的关系。二十多年过去了，在岁末的场合，圭子见到了大木，清楚地感觉到老师原来还爱着大木。

接着川端康成细腻地描述当时十七岁的音子被带离东京，母亲原意是要让她彻底离开、彻底遗忘那段孽缘，然而却产生了反效果，反而让那段强烈激情的时间停留不再变动。大木在没有和她联络也不可能取得她同意的情况下，不顾会如何影响到音子，将他们的故事写成了作品，这件事又使得音子很难得到正常的爱情与婚姻生活了。

大木要去京都找音子时，心中有着强烈的负罪感。他觉得到了四十岁还单身的音子是被这两件事——少女时期和他的不伦恋情，加上他写的那本书，断绝了正常生活的希望。不过从音子的角度看，却是自己十六七岁的经验、情绪、心境被用这种方式硬是保留了下来，使她无法遗忘、摆脱对于大木的天真、单纯的少女情怀。

多年之后，另外一位少女圭子非常敏感，立即体会掌握了老师还爱着大木的事实。这在她心中产生了强烈的嫉妒，进而有了强烈的报复动机。小说中最精彩的部分，是川端康成竟然能够描摹少女近乎非理性的言辞与举动，显现她自己无法真正理解、掌握的快速情感变动。

从混乱多变的言行，我们能体会的是好几种强烈情绪冲击、折磨着圭子。一种是受不了自己所爱的老师竟然还对旧情人难以忘怀，仍然抱持款款深情。另一种更强烈的，是这个男人曾经如此可恶地伤害了老师音子，明明应该受到惩罚，怎么可以还享有老师的爱呢？

于是她选择了去诱惑大木，要反过来对大木的始乱终弃予以惩罚，并且为音子报仇。她精心设计特别跑去东京找大木时，刚好大木不在，遇到了大木的儿子，于是刺激她有了新的念头、新的对象，她也要诱惑大木的儿子，增加一条对大木报仇的途径。

少女复仇记

这是一个奇特的少女复仇故事。圭子刚开始显现一副复仇女神的模样，但她复仇的动机很不一样，充满了矛盾张力。在日本那样的社会规范下，她和音子的同性爱恋和两人外表的师生关系是不应该并存的。更非比寻常的是她复仇的手段，在日本社会价值中，更是不可容忍的，甚至是不可思议的。

她要勾引大木和她有不伦关系，同时又要勾引大木的儿子，这是自觉地冒犯禁忌创造乱伦。而且在和大木的儿子太一郎的互动中，圭子完全逆反了惯常的男女权力安排，近乎是在两天之中强势地绑架了太一郎。

不过川端康成并不是要写一个复仇女神的故事。他追索描写了圭子情感的波动。她是人，而不是复仇的工具；更重要的，她是一个少女，从《伊豆的舞娘》开始，少女就是川端康成最着迷反复书写的角色类型。川端康成要探索、彰示其内在那不定的少女性质，也就是美丽与哀愁的矛盾结合。

圭子和老师上野音子有一段互动，使得圭子对太一郎有了新的感情，所以在去琵琶湖时她坦诚地告诉太一郎自己是抱持复仇的动机接近太一郎的。此时太一郎的反应完全超出圭子的预期，他说："你难道不觉得真正应该要报复的人是我吗？"

圭子从来没有这样想过，从大木家人的角度会如何看待这件事。她忽略了，大木的妻子、太一郎的母亲，也是这段孽缘的受害者，而且和音子一样长期受害。不只是丈夫有了外遇，而且爱上的竟然还是一位少女；情何以堪的是，丈夫还将这段不伦经过写在书中，妻子想要不知道、想要遗忘放下都不行，所有的读者都知道这些应该是最私密的事，因而社会长期对这位妻子投以各种异样的眼光。

太一郎的母亲还要经历一段冷酷恐怖的过程。大木写作的习惯，是将原稿交由妻子整理抄写后才送去杂志社或出版社的。后来他写了《十六七岁的少女》，怎么办呢？他可以选择打破习惯，不将原稿交给妻子处理，那么小说变成是秘密发表的了，也就等于明白宣告那其实不是小说，而是告白。这不符合大木当时被那段恋情强烈冲击的心情，所以他决定还是假装这份原稿和过去其他作品一样，按照一样的程序整理、发表。

简直不能想象他的妻子如何熬过那一字一字抄写的过程。太一郎问圭子："我妈妈的痛苦谁该负责呢？不也是你老师造成的吗？我才应该寻求复仇吧！"听了太一郎这样的心声，圭子的心情又改变了，做出了不同的决定。

我可以用这种方式简单介绍《美丽与哀愁》，挑出小说中的重点，让大家很快对这部小说有印象，却不可能用同样的方式处理《山之音》。这是重点。虽然前后不过只差七年，但《美丽与哀愁》就不是用《山之音》那种风格、那种方式写成的。

《美丽与哀愁》可以摘要、简介，因为其中有明确的事件，事件导引、决定了角色之间的关系，是正常的"有事小说"，对照之下,《山之音》最特殊之处,在于那是一本"无事小说",它并不是以情节事件为主要动力的,小说的主要成分是日常细节中引动的情绪波动。小说中最难写、最关键的,是铺陈出一个具备说服力的情境,让在其中的人感官与思想变得格外敏锐,因而原本的生活习惯,突然之间都带上了刺激性,等于是逼着他重新看待周遭,重新和自己的微型世界发生关系。

异常状态下的创作

《美丽与哀愁》从一九六一年开始连载,但中间一九六二年却因续稿未到而中断了一期。川端康成从二十岁出道就进入日本文坛,很快成为职业作家,早已熟悉文学刊物的运作模式。他会写出那么多作品,也是这个环境中编辑积极邀稿要求刺激出来的。换句话说,以他长期累积的经验,竟然会让长篇连载脱期,近乎不可思议。

日本现代文学和报纸杂志的连载形式,有太强太紧密的关联。在日本稍有名气的作者,都会接到连载邀请;稍有地位的作者,就会有接不完的连载要求。川端康成最熟悉、最喜欢的是月刊的连载形式,他可以将每月连载的部分当成一篇完整的短篇小说来写,使得长篇小说同时带有短篇连篇呼应的性质。《雪国》是如此连载完成的,《山之音》也是。

相对地,《舞姬》和《东京人》是在日报上连载,每天刊登一小段,川端康成的写法会受到影响而有微妙或明显的不同。例如《舞姬》中可以感觉到他必须更用力安排、控制小段落之间的连接,避免小说叙述松脱。写《东京人》时则是川端康成自觉意识到自己惯常以短篇的连接方式写小说,没有真正的长篇叙述作品,所以为了寻求突破,决定接受日报的连载邀请,并且刻意地松开叙述上的严格管控,因而写出了那么长大的篇幅。

从这个背景看,《美丽与哀愁》断稿,绝非小事。一九六二年初,这位职业作家的健康出了问题,而且不会是感冒咳嗽之类的问题。他之所以无法交稿,是因为睡不着,严重失眠导致了精神崩溃不能正常生活、工作。这个状况或严重或缓和,将持续困扰川端康成直到他去世。他的直接死因是吸入大量瓦斯,而家人始终拒绝接受他是自杀的,其中一项理由就是他长期服用安眠药,剂量很大,有可能是在安眠药的强烈作用下,忘了关的瓦斯外泄造成了致命的遗憾意外。

川端康成没有留下遗嘱,因而是否自杀这么多年没有定论。但有很多迹象显示他人生后来的几年活得很痛苦,例如他在《古都》出版时写的一篇解释性文章中带着歉意地提到了:从一九六二年开始,受到失眠和必须吃安眠药的困扰,使得他进入一种异常、恍惚的状态,这段时期内有些作品因而不是正常的川端康成写出来的。

比对之前之后的作品,我会将《睡美人》视为这种异常创作的代表性产物。那样的病态与自虐，尤其环绕着睡眠建构起小说叙述，老人对少女的痴迷没有真正的互动，甚至不是人与人的情感，和以前川端康成的细腻内敛风格有很大的差距。

讨论川端康成的作品，不能不注意其创作年代。我们至少应该知道作者自己认为《美丽与哀愁》及其后的作品，是处在异常状态下写出的，读者如果在其中看到了什么不太对劲的地方，可以追索理解其来源。

从《山之音》到《美丽与哀愁》，川端康成的写法真的很不一样。《美丽与哀愁》仍然是一部杰作，设定了一位小说作者将和少女的不伦恋情写成由妻子经手抄写的作品，这部作品引发了所有相关人物的非常反应，甚至在二十多年后影响了下一代的圭子与太一郎。大的故事架构很吸引人，在一些描写上也很细腻。例如三十三岁的大木和十六岁的音子相恋，两人第一次发生关系之后，音子替大木打领带时不顾年龄差距称他"小朋友"那一场景；或是妻子妙子帮他处理原稿时的内在强大压抑的写法。

但这样一本小说在写法上变得极具戏剧性事件，以至于很难收尾。即使是重读，我每次都还是会在小说明明只剩下二三十页的地方生出不敢相信的感觉：这样的情节走到这里，怎么可能在二十几页内收场？而且的确，小说是草草结束的，突兀得令人愕然，不敢相信川端康成就这样处理。

只能回归作者给我们的歉意提醒，体会到在那样的异常状态中，他应该已经对这部小说失去了兴趣与创作动力，所以违背了成熟职业作家的纪律，连载会断稿，成书出版时也还是让小说戛然而止，没有更多的余韵修饰。

《美丽与哀愁》中的角色自觉

《美丽与哀愁》不只是充满戏剧性，和《山之音》或《舞姬》或《雪国》相比，更不对劲、不像川端康成的地方，在于小说里的角色对自己的情感都很明白。小说里写的是直接而强烈的情感，一种自觉层面的明显情感。

大木知道自己为什么要在二十三年之后去京都找音子，音子知道自己内心仍然有着对于大木的余情，圭子知道自己对大木家产生了强烈的报复敌意，也知道自己和老师之间的关系如何被大木介入而改变了。

这些是清楚明白的感情，但也就不是"新感觉"，不是原本形成川端康成文学主要印记的那种迷离幽微。

日本社会最为讲究"人情义理"，人与人相处的许多细节都必须符合"义理"，"义理"一直贯彻浸入日常动作和语言中，川端康成的小说建立在对于这些细节的熟悉，再从中挖掘出不同的个人情感、个人意义来。他的小说是在庞大的集体"义理"背景之上，持续不懈地表现个人不同的"感觉"，不能被集体动作、语言同化、抹消的高度个别性，所以他的小说都在日常中，不需要、不依赖戏剧性情节、事件。重点不是一个人遭遇了什么新鲜事，而是一个人如何内在地产生了和别人不一样的"新感觉"。

《山之音》开头，特别写信吾努力要弄清楚女佣到底如何说话，有没有用敬语，因为人最真实的感情是藏在这一点点细微语言差异间的。是单纯的行礼如仪，还是带有内心的关怀，会表现在这种地方，如果不注意，如果错过了，生活就只会是一连串的模式反复而已。川端康成擅长写的，是内在于人情义理却无法被人情义理取消，或外于人情义理却还是受到人情义理拘执的关系。信吾和菊子之间的互动，正是这两种主题最好、最丰富、最深邃的交会。

相对地，《美丽与哀愁》写的都是"失格"的关系。大木和音子、音子和圭子、圭子和大木及太一郎都是人情义理所不允许的关系，他们之间产生的极端的叛逆爱情，是"不管别人如何看待、如何评断我就是要"的态度。这种感情格外坚决、浓烈，因而经常成为戏剧或小说的题材，相对也比较好写、好表现。放在众多类似题材的戏剧、小说作品中，《美丽与哀愁》还是写得很精彩、很感人，所以很多年轻读者容易被吸引，容易留下深刻印象，有些人甚至视之为川端康成最杰出的作品。

然而放在川端康成的文学系谱中，我不得不说，《美丽与哀愁》太取巧、太偷懒了。这里的浓烈感情都是角色自觉的，作者把他们的想法和盘托出就可以了。而正常状态下的川端康成写的却是人以其内在感觉与外在的人情义理要求相拼搏，绕着人情义理试图找出可以安放感情之处。被人情义理缠卷着，他们甚至自己都不能、不敢确定这份感情是什么，但会有那样的瞬间逼着他们不得不凝视内在的感动或冲动，然后挣扎着让感情成形，给感情找一个内外之间的暧昧位置。

掌中小说写的、捕捉的，是那样猝不及防的突破性瞬间；较长的小说刻画的，则是瞬间之后如何面对、处理这成形了的"新感觉"，如何将"新感觉"放入原有的人情义理世界中。

川端康成有一份执着的文学信念，诞生于和西方文学的纠结、角力中。西方文学潮流进入日本，很直接的一项冲击是自由，许多日本作者觉得西方人不会受到层层拘束，可以表现出真感情来，所以新的日本文学也应该如此摆脱礼数、剖白内心。

但川端康成没有走这条路。他选择了比较困难、比较少人行走的那边。他相信：那些高喊要反抗人情义理的日本作家，不会因此就真的可以摆脱人情义理的影响；倒过来，站在另一边的人，也不会因此就只是人情义理的奴隶，完全没有真情，完全找不到表达内心的迂回方式。还有，"直接"不一定比"迂回"更有效，甚至不一定更真实。

直截了当的爱恋

川端康成小说中最有价值的,他最珍惜因而要以小说去描写挖掘的,是那种在重重限制下,却还能保有真情的人。《雪国》里的驹子,以她的身世、以她当时的处境,她没有条件、没有资格主动选择去爱一个男人,但她就是对岛村真心付出。她常常喝醉酒,一方面那是工作上的不得已,但另一方面又是她的选择,喝醉酒了去找岛村,她就能自由地表现最强烈的真情,她坚守自己这份拥有真情并表现真情的权利。这里面有一份和她的身份完全不相称,因而格外感人的高贵。

《美丽与哀愁》里的大木是大胆将和少女不伦恋情公开写成作品的小说家,音子和母亲相依为命,没有婚姻,后来又成了艺术家,两人都和社会的人情义理保持了相当的距离。虽然他们的感情是危险的,但他们有很大的空间去处理,甚至去表达。圭子也一样,她没有双亲,只有疏远的姑姑和表哥,形成了彻底独立的个体。

这不是日本社会的现实,也不是我们任何人生命中的现实。《美丽与哀愁》是一部幻想小说,发生在川端康成打造出的不真实时空中。当川端康成正常、有力气时,不会这样写小说。正常、有力气时,他写的是一个六十三岁的老人如何在人情义理的老年歧视中艰难地去面对自己的情感,想办法安放自己最深切的情感,让自己和老去、死亡的忧郁共存。

那么多年前的作品，《山之音》的主题却有着越来越强烈的现实性。老年人和社会体系间产生的种种问题，在今天的日本，乃至今天的台湾，都只会越来越严重、越来越尖锐。那个年代，六十三岁的信吾已经是不折不扣的老人了，不过那个社会基本上还保留了对老人的表面尊敬。现在的变化是，老人的年龄标准延后，七十五岁，甚至八十岁以上才算公认的老人，但属于老年的岁月，一直到去世，这段时间仍然不断延长；另外老人受到的歧视只会比以前更加厉害。

其中一项歧视，是否认老人有爱情与性的需要。老人不应该还有欲望，老人的欲望不只被视为反常的，甚至是污秽的。随着年龄增长，信吾被人情义理推向年长者的位置，从父亲到祖父，在公司里成为不需要负担任何责任的资深成员，在社会上很多年轻时可以做的事、可以说的话，逐渐都变得不适合、不可以了。他还要面对过去真实记忆、情感的褪色消逝，留出无法填补、不允许被填补的空白来。

信吾的这块空白中，出现了共同生活的媳妇菊子。但人情义理不允许这份情感存在，人情义理只会将这样的情感归纳为最不堪的"扒灰"，丑陋而肮脏。在老化过程中，信吾承受双重失落，也是双重考验。过去所有的感情都过去了，进而任何新的感情都变得不可能；要如何继续记住过去，又要如何珍惜现在对菊子的爱意？一个人如何在老去、死亡迫近中，坚守住生命仅存的依赖，那是自己都不知该如何说出口的幽暗迷离情愫。

《美丽与哀愁》中拿掉了这些限制，可以大刺刺地直接讲，不像在《山之音》里，信吾连对自己，都必须通过象征才能掌握那份幽暗迷离，如此决定了小说的表现方式，有着个别象征的一小段一小段，连起来形成了一个大万花筒。

第九章

京都之美
——读《古都》

毫发无伤的京都

写完了《山之音》之后，川端康成进入他自己所说的异常时期：严重的失眠状态，对于安眠药的高度依赖，然而身为职业作家又继续维持写作交稿的纪律，使得他连带地写出了"异常"的作品。

异常期间，川端康成在一九六一到一九六二年，同时写作《美丽与哀愁》和《古都》两部小说。将《美丽与哀愁》和《古都》放在一起读，就会发现川端康成将这两部小说的场景都移到京都了。《美丽与哀愁》中，京都是作为对应东京的空间存在的。十七岁的少女音子离开东京，在这里开始了新生活。但这位妈妈选中的是一座历史与记忆之都，于是换到京都来生活的音子非但没有遗忘大木，反而让大木及那段恋情在心底沉淀下来，她自己被磨掉了时间感与现实感。京都作为一个避开东京的处所，真正发挥的作用却是将应该被遗忘的事情在记忆中固定住了。

小说开始于大木要离开东京去京都，去寻找音子以及自己过往的记忆。东京和京都形成了现实与记忆的相对结构关系。接下来小说有很多情节都发生在旅程中。大木去京都见到了音子，要回东京时圭子去送他；圭子后来又从京都到镰仓拜访大木而遇见了太一郎，换成太一郎送圭子去车站乘车回京都。到了小说结尾处，最重要的事件是太一郎要去京都，大木想象儿子会在京都和圭子见面感到极度不安。太一郎在大阪机场一下飞机，圭子已经在等他了，两人一起进入京都。

关于大木和音子的故事，属于过去；现实上，尤其和圭子有关的，则都发生在东京到京都的路途上。小说的主要场景在移动中。大约同时期书写的《古都》，也就毫不意外地彻底离开了东京，换到京都去了。

从《舞姬》《东京人》和《山之音》中的东京，换到了京都，最主要的原因是没有了战争的硝烟背景。在第二次世界大战中，基于对古老历史文化的尊重，美国基本上放过了京都，除了一次空袭轰炸了东山马场这一带外，不曾以京都为目标空投炸弹。因而战后京都形成了奇特的无伤景观。这件历史事实对思考着"余生"的川端康成尤其寓意深远。

要如何让战败的日本继续在世界上存留？很显然地，京都的完整无伤是明确的指引，靠着日本的传统，尤其是历史上保留下来的美，可以一直到战争近乎疯狂动用核武器的阶段，都还是解救了京都。保存日本之美可以同时保存日本这个国家，并且给予日本所需要的集体救赎。京都是象征，也是明证。

我不知道川端康成在思考、书写京都时，有没有联想到法国巴黎？如果拿第二次世界大战的巴黎来对照，会有更深的意义。德国纳粹在一九三九年九月发动了战争，以闪电战吞并波兰，快速进军东欧，然后回军向西攻打法国。到一九四〇年六月,曾经在第一次世界大战中和德国缠斗四年并得到最终胜利的法国,这次却早早就投降了。法国近乎不战而降,逼着英国必须单独面对德国,让丘吉尔难以承受。面对丘吉尔的质疑指责,法国人的态度是:"没办法,我们有巴黎。"意味着必须保护巴黎,不能冒着巴黎毁于战火的危险。

一八七〇年德国人曾经进入巴黎;一九一四年战火一起,德国人也是快速推进意图打到巴黎。因为巴黎是法国的心脏、法国的命脉,到这时候更成了法国的主要把柄。法国人理直气壮地为了保存巴黎而选择投降,不只是巴黎的古迹建筑得以保留,连巴黎的文化活动、思想论辩在德国占领期间也仍然继续弦歌不辍。这是法国人所自豪的:战争无法摧毁巴黎的文化,德国人也无法。

日本人展开侵略战争时,当然不曾有为了京都而不要打仗的念头,他们不会想到在战争的终局,广岛、长崎被投下原子弹,东京反复遭受燃烧弹空袭,京都却一直是安全的,不在美军空袭目标的考虑范围内。而且保护京都不被战火烧毁,不像保护巴黎是法国人自己的责任,竟然是来自敌人美国。京都的特殊地位,必然在川端康成的"余生意识"追求中发挥了特殊作用。

在"余生"中,川端康成找到的答案是:必须以日本传统之美的价值来说服这个世界,不管日本犯下了多么严重、多么可怕的战争错误,日本这个国家还值得存在下去。确定了这个答案促成了川端康成小说的决定性改变——京都变得愈来愈重要。

川端康成的作品脉络

《美丽与哀愁》是从东京到京都的过渡，显现了艺术的两面性，由小说中的两位主角代表。

大木以艺术来记录"哀愁"，将生命中最痛苦的经验写成了《十六七岁的少女》，二十多年过去了，他后来的作品都没有超过这一部得到的注目与成就。圭子明白地对太一郎说："你父亲应该没有机会写出比《十六七岁的少女》更有代表性的作品了。"换句话说，大家都认为那就是大木的代表作。

被记录在这本书中的音子，则是去了京都沉淀了之后，成为一位画家。她最重要的作品，是以母亲为模特，但很多人看了却以为是音子的自画像。她画的不是现实中的母亲，而是年轻时的母亲，她也不否认在作画时，她的确将自我也投射了上去。那是一幅表达对母亲复杂愧疚之情的画作，将自己和母亲的形影在其中重叠了。

音子的画作不是写实的，而是有着非常浓厚的情感投射，所以圭子一直缠着老师，希望音子为她画像。音子画圭子时，她投射的是当年怀胎八个月早产早夭的那个孩子。她曾经用类似圣像画中圣婴的风格，表现过对于那个孩子的感受，现在她进而将画女人和画婴儿的两种主题，都用在对于圭子的画像上。这寓含了音子对圭子的感情认知与想象。

这是如何以艺术表现"美丽"，却又不只是"美丽"，不会停留在"美丽"而已。

《美丽与哀愁》完成了从东京往京都的过渡，到了《古都》，就只剩下"美丽"而没有"哀愁"了。《古都》是一部甜美而天真的作品，甜美天真到近乎一厢情愿。放在川端康成的作品脉络中来看，《古都》很不世故，也不细腻。

小说中的核心故事，是千重子和苗子这对双胞胎姐妹失散多年后重逢。她们的相遇完全是偶然，而且是两次偶遇，突然就相见相认了。在《古都》中，川端康成塑造了一种甜美、天真的腔调，方便读者接受这份一厢情愿。如果只读《古都》，或者只读"诺贝尔三部曲"——《雪国》《千只鹤》《古都》——我们可以将这样的腔调与一厢情愿视为理所当然，可是换从《舞姬》《东京人》《山之音》这样一路读下来，我们认知、理解了川端康成小说世故、细腻的那一面，却不得不将《古都》同样列入异常时期异常作品的列表上。

读《古都》时会一直有一个奇怪的声音干扰我，那声音反复地说着："好可惜啊，好可惜啊！"也就是在小说中明显出现许多"失之交臂"，即没有被好好掌握、利用的机会，意思是在架构中应该可以有更好发挥的地方，也是想象中在正常、巅峰状态的川端康成应该会以更细腻手法处理的地方。

例如千重子的身世经历了从被丢在门口的弃儿变成骄女的大转变。以《山之音》的格局、写法为标准，我们必然会好奇她和养父母之间的复杂情感。小说里父母编了一个故事，说他们是在祇园将千重子偷抱来的，但千重子一听就知道那不是真话。然而川端康成没有再追索刻画父母为什么编这样的故事，他们是如何挣扎地考虑、犹豫、摸索该如何让小孩知道或不要知道自己是弃儿的过程。

千重子的家庭表面正常，内在却是苦心经营才聚拢起来的，这原本是川端康成最擅长写的题材，却在《古都》中草草带过，没有展开来写。

力不从心的川端康成

千重子和父亲太吉郎是社会意义上的父女，实际上没有血缘关系，其内在性质与信吾和菊子的关系有着类似之处。而这个父亲又被设定为和服世家中没有天分的一位继承者，他年轻时曾经为了要画出像样的和服图案寻求灵感而吸大麻，后来没办法时就躲到尼姑庵去假装自己很努力，实质逃避痛苦的创作过程。

还不只如此，更加深他痛苦的，是他拥有看得出秀男天分的眼光。千重子把送给父亲的现代抽象画册带到尼姑庵去，他模仿保罗·克利的画作设计了一条和服腰带，那是他要送给女儿的礼物。他先将设计图交给秀男,秀男有意见,气得他冲动地打了秀男一个耳光。会那么生气是因为他知道秀男看出了那不是原创的作品,他感到受辱了,一走出来就将设计图丢进水里。不过后来秀男竟然在完全没有设计图的情况下,全凭记忆将这条腰带织出来,让太吉郎很感动。

这场景里有多少感情纠结!太吉郎对千重子的感情,身为没有天分的设计师的挣扎痛苦,意识到名义上的徒弟比自己有天分的压力,知道徒弟一眼看出自己的设计不够原创、不够好的尴尬,乃至于看到比自己有天分的徒弟喜欢女儿带来的复杂反应。

但川端康成只写了这个场景,没有后续,是另一个令人遗憾的"失之交臂"。

小说中绕着千重子有三个男人,各有清楚、突出的形象,让人当然会预期他们在小说中会有特别作用。真一最早出现的场景是在平安神宫的神苑,他大剌剌地躺在草地上,是个长得像"一把刀"般的男生。后面又出现一个矛盾的形象,回溯他七岁时曾在"祇园祭"里扮过女生。千重子一直记得那个情景——自己是小女孩,追着前面另一个小女孩,但其实那不是女孩,而是男生真一扮成的。

真一的哥哥龙助也很精彩。一上场就表现了他的直率与能干,他告诉千重子家里的管家和掌柜都有问题要注意,应该自己去看账查账。后来他爸爸去替他向太吉郎提亲,理由也是他管账管得好,可以用婿养子的身份去继承家业。

再加上秀男。前面做好了人物设定,安排了醒目的出场,但很可惜,三个人后来都没有更多的展开刻画,又是"失之交臂"。

千重子和苗子重逢之后,最感人的是苗子反复说:"我绝对不愿意以任何方式干预、破坏小姐的幸福。"即使知道了两个人是姐妹,苗人仍然坚持用敬语称呼千重子。

苗子非常传统,而千重子家中则正在经历传统和服设计制造遭受严重挑战的状态。苗子的家境,也是川端康成特别选择安排的。在京都观光上,最有名的是东山,以至于很多人不知道北山的存在。京都是依照严格的风水方位建成的,当年从奈良迁都是为了祈求平安,故京都又名"平安京",由此开启了"平安时代"。

"平安京"北有船冈山,南有巨椋池,东北鬼门方位另有比叡山和延历寺。北山发挥了京都的屏障的重要作用,后来又在这里发展了杉树造林事业,所种的杉树特别称为"北山杉",大约四十年左右树龄的木材特别好,适合用来盖寺庙、盖神社、盖茶室。一般认为北山杉不只材质好,长得特别直,而且受到风水庇荫特别吉利,可以用在具备特殊意义的建筑上。

不只是千重子家关系到日本传统技艺,苗子也是。川端康成将苗子放到北山上辛苦磨木头,不单只是要凸显她可怜进入了破落的家庭中,以对比千重子的富裕生活。最主要是借两姐妹,将和服和茶室,两项日本传统美学的核心代表放置进小说里。这样的设定其实很清楚,然而还是令人遗憾的,在小说中并没有得到足够的发挥，又是另一个"失之交臂"。

《古都》原先是要写人与传统文化复杂纠结的故事，将保留在京都时空交错环境中的日本之美呈现出来，但很可惜，后来完成的作品，比这样的预想简单、粗糙多了。

回想《山之音》中写能剧面具那一段，由其来历联结到信吾对生命与无生命物体间的辩证迷惑，就了解川端康成所具备的深厚功力。对比《古都》中关于太吉郎设计的衣带，经过了秀男和苗子的误认，再到秀男特别为苗子设计的有杉树与松树图案衣带，很奇特的，衣带与女性身体的关系、手织衣带的男人对女人身体的想象，竟然完全没有触及。可以很明确地说：在正常状态中的川端康成，不会如此处理传统和服衣带的。

从这个角度看，《古都》固然是川端康成的名作，但毕竟是他异常时期写的，留着异常时期作品一些力不从心的痕迹。

古都的观光指南？

在设想《美丽与哀愁》与《古都》时，川端康成还是正常的。《美丽与哀愁》要写两个来历纠结的艺术家，小说家和画家的故事。《古都》则是要借这对双胞胎的家庭来呈现日本传统工艺的现代价值。然而开笔之后没多久，失眠与安眠药联合作用，使得《古都》严重变质了。

它变成一本最了不起的京都观光指南。小说一开头从树写起，那是千重子他们家的树，家宅位于四条上。然后小时候的回忆场景带到了平安神宫，进入神苑愈写愈仔细，从平安神宫出来又经过知恩院，进入圆山公园，从宁宁之道转一年坂，二年坂，往清水寺去。读者很容易可以按照《古都》小说设计一趟"古都之旅"，会经过所有现在观光客人满为患的大景点。

出现在《古都》中，目前还能保持安静的地点，是很难找得到，而且只在秋天短暂开放几星期的"厌离庵"。那是在嵯峨野，先要经过人山人海的车站前街道，转入同样人山人海的竹林道，经过在《源氏物语》中具有神圣意义的野宫神社，朝向落柿舍的方向走。基本上愈往前走，人会愈来愈少，也才能比较接近川端康成描写的那个尚未沦陷于观光客的京都。

《美丽与哀愁》小说中特别提到二尊院，那是太一郎特别要去研究的地方。结尾处他和圭子先去了二尊院，然后转往琵琶湖。从常寂光寺到二尊院，通常观光客就少得多了，再朝清凉寺和大觉寺走，那一般就能摆脱大部分的观光客了。

到二尊院之前，另有一条路通向化野念佛寺，那是一个符合谷崎润一郎"阴翳"美学的特殊地点，川端康成也很喜欢。那里供奉的，是所谓的"无缘佛"，其实也就是无缘成佛的孤魂野鬼，所以气氛格外森冷。

怎么读小说读一读变成了谈京都观光呢？因为《古都》最大的问题，却也是最大的成就，在于以干净清晰的笔法呈现了京都，而且是一个活着的京都。小说中的人情故事，很多都发生在祭典中，那是人们体会、感受京都的主要方式。而作为"古都"，京都主要的意义在于将日本文化最美好的一面保留着。

川端康成能够这样写京都，不完全是因为他对京都很熟悉，更不是他突然决定转换跑道当"旅情小说"作家，而是抱持着更迫切、更深刻的心理动机。他要说服自己，进而能够安慰日本人，日本是在世界上唯一拥有京都的国家，所以值得被原谅。

《古都》这样的小说如果是由别人来写，仍然是很高的成就——将一个甜美的故事放进充满了文化历史之美的情境中推展，故事和环境彼此有效呼应。但放在川端康成"正常"的文学风格中来检验，却很不搭调。因为川端康成原本最擅长利用场景营造复杂联想来逼近角色心中无从直接表达的情感，没有任何一个景物在小说中是单纯作为背景存在的。然而《古都》的街道、风物与祭典却常常只是让人物走进走出，让情节发生而已。

千重子在平安神宫遇到了真一，但平安神宫与他们两人的感情模式、变化没有必然关系，也不构成象征意义。真正具备象征力量的，是真一在老太太身边大刺刺地躺到草地上，但这个举动在任何观光地——圆山公园大樱树旁或南禅寺的三门下——都能有同样的象征作用，没有非发生在平安神宫不可的精准要求。

对照《舞姬》中的东京御苑。从如何意外偶然去到御苑，一直到在护城河里看到了白鲤鱼，因为日暮时分而注意到美军总部的灯光，公园里选择藏在黑暗处幽会的人们，川端康成选择描述的任何一个场景，都和波子与竹原的暧昧关系、动荡感情密切结合，没有任何一点叙事上的浪费。

这才是川端康成的典型写法，相较之下，《古都》中有太多为情景而情景的段落，虽然可以帮助我们了解京都、感受京都，但在小说的作用上，却反而冲淡了人与人之间的感情联结与变化。

《古都》不是川端康成最好的作品，甚至比仓促地以一死一获救的方式草草结尾的《美丽与哀愁》更松散。《美丽与哀愁》对于艺术与现代的辩证关系，在描述圭子的个性、探索大木近乎病态的创作心情方面，还是有很强的力道，只是不像《舞姬》或《山之音》提供了那么浓稠得可以供人不断挖掘的文本。真的，川端康成一生写了很多比《古都》更好、更细致的小说。

千重子与三个男人

和川端康成同辈，比他早两年出生的一位作家大佛次郎，在日本有很大的名气，甚至到今天都还有重要的文学奖以大佛次郎命名。大佛次郎的代表作之一，是《鞍马天狗》，以维新末期为背景，似乎从来不曾有中文译本。这部小说曾经在日本大为畅销，今天读来还是很刺激好看，然而如果被拿来和司马辽太郎的《坂本龙马》或《宛如飞翔》比较的话，那无论是戏剧张力或史识史观，当然就瞠乎其后了。

战前世代的作家写历史小说，一方面缺乏坚实的考据，另一方面不会有自己的史观，到战后遇到司马辽太郎这辈作家兴起，像《鞍马天狗》这样的作品就被比下去了。

大佛次郎另外写过一部通俗小说，叫《京都之恋》，这本书出现在川端康成的《古都》中。千重子一度想起了《京都之恋》里有一段讲的就是苗子所在的北山村。这件事反映了当时川端康成的想法。饱受失眠折磨中，他没有正常的耐力能再写像《山之音》那样的小说，于是他转而想写比较轻薄清淡的通俗小说，像《京都之恋》那样的小说。

从一个角度看，《古都》的内容不也是"京都之恋"吗？除了千重子和苗子的双胞胎身世主线外，写的是千重子和三个男人之间的故事。让大佛次郎的书出现在《古都》中，形成了有趣的互文关系。不过，毕竟川端康成不会是大佛次郎。从一边看，相较于他巅峰时期建起的文学经典大山头《山之音》，《古都》显得很松散、很小巧；不过，换从另一边看，相较于《京都之恋》，《古都》却还是有许多不那么通俗、不那么理所当然的写法。

《京都之恋》完全按照读者的预期，在小说中描述男女爱情如何开始、如何转折、如何受到考验、如何接近毁灭深渊边缘，最后在小说结束时，爱情有了一个明确的结局。叫作《京都之恋》的小说就应该这样写，对比下，《古都》不是这样的小说。

《古都》的核心人物是千重子，三个男人和她之间形成了三种完全不一样的感情。千重子对真一的感情非常纯真，从七岁时的祇园祭开始，当时真一扮成女孩，千重子跟在他的花车后面跑。但那样的感情基本上是无性别的，甚至是接近同性的吸引，千重子对真一那种和她一样漂亮，甚至比她还漂亮的女性美留下深刻、难以磨灭的印象。

《古都》中最完整的感情故事，是秀男对千重子的爱。秀男对千重子有着一份崇拜，使得他不太敢真正去接近千重子，始终有来自太深的爱反而无法克服的距离。因而后来他的爱转而投射到苗子身上，因为苗子那么像千重子，却又不是千重子。

龙助则是在小说进行了三分之二处才正式上场。不过龙助是最积极追求千重子的，甚至动员了父亲来拜托让他到千重子家去帮忙生意，如果他表现得好，可以进一步成为婿养子。

但这样由三男一女形成的"京都之恋"，却都只有开端没有结尾。勉强只有秀男发展出了和苗子的关系，离开了对千重子的追求。抱持着看爱情故事期待的读者难免会疑惑：后来呢？川端康成后来经常被问到这个问题，他给的回答只有："爱情如果继续写下去，只能是悲剧。"

《美丽与哀愁》有奇怪、突兀的结尾，《古都》则是让人感觉没有讲完，甚至故事没有来得及充分展开便收掉了。不过这样的结束，或许可以提供我们从爱情故事以外的角度来看待、理解《古都》。

二十岁的少女

回溯《古都》的开头,我们会发现,这部小说从春天开始,到冬天结束。川端康成写的不是《京都之恋》,而是像林文月的书名所显示的——《京都一年》。而且刻意选择了千重子二十岁,在日本算正式成年的这一年,三个男人只是这一年发生在千重子身上种种事情的一部分。

或者再对照《美丽与哀愁》书中大木的代表作《十六七岁的少女》,那么最能代表《古都》内容的书名,也许该取为《二十岁女性的一年》。这才是重点,也是这本书结构安排的方式。选择写千重子二十岁这一年,设定了这是少女青春的结局,凝视、记录了一个少女如何在二十岁这一年告别了青春成为女人。

放在京都的环境中,小说透显出传奇的色彩,然而传奇并不完全来自千重子的身份,重点不在她是谁,而在她二十岁。二十岁这一年不需要其他的理由,从少女到变成女人,这个时间的过程本身就具备文学的合法性与吸引力。

甚至不需要什么复杂深思的手法,只要将二十岁这年发生的事,从年初记录到年尾,就足可以支撑起其文学的价值。这是川端康成的青春观。

在青春的最后,这段过程必然是感人的、戏剧性的,会有很多值得终生铭记的经验。小说中近乎莫名其妙地一再提到千重子是一个幸福的人。在神苑，真一说自己和一个幸福的女孩在一起。苗子也反复对千重子说："你是幸福的，我绝对不会妨碍你的幸福。"千重子不知道自己的幸福，然而将这一年记录下来之后，却清楚地显示了，二十岁这年如此奇特，离开了青春之后的人生再也不可能像这一年那么幸福。

从女孩到女人的二十岁这一年，如果用当下对的眼光记录，都会焕发出奇特的幸福之光。二十岁时，即便哀伤都是幸福的。千重子意识到自己是一个弃儿，这当然带来哀伤，她怀抱着这份哀伤和真一走到了清水寺，远离了有着漂亮视野的"清水舞台"、远离了热闹，在后院里对着夕阳，她将这件事告诉了真一。真一没有听懂，他将千重子的话转成了哲学的、普遍的感慨——我们每个人都是弃儿，都是别无选择地被抛弃到这个世界上。从这个角度看，千重子就没有理由哀伤了，反而感受到自己被"抛弃"到这个家庭的幸福本质。

千重子一直觉得对家里的老式格子门有特别的沉重之感，因为她听说自己是被丢在格子门外面的。可是母亲繁子却始终坚持她是从祇园祭里被偷抱过来的。而且一次又一次，繁子那么热切地讲着听起来明明夸张得不可信的故事，说看到一个小婴孩对着她笑，太可爱了，忍不住将婴孩抱起来，刚好旁边大人不在，就问丈夫："太喜欢这婴孩了怎么办啊？"丈夫太吉郎回答："赶快跑啊！"两个人就一直跑一直跑，紧张地跑了一段路跳上公交车。

太荒唐的故事，当然是繁子编出来的，为了要说服女儿她不是被抛弃的，而是被父母偷来抢来的。更感人的是繁子说的这句话："人生偶尔也得做这种会下地狱的坏事。"话中的意思是，就算必须下地狱才能换来你这个女儿，我和你爸爸也都甘愿啊！

被抛弃这件事，到后来又引出了遇到失散多年的姐妹苗子，那又是另一份幸福。

和三个男人的三段不同感情到了冬天戛然而止，从川端康成回答问题的说法我们可以体会：在这一年中，这三段感情对千重子都是幸福的。爱情的开端相对清纯真诚，还来不及牵扯到更复杂难以控制的因素。相较于这样的感情，以任何方式发展下去，不论是失恋或结合，无可避免一定会有苦涩、纠结、伤痛、悔恨或麻木、无聊，那是悲剧，只能是悲剧。

二十岁这一年，不只是男女感情，而是所有的感情在青春回光返照下都染上了传奇色彩。

京都的变与不变

以"京都一年"来理解《古都》，阅读上比较不会觉得突兀，而会注意到小说中不断凸显季节，时间而非情节构成了小说的主体。京都的时间有着独特的吊诡之处，我们今天之所以去京都，往往也是为了享受这份时间的吊诡。我们所处的世界变化那么快，快得令人晕眩不安，只有在京都这座城市会得到一种抗拒时间、隔绝变化的稳定。不过京都并不是真正不变，而是用一种奇特的方式将变化包藏起来。

《古都》书中充满了变与不变的对比。一开头写了大枫树，千重子看到了枫树上长着一上一下两株朱槿花，虽然寄托在同一株树上，但更觉隔绝，因为它们从来无法相见。这当然是她和苗子命运的隐喻，不过枫树还代表的是漫长仿佛不会变化的时间，而朱槿花从开花到凋零，则反映着快速变化的季节。

接着又讲千重子养铃虫，养在壶里，它们一辈子都在里面，一代又一代出生、死去，生命快速地流变，但所居住的壶却是不变的，一直都有虫声从里面传出来。

秀男建议到植物园去，看见了郁金香，感受到迫人之美，也感受到了季节。秀男突然对吉太郎说："千重子比广隆寺的佛像还要美。"这是秀男的生命情调，郁金香那么美，因为是活的，如果将郁金香之美固定下来不让它变动，那就如同佛像一般，远远没有活着的千重子那么美。在时间变化当下，郁金香的花瓣不会是完美的，带着时间的印烙痕迹，所以才美。千重子不是佛像那样固定不变的造型，她是活的，会变化的。

在时间流变中活着，表现出风姿，也就必然会老去、会衰败。一边是千重子在秀男眼中展现的活着之美，另一边也必然会有千重子自身感觉到衰败的威胁。她去到热闹的嵯峨野，却偏偏选择了最冷清的化野念佛寺，而那份冷清也是源自对于死亡的提醒，死亡的印记聚集在那里。

京都很美，用尽了各种方式，从建筑到庭园到祭典，将传统保留下来，超越了时间，让人错觉时间的流逝在这里被克服了。我们去京都能够享受这份不变的美带来的安全感。然而即使在京都，个别的生命、个别的家庭还是要接受时间的淘洗。《古都》小说里所写的，半个世纪之后仍然是我们去京都会感受到的现实，平安神宫的神苑，祇园祭和鞍马寺的伐竹会都原样还在那里。

京都是千年皇城，又是千年佛都，花了很长的时间形成了特殊的传统。从第八世纪末建城作为平安时代的中心，到丰臣秀吉进行一波大改造，再经历了江户时代到倒幕勤王的骚动，整个京都有了落实在城市生活中的丰厚肌理。

让京都看起来总是不变的，主要是寺庙与神社建筑及空间。但这不是要寺庙不变就可以维持不变的，需要有很多条件配合。首先要有完整的寺庙与神社组织，有钱有人可以长期保持运作，还要有维护工匠记录的敬谨态度，以及让传统工艺不至于失传的办法。在京都，寺庙或庭园要翻修时，必须去找出原来的计划图录，修得和三十年前或半世纪前一模一样。很多神社建筑会安排固定年限重建一半，为的是让老师傅可以手把手教下一代如何工作，同时还能对照留下来的另一半看应该怎么做、做出什么样子来。

祭典是保持旧貌的重要手段。有那么多居民参加的祭典，每一个细节都要讲究。《古都》小说中有一段人们就在争议,以前祇园祭中花车会走进巷子里,但是一些巷子太窄了,以至于花车都弄坏了。还有以前不是从车上撒种子,是将种子递给路边站在阳台上的人。这就是京都的精神,人人都觉得有责任了解过去,找出尽量最接近传统的做法。

太吉郎的困境

但在这背景中浮上来的,是一家没落中的和服店。六十年代正是京都传统"吴服店"要在西阵彻底重整的关键年代。秀男他们家原本由家人操作三台人工织布机,算是中等规模的西阵工匠,但和太吉郎他们家的地位、财富颇有一段距离。然而西阵的次级工匠们却有了较高的危机感,在六十年代之后组织起来,成立了会馆,积极推动"西阵织",相对地原本占据京都核心区域的高等吴服店,在这波变化中快速没落了。

我二十多年前第一次去京都时,四条街上还有两家吴服店,是仅存的两家,没多久之后,这两家也消失了。太吉郎他们家正处在这种将被隐隐然袭来的变化吞没的际遇中,必须找出新的办法来。

太吉郎的吴服店没有能力自己设计并制造和服,他们的做法是去找西阵的织品工匠,提供给他们图案,然后放在自家门市里展示，再提供给其他各地的吴服店进货销售。他们的角色比较接近是中盘批发商。

他们比不上那些等级更高自有品牌的店家，然而太吉郎仍然坚持自身的京都品味，不像大阪那边的店家纯粹只在意买卖，和服对他来说仍然有一部分是艺术，不能马虎。虽然做的是批发生意，但他会强调自家的和服并不是为向大阪那样的外地人做的，京都人也还买、还穿他们家的和服。自己做的绝对是在京都卖得出去、能受到尊重的和服。

太吉郎的悲哀是，主观上他如此坚持、如此追求，但在客观上，他继承了家业，却在设计和营销两方面都缺乏足够的能力。要维持家业都有困难了，遑论还要应付激烈变化、快速转型崛起的新环境。太吉郎常常觉得自己无用，觉得自己属于前一个时代，即将被淘汰的时代。

京都不会真的不改变。秋天的时候，北野的老电车，明治时期京都出现的第一条电车线要被拆除了。很多人抱持怀旧心情去搭最后的北野电车，很自然地会显现带有明治风的打扮。太吉郎在电车上看到了一个身上完全找不出一点明治风的女人，纳闷这个女人干吗来搭北野线？

后来发现这个女人是上七轩的茶室女主人。上七轩是次等艺伎聚拢的地区，除了艺伎之外另有舞姬。太吉郎认出这个女人是一度和他很熟的艺伎，此时升级成了茶室女主人。两人曾经那么熟，重逢后可以立刻百无禁忌地开玩笑。女人身边带了一个小孩,发现太吉郎在看那个小孩,女人就说:"这小孩不是你的,不过有人还以为是我跟你生的。"明明知道不可能,太吉郎还是忍不住问了一下小孩几岁。

小孩十二三岁,但太吉郎不去上七轩的时间更久了,他就也对小孩开玩笑说:"啊,要当我的小孩,得等下辈子投胎了。"接着引出女人说起北野天神投胎的故事。

这一段引出了太吉郎年轻时的记忆,他的时代留在有北野线电车、有上七轩艺伎与舞姬的那个京都。别人感受的京都如此悠久恒常,太吉郎的京都却充满了消逝的残影。

腰带的特殊意义

太吉郎的挫折感深到得和妻子、女儿讨论生意还要不要维持下去。他设计的腰带没有销路,到后来等于只剩女儿还在穿他设计的腰带,以至于他都还要担心:女儿会不会因此而失去了光彩?

每年他躲到厌离庵,说是要去设计腰带,其实是为了逃避生意的压力,在这段时间中将店务都丢给掌柜、店员。在这种情况下,雇来的这些人当然很有空间可以上下其手,使得店里的生意更难获利。这种情况一下子就被有生意眼的龙助看穿了。

吉太郎逃避到厌离庵的做法已经很多年了,不过千重子二十岁的这一年不一样，他带着女儿给他的西洋现代抽象画画册，还有书法的法帖，感觉到自己似乎有了足够灵感，又可以设计出像样的腰带了。

那是专门为女儿设计的腰带，画草图时便灌注了对女儿的爱。画好了拿到佐田家要交给他们来织，却偏偏遇到了很有天分又很死心眼的秀男。秀男看着设计图，脑筋转不过来，那不是他所受的美学训练能够接受的，以至于终究只能吞吞吐吐说出真话：这腰带的设计有一种荒凉之感，让人觉得格格不入。

太吉郎当然被冒犯了，双重冒犯。既冒犯了他的设计能力、好不容易重建的设计信心；又冒犯了他特别运用女儿给他的画册内容，为女儿设计的深挚用心。秀男的意见不只是批评了腰带设计得不好，更让太吉郎受不了的，是指出他竟然为女儿设计出一个不吉祥的图案。他被激怒了，气得动手打了秀男一巴掌，但这巴掌其实很大一部分是打在自己身上的。走出来后，他就将设计图随手丢进水里。那是激烈的自我放弃的举动。

被打的秀男当然也受了很大的刺激。太吉郎在暴怒动手之前，是客客气气拜托秀男，希望他能够为千重子织这条腰带。这个印象深烙在秀男心中，所以秀男运用了自己的高度天分，在太吉郎不知情，也没有设计草图的情况下，还是将这条腰带织出来要交给千重子。

一条不应该存在，连设计图都被毁掉了的腰带，竟然出人意料地出现了，和小说中原本失散的姐妹得以重逢一事互相呼应。

这条腰带原本投射了父亲对于千重子的情感，秀男因为深感歉疚而费心去制作，过程中又将自己的情感也投射到了千重子身上。于是他借机以要另外为千重子设计织造一条腰带来表白，然而阴错阳差，听见这话的不是千重子，而是她的双胞胎姐妹，被误认了的苗子。

小说中当然运用了双胞胎姐妹长得一样带来的偶然误会。不过川端康成在这里显然有别的指涉用意。苗子和千重子非但不是在同样的环境长大，甚至成长中不曾有一天一起生活，两人的家境天差地别，秀男竟然还会在要对心上人告白时，将苗子误认为千重子？比较合理的解释是：其实苗子比千重子更符合秀男心中所想象的爱慕对象，尤其是苗子从素朴家庭养成的姿态，不像千重子家给秀男带来那么大的压力。

在秀男心中到底如何看待苗子？苗子是千重子的化身吗？小说维持着暧昧，没有深究，也没有清楚的表现。因为这是"京都一年"，所以往后的事川端康成就搁下了。不过从他铺陈的前后因素，我们有理由相信：秀男自认爱上了千重子，就算不是误认，后来遇到了苗子，他也应该会转而选择苗子吧！以秀男家三台织布机的规模，那是去高攀千重子，如果有另一个像千重子却来自卑微村家的选择，秀男没有道理要继续坚持追求千重子。

小说写出了在日本的男女距离现实中，腰带的特殊意义。那是能被人情义理接受最接近女性肉体的对象，太吉郎以设计腰带感受和女儿的亲近，秀男则通过织造腰带感受和一位女性之间的特殊关系。投射的对象使得他格外用心织造这条腰带，织造过程中动用的工匠技艺与专注认真，反过来又使得他日日夜夜摸着那逐渐成形的腰带产生了对于投射对象更深的感情。那是带有高度身体性而非精神性的爱，所以很容易移转以和千重子有着同样身体模样、同样长相的苗子为对象。

川端康成对于千重子和苗子之间情感的描述，先是放进了夸张的巧合中。两人相认之后，苗子却为了保护家世高得多的千重子，绝对不愿让别人看到两姐妹在一起。苗子其实一直都知道自己有一个姐妹被送走了，所以千重子出现时她立刻知道了是怎么一回事，但那时候千重子的反应是否认，坚称自己是独生女，没有姐妹。这样的反应刺激了苗子的自卑感，再加上对于姐妹的保护心情，苗子就一直小心不要和千重子同时出现在别人眼前，而且不断强调绝对不会破坏千重子的幸福。

在这方面千重子陷入矛盾。一方面苗子的态度让她很痛苦，然而另一方面，当她发现秀男在和苗子说话时，她立即逃开，不能让朋友发现有两个人长得一模一样。

就连到了北山村，苗子都要将千重子带到没有人看见的林子里。在那里遇到了大雨，苗子用整个身体覆盖着千重子，将她的头用包巾覆盖，完全是牺牲自己来保护千重子不能有任何损伤的态度。这件事的另一面后来延续到苗子终于来到千重子家中住了一夜，这对双胞胎姐妹正因为感情长期被隔离疏远，此刻彼此产生了要将身体尽量贴近作为补偿的冲动，不单纯是姐妹，甚至不单纯是两个女性之间的身体吸引。抱着另外一个自己，既是爱恋对象也是自身的迷乱状况。

林中大雨停歇后，千重子对苗子说："原来在妈妈肚子里，你也是这样保护我吧！"苗子开玩笑回应："不会吧，我们应该是你挤我、我推你、我打你、你踢我呢！"她们之间有了一般姐妹不会有的互动，因为离开了家庭环境，甚至在苗子的坚持下，离开了社会的眼光，回归到非常单纯、直觉、感官、身体性的亲密。

后来因为秀男的误认，才逼着千重子下了决心。她第一次让人家知道有一个双胞胎姐妹就是告诉秀男，她要求秀男为被误认的苗子另外织一条腰带。因为有秀男牵涉进来，使得千重子去面对孪生姐妹的社会性，而非只是生物性的事实。

川端康成何以代表日本文学

《古都》是川端康成晚期的重要作品，反映了他在"异常时期"写作上的调整。原本《舞姬》《山之音》中那种浓密缠卷，既像诗又像掌中小说联结而成的写法不见了，取而代之的是将容易看得到、容易体会到日本传统的美好事物放进小说里。他原本在小说中会不断挖掘人与艺术的关系，人的情感与艺术的纠结呼应，这时也没有力气做了。他将小说搬到京都，自己也去住在京都的老旅馆"柊家"，让京都帮他省去了许多经营内容的力气，直接在小说中呈现京都的传统之美。

于是如此写出的《古都》在一个意义上，更有效地传递了"余生意识"中的主要讯息，让更多的人，尤其是日本以外的人能够体会什么是日本的传统、日本的文化、日本独特的人情与美学。到这个阶段，川端康成写得很松，将小说中的故事贴到了以京都艺术之美的背景上，于是他在日本文学上的地位更加明确。他是一位最能表现日本传统之美的小说家，这个身份确立了，再加上有对的译者与出版社，于是川端康成很快地超越了一直不断追求创造国际读者的三岛由纪夫，成为在西方代表日本文学的第一人。

川端康成这个阶段的作品，透过翻译都能让外国读者领受。相较于川端康成呈现的日本传统之美，其他日本作家，包括三岛由纪夫都没有那么"日本"了。所以到一九六八年，正好是"明治维新"一百周年，诺贝尔文学奖适时地颁给日本作家，就跳过三岛由纪夫而选择了川端康成。

单纯从文学的角度看，这里面有一份吊诡。如果川端康成没有因为身体状况而进入"异常时期"，如果他保持原来写作的风格，没有松开来写像《古都》这样的作品，说不定最早得到诺贝尔奖的日本作家仍然会是三岛由纪夫吧！从文学、小说的标准上衡量，《古都》《千只鹤》远远不是川端康成最好的作品，然而正是这样松散带有奇情意味的小说，得以帮助国际读者越过文字与特殊感受力的障碍，能够进入那样的幽微人情美学世界。

《千只鹤》讲的是一个很不堪的乱伦故事。在主角的父亲过世之后，曾经和他父亲发生过爱情、肉体关系的两个女人，也都和他有了男女关系。通过父亲的情人，他甚至又爱上了人家的女儿。这里面充满了各种欲望，各种伦理人情纠结，在小说中不是直接呈现描述，而是以日本的传统茶道作为中介。

太田先生死后将一件茶具传给了太田夫人，接着由太田夫人送给了主角的父亲，父亲将茶具带回家，和妻子一起喝茶。等到父亲死后，这件茶具传到主角手中，再用来和太田太太喝茶，而此时泡茶的，是一个别人替他安排的相亲对象。光是一件茶具，就集合了那么复杂并且跨越时间的人际关系。

后来太田太太自杀，留下了另一个杯子，杯口上有一点殷红，据她女儿回忆，太田太太曾经说那是她的口红印。但怎么可能口红会印染存留在一只有三百年历史的古董杯子上呢？只能说那是嘴唇所象征的欲望与罪恶，随着杯子在人死后仍然没有消灭。

《千只鹤》小说情节并没有太多戏剧性转折，但就像《古都》彰显了京都风情，《千只鹤》成功传达了日本茶道带有神秘性质的美学传统。

川端康成另外有以围棋为背景的小说《名人》，也写过《伊豆温泉琐记》，这些都是指向日本传统，用来组构现代日本人的故事与情感。

川端康成在现代经济起飞的环境中，创造了一个个古典日本的幻影。经济的发展与国际交流使得全世界快速同质化，但在新的日本中，川端康成仍然坚持他的"孤儿"位置。活在现代之间，却又自觉地和现实的日本人都不一样。

他运用了特别的文字来表达带有浓浓日本特性的经验，以他的敏锐感官去挖掘出主客之间暧昧混同的美，虽然悲哀弥漫在他的小说作品，但其间却一定有美，一定有奇特的温柔，不会是残酷冷酷的。对川端康成来说，哀愁是所有感情中最适合和美共存，并经常互相刺激形成的。

因为有川端康成，我们体会了美丽与哀愁之间千丝万缕的不解纠结，更深化了我们人生中对于时间与感官互动的体认。

川端康成年表

1899年	出生	6月14日出生于大阪市北区。父亲名叫荣吉,是名医生,喜爱汉诗文、文人画。母亲名叫阿源,姐姐名叫芳子。
1901年	2岁	1月,父亲过世。与母亲一同搬到大阪市丰里村的老家居住。
1902年	3岁	1月,母亲因肺结核过世。与祖父母同住于大阪府丰川村,姐姐寄养于姨母家。
1906年	7岁	大阪府三岛郡丰川小学入学,虽然因为体弱多病而常常缺席,但成绩很好,也展现出写作才能。9月,祖母过世。
1909年	10岁	7月,姐姐芳子过世,川端因病未能参加葬礼。川端和姐姐自从3岁之后就没有见过面。
1912年	13岁	4月,以第一名的成绩进入大阪府立茨木中学。每天走六公里的路上学,改善了虚弱的体质。
1913年	14岁	立志成为小说家,开始大量阅读文艺杂志,也尝试创作新诗、短歌、俳句等不同文体。
1914年	15岁	5月,祖父过世,将祖父临终的过程写成《十六岁的

		日记》。葬礼过后,到伯父家丰里村居住。
1915 年	16 岁	1 月,搬入学校宿舍,大量阅读文学书籍,包括《源氏物语》《枕草子》,以及陀思妥耶夫斯基、契诃夫等俄国作家的作品。
1917 年	18 岁	3 月,自茨木中学毕业,在《团栾》杂志上发表《仓木先生的葬礼》。9 月,进入东京第一高等学校英文科。同学包括石滨金作、铃木彦次郎、守随宪治、辻直四郎等人。
1918 年	19 岁	10 月,首次到伊豆旅行,结识许多艺人。之后每年固定前往汤岛旅行。
1919 年	20 岁	结识今东光,受今东光父亲的影响,对心灵学产生兴趣。在《校友会杂志》发表短篇小说《千代》。与十三岁的伊藤初代相遇。
1920 年	21 岁	7 月,自第一高等学校毕业,入学东京帝国大学英文科。与同学石滨、铃木和今东光创立第六次《新思潮》杂志,拜访菊池宽,希望取得其同意,日后常受到菊池宽的照顾。11 月,开始在东京浅草借宿。
1921 年	22 岁	2 月,第六次《新思潮》发行。4 月,发表《招魂节一景》,受到好评。在菊池宽的引介下结识芥川龙之介、久米正雄、横光利一等人。10 月,与伊藤初代立下婚约,随后遭到悔婚。
1922 年	23 岁	6 月,转至国文科。于《时事新报》发表创作评论,

		此后长年持续撰写评论。将十九岁于伊豆旅行时的见闻写成《我在汤岛的回忆》，为日后短篇小说《伊豆的舞娘》前身。
1923年	24岁	1月，菊池宽创办《文艺春秋》，川端与新思潮的友人共同加入编辑群。9月，遭遇关东大地震，今东光、芥川龙之介前来探访。
1924年	25岁	3月，东京帝国大学国文科毕业。发表毕业论文序章《日本小说史研究》。10月，与横光利一、中河与一、片冈铁兵等人创刊《文艺时代》。新感觉派文学兴起，在日本文学中加入了西欧的前卫思想。
1925年	26岁	几乎大部分时间都住在伊豆汤岛旅馆。遇见松林秀子。8月，发表旧作《十六岁的日记》。
1926年	27岁	1月，发表短篇小说《伊豆的舞娘》。4月，住在菅忠雄的家，与松林秀子共同生活。与贞之助、横光利一、片冈铁兵等人组成"新感觉电影联盟"，编写电影剧本《疯狂的一页》。6月，第一本小说集《感情装饰》出版。9月，开始在汤岛居住。
1927年	28岁	3月，第二作品集《伊豆的舞娘》出版。4月，为了横光利一的婚宴来到东京。在府下杉并町马桥居住。8月，开始连载新闻小说《海的火祭》。12月，移居热海。
1928年	29岁	5月，接受尾崎士郎的建议移居大森。
1929年	30岁	4月，参与中村武罗夫的杂志《近代生活》。发表许多

		文艺评论。9月,移居上野樱木町。连载第二部新闻小说《浅草红团》。这个时期开始饲养狗与小鸟。
1930年	31岁	4月,《我的标本室》出版。5月,《有花的照片》出版。12月,《浅草红团》出版。以讲师身份在文化学院、日本大学讲课。
1931年	32岁	向梅园龙子学习芭蕾和英文对话,对舞蹈的兴趣在日后影响了许多小说中的人物设定。结识画家古贺春江。12月,与松林秀子结婚。
1932年	33岁	梅园龙子正式开始舞蹈表演。川端热衷于观看舞蹈表演。
1933年	34岁	2月,《伊豆的舞娘》改编为电影上映。6月,《化妆与口哨》出版。7月,发表短篇小说《禽兽》。10月,与林房雄、小林秀雄等人合创《文学界》杂志。12月,发表随笔《临终之眼》。
1934年	35岁	1月,文艺恳话会成立,川端成为会员。4月,《水晶幻想》出版。6月,首次前往越后汤泽,在汤泽的旅馆开始撰写《雪国》。12月,《抒情歌》出版。
1935年	36岁	1月,芥川赏、直木赏创立,川端担任芥川赏的甄选委员。6月,身体不适,经常住院。12月,移居至镰仓町净明寺。
1936年	37岁	2月,在镰仓认识北条民雄。五月,再次前往川越,继续撰写《雪国》。9月,《纯粹的声音》出版。12月,

《花的圆舞曲》出版。

1937 年	38 岁	6 月,《雪国》出版,于七月荣获文艺恳话会奖。9 月,在轻井泽购入别墅,往后经常在此度过夏日。12 月,《女性开眼》出版。
1938 年	39 岁	4 月,《川端康成选集》(全九册)开始出版。成为日本文学振兴会理事。
1939 年	40 岁	7 月,开始连载少女小说《美丽的旅行》。11 月,《短篇集》出版。
1940 年	41 岁	5 月,为了《美丽的旅行》的取材,到盲人学校、聋哑学校拜访。12 月,《正月三天》出版。
1941 年	42 岁	4 月及 9 月二度前往中国东北。12 月,《有爱的人们》出版。
1942 年	43 岁	和岛崎藤村、志贺直哉、里见弴、武田麟太郎、泷井孝作共同编写季刊《八云》,并于创刊号上发表《名人》。
1943 年	44 岁	3 月,收养亲戚的女儿为养女,以此为主题撰写《故园》。4 月,为了取材前往东海道旅行。
1944 年	45 岁	4 月,因《故园》《夕阳》等作品获得第六届菊池宽赏。
1945 年	46 岁	8 月,与久米正雄、小林秀雄等人共同创办"镰仓文库"书店,日后也开始经营出版事务。10 月,《朝云》出版。
1946 年	47 岁	1 月,杂志《人间》创刊,刊登三岛由纪夫的短篇小说《烟草》。10 月,移居镰仓市。

1947 年	48 岁	10 月，发表《续雪国》，《雪国》历经十三年完结。12 月，横光利一过世。
1948 年	49 岁	1 月，诵读横光利一葬礼祭文。3 月，菊池宽过世。5 月，新潮社编辑的《川端康成全集》(全十六册)出版。
1949 年	50 岁	5 月，发表长篇小说《千只鹤》。8 月，发表《山之音》。12 月，《哀愁》出版。
1950 年	51 岁	4 月，赴长崎、广岛探视原子炸弹灾区。12 月，《舞姬》于《朝日新闻》连载。镰仓文库破产。
1951 年	52 岁	4 月，《少年》出版。
1952 年	53 岁	2 月，《千只鹤》出版，获第二十六届艺术院奖。
1953 年	54 岁	2 月，《再婚者》出版。5 月，《日月》出版；堀辰雄过世，担任葬礼委员长。11 月，与永井荷风、小川未明共同担任艺术院会员。
1954 年	55 岁	1 月，《河边小镇故事》出版。5 月，开始连载《东京人》。6 月，《山之音》出版，获野间文艺奖。7 月，《吴清源棋谈·名人》出版。
1955 年	56 岁	1 月，《东京人》出版。4 月，《湖》出版。
1956 年	57 岁	自 1 月开始出版《川端康成选集》(全十册)。英文版《雪国》出版。3 月，开始连载《生为女人》。10 月，《生为女人》(一)出版。
1957 年	58 岁	2 月，《生为女人》(二)出版。3 月，成为国际写作执行委员会会员。

1958年	59岁	3月，第六届菊池宽奖受赏。4月，《富士的初雪》出版。11月，因胆结石住院治疗。
1959年	60岁	11月，开始出版《川端康成全集》(全十二册)。
1960年	61岁	1月，开始连载《睡美人》。5月，访美。7月，前往巴西。接受法国艺术文化勋章表扬。
1961年	62岁	为了撰写《古都》《美丽与哀愁》旅居京都。11月，《睡美人》出版。获文化勋章。
1962年	63岁	2月，因安眠药禁成瘾症状住院。6月，《古都》出版。11月，《睡美人》获每日出版文化奖。
1964年	65岁	6月，开始连载《蒲公英》。
1965年	66岁	2月，《美丽与哀愁》出版。10月，《片腕》出版。
1966年	67岁	因肝炎住院。5月，《落花流水》出版。
1967年	68岁	4月，担任日本近代文学馆的名誉顾问。12月，《月下之门》出版。
1968年	69岁	7月，担任今东光的选举事务长。10月，获诺贝尔文学奖。12月，发表诺贝尔得奖演说《日本之美与我》。
1969年	70岁	6月，获选为镰仓市荣誉市民。7月，《美的存在与发现》出版。
1970年	71岁	11月，三岛由纪夫自杀。
1971年	72岁	1月，担任三岛由纪夫葬礼委员长。
1972年	73岁	3月，因盲肠炎入院，身体逐渐衰弱。4月16日，在神奈川的工作室自杀身亡。